HOMEM-ARANHA

TOMADA HOSTIL

HOMEM-ARANHA

DAVID LISS

TOMADA HOSTIL

Tradutor: Gian Desiderio

ns

SÃO PAULO, 2024

Homem-Aranha: Tomada hostil
Copyright © 2018 by David Liss
Copyright © 2024 by Novo Século Editora Ltda.

MARVEL
marvel.com
© 2024 MARVEL

Spider-Man criado por Stan Lee e Steve Ditko
Arte de capa por Alexander Lozano
Marvel's Spider-Man desenvolvido por Insomniac Games

Esta tradução de *Spider-Man - Hostile takeover*, lançada a primeira vez em 2024, foi publicada mediante acordo com Titan Publishing Group Ltd.

EDITOR: Luiz Vasconcelos
GERENTE EDITORIAL: Letícia Teófilo
COORDENAÇÃO EDITORIAL: Driciele Souza
PRODUÇÃO EDITORIAL: Érica Borges Correa
ESTAGIÁRIA EDITORIAL: Marianna Cortez
TRADUÇÃO: Gian Desiderio
PREPARAÇÃO: Érica Borges Correa
REVISÃO: Flávia Cristina Araujo
COMPOSIÇÃO DE CAPA: Ian Laurindo
PROJETO GRÁFICO E DIAGRAMAÇÃO: Manoela Dourado

Texto de acordo com as normas do Novo Acordo Ortográfico da Língua Portuguesa (1990), em vigor desde 1º de janeiro de 2009.

Dados Internacionais de Catalogação na Publicação (CIP) Angélica Ilacqua CRB-8/7057

Liss, David
   Homem-Aranha : tomada hostil / David Liss ; tradução de Gian Desiderio. -- Barueri, SP : Novo Século Editora, 2023.
   320 p.
   ISBN 978-65-5561-691-0
   Título original: Spider-Man: Hostile takeover

1. Literatura norte-americana 2. Homem Aranha – Personagem fictício I. Título II. Desiderio, Gian

23-5781   CDD 813

Índice para catálogo sistemático:
1. Literatura norte-americana

Este livro é uma obra de ficção. Quaisquer referências a eventos históricos, pessoas reais ou lugares reais são usadas ficticiamente. Outros nomes, personagens, lugares e eventos são produtos da imaginação do autor, e qualquer semelhança com eventos, lugares ou pessoas reais, vivas ou mortas, é inteiramente coincidência.

‹ns
uma marca do
Grupo Novo Século

GRUPO NOVO SÉCULO
Alameda Araguaia, 2190 – Bloco A – 11º andar – Conjunto 1111
CEP 06455-000 – Alphaville Industrial, Barueri – SP – Brasil
Tel.: (11) 3699-7107 | E-mail: atendimento@gruponovoseculo.com.br
www.gruponovoseculo.com.br

PARA CLAUDIA, MINHA PACIENTE ESPOSA.
ELA NÃO TINHA IDEIA NO QUE ESTAVA SE
METENDO.

UM

A CIDADE de Nova York tinha de tudo, e isso geralmente era uma vantagem, mas nem tanto quando esse algo era uma loja de cobras.

Ou isso *ainda* era uma vantagem? Talvez as implicações estranhas, nojentas e possivelmente perigosas de uma loja dedicada a répteis sem membros incorporassem tudo o que ele amava nesta cidade, pensou o Homem-Aranha enquanto passava por uma janela aberta no segundo andar.

Ele planejou pousar no chão, mas já estava ocupado. Então, no último momento, deu uma cambalhota no ar e se agarrou ao teto, olhando para as dezenas de criaturas sibilantes e rastejantes.

Configurou seu computador para monitorar os canais de emergência e, em seguida, alertá-lo quando identificassem qualquer coisa em que ele pudesse fazer a diferença – incêndios, roubos e as aparições muito frequentes de vilões fazendo coisas muito más. Ele também brincou um pouco com a codificação para pegar qualquer coisa que pudesse ser... bem... divertida.

Era sábado à noite, e sua namorada Mary Jane estava fazendo algo que ela não queria contar a ele, e ele queria se distrair... Então, cobras. Ele escolheu cobras, e conseguiu encontrar cobras. *Havia uma lição ali em algum lugar*, ele pensou. Talvez fosse a de que, quando a vida lhe dá opções, é melhor escolher com mais cuidado.

Em um perfeito estilo nova-iorquino, o Depósito de Serpentes do Steve não era apenas uma pequena loja de rua que ele poderia escanear com um único olhar. Ela estava localizada em um prédio antigo, estreito e de vários andares, com cada uma de suas muitas salas dedicadas a uma variedade diferente de serpente. Venenosa, não venenosa, constritora – tudo o que você precisar em um único local. Uma verdadeira conveniência para o ocupado comprador de cobras.

E para o ocupado ladrão de cobras também, se é que era com isso que ele estava lidando ali. Estava começando a se perguntar. Todas as gaiolas haviam sido quebradas e, embora alguns dos animais pudessem ter sido recolhidos, ele não tinha certeza. Para aumentar a confusão, estava começando a sentir dor de cabeça por causa do cheiro.

Quem imaginaria que cobras tinham cheiro?

Então ele viu. Uma sombra no corredor fora da sala. Uma pessoa agachada, segurando algo na mão. Talvez um saco que, dadas as circunstâncias, provavelmente estaria cheio de cobras. A figura se moveu apenas o suficiente para que o Homem-Aranha pudesse ter uma visão melhor na luz do lado de fora da janela. A cabeça da sombra se virou, e então a figura disparou para o corredor. O Homem-Aranha empurrou-se do teto e agarrou-se ao batente da porta. Não havia como ele tocar o chão. Ele olhou para o corredor e viu o ladrão de cobras – correndo escada acima!

Quem tenta fugir subindo as escadas? Alguém com um plano bem pensado ou alguém sem nenhum plano. O Homem-Aranha sorriu sob sua máscara.

A perseguição começou.

SEU verdadeiro nome era Peter Parker, e oito anos atrás ele havia sido picado por uma aranha radioativa. Isso só acontece em Nova York, certo? O incidente deixou Peter com habilidades – habilidades *de aranha*. Ele podia saltar distâncias incríveis, agarrar-se a quase qualquer superfície e sentir quando algo o ameaçava, o que lhe permitia pular, rolar, girar e esquivar-se de perigos que outros poderiam não perceber.

Enquanto a picada da aranha havia aprimorado seu corpo, dando-lhe força, resistência e reflexos aguçados, a mente de Peter fez o resto. Ele havia desenhado seu agora icônico traje vermelho e azul, que oferecia anonimato, proteção e conforto – tudo isso ao mesmo tempo em que o fazia ficar estiloso, como ele mesmo dizia –, e projetou os lançadores de teia que ajudavam a impulsioná-lo pela cidade e permitiam que ele capturasse suas vítimas.

Peter sempre amou ciência, inventando e consertando coisas praticamente desde o momento em que começou a engatinhar – no sentido tradicional – e, embora esse fato o ajudasse a perseguir sombras por uma escada estreita e sinuosa, a vida era mais do que apenas o glamour sem fim de pegar ladrões de cobras.

No seu "emprego diurno", ele trabalhava num laboratório, o que lhe permitia concentrar suas capacidades mentais em pesquisas importantes e desafiadoras que, à sua maneira, faziam a *diferença*. Embora emocionante, esse era muito mais do que um trabalho de quarenta horas por semana.

Peter teve que encontrar tempo para ser o Homem-Aranha. Mais do que um desejo, isso era uma responsabilidade, e ele dedicava cada minuto possível para ajudar sua cidade como podia. Ele detêve ladrões de banco, ladrões de carros e assaltantes, resgatou pessoas presas em prédios desabando e levou as vítimas às pressas para o hospital.

Ele também passava um bom tempo enfrentando caras que usavam ternos e possuíam suas próprias habilidades especiais – criminosos como Rino, Escorpião, Lagarto, Shocker, Electro... A lista é longa. Parecia que havia mais desses "supervilões" a cada dia. Eles, como Peter, tinham recebido poderes por acaso, destino ou por criação própria, mas, ao contrário de Peter, não escolheram usar esses poderes para ajudar os outros. Alguém tinha que mantê-los sob controle. Isso às vezes significava confrontos espetaculares. Vidros quebrados, tijolos e concreto transformados em pó, fogo, eletricidade, explosões e caos.

De alguma forma, ele não achava que enfrentar um ladrão de cobras seria algo tão dramático. Isso renderia uma história engraçada para contar a MJ – a única pessoa a quem ele confiou seu segredo. Tudo indicava que esta seria uma noite relativamente monótona.

Eu não devo pensar assim, disse a si mesmo enquanto subia outro lance de escada rápido demais para ser seguido por um olho comum.

Eu posso estar me agourando.

O HOMEM-ARANHA lança-se para o quarto e último andar a tempo de ver o ladrão entrar correndo em uma sala no final do corredor.

O cara era rápido. Não rápido como quem tem superpoderes, mas definitivamente rápido como um atleta de corrida. A luz no ambiente ainda estava forte ali em cima, e ele teve seu primeiro vislumbre do ladrão. Provavelmente nem tinha 20 anos. Ele tinha cabelo curto tingido da cor de uma bola de tênis, grandes olhos castanhos e um leve bigode. Seu rosto era redondo e infantil, e ele poderia muito bem estar vestindo uma camiseta dizendo: NÃO TENHO IDEIA DO QUE ESTOU FAZENDO.

Quando o lançador de teias entrou em cena, o ladrão enfiou a mão em um tanque aberto e agarrou uma cobra, atirando-a em seu perseguidor.

Ele fez um bom lançamento. E aquela era uma cobra grande. Tão grossa quanto seu braço e duas vezes mais longa. Ela estava enrolada, provavelmente dormindo confortavelmente e sonhando seus sonhos de cobra, quando o ladrão a agarrou. Agora ela se retorcia em um alarme serpentino enquanto avançava em direção ao Homem-Aranha.

Teria sido fácil desviar, mas era uma criatura viva, e mesmo coisas escorregadias mereciam aterrissagens suaves. Embora não fosse um especialista em cobras, o Homem-Aranha parecia se lembrar de que as grandes geralmente não são venenosas. De qualquer forma, se ele a agarrasse da maneira certa, ela não poderia picá-lo. Impulsionando-se para a frente, ele pegou o réptil no ar, colocando a mão logo abaixo de sua cabeça. Em seguida, pousou, largou a criatura e cambaleou para trás enquanto sacudia o que quer que a cobra pudesse ter deixado em sua luva. Ele sabia que não era nada, mas era uma cobra e era nojenta.

Com a cobra a salvo, o Homem-Aranha se virou a tempo de ver o ladrão pular pela janela aberta como se pudesse voar.

Sério?

Correndo para a janela, ele colocou a cabeça para fora a tempo de ver o ladrão de cobras pousar em um toldo dois andares abaixo, saltar para outro toldo mais baixo e, em seguida, pousar na rua. Com seu saco de cobras em uma mão, ele olhou para cima, girou e correu na direção do rio.

Atirando suas teias na lateral de um prédio, o Homem-Aranha se lançou para a frente várias vezes. Era o mais próximo que ele podia chegar de voar e isso nunca perdia a graça. Ele tinha um microfone e um fone de ouvido embutidos em sua máscara, então, enquanto se impulsionava para o oeste, ligou para MJ. Não havia melhor maneira de começar uma conversa com sua namorada do que: "*Estou perseguindo um cara segurando um saco de cobras*", mas – novamente – ela não respondeu.

Por um instante, ele perdeu o rastro de sua presa, então viu que o ladrão, que estava a uma boa distância, seguia em direção ao Porto de Manhattan. Parecia um destino bem estúpido. Ele poderia se esconder em qualquer um dos navios atracados ou desativados lá, mas não haveria escapatória exceto o rio. Além disso, a visão aérea do Homem-Aranha tornaria quase impossível para o ladrão escapar dele.

O Homem-Aranha nunca tinha estado no porto – ou em um navio, aliás – então isso seria uma novidade. Mais ou menos como a loja de cobras, mas sem a parte nojenta. Ele imaginou um lugar incrivelmente luxuoso que, durante o dia, estaria cheio de homens de cartola e mulheres que arrulhavam enquanto davam guloseimas para seus pequenos cachorrinhos.

A realidade era a de um estacionamento gigante com prédios malconservados que descascavam a tinta como eczema. Docas que mais lembravam ossos colocados às pressas projetavam-se no rio, algumas delas exibindo navios escuros que pareciam tão inertes quanto árvores derrubadas. O ladrão escolheu uma das docas e correu em direção ao que parecia ser um navio desativado, salpicado de enormes manchas de ferrugem e algas. No entanto, não havia como entrar no navio e esse parecia ser o fim da linha. Balançando para a frente, o Homem-Aranha soltou uma explosão de teia que envolveu tanto o ladrão quanto um dos postes de concreto do cais.

Missão cumprida. Ou algo assim...

Essa era uma das coisas que tornava frustrante ser o Homem-Aranha. Ele pegou esse cara em flagrante e o prendeu, ainda segurando sua bolsa com os répteis roubados. Ele agora chamaria a polícia, mas provavelmente o ladrão nunca seria processado. O cara poderia argumentar que o Homem-Aranha o sequestrou e plantou as evidências. Seria difícil provar o contrário. Sim, o cara era apenas um ladrão de cobras, mas pessoas culpadas de crimes muito mais sérios fugiram depois que ele usou tudo o que tinha para detê-las.

Um criminoso em particular escapou impune demais – algo que nunca deixou de assombrá-lo.

Um problema de cada vez. O Homem-Aranha pegou a bolsa do ladrão envolto em teias e a abriu. Ele esperava encontrar uma massa de escamas repugnante e escorregadia, olhos perscrutadores e línguas agitadas, mas não havia nada vivo ali. A princípio, ele pensou que as cobras estivessem mortas, mas depois percebeu que nunca estiveram vivas.

O ladrão estava correndo com um saco de cobras de borracha.

– **A SABEDORIA** acumulada da minha experiência de vida me diz que eu realmente não deveria perguntar – disse o Homem-Aranha – mas vou perguntar de qualquer maneira. Por que você invadiu uma loja de cobras para roubar um saco de cobras de borracha?

A teia que estava enrolada em torno de seu peito realmente não ajudava muito a fazer com que o ladrão parecesse menos sem noção.

– Quem *é* você? – Ele exigiu.

– Sério? – o Homem-Aranha perguntou. – Para que estou pagando minha equipe de relações-públicas?

– Você é um daqueles super-heróis!

– Então o *"quem é você"* é mais uma questão filosófica?

– Desculpe – disse o ladrão. – Eu só fico nervoso às vezes, sabe?

– Completamente normal, já que você foi preso enquanto cometia um crime estúpido – o Homem-Aranha o assegurou. – Agora, vamos começar falando sobre por que você roubaria um monte de cobras de borracha.

– Eu não fiz isso – disse o ladrão.

O Homem-Aranha suspirou.

– O.k., vamos começar de novo. Eu sou o Homem-Aranha.

– Pensei que você fosse o Demolidor.

– Eu pareço o Demolidor?

– Mais ou menos – disse o ladrão. – Mas meio que não. Menos chifres e mais... é... teias.

O Homem-Aranha deu uma tosse teatral em seu punho cerrado.

– Que tal você me dizer o seu nome?

– Andy! – o cara disse brilhantemente. Ele parecia satisfeito em saber a resposta.

– O.k., Andy, eu peguei você, depois que você invadiu a loja de cobras e fugiu segurando um saco de cobras de borracha. Explique-me isso.

– Não tive chance de roubar nada – disse Andy. – Você apareceu e estragou o plano. Então eu não fiz nada de errado. As cobras de borracha são minhas. Eu paguei por elas.

Não pergunte, disse o Homem-Aranha a si mesmo. *Você não vai ganhar nada perguntando isso.* Mas ele perguntou de qualquer maneira.

– E você as trouxe por que exatamente?

– Porque assim as cobras que eu colocaria na bolsa não ficariam solitárias.

O lançador de teias tomou a decisão deliberada de poupar os sentimentos de Andy e não bater com a palma da mão na testa na frente dele.

– Eu tinha uma lista – continuou Andy. – Um cara estava procurando por umas cobras em particular.

– Uma cobra comum não serviria – sugeriu o Homem-Aranha.

– Isso, mas você apareceu, e então as coisas ficaram ruins, e eu não roubei nada. Então eu não estou em nenhum tipo de problema, certo?

– Após invadir uma loja e destruir propriedade privada? – o Homem-Aranha perguntou secamente. – Certamente não há lei contra isso.

– Fala sério, H-aranha – Andy protestou. – Sem dano, sem crime.

– Na verdade, há muito dano e crime, sem falar que você me chamou de *"H-aranha"*. Você infringiu a lei e vou chamar a polícia. Você vai ficar preso na teia até eles chegarem.

– Mas eu não fiz nada. – O rosto de Andy era uma máscara de terror caricatural.

– Acho que já passamos disso – disse o Homem-Aranha. – Talvez você queira revisar suas anotações.

– Eu sabia que não deveria ter feito isso – disse Andy. – Foi ideia do meu irmão. Ele disse que seria dinheiro fácil, mas acho que eu deveria saber que ele não estava sendo honesto comigo. Ele só não me queria por perto porque estava fazendo coisas para o Escorpião.

– Calma aí... – O Homem-Aranha pode ter deixado seus pensamentos vagarem por um momento, mas agora Andy tinha toda a sua atenção. – Escorpião. Tipo, O ESCORPIÃO? Cara grande? Problemas de raiva? Uma cauda?

– Esse mesmo – Andy se iluminou. – Você o conhece? Vocês são, tipo, amigos?

– Não, nós não somos amigos. Porque, apesar de talvez você não ter percebido, eu sou o cara legal e ele é o cara mau. Esse tipo de dinâmica geralmente não promove amizades duradouras. Mas você parece menos mau e mais... digamos, equivocado. Então, que tal você me contar tudo o que sabe sobre o Escorpião e, se for algo útil, posso deixá-lo ir.

– Eu não sei de nada – Andy disse melancolicamente –, exceto que ele está usando um canteiro de obras como um esconderijo ou algo assim. Ele está, tipo, guardando seu equipamento, planos e outras coisas lá.

– Isso realmente parece uma quantidade decente de boas informações.

Andy parecia satisfeito.

– Meu irmão gosta de se gabar quando está bebendo – respondeu ele – e se está respirando, está bebendo. – Podia parecer esperar demais, mas o garoto sabia exatamente onde ficava o prédio em obras. Seu irmão mostrou a ele quando (grande surpresa) estava bebendo.

Imaginando que havia conseguido tudo o que queria de Andy, Peter borrifou um agente de dissolução nas teias.

– O.k., saia daqui.

O garoto olhou para sua sacola.

– Posso voltar à loja e pegar minhas cobras?

– Andy... – disse o Homem-Aranha em tom de advertência, como um pai conversando com um filho pequeno.

– Certo. – Andy assentiu. – Chega de roubar.

O Homem-Aranha soltou outro suspiro.

– Andy, o que você faz o dia todo, além de ouvir seu irmão bêbado?

O garoto deu de ombros.

– Não sei. Faço planos, eu acho.

– Escute, você parece um garoto legal. Tenho uma ideia muito melhor do que enfiar você numa cela. Há um lugar em Little Tokyo – disse o Homem-Aranha. – Chama-se F.E.A.S.T., e é onde os sem-teto vão em busca de ajuda. Eles realmente precisam de alguns voluntários, e você conseguiria adquirir algumas habilidades trabalhando lá. É vantajoso para você e para eles. O que você diz?

O rosto de Andy se iluminou novamente.

– Isso seria bom. Eu gosto de ser útil.

– Certo então, agora você deve fugir antes que os policiais apareçam.

Com isso, o lançador de teias se virou e lançou uma teia, erguendo o Homem-Aranha no ar. Este foi um pequeno interlúdio divertido e ocasionalmente frustrante, mas agora havia algo realmente emocionante em andamento. Arruinar a noite do Escorpião parecia uma boa maneira de tornar a noite *bem* agitada.

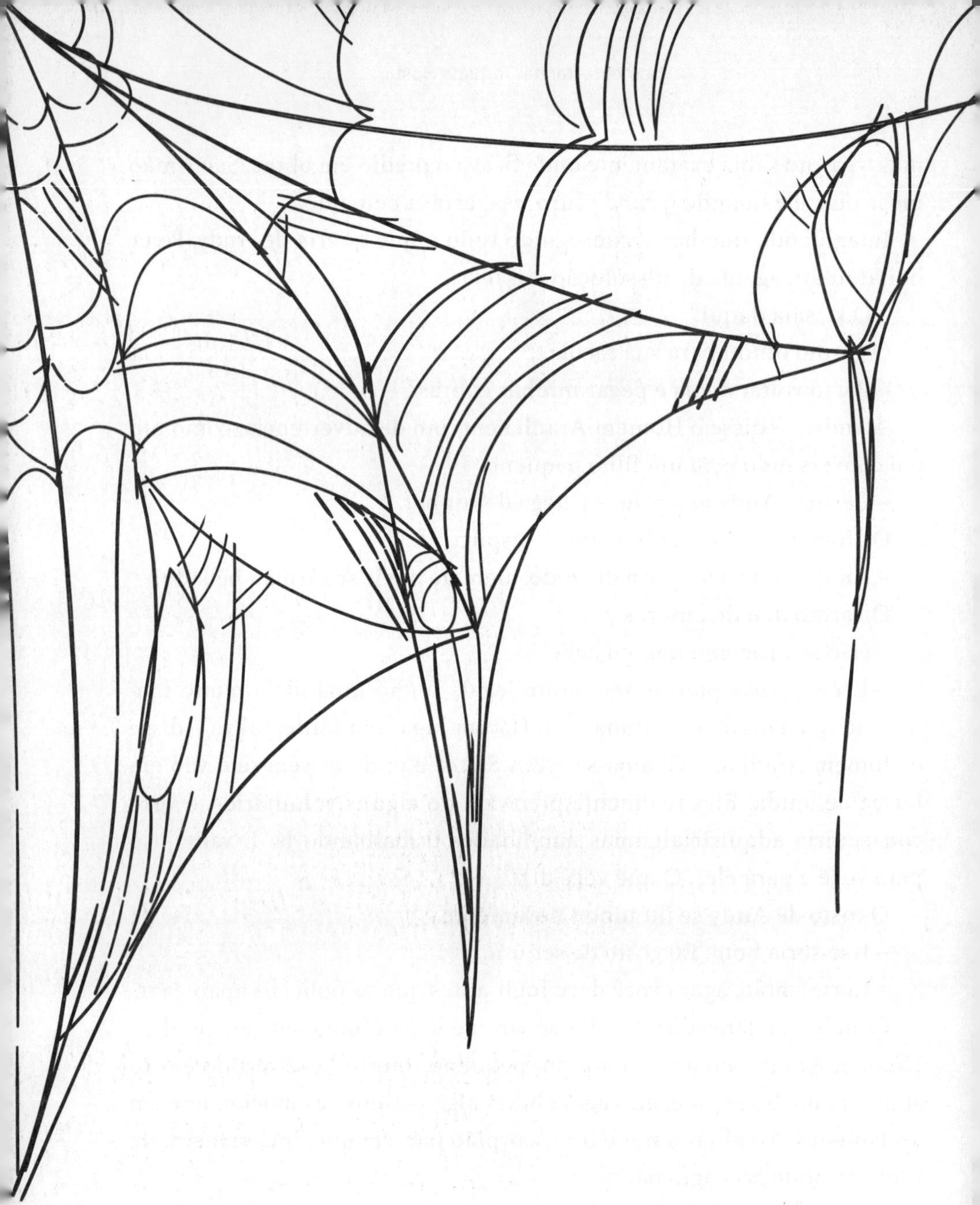

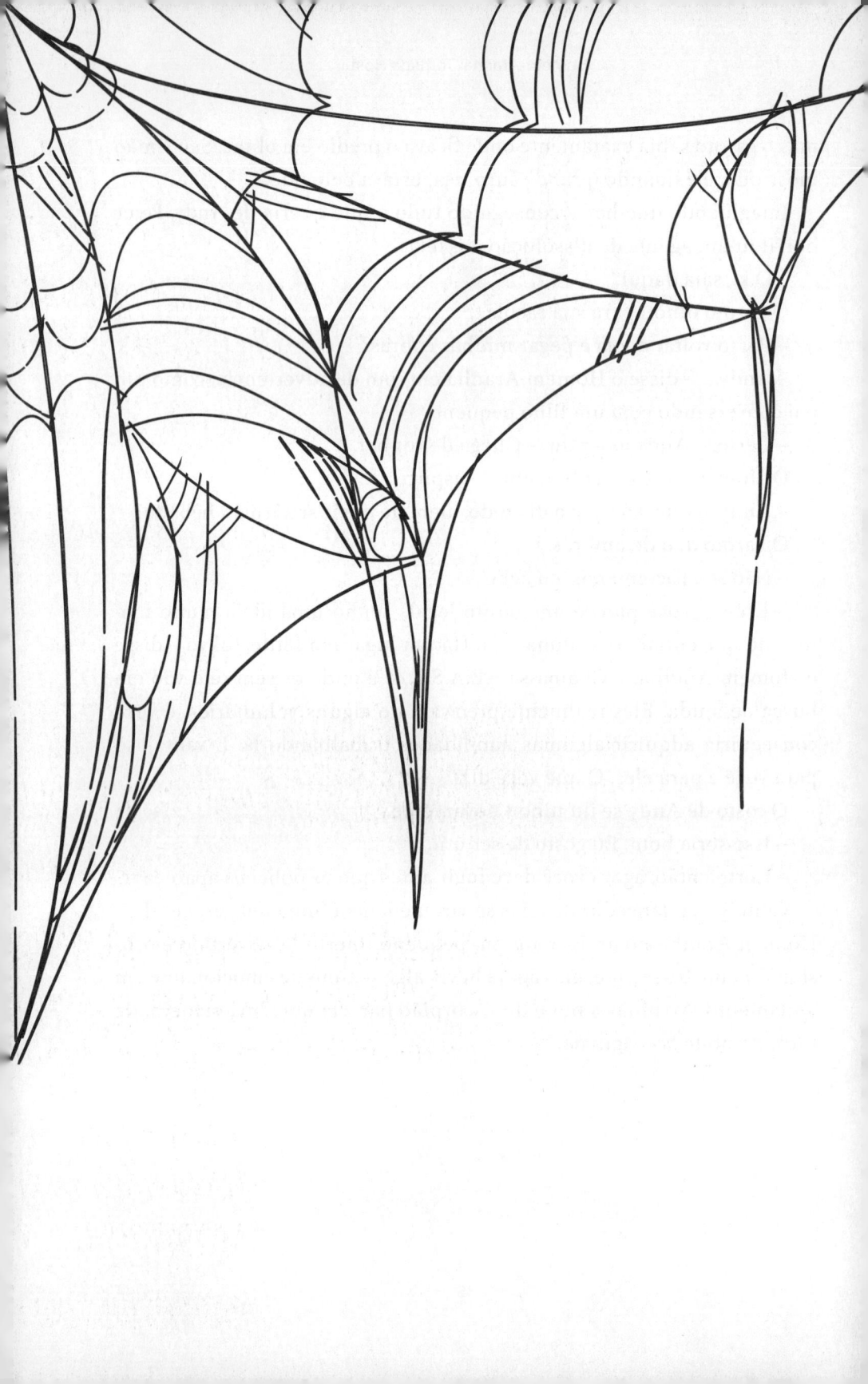

DOIS

O CANTEIRO de obras ficava na esquina da Rua 46 com a 9ª Avenida, exatamente onde Andy disse que estaria. O Homem-Aranha meio que esperava encontrar um terreno baldio ou um supermercado, talvez até um buraco gigante no chão. Em vez disso, havia o esqueleto de um edifício com cerca de vinte andares. Até agora, as informações do garoto estavam certas.

Ele circulou o local algumas vezes para se certificar de que não havia sentinelas, ou até mesmo um bando de caras armados, mas o lugar parecia tão deserto quanto (qual seria a metáfora certa?) um canteiro de obras depois do horário de trabalho. Sim, parecia isso. Nada disso significava que Andy estava errado. Ainda poderia ser uma área de testes e, se a oportunidade de interromper uma das operações do Escorpião se apresentasse, não havia como o Homem-Aranha deixar passar.

Antes de entrar, ele tentou novamente ligar para MJ. Ele havia feito uma tentativa depois de sair do cais, mas a ligação caiu direto na caixa postal. Mesmo resultado.

— Sou eu de novo — disse ele. — Só queria ouvir sua voz antes de me jogar corajosamente no perigo. Mas eu sei que você está ocupada, então tudo bem. — Ele esperava que seu tom transmitisse que ele não estava falando tão a sério, mas também que estava falando um *pouco* sério.

Convencendo-se de que o canteiro de obras estava vazio, ele pousou em uma área central em um andar inferior, que parecia razoavelmente sólido, e começou a olhar em volta. Primeiro ele verificou as áreas mais próximas do solo. Ferramentas, pilhas de blocos de concreto, vergalhões e betoneiras. Nenhum sinal de que aquele local estava sendo usado para fins criminosos, mas *todos* os sinais de que estava sendo usado para construção – e recentemente. Por que o Escorpião esconderia seus equipamentos em um local de trabalho ativo?

Talvez Andy estivesse errado, no final das contas.

Então ele começou a sentir. Não era a sensação do sentido aranha, mas uma sensação normal de que *algo não está certo*. Parecia razoável acreditar que um ladrão lhe vendesse uma linha e lhe desse um peixe maior para perseguir como forma de se livrar do anzol. Mas Andy não parecia ter como habilidade especial o pensamento rápido, e as informações sobre o canteiro de obras, sobre o Escorpião, tinham sido bastante específicas.

Indo até o próximo andar, ele olhou em volta em busca de sinais de qualquer atividade nefasta. Não havia nada que ele não esperaria encontrar em um prédio comum em construção sem vilão. Parecia que aquilo seria uma perda de tempo, mas ele ainda pretendia verificar as coisas andar por andar. Ele tinha que ter certeza.

Escalando as vigas, ele se moveu para o próximo andar, que imaginou que seria tão vazio e inofensivo quanto o anterior. Então ele ouviu algo. Um estrondo, como metal caindo sobre metal – o som vinha mais de cima. *Bem* mais acima. Ele também sentiu algo, um formigamento fraco na parte de trás de seu pescoço – seu sentido aranha estava formigando. Isso significava que ele estava se aproximando do perigo.

Embora o perigo não fosse uma coisa boa, sugeria que ele não havia sido enganado por um criminoso em treinamento. Isso já era alguma coisa. Movendo-se para fora do prédio, ele começou a subir, quase sem fazer barulho. Ao se aproximar do telhado, seu sentido aranha começou a zumbir de forma mais agressiva. Só então seu telefone tocou com uma ligação de MJ.

Depois de tentar falar com ela a noite toda, ele não queria ignorá-la. Ela entenderia se ele o fizesse, é claro. Ela era ótima assim. Mas ele queria muito ouvir a voz dela.

– Ei – ele disse enquanto lentamente subia no telhado.

– Essa é a sua voz de ação – ela disse, fazendo o que ele pensou ser uma boa imitação de sua voz de ação. – Tudo certo?

O formigamento aumentou, dizendo a ele que os bandidos provavelmente sabiam que ele estava lá, o que significava que eles estavam se preparando para uma emboscada. Mas o formigamento ainda estava em um nível relativamente baixo, o que significava que provavelmente eles não representariam um grande problema. Ele podia falar e lutar ao mesmo tempo.

Só para garantir, ele disse: – Sim, mas estou prestes a acabar com um bando de bandidos, e é provável que estejam armados. Se eu parar de falar, não é por algo que você disse. A menos que você diga algo totalmente insano e eu não tenha resposta para isso.

MJ riu. Peter adorava o som da risada dela. Mesmo depois de tanto tempo.

– Bem, eu posso ligar depois – ela disse ironicamente.

– Não, isso aqui vai ser bem rotineiro – disse ele. – E eu tenho tentado entrar em contato com você a noite toda.

– As dezesseis mensagens de voz revelaram isso.

– Doze no máximo. Onde você está?

MJ disse algo, mas foi abafado pelo som de tiros. Ele já estava no ar, lançando uma teia e se contorcendo para evitar as balas sem pensar no que estava fazendo. Seus reflexos de aranha aguçados, além de oito anos de experiência em não levar tiro, o tornavam puro instinto. Enquanto girava no ar, Peter avaliou a situação.

Quatro caras, cada um com uma arma.

Eles balançaram a cabeça para a esquerda e para a direita, como se o Homem-Aranha tivesse desaparecido no ar. Esses idiotas não sabiam olhar para cima? Era quase fácil demais.

– Você ainda está aí? – MJ perguntou.

– Sim – disse ele. – A ação começou.

– Não há nenhuma razão para termos que conversar logo agora – ela disse. – Eu não quero que você se machuque só porque...

– Oh, por favor – ele disse, interrompendo-a. – Isso não é um problema. – Ele apontou seu lançador de teia para um dos homens armados, cujo pulso foi preso à parede atrás dele. A arma caiu impotente ao chão. – Um a menos. – Ele pousou atrás de outro cara e atirou com os dois lançadores de teia, pressionando-o contra a parede, com o rosto todo espremido. – Você deveria ver esses caras. Isto é hilário. – Usando a câmera embutida em seu traje, ele tirou uma foto. – Eu vou mostrar a você mais tarde.

– Algo para aguardar ansiosamente – ela respondeu sarcasticamente. Enquanto ela falava, outro bandido apareceu na esquina e ergueu a arma. Uma teia rápida e o cara foi içado no ar, preso a uma saliência.

– Os policiais podem ter dificuldade em conseguir abaixar esse daí.

– Bem, estou feliz que você esteja se divertindo – disse MJ – e não me leve a mal, mas ouvir você narrar suas façanhas não é bem o que eu gostaria de estar fazendo agora.

– Mas estou usando uma nova tecnologia! – ele protestou. – As namoradas devem adorar quando seus namorados exibem seus novos equipamentos – acrescentou. – Não é?

MJ riu.

– Ligue para mim quando terminar de brincar.

– Espera, já estou pegando o último agora. Ele está rastejando no escuro, como se estar abaixado significasse que eu não seria capaz de encontrá-lo. É adorável.

– Vou desligar em trinta segundos.

– Eu só preciso de dez – disse o lançador de teias. Então ele disparou uma teia e incapacitou o último do quarteto.

– Eu ligo de volta – ele disse abruptamente, e desligou a ligação.

Seu sentido aranha disparou como uma explosão formigante. Não era exatamente um onze em uma escala de zero a dez, mas facilmente um oito. Esses caras não eram a ameaça, eles eram a isca, e o Homem-Aranha acabara de cair em uma armadilha.

TRÊS

O ESCORPIÃO nunca impressionou muito o Homem-Aranha com a qualidade de seus capangas. Na verdade, ele raramente usava capangas. Claramente ele precisava repensar sua agência de empregos, ou como esses caras operavam. Conversar um pouco com o pessoal do RH. Mas esses quatro não foram nada assombrosos, mesmo para os padrões do Escorpião.

Eles eram dispensáveis.

Esse, ao que parecia, tinha sido o ponto.

Quem quer que ele enfrentasse em seguida seria a verdadeira ameaça.

Não era o Escorpião. Isso era certo. Esse cara era mais ou menos da mesma altura do Homem-Aranha, magro e esbelto como ele, vestido todo de preto, nada extravagante – calça de moletom e um agasalho largo. Sobre a cabeça, ele usava uma balaclava preta, então nenhuma parte do rosto dele era visível.

Ou dela, ele supôs. Não havia razão para assumir que esse cara mau não era uma mulher má. Apenas uma pessoa má, embora a única evidência que ele tinha disso fosse a sensação de formigamento que lhe dizia que ele estava a caminho de uma luta séria. Ele começou com alguns tiros de teia, pensando que talvez pudesse acabar com o conflito antes que começasse.

As teias não atingiram nada além da parede. A pessoa de preto havia sumido, cambaleando pelo ar. Por um segundo, o Homem-Aranha pensou que aqueles movimentos pareciam familiares – como se ele pudesse saber quem era, se conseguisse se lembrar onde tinha visto um estilo de luta como aquele antes. Então ele percebeu.

Ele tinha visto esses movimentos no noticiário. Esse cara se movia como o Homem-Aranha. Como *ele*!

– Belo estilo – ele disse, saltando para uma parede distante, depois outra, depois outra. O truque das três molas. Nunca deixou de enganar o bandido comum. Um inimigo não poderia se esquivar de algo se não soubesse de onde isso vinha.

O cara se esquivou.

Hora de derrubá-lo.

Apoiando-se em uma parede, o Homem-Aranha criou uma barreira com seus atiradores de teia – onde o cara estava, onde provavelmente estaria na próxima fração de segundo, onde poderia pular inesperadamente. Uma barreira como essa consumiu muito fluido de teia, e aquela tinha sido uma noite movimentada. Ele era um motorista precavido que gostava de encher bem o tanque antes de esvaziá-lo, mas a gasolina já estava acabando. É claro que o típico motorista precavido não precisava se preocupar em ser baleado, esfaqueado, esmagado, pisoteado, eletrocutado, picado ou espancado se ficasse sem combustível.

Nenhuma das teias acertou em cheio, porque seu agressor saltou, pulou e investiu em um estilo que era muito familiar. Uma segunda barreira falhou também, e o Homem-Aranha começou a se perguntar por que ele estava se importando com esse cara. Com exceção de invasão (um crime que o Homem-Aranha também cometeu, quando ele parou para pensar sobre isso) o cara não quebrou nenhuma lei.

Mesmo que ele fosse capaz de pegar essa pessoa, provavelmente ela sairia andando.

Por outro lado, Andy o mandou para este lugar, onde por acaso havia um bando de capangas e um cara com algumas habilidades terrivelmente familiares.

– Isso não passa no teste de olfato – disse o Homem-Aranha – e não estou falando do seu odor corporal, embora isso também não passe no teste de olfato.

Ele saltou, deixando seus instintos assumirem. Estava pronto para se esquivar, rolar e dar estocadas – o que fosse necessário para colocar esse cara em desvantagem. A diversão já tinha durado tempo o suficiente. Era hora de seu oponente ser amarrado e explicar o que estava acontecendo ali.

O Homem-Aranha pousou atrás do Homem de Preto. Pelo menos esse era o plano, mas seu oponente já havia partido.

Não é de admirar que os caras com quem luto fiquem tão bravos, ele pensou. *Isso é irritante*. Em seguida, ele foi atingido por trás. Foi como ser atropelado por um caminhão em alta velocidade. Seu inimigo atingiu forte e rápido, fazendo o Homem-Aranha derrapar pela superfície pavimentada. Então o cara estava em cima dele. Ele se movia como o Homem-Aranha, mas lutava como um boxeador. Havia mãos por toda parte, batendo em seu rosto, seu peito, agarrando-lhe sem parar.

– Tire as mãos da mercadoria – o Homem-Aranha resmungou. Ele bateu com a testa para a frente, esperando atingir a área geral do nariz de seu atacante. Pelo menos esse era o plano. O cara recuou, evitando o golpe. O movimento permitiu que o Homem-Aranha se libertasse e saltasse para o andaime. Ele se virou e mirou com o pulso, mas não havia ninguém para acertar.

Peter ficou tenso, pronto para um ataque surpresa de qualquer ângulo, mas então percebeu que seu sentido aranha não estava mais vibrando. Tinha ido embora. Ele se moveu ao redor do perímetro do telhado, rápido e erraticamente, mudando sua trajetória e velocidade para tornar uma emboscada mais difícil, mas ficou claro que isso não passava de um exercício de cautela.

O Homem de Preto tinha ido embora.

– Então, nada do Escorpião, é o que você está me dizendo – ele disse para si mesmo. Essa coisa toda tinha sido uma armação, mas uma armação *estranha*. O Homem de Preto se movia como o Homem-Aranha, mas lutava como um profissional e se manteve firme. O latejar na bochecha do Homem-Aranha sugeria que o Homem de Preto tinha feito *mais* do que se manter firme. Ele tinha, de fato, uma chance real de acabar com o original.

Então, por que ele fugiu enquanto estava ganhando a luta? Havia muita coisa que ele não sabia, mas os fragmentos sugeriam um novo e perigoso inimigo com um plano completamente desconhecido. Em outras palavras, problemas. Ele precisava de informações e, no momento, o cara que armou para ele e o fez parecer um idiota parecia uma boa fonte.

Então, ele voltou ao porto. Andy já teria ido embora há muito tempo, mas mesmo que ele tenha passado a perna no Homem-Aranha, ele ainda não tinha ganhado de Deus o presente da inteligência. Com alguma sorte, ele deve ter deixado algum tipo de pista para trás, como sua carteira ou as chaves de seu apartamento. Se não encontrasse nada lá, daria uma olhada na loja de cobras depois.

Enquanto se dirigia para o seu destino, no entanto, sentiu o estômago revirar. Não precisava de poderes de aranha para saber o que estava acontecendo. Luzes azuis e vermelhas piscando, um cerco policial, o barulho de conversas no rádio.

Algo deu terrivelmente errado.

ANDY estava morto.

O Homem-Aranha empoleirou-se nas sombras no convés superior de um dos navios e olhou para a cena abaixo. O corpo estava cercado por uma dezena de policiais. Eles nem se deram ao trabalho de ligar para os paramédicos – não havia motivo para isso. Havia uma grande poça de sangue no convés abaixo dele e uma grande mancha na frente da camisa do rapaz.

Uma hora atrás, o garoto estava vivo...

Uma mulher circulava pela cena, tirando fotos sistematicamente com o celular. Um cara à paisana – provavelmente um legista – estava estudando o corpo e fazendo anotações em um tablet. Um punhado de policiais uniformizados vasculhavam a cena com lanternas, em busca de pistas. Um homem de bigode, provavelmente um detetive à paisana, estava impassível, bebendo café em um copo de papel com estampa grega e olhando para longe. Sua gravata esvoaçava com a brisa.

Tinha que haver alguém por trás disso, algum tipo de autor. O garoto tinha sido apenas um peão.

Ainda mais alarmante, quem quer que estivesse trabalhando com a falsa pessoa-aranha estava confiante de que o *verdadeiro* Homem-Aranha responderia ao arrombamento em uma loja de cobras. Isso significava que alguém estava rastreando seus movimentos, seguindo seus passos naquela noite, ou que tipo de ligações da polícia provavelmente chamariam sua atenção – ou ambos. Isso sugeria um investimento alarmante de tempo e energia.

Peter não gostava de deixar que as emoções obscurecessem seu pensamento, mas o fato era que Andy estava morto lá embaixo. Ele era uma pessoa, e provavelmente não era uma pessoa terrível. Ele tinha o direito de viver e cometer erros e, com sorte, aprender com eles, e alguém havia tirado isso dele. Eles fizeram isso para mexer com o Homem-Aranha.

Isso tornou tudo pessoal.

Também significava que o Homem-Aranha tinha informações de que a polícia precisava. O truque era descobrir a melhor maneira de repassá-las. O cara com o café e a gravata esvoaçante provavelmente estava no comando, então o Homem-Aranha precisaria pegá-lo sozinho. Infelizmente, o detetive não mostrou sinais de movimento.

– Parado aí!

A voz o assustou. Erguendo os braços no ar, ele se virou lentamente para encarar uma mulher empunhando uma arma de aparência muito desagradável, do tipo preferido pelos policiais de Nova York. Apesar da pistola que ela segurava, o sentido aranha dele não formigava, então ela não representava uma ameaça imediata.

– Você conhece o protocolo – ela disse. – Mãos onde eu possa vê-las.

– Oh, fala sério – disse o Homem-Aranha. – Isso é realmente necessário? – Ele podia pensar em muitas respostas, mas queria ouvir o que ela tinha a dizer.

– É necessário – respondeu a mulher – porque você é o principal suspeito de um assassinato.

QUATRO

ELA era uma mulher esguia na casa dos 30 anos, vestindo jeans, uma jaqueta de couro e uma camisa amarela. Ela parecia estar falando sério, embora não parecesse terrivelmente ansiosa para atirar nele.

O Homem-Aranha relaxou um pouco.

— O que você está fazendo aqui? — ela perguntou a ele.

— Eu não o matei — ele respondeu. Ao falar, seu tom soou patético.

— Eu sei disso — ela retrucou. — A menos que você tenha descoberto como esconder uma pistola nesse seu traje colado ao corpo. A pistola ficaria como um tumor.

— Obrigado? — Ele ofereceu.

— Não seja engraçadinho. Diga-me o que você sabe.

— Alguma chance de você abaixar essa arma?

A mulher olhou para ele, então suspirou.

— Eu não acho que isso faria muita diferença para você, de qualquer maneira. — Ela guardou sua arma. — Você simplesmente a agarraria com aquelas suas cordas.

— Na verdade, são teias — disse o Homem-Aranha. — Movidas pela ciência. De qualquer forma, vamos fazer isso da maneira educada. Eu sou o Homem-Aranha. E você é...?

— Tenente Yuri Watanabe — ela disse em uma voz cortante — e eu não estou procurando por um novo amigo. Você é uma pessoa de interesse em uma investigação de assassinato e, embora levá-lo à delegacia para interrogatório apresentaria alguns desafios, colocar um alerta contra você provavelmente atrapalharia sua semana. Então, que tal você parar de desperdiçar meu tempo?

Sem bobagens, dura como pregos e disposta a trabalhar com o Homem-Aranha. Ele gostou disso — e isso o fez pensar. Durante anos, ele se perguntou o quanto mais poderia fazer se tivesse um relacionamento direto com o departamento de polícia. Sua mente pensou nas possibilidades. O ponto seria provar seu valor para ela. Isso envolveria uma quantidade muito menor de piadas por frase do que ele naturalmente estava acostumado, mas ele tinha certeza (se ele se concentrasse) de que poderia fazer isso.

— Diga-me como posso ajudar — ele disse.

— Por que sua voz de repente ficou tão grave?

— Não ficou.

— Ficou, e ainda está. Antes você parecia uma criança...

— Ei!

— E agora você parece uma criança tentando enganar alguém pelo telefone.

— Que tal menos crítica e mais resolução de crimes? — ele propôs. Um pequeno sorriso irônico cintilou nos lábios da tenente Watanabe. Então ela estava de volta aos negócios.

— Você vê aquele contêiner lá embaixo?

Ela apontou para um retângulo de metal branco a cerca de 60 metros do lugar onde o outro policial à paisana estava ainda tomando seu café. Ele também estava olhando para o telefone e, dessa distância, Peter não tinha certeza, mas parecia que ele estava entretido com algum tipo de jogo de combinar joias.

— Aquele é o escritório de segurança do terminal — disse ela. — A porta fica do outro lado, então se você puder me encontrar lá sem que ninguém veja, eu gostaria de lhe mostrar uma coisa. Dê-me cinco minutos.

Então ela se foi.

CHEGAR à entrada não foi problema. Com um pouco de balanço criativo, ele passou pela porta. A tenente Watanabe estava sentada a uma mesa, passando os dedos pelo teclado. Estava escuro, mas meia dúzia de monitores de vídeo iluminavam seu rosto, cada um mostrando uma seção diferente da instalação. O contêiner cheirava a roupas velhas de ginástica.

Watanabe se virou no momento em que ele entrou, e sua mão se moveu em direção à arma, sem tocá-la. Ela podia estar disposta a trabalhar com ele – podia até confiar nele a princípio – mas não estava disposta a baixar a guarda. Peter não gostava menos dela por isso. Era bom senso.

– Eu disse a todos que precisava me concentrar aqui, então temos alguns minutos – ela começou sem nenhum preâmbulo. – Mas não temos todo o tempo do mundo, então guarde seus comentários e perguntas para o final.

Seus dedos dançaram pelo teclado. Um dos monitores escureceu e começou a tocar uma gravação. A primeira coisa que ela mostrou a ele foi um clipe em preto e branco revelando seu primeiro encontro com Andy. A hora da gravação passava rapidamente no canto inferior esquerdo. Era sempre estranho assistir a imagens dele mesmo. Havia uma parte de sua mente que nunca se acostumou a se ver de fora.

– Quando saí, ele estava bem – disse o Homem-Aranha. A filmagem apoiava sua versão.

– Silêncio – ela disse, adiantando a filmagem pelo que pareceram apenas alguns minutos. O vídeo mostrava Andy saindo do cais, tentando se manter nas sombras, provavelmente atento às câmeras de segurança. Então o Homem-Aranha saltou atrás dele, caindo levemente sobre seus pés, tão levemente que Andy pareceu não notar.

Definitivamente não foi assim que as coisas aconteceram...

Ele conhecia aquele movimento. Sabia pousar de 10 metros de altura, sem fazer barulho. Ele fazia isso o tempo todo para pegar os bandidos. Levara meses para aprender o truque no início. Agora aquilo era parte de sua natureza.

O problema era que não era ele. Certo? Os movimentos estavam certos – tão certos que ele teve que se lembrar de que aquilo era impossível. Ele olhou para o relógio na tela. A essa altura, ele estava a caminho do canteiro de obras.

Caramba! Tem que ser o cara. O impostor.

Peter estava prestes a abrir a boca para dizer algo quando o impostor do Homem-Aranha levantou a mão direita. Ele segurava uma arma. Parecia absurdo, estranho e grotesco. O Homem-Aranha nunca tocou em uma arma, a menos que fosse para tirá-la de algum idiota que tinha uma. Mesmo assim, ele costumava usar suas teias. Armas são grandes, barulhentas e desagradáveis. Elas eram difíceis de serem sutis e, frequentemente, mortais. Elas eram tudo o que ele não queria ser.

O impostor deve ter dito alguma coisa, porque Andy deu um pulo, seus ombros balançando para cima e suas pernas balançando no meio do caminho. Ele se virou e começou a recuar. Houve a explosão do clarão do cano, uma violenta erupção de luz que obscureceu todo o resto na moldura escura. Quando a luz clareou, Andy caiu ao chão.

O impostor levou um momento para examinar o corpo, então disparou mais três tiros na figura caída. Ele parou por mais um instante e então desviou o olhar para a câmera de segurança. Pelo menos, parecia que ele tinha feito isso. Era difícil dizer com a máscara. Ele então ergueu a mão esquerda, uma teia foi lançada e ele saiu do campo de visão da câmera.

O HOMEM-ARANHA precisava de tempo para organizar seus pensamentos. Havia uma centena de coisas que ele queria dizer, e ele ainda nem sabia o que metade delas poderiam ser. Ideias irrompiam em sua mente, apenas para serem substituídas por outras. Revolta, pena, indignação – emoções cruas tinham vantagem aqui, mas havia outras coisas. Observações de pequenos detalhes que alguma parte distante e mais calma de sua mente sabia que poderiam ser úteis para a detetive. Era difícil manter a lógica, no entanto. Andy tinha morrido enfrentando um impostor. Ele morreu acreditando que tinha sido alvejado pelo Homem-Aranha. Isso não tornava o crime pior, mas o deixou ainda mais determinado a fazer algo a respeito.

– Eu não fiz isso – ele disse. – Eu nunca faria algo assim.

– É inconsistente com seu comportamento anterior – respondeu Watanabe em tom clínico – e seria difícil provar que uma pessoa usando uma máscara é igual a outra que também usa a mesma máscara. Porém o criminoso se move como você, e isso é mais difícil de imitar. Se tiver um álibi, isso nos ajudaria. Talvez haja outro lugar em que você possa aparecer em uma câmera ao mesmo tempo? Embora, novamente, ainda tenhamos o problema da máscara e da identidade.

– Antes de tudo, esse não sou eu. – Seus pensamentos começaram a mudar de foco, pelo menos alguns deles. – Eu não uso armas e absolutamente não saio por aí assassinando pessoas. Mesmo o *Clarim Diário*, quando o Jameson estava pedindo minha cabeça, nunca afirmou que eu faria isso.

– Acredito em você – disse Watanabe, repetindo a filmagem – mas minha opinião não conta como prova.

O Homem-Aranha se aproximou da tela, olhando para a figura fantasiada que apareceu ali.

– Congele-o – disse ele. – Ali. O traje não está certo. É parecido. É uma boa cópia, definitivamente melhor do que algo que você compraria em uma loja de fantasias, mas o design está um pouco errado. Não posso dizer nada sobre a cor, mas o símbolo da aranha não se parece exatamente com o meu e as linhas da teia estão muito próximas umas das outras.

– Percebi isso também – disse a tenente Watanabe. – Aqui, olhe para a filmagem anterior. – Ela o trouxe para outra tela. – Você teria que mudar sua roupa para algo quase idêntico, e depois voltar. Não faz sentido, mas quando estamos lidando com vigilantes fantasiados, "algo fazer sentido" nem sempre se aplica...

O Homem-Aranha respirou fundo, organizando seus pensamentos. Ele precisava contar a ela tudo o que havia acontecido e descobrir o que seria mais útil. Ela pegou o celular, e ele começou, descrevendo seu encontro com Andy, recebendo a dica sobre o canteiro de obras. Ele também falou tudo o que aconteceu lá.

– Parece muito conveniente – ela disse sem emoção enquanto digitava. – Um cara que pode copiar seus movimentos aparece *por acaso*, na mesma noite em que o Homem-Aranha é filmado matando uma criança. – Ela balançou a cabeça. – Como eu disse, as coisas com sua gente nem sempre fazem sentido, mas isso parece uma armação. Os capangas descartáveis estavam lá para atrasá-lo enquanto o verdadeiro bandido trocava de roupa e corria até lá para enfrentá-lo.

Parecia plausível, mas ainda havia muitas perguntas sem resposta.

– Por que trocar de roupa?

– Talvez porque ele quisesse que você visse isso? – ela disse com um encolher de ombros. – Provavelmente, imaginou que você iria vê-lo no noticiário, e não aqui com uma policial, mas acho que o atirador queria que este vídeo fosse um soco no estômago. Alguém está provocando você. Eu perguntaria se você tem algum inimigo, mas essa é uma pergunta estúpida.

– Se o canteiro de obras tiver câmeras de vídeo, e a maioria deles tem, pelo menos isso provará essa parte da minha história.

– Estou pensando a mesma coisa – disse ela. – Você tem um endereço?

Ele contou a ela sobre o prédio, e os olhos da tenente Watanabe se arregalaram. Ela largou o telefone e se virou para olhar para ele.

– Você está brincando comigo? Tem certeza de que esse é o local?

– Sim – disse ele – Por quê?

Ela soltou um longo suspiro que sibilou entre os dentes cerrados.

– Esse local está escondido atrás de centenas de páginas de documentos e meia dúzia de empresas de fachada, mas esse canteiro de obras é propriedade de Wilson Fisk. – Ela moveu a boca como se estivesse tentando se livrar de um gosto ruim. – O maldito Rei do Crime.

CINCO

FISK, ele pensou. A raiva floresceu dentro dele, irradiando tanto para fora que era difícil permanecer quieto.

Fisk sempre estava no noticiário. Na época em que começou a agir como Homem-Aranha, Peter estava convencido de que Fisk era – como os tabloides afirmavam – o Rei do Crime, o criminoso mais implacável da cidade. Claro, Peter era apenas um garoto do ensino médio naquela época, mas ele foi levado a provar que poderia usar seus poderes com responsabilidade.

Ele cometeu um grande erro, logo depois de obter seus poderes de aranha – uma decisão frívola de não agir quando poderia ter agido, *deveria* ter agido, e isso levou à morte de seu tio Ben. Ele jurou nunca mais ficar de braços cruzados quando havia algo que ele pudesse fazer. Algo que faria a diferença.

Esse algo foi colocar o Rei do Crime atrás das grades. O Homem-Aranha dedicou meses de sua vida a esse único objetivo – interromper as operações de Fisk, mantê-lo fora do jogo e procurar evidências concretas sobre as quais até mesmo um promotor distrital subornado ou chantageado teria que agir.

O Homem-Aranha desenterrou essa prova. Ele coletou arquivos, laptops, fotografias e testemunhas. Encontrou evidências suficientes para colocar Fisk em um macacão laranja sob medida para o resto da vida.

Naquela época, parecia o triunfo de uma vida. Ele se lembrava de estar sentado no sofá com sua Tia May, enfiando a mão cheia de pipoca na boca enquanto o noticiário local mostrava o criminoso Fisk entrando na delegacia.

– Sabe, Peter, houve um tempo em que eu não tinha certeza de como me sentir sobre aquele Homem-Aranha – Tia May disse a ele –, mas certamente parece que ele fez um grande favor à cidade.

Vindo dela, aquilo era muito bom. Aquele coquetel de orgulho, satisfação e contentamento (a sensação de saber que ele realmente havia realizado algo importante) seria difícil de superar.

Então a vida o superou. A vida o derrubou e golpeou sua cabeça metafórica.

Os advogados do Fisk começaram a trabalhar e, de repente, metade dos meios de comunicação da cidade estava do lado de Fisk. "Foi uma armação", disseram eles. O Homem-Aranha era um bandido, ele próprio um criminoso, e queria que homens de negócios honestos como Wilson Fisk fossem destruídos para que os criminosos de verdade pudessem ter as rédeas soltas. Evidências desapareceram. Documentos desapareceram ou foram alterados. As fotos foram alteradas. Os registros do computador desapareceram. As testemunhas "esqueceram" coisas ou se lembraram de relatos totalmente novos que exoneraram Fisk, que o fizeram parecer inocente, o fizeram parecer um herói, lutando para salvar seu negócio enquanto um vândalo sem lei em uma fantasia tentava derrubar tudo que um homem honesto havia conquistado.

Fisk partiu.

Ele saiu do tribunal e depois do país. Ele ficou fora anos, e talvez isso fosse bom o suficiente, o Homem-Aranha disse a si mesmo. Claro, aquilo não era o ideal. Ninguém queria um cara como Fisk sendo mau no território de outra pessoa, mas pelo menos o Homem-Aranha havia limpado seu próprio quintal. Se as pessoas de todos os lugares fizessem o mesmo, os bandidos não teriam onde se esconder.

Era uma vitória fraca, o Homem-Aranha sabia, mas era tudo o que ele tinha.

Então, um ano atrás, Fisk voltou à cena, gastando dinheiro, investindo em importantes negócios imobiliários, desenvolvendo partes da cidade há muito negligenciadas, criando empregos e fazendo caridade. Os jornais estavam cheios de histórias sobre a Fundação Fisk, um novo esforço de caridade que visava promover oportunidades para nova-iorquinos de todas as rendas. Wilson Fisk era um homem mudado, ele disse a quem quisesse ouvir, o que incluía vários jornalistas cujas organizações estavam cheias do dinheiro de Fisk. Ele nunca foi o que os vigilantes alegaram, disse a eles, mas *foi* egoísta e ganancioso, concentrado em nada além de seus próprios resultados.

As dificuldades lhe ensinaram o preço do egoísmo. Agora ele entendia que, para ter sucesso, era preciso fazer o bem, e por isso cada projeto que investia tornava a cidade um pouco melhor, melhorava a vida dos cidadãos. Ele não queria lucrar, a menos que outros também lucrassem.

Isso era o que ele afirmava, e era nisso que muitas pessoas pareciam acreditar. A verdade é que Fisk estava de volta ao tráfico de drogas, extorsão, sequestro e lavagem de dinheiro. Todos os seus velhos truques. Se algo era sujo, violento e lucrativo, tinha as mãos dele. O Homem-Aranha sabia disso e tinha certeza de que poderia provar, mas não sabia se provar isso mudaria alguma coisa. Não mudou da última vez.

– **SEI** que você tem sua própria história com aquele pedaço de lixo – disse Watanabe. – Essa é uma das razões pelas quais estou lhe dando o benefício da dúvida. Estou tentando abrir um processo contra Fisk desde que ele voltou, mas tive que fazer isso às escondidas. Há muitas pessoas acima de mim que não querem que Fisk seja investigado.

– Fisk sempre teve policiais em sua folha de pagamento.

– Supostamente – disse Watanabe, mas seu tom deixou claro que não havia dúvida. – Essas acusações foram retiradas, lembre-se. Você desempenhou um papel muito importante na prisão dele naquela época. Quando foi isso? Cinco anos atrás?

— Sete — disse o Homem-Aranha.

— Certo — ela disse. — Acho que a pergunta é: o que Fisk quer agora? Por que se dar todo esse trabalho? O que ele armou para você?

— Parece que é melhor se concentrar em pegar esse imitador — propôs o Homem-Aranha. — Fisk é escorregadio e podemos nos preocupar com seus motivos mais tarde. Este falso Homem-Aranha, esse falso eu, pode fornecer todas as respostas. Você pode pedir a transmissão da câmera de vídeo do canteiro de obras?

— Posso pedir — ela disse — mas se eles disserem não, precisaremos de um mandado de busca e, sem nenhuma evidência de crime além de sua palavra, não vejo isso acontecendo. Mesmo que conseguíssemos um mandado, levaria tempo. Fisk pode fazer com que seu pessoal apague ou altere as imagens até lá.

— Por que Fisk teria um canteiro de obras secreto? — o Homem-Aranha perguntou. — Todo mundo sabe que ele é um empreendedor imobiliário.

— Esse edifício nada mais é do que um centro comercial luxuoso de alto nível — explicou Watanabe. — Não há nada de nobre nisso, nada que beneficie o "homem comum". Seu objetivo é ganhar muito dinheiro, então ele não quer que seja divulgado, já que não condiz com seu novo golpe de "mocinho".

— Nada disso nos diz o que ele quer.

— Parece a boa e velha vingança para mim — disse Watanabe. — Você mexeu com ele. Agora ele está mexendo com você. Você realmente o afetou naquela época. Você reuniu uma tonelada de boas evidências, mas os advogados de Fisk foram capazes de levantar muitas dúvidas razoáveis, especialmente com relação as evidências reunidas por um cara vestido de aranha.

— Então não faz sentido ir atrás dele de novo?

— Eu não disse isso — ela respondeu. — Se você tivesse alguém de dentro para ajudá-lo, alguém que pudesse limpar as evidências da maneira como Fisk lava dinheiro, as coisas poderiam ter sido diferentes da primeira vez. Sei que vocês, caras fantasiados, são solitários, mas talvez possamos nos ajudar.

Isso era o que ele estava esperando ouvir. Era uma ótima ideia, mas ele não queria parecer muito ansioso. Então ele se recostou e cruzou os braços.

— Talvez.

– Normalmente fico fora de Chinatown, mas o Hell's Kitchen está com falta de pessoal esta noite – disse ela. – Aquele palhaço lá fora jogando algum jogo estúpido em seu celular também não é sempre meu parceiro. – Ela gesticulou com a cabeça, parecendo enojada. – Na verdade, acho que ele pode ser um dos caras na mão do Fisk, e é por isso que fico feliz em deixá-lo jogar em seu celular em vez de me ajudar. Peguei este caso, e aquele idiota ficará feliz por estar fora de perigo. Tudo isso significa que eu dou as ordens. Vou partir para a ofensiva, argumentar que suprimimos o ângulo do Homem-Aranha. Dizer que as evidências deixam claro (e realmente deixam) que se trata de um impostor, e não queremos entrar no jogo dele. Mais cedo ou mais tarde, o cara vai ter que atacar de novo.

– E outra pessoa será morta.

– Talvez sim, talvez não. – Ela deu de ombros. – Não há razão para pensar que ele fará o mesmo jogo duas vezes. Também não há razão para pensar que ele não usará violência novamente, não importa o que façamos. Nossa melhor opção é mantê-lo jogando o nosso jogo, em vez de nos deixar jogar o dele. Enquanto isso, você e eu vamos atrás do Fisk.

– Ir atrás dele como?

– Eu não sei – ela admitiu. – Preciso pensar um pouco sobre isso, mas você pode ir a lugares que eu não posso, e eu sei de coisas que você não sabe. Suas habilidades devem ser capazes de nos trazer evidências que eu nunca poderia ter nas mãos de outra forma, e eu posso transformá-las em algo que se sustentará no tribunal. – Ela fez uma pausa e acrescentou: – Deixe-me pensar um pouco sobre isso. Se você não gostar do que eu sugerir, você pode recusar, mas tenho a sensação de que você gostaria de ver Fisk afundar tanto quanto eu.

Ela estendeu sua mão.

Os dois se cumprimentaram, e talvez fosse apenas a emoção do momento, mas parecia que algo importante havia acabado de acontecer.

– Vamos esperar que não pioremos as coisas – disse ele. – Watanabe sorriu.

– Eu posso ver que vai ser muito divertido trabalhar com você.

AINDA não eram nem onze horas.

Parecia muito mais tarde, como se o sol fosse nascer em breve. Peter ainda não havia processado tudo o que tinha acontecido. A armação, Andy sendo assassinado, o impostor e Fisk. Era um ensopado borbulhante de coisas horríveis. O único ponto de luz era a tenente Watanabe. Se ela estivesse disposta a trabalhar com ele e descobrir como eles poderiam reunir suas forças, talvez houvesse uma chance de acertar as coisas.

Dentro do seu apartamento no East Village, Peter navegou pelas pilhas de roupas, pratos sujos, montes de livros e partes de computador amontoadas de forma torturante. O lugar era apertado, malcuidado e muito caro. Ele estava atrasado com o aluguel do mês passado e não conseguia nem pensar no deste mês. Morar em uma caixa de sapatos que ele não podia pagar era apenas parte do glamour de ser um super-herói.

Enquanto tirava seu traje, ele tentou concentrar sua raiva na direção certa. Fisk era famoso por contra-atacar, então não era surpresa que – mesmo depois de todos esses anos – ele estivesse tentando se vingar do Homem-Aranha. Fisk não sabia como ferir o homem, então imaginou que poderia ferir a imagem. Peter não podia se preocupar com sua reputação, no entanto. Ele tinha que se concentrar em fazer o máximo para ajudar o maior número possível de pessoas.

O próprio Tio Ben disse isso.

– *Com grandes poderes vêm grandes responsabilidades.*

Era algo que Peter não havia considerado na noite em que decidiu não parar aquele ladrão – o ladrão que mais tarde matou seu tio. Essas eram palavras com as quais Peter tentava viver de acordo agora. Ele tinha a responsabilidade de usar suas habilidades da melhor maneira possível. Ele também tinha o hábito de examinar tudo o que fazia, analisando cada movimento, cada decisão, para ver se poderia ter feito melhor.

Havia escolhas melhores que ele poderia ter feito esta noite – escolhas que poderiam ter salvado a vida de Andy? Peter pensou que tinha feito o que parecia ser a coisa certa no momento, sem saber que havia sido colocado no tabuleiro de um jogo maior. Se Fisk estava envolvido, porém, ele não podia se dar ao luxo de baixar a guarda – de novo não. Fisk era tão corrupto quanto parecia, e Peter não podia mudar isso. Ele poderia, no entanto, detê-lo, o que significava fazer tudo que estivesse ao seu alcance para que isso acontecesse.

Mas primeiro as coisas mais importantes.

O que ele precisava mais do que qualquer outra coisa era ver MJ. Ela sempre o acalmava, o ajudava a se sentir melhor. Ela não estava atendendo o celular novamente, então ele achou que deveria sair e procurá-la.

Abrindo o chuveiro, ele deu uma cheirada cautelosa em seu traje. Havia um rasgo, uma lembrança da luta com seu oponente. Ele precisaria consertar isso. O traje também estava começando a cheirar mal, mas limpá-lo era complicado e demorava muito. Isso teria que esperar. Felizmente, as camadas externas eram à prova do odor, o que significava que, por enquanto, ele seria o único a ter que conviver com o cheiro desagradável. No entanto, quando ele o retirou, o suor parecia se elevar de seu corpo em ondas.

Eu estou nojento, pensou.

MESMO que Peter tivesse se examinado de perto em um espelho, ele não teria visto o pequeno dispositivo, do tamanho de uma unha, preso na parte inferior das suas costas. Desde o momento em que seu agressor rasgou seu traje e o prendeu à pele, ele começou a se camuflar, adaptando-se às suas redondezas em cor e textura.

Também não saiu no banho. Tinha suas limitações, no entanto. Ele iria secar e descascar em poucos dias. Enquanto isso, ele transmitiria seus dados.

ERAM 11h37 e Peter ainda não havia feito contato com MJ. Ele sabia que era tolice se preocupar, mas se preocupava mesmo assim. Isso fazia parte do pacote, e MJ sabia disso. Peter havia perdido seus pais quando era muito jovem, e esse fato o impressionara com a fragilidade do mundo. Ele havia perdido seu tio Ben por causa de suas próprias escolhas tolas. Isso só fez esses sentimentos se tornarem mais intensos.

Ele fez de tudo para manter sua identidade em segredo. Não importa como, ele tinha que manter MJ, Tia May e *todos* os seus amigos fora de perigo. A possibilidade o perseguia todos os dias, no entanto. Por mais cuidadoso que fosse, *alguém* poderia descobrir quem ele era e usar as pessoas de quem gostava para atingi-lo.

Ou pior.

Então é claro que ele se preocupou. Mais do que isso, ele queria conversar com a única pessoa que sabia de seu segredo, contando-lhe tudo o que havia acontecido naquela noite.

MJ alugou um apartamento perto do Washington Square Park, e ele tinha a chave. Ele entrou, mas apenas para se certificar de que a lendária coruja noturna não o tinha surpreendido indo dormir cedo. No entanto, sem sorte, ele considerou suas opções.

Ele poderia ligar para o amigo que tinham em comum, Harry Osborn. Os três eram próximos há anos, e às vezes MJ contava a Harry coisas que não contava a Peter. Ela disse que era porque Peter tendia a se preocupar. Objetivamente ele entendia, mas isso o incomodava – principalmente porque ele era uma pessoa preocupada. Isso, ele sabia, era um círculo vicioso. Além disso, se MJ ia confiar em mais alguém, Peter queria que fosse Harry. Ele era inteligente, perspicaz e uma boa pessoa em todos os aspectos.

Ele também tinha muito mais tempo livre do que Peter. Ao contrário de algumas pessoas que, digamos, trabalhavam o dia todo em um laboratório e depois percorriam a cidade metade da noite como Homem-Aranha, Harry tinha a vantagem de ter um pai rico. Era uma vantagem, Peter sabia, que Harry teria dispensado em um instante.

Harry resistiu por muito tempo a trabalhar para a Oscorp, a empresa de seu pai. Ele esteve brevemente disposto a trabalhar em um projeto de animais para sua mãe, mas isso não satisfez Norman Osborn. Por outro lado, Norman nunca ficava satisfeito. Agora Osborn era prefeito da cidade de Nova York, e isso pode ter sido uma bênção. Administrar a cidade significava que Norman não tinha tanto tempo para incomodar seu filho, pressionando Harry a fazer algo com sua vida. Ele havia se tornado uma pedra no sapato de seu filho em meio período.

Assim, crescer rico veio com seus próprios fardos – embora Peter pudesse estar disposto a carregar fardos como esses. Ainda assim, ele pensou ter entendido. Ele sempre teve gana de realizar grandes coisas, de abrir seu próprio caminho no mundo. Muitas vezes parecia se debater em um mar agitado, lutando apenas para sobreviver. No entanto, como você se motivaria sabendo (não importa o que acontecesse) que ficaria bem?

Mais uma vez, problemas que Peter não se importaria em ter que lidar. Mas ele sabia que as lutas de Harry eram reais.

Seu amigo havia agendado uma viagem para a Europa e esperava que algum tempo fora o ajudasse. Harry "queria viajar, ver o mundo, considerar suas opções", disse ele. Ele visitaria algumas das instalações europeias da Oscorp, mas isso era para apaziguar seu pai. O que Harry realmente queria era passar algum tempo longe de seu pai e colocar a cabeça no lugar.

NA VERDADE, Harry estava em casa. Isso apenas provava que ele realmente não tinha ideia do que queria, ou como conseguiria isso. Lá estava ele, um belo jovem de 22 anos, herdeiro de bilhões, sozinho em seu apartamento em uma noite de sábado – lendo revistas *médicas*. É verdade que ele nunca foi realmente muito festeiro, mas isso era triste até mesmo para os padrões de Harry.

– Você está pensando em estudar medicina? – Peter perguntou enquanto se sentava. O apartamento de Harry era quatro vezes maior que o de Peter e mobiliado com coisas que as pessoas compravam em lojas de verdade. Verdade seja dita, Peter tinha um certo carinho pelos tesouros encontrados nas ruas de Nova York. A emoção da caça e tudo mais. Harry deu de ombros enquanto servia a Peter um copo de água saborizada com gás.

– Apenas considerando minhas opções.

Peter pegou o copo enquanto Harry se sentava em frente a ele. Aquilo tinha que ser difícil, à sua maneira. Grande parte da vida de Peter fora ditada pelo que ele sentia que *tinha* de fazer – usar suas habilidades com sabedoria, aprender o máximo que pudesse, pagar o aluguel, evitar desapontar as pessoas que se importavam com ele. Talvez fosse paralisante ter tudo entregue em uma bandeja de prata.

– Talvez você possa dar uma olhada em algumas faculdades de medicina na Europa.

– Talvez – Harry respondeu evasivamente. Então ele riu. – Ouça, Pete, pare de fingir. Sei perfeitamente por que você está aqui – disse ele. – Somos amigos há muito tempo, então você não vai ferir meus sentimentos. Você quer saber onde MJ está.

– Ela não está atendendo o telefone – Peter admitiu timidamente. – E é tarde.

– Talvez para um velho como você.

– Diz o cara que está lendo revistas médicas no sábado à noite.

– *Touché* – respondeu Harry. – Mas o que você tem feito de tão interessante? Onde quer que MJ esteja, por que você não está com ela?

E aí estava! Peter odiava isso. Ele considerou várias vezes contar a verdade a Harry, mas nunca foi capaz de fazê-lo. Não que ele não confiasse em Harry. Ele confiava nele completamente. Tudo sempre se resumia ao fato de que ele não *precisava* contar a ele. Ele poderia ser amigo de Harry e não contar a ele, e isso mantinha os dois um pouco mais seguros.

Havia também uma parte dele que se preocupava com a possibilidade de que, caso contasse a Harry, Norman Osborn descobrisse. Harry poderia deixar escapar alguma coisa, ou falar durante o sono. Alguma coisa. *Qualquer coisa.* Ele poderia deixar escapar uma fração da verdade, e o incansavelmente inteligente Norman Osborn juntaria o resto. Não que Peter pensasse que Norman era ruim, mas ele também não era exatamente bom. Ele gostava do poder um pouco demais.

Por que outro motivo um cara no comando de uma das empresas mais bem-sucedidas do mundo decidiria ser prefeito de uma das cidades mais importantes do mundo? Era ego, pensou Peter, puro e simples. Se houvesse um prêmio lá fora, Norman Osborn não conseguiria resistir a agarrá-lo, fazendo tudo o que pudesse para ser o melhor, o mais importante, o mais influente.

– Eu estive, é... trabalhando no laboratório – Peter mentiu. – Tive alguns experimentos sensíveis ao tempo. – Era um clássico de seu saco de desculpas. Harry nunca pareceu suspeitar, em parte porque muitas vezes Peter realmente se envolvia em experimentos sensíveis ao tempo. Como filho de um cientista e inventor, Harry entendia muito bem isso.

– Sim, você está vivendo uma vida selvagem – disse Harry. – Como posso competir?

– Olha, se você está me provocando tanto, isso significa que você sabe onde MJ está e só quer me fazer sofrer.

– Talvez – Harry admitiu. – Além disso, eu não queria que você ficasse todo protetor quando descobrisse que ela está no Hell's Kitchen.

– Ela O QUÊ? – disse Peter. – Sozinha? À noite?

– Calma, Lancelot – disse Harry, e ele riu.

– Ela pode cuidar de si mesma, e você sabe disso.

Se Peter não tivesse seus poderes de aranha, MJ conseguiria espancá-lo enquanto verificava seus e-mails. Ela estudou artes marciais por anos e, em algumas ocasiões angustiantes, provou que sabia praticar o que pregava. Logicamente, Peter teve pena do pobre rapaz que tentou levar a bolsa dela. Emocionalmente, ele queria estar lá para evitar que isso acontecesse.

– É uma matéria para tentar conseguir um emprego no *Clarim Diário* – disse Harry. – Ela está fazendo algum tipo de reportagem sobre pessoas que trabalham em turnos noturnos. Eu esqueci os detalhes.

– Isso parece interessante – respondeu Peter, tentando parecer tranquilo. – Talvez eu devesse fazer uma visita a ela, ver se posso ajudá-la. Dar a ela o benefício dos meus anos de experiência jornalística, você sabe.

– Como fotógrafo. – Harry sorriu. – Que tipo de ajuda você acha que poderia dar a ela?

Peter abriu a boca, mas não conseguiu pensar em nada para dizer.

– Relaxa, cara. – Harry riu novamente. – Ela me disse para avisá-lo se você aparecesse.

– Então por que ela simplesmente não me contou?

– Porque sabia que, se contasse, você *teria* que ir ver como ela está. – Ele deu uma olhada para Peter. – Talvez ela soubesse sobre seus "experimentos sensíveis ao tempo" e não quisesse que você se sentisse obrigado.

Tentando não parecer muito ansioso, Peter pediu a Harry que lhe desse o endereço. Eles conversaram um pouco mais – o mínimo que ele conseguiu – e se despediram, concordando em se encontrar em breve. Então Peter foi embora.

PETER não estava usando seu traje, então pegou um táxi que não podia pagar e encontrou MJ exatamente onde Harry disse que ela estaria. Era uma mercearia 24 horas no Hell's Kitchen, onde ela estava terminando uma entrevista com o dono, um homem tímido e educado chamado Danilo Ocampo.

Ocampo era um imigrante das Filipinas. Ele vinha trabalhando dezoito horas por dia nos últimos dez anos e, apesar de ter seu próprio negócio, ainda estava tendo dificuldades para pagar as contas. Como as outras pessoas que ela estava entrevistando, ele havia tirado a sorte grande de poder morar em um novo complexo de apartamentos Fisk a preços acessíveis. O artigo que ela estava escrevendo era sobre como os empreendimentos imobiliários de Fisk iriam mudar a vida dos nova-iorquinos comuns.

– Fisk – disparou Peter. – Você está brincando comigo?

Atualmente, o nome *Fisk* estava em toda parte. A mídia adorava o ângulo da sua ascensão e queda, apesar de Peter suspeitar que o Rei do Crime nunca perdeu sua fortuna, apenas fez um bom trabalho em escondê-la. De repente, ele se tornou o empresário mais benevolente de Nova York, construindo enormes edifícios cheios de apartamentos de luxo misturados com unidades subsidiadas igualmente espaçosas, pagando salários muito acima do padrão para seus trabalhadores e desenvolvendo projetos para atrair empregos para a cidade.

Na verdade, o estilo Fisk era roubo em grande escala, tráfico de drogas, tráfico humano, extorsão e lavagem de dinheiro para alguns dos criminosos mais perigosos do mundo. O estilo Fisk era poder, corrupção e aquisição a qualquer custo.

– Como você pode concordar em fazer uma reportagem sobre aquele cara? – perguntou Peter.

– Eu sei quem é o Fisk – sussurrou MJ – mas esta é uma boa história. Ela pode me fazer conseguir o emprego no *Clarim Diário*, então eu vou seguir com ela, porque, se eu cobrir o Fisk (mesmo que seja de uma perspectiva de entretenimento), posso descobrir provas que rasguem o véu da sua imagem pública.

Peter pensou no que havia ouvido da tenente Watanabe – que Fisk ainda estava construindo imóveis de alto padrão, apenas escondendo-os atrás de empresas de fachada. Uma história como essa poderia expor a hipocrisia do "novo" Fisk, mas também poderia colocar em risco as fontes de Watanabe. Pior, poderia colocar MJ na mira de Fisk, e ele não aceitaria isso de jeito nenhum.

Pegando MJ pelo braço, ele gentilmente a conduziu para fora. O que ele tinha a dizer a seguir poderia provocar uma reação ruidosa, e ele não queria que isso acontecesse na frente do sorridente Sr. Ocampo. Eles deram um passo para o lado, fora da luz que vinha da mercearia.

– Você *não* quer ficar no caminho do Fisk – disse Peter. – Você nem quer que ele se pergunte se você pode estar *pensando* em contrariá-lo. O melhor de tudo é que ele sequer saiba que você existe. Um cara desses não vai hesitar em mandar matar uma jornalista.

Ela olhou para ele por um momento antes de responder.

– Como assim, você pode correr todos os riscos que quiser, mas eu não posso? É assim que funciona agora? Porque é a primeira vez que ouço você falar disso.

– Eu não estou dizendo isso. – Ele resmungou. – Só estou dizendo que você pode se concentrar em outros tipos de histórias no momento. Só isso.

– Como shows de cães – ela sugeriu – e o último aplicativo da moda.

– Fala sério, MJ.

– Não, fala sério *você* – disse ela, cutucando-o no peito. Ela era tão intensa que ele sentiu um zumbido na nuca. – Estou me candidatando para esse cargo porque é onde há uma vaga, mas meu objetivo (meu *verdadeiro* objetivo) é reportagem investigativa. Assim que virem o que posso fazer, eu vou ter uma chance. Essa é minha vocação, Peter. É o que eu quero fazer. É assim que posso fazer a diferença. Você, de todas as pessoas, tem que entender isso, e você não pode estar falando sério ao me dizer para não seguir meu sonho.

Ele suspirou.

– Não, não estou. Nem estou falando isso! – Isso pareceu resolver o assunto. Ela deu um passo para trás e sorriu para ele.

– Olha, eu sei que você se preocupa – ela disse. – Eu também me preocupo com você, mas aprendi a lidar com isso. Agora você vai ter que aprender a conviver com isso também.

De repente, Peter percebeu que o zumbido não havia parado, e então ouviu um arranhão de sapato contra a calçada.

– Que lindo casal de pombinhos.

Eles se viraram e havia um homem parado ali. Ele se parecia com qualquer outro transeunte: camiseta, jeans, jaqueta... e um canivete.

– Entreguem suas carteiras – disse ele. – Joias também.

– Você não quer fazer isso – disse MJ, sorrindo docemente. – Apenas vá embora, mude sua vida.

– Não me diga o que eu...

Isso foi o máximo que ele conseguiu falar, porque o joelho de MJ havia feito contato com sua virilha. Embora não fosse necessário, quando ele caiu na calçada, ela acrescentou um chute. Então ela se inclinou sobre ele enquanto ele se contorcia no chão.

– Lembre-se, o crime não compensa – ela disse a ele pegando sua faca, fechando-a e colocando-a na bolsa. Então ela olhou para Peter. – Ainda bem que você estava aqui para me salvar.

Peter deu a ela um sorriso irônico.

– Entendido.

SEIS

ELA tinha um jogo no celular em que o objetivo era tocar na tela junto com o ritmo de um videoclipe. No entanto, Maya não conseguia ouvir a música. Ela nunca tinha ouvido nada, mas sempre se dava bem no jogo – talvez melhor do que alguém que podia ouvir. Havia outras pistas. O ritmo das formas e cores, o pulsar das vibrações. As pessoas que podiam ouvir não precisavam prestar atenção, estar atentas a todas as maneiras que o mundo se direciona sem som.

Essa luta foi assim. Tinha um ritmo, uma pulsação, uma batida antecipada. Havia uma música que ela não conseguia ouvir, que nunca poderia conhecer, e sua ausência a colocava em desvantagem. Mas também a libertava de suas distrações. Seus oponentes se perdiam na música, mas ela seguia o ritmo.

Ela usava um top preto simples e shorts de compressão. Seu cabelo preto na altura dos ombros estava preso em um rabo de cavalo apertado. Ela procurou expor o máximo possível de sua pele sem ofender seu senso de modéstia. Era importante sentir cada movimento, cada mudança no ar. Ela aprendeu tudo isso quando estudou dança. Ela não precisava ouvir o mundo para estar em contato com ele.

Seu oponente, aquele que ela não podia ver, aproximou-se por trás. Ele sabia que ela não podia ouvi-lo, então não se preocupou em ser sutil. Ela o sentiu, porém, por meio da pulsação de seus pés na lona abaixo. Maya sentiu a leve brisa quando ele ergueu o braço, preparando-se para derrubar seu porrete. Ela tinha visto seus movimentos antes, os estudou e memorizou cada detalhe. O que quer que ele fizesse, ela poderia antecipar e copiar.

Maya conhecia o arco de seu golpe. Ela sabia a que altura ele chegaria e como colocaria o pé direito, apontando ligeiramente para fora. No auge, ele parava por uma fração mínima de segundo.

Os dois homens à sua frente pensaram que poderiam armar uma emboscada e encaixotá-la. Ela os deixou acreditar que estava cercada. Era assim que ela venceria.

Se isso tivesse acontecido no mundo real, se fosse um ataque de verdade, já teria acabado. Os três homens estariam no chão, inconscientes ou com muita dor para lutar. Ali na academia ela arrasou, porque o Sr. Fisk gostou do show. Ele gostava de vê-la superar os adversários que deveriam ter todas as vantagens. Mesmo assim, em sua mente, ela era a pobre garotinha surda que ele salvara.

O Sr. Fisk dera tanto a ela. Era verdade, ele a *salvou*. Não havia outra maneira de colocar isso. Resgatou-a de uma miséria tão sombria e terrível que ela raramente se permitia lembrar. Ele não a tinha deixado forte – isso ela tinha feito por si mesma – mas permitiu que ela encontrasse sua força. Permitiu que ela se tornasse o que ela era. Então, se ele queria um show, era o mínimo que ela poderia dar a ele.

Os dois homens na frente se aproximaram. Eles também tinham porretes, enquanto Maya segurava a lança Cheyenne que um dia pertenceu ao pai dela, e ao pai do seu pai, e antes, ao seu bisavô. Fora feita no final do século XVIII e cuidadosamente preservada. O Sr. Fisk a havia presenteado, e agora era a única coisa que ela tinha de sua família. Ela sempre foi cuidadosa com a lança, mas não tão cuidadosa a ponto de não a usar.

Ela havia lutado com esses homens, e outros como eles, muitas vezes antes, então eles não tinham nada de novo para lhe ensinar. Lenny, à esquerda, queria ser um lutador de artes marciais mistas. Ele tinha força e disciplina, mas era atormentado por dúvidas. À sua direita estava Amal, à beira da meia-idade, mas ainda em ótima forma. O que os anos podem ter levado em velocidade, eles deram em astúcia.

Atrás dela estava Netto. Ele era um cara legal que claramente não queria bater nela, mas o Sr. Fisk tinha sido explícito em suas instruções. *Não pegue leve.* Netto tinha três filhas, duas delas quase prontas para a faculdade. Ele não estava disposto a fazer nada que pudesse arriscar seu emprego, arriscar sua capacidade de sustentar sua família.

Maya precisava derrotá-los, porque era isso que o Sr. Fisk queria, mas ela estava determinada a não os machucar. Eles eram homens decentes, todos eles, e se eles por acaso a machucassem – não que isso fosse possível – eles sentiriam arrependimento sincero. Então ela traçou o meio-termo. Derrubá-los, desarmá-los, dominá-los, mas fazer tudo isso sem arriscar nenhum ferimento real.

Amal fingiu um golpe, depois outro, e então avançou, levantando o braço bem alto. Ele já havia feito isso antes e, com a primeira finta, Maya sabia o que estava por vir. Lenny tinha menos paciência com teatralidades e simplesmente usava sua força e rapidez. Ele era bruto, sem sutileza. Ela levantou sua lança e, quando Netto atacou por trás, varreu as pernas de Lenny debaixo dele, desviando de Amal. Já tendo saído do arco do golpe de Netto, ela o espetou no plexo solar com a extremidade de sua lança. Havia uma ponteira de borracha fixada ali, que ela disse ao Sr. Fisk que era para proteger a madeira envelhecida. Na verdade, ela pretendia suavizar os golpes que ela infligia nessas sessões.

Netto desabou, deixando cair o porrete. Ela o chutou para fora de seu alcance, então deu um passo para trás e fez o mesmo com a arma de Lenny. Ele voou para fora do ringue. Amal virou-se para encará-la, então era uma luta um a um. Uma massa de músculos experiente, com 1 metro e 95 centímetros e 108 quilos, contra uma mulher de 22 anos, que lhe chegava à altura do peito e tinha a metade do seu peso. Ela também viu isso nos olhos de Amal. Agora que só restava os dois, ele estava resignado a suportar qualquer dor que viesse em sua direção.

WILSON Fisk estava parado nas sombras, perto da janela de vidro que dava para sua cidade. Observando a garota trabalhar, ele se permitiu um sorriso.

Ela era uma ferramenta, é claro, como todo o resto. Ele a usaria da maneira como ela melhor se adequasse a seus propósitos, mas ele tinha um prazer particular em Maya Lopez. Ela não era nada quando ele a encontrou, uma vítima selvagem, brutal e indisciplinada, perdida no sistema inútil da cidade. Ele a transformou não em sua arma mais formidável, mas certamente a mais interessante.

Foi o piano. Foi isso que o convenceu. Ele ordenou a um de seus homens que ficasse de olho nela depois que o pai dela morreu. Ela tinha 14 anos quando foi sugada para o sistema de adoção, no qual a negligência, a crueldade e a apatia trouxeram à tona seus impulsos mais brutais e perigosos. Embora ela fosse apenas uma criança, Fisk não queria correr nenhum risco. Ela descobriria a verdade? Ela buscaria vingança? Ele tinha que se certificar de que ela não se tornaria um problema.

Seu capanga havia mostrado a ele o vídeo de vigilância editado. A menina lutando por restos de comida, rechaçando as investidas de seu pai adotivo, de seus irmãos adotivos, com resultados quase letais. Ele também a vira falando carinhosamente em linguagem de sinais com outra garota surda, uma menos capaz de se defender dos valentões e predadores ao seu redor. Ainda havia algo humano ali, mas aqueles olhos maníacos sugeriam que não poderia sobreviver por muito tempo.

– Ela é perigosa – dissera o capanga de Fisk. – Talvez a melhor coisa a fazer seja eliminá-la.

Então ele a viu ao piano. Estava um desastre, desafinado, algumas teclas quebradas, mas ela tocava Chopin. A terceira sonata para piano, uma peça notoriamente difícil, e – falhas do instrumento à parte – ela a tocou perfeitamente. Mais do que isso, havia beleza e paixão no modo como ela tocava. Uma menina que nascera surda, tocando com tanta virtuosidade.

– Eu sou o novo pai adotivo dela – ele disse ao seu capanga. – Faça os arranjos.

Demorou menos de uma semana.

Longe do tormento constante e do medo, e finalmente tendo espaço para lamentar por seu pai, Maya floresceu. Ela era mais incrível do que ele poderia imaginar. Como ela aprendeu a tocar piano? Ela viu um músico na televisão tocar. Uma vez. Isso foi o suficiente. Ela conseguia imitar qualquer movimento que visse.

Ela estava entre suas criações mais preciosas. Ele ainda não tinha ideia de como a usaria, mas seu potencial e sua lealdade eram infinitos.

Ele observou enquanto seus três homens se levantavam. Eles estavam machucados, mas não seriamente feridos. A garota mostrou relutância em realmente machucar alguém. Isso poderia ser um problema. Ele teria que encontrar uma maneira de encorajar uma abordagem mais implacável. Até que ela provasse que estava pronta, ele não poderia arriscar revelar a ela todo o alcance de seus negócios.

– De novo – ele disse aos homens. – Netto, eu não vi você pegando leve com ela, vi?

– De jeito nenhum, chefe. – O homem balançou a cabeça raspada. – Você disse sem restrições, é assim que estamos agindo.

Fisk duvidava disso. Os homens a adoravam. Tratavam-na como uma irmã mais nova. Talvez fosse melhor trazer pessoas que não a conhecessem para essas lutas, mas então ele poderia perder qualidade. Por enquanto, era suficiente deixá-los saber que ele estava observando. Eles não queriam machucá-la, mas com certeza não queriam passar por cima de Fisk.

– Você também não deve se conter com eles – ele disse a Maya, quando percebeu que tinha contato visual com ela. – Eles sabem tão bem quanto você que na vida não há escapatória de um xeque-mate.

Ela assentiu, e o próximo round começou. Fisk estava convencido de que Maya poderia derrubar os três em menos de trinta segundos, mas ela estava levando cerca de dois minutos por luta. Parte disso era porque ela gostava de controlar o ritmo. Ele entendia isso. Mas ela também desejava poupar-lhes a humilhação, e assim preparava seus golpes para evitar causar danos graves.

Tão forte de certas maneiras, mas ainda atormentada por fraquezas sentimentais.

Hoang, seu secretário do terceiro turno, entrou na academia avançando com determinação, como se não estivesse aterrorizado. Nunca era um bom sinal. Ninguém gostava de dar más notícias a um chefe – muito menos a esse chefe em particular.

– O que é isso? – perguntou Fisk.

Hoang levou um instante para se firmar e, em seguida, entregou as notícias com sua melhor eficiência adquirida na escola de negócios.

– Desgraçado! – rugiu Fisk. Ele ergueu o punho e recuou. Hoang tremia diante dele. Se ele desferisse o golpe, mataria o secretário, mas Fisk estava aprendendo a controlar seu temperamento. Era algo que ele precisava alcançar se quisesse convencer o mundo de que era um tipo diferente de homem. Para que seus planos dessem certo, ele nunca poderia vacilar em público, e o primeiro passo para não vacilar em público era não vacilar em particular. Ele precisava ser forte o suficiente para conter sua força.

Ele abaixou o braço. – Eu lidarei com isso – disse a Hoang, afastando o homem com a mão. Será que Hoang sabia o quão perto ele esteve de agir? O velho Fisk não teria hesitado, mas o novo Fisk tinha uma imagem midiática a manter. Rumores de brutalidade no ambiente de trabalho não lhe seriam úteis. Seu lugar no mundo tinha mudado.

Ele voltou seu olhar para o ringue de luta. Amal e Lenny estavam caídos, mas Netto ainda estava de pé. Ele estava posicionado diretamente atrás de Maya, que havia assistido à troca de palavras com Hoang.

Instantaneamente, Fisk travou o olhar em Netto, que sabia o que havia feito. O terror apareceu em seus olhos.

– Chefe – ele disse. Ele recuou, mantendo as mãos abertas em sinal de rendição, como se isso fosse ajudá-lo.

– O que eu te disse? – disse Fisk, se aproximando como um touro enfurecido. – Você não pode se conter.

Netto continuou a recuar. Ele tropeçou e caiu sentado.

– Ela se distraiu – protestou Netto. – Eu não vou bater em uma surda...

Isso foi o máximo que ele conseguiu dizer. Fisk levantou um de seus enormes pés e colocou Netto sobre o joelho. O som de ossos se partindo reverberou pelo ginásio e então os gritos começaram.

É ASSIM que ele é, Maya disse a si mesma, *mas ele está melhorando*. Por um momento, ela pensou que o Sr. Fisk continuaria a pisotear, e talvez houve um tempo em que ele faria isso, mas agora ele tinha controle sobre si mesmo. Ele estava aprendendo a ser uma pessoa melhor. *Ele tinha muita raiva, mas fez muitas coisas boas.*

Coitado do Netto. Ele ficaria fora por semanas, talvez mais tempo. Talvez nunca pudesse lutar novamente. Mas o Sr. Fisk cuidaria dele, isso era uma certeza. Ele era bom nesse tipo de coisa. As filhas de Netto nunca saberiam o quão perto estiveram de perder o pai, mas não o perderam. Elas não passariam pelo que Maya passou. Elas foram poupadas.

Uma vez que ela pensou dessa forma, decidiu que nunca mais pensaria sobre isso. Ela trancaria essas lembranças junto com todas as outras coisas que era melhor não recordar. *O que o Sr. Hoang havia dito a ele? O que havia perturbado o Sr. Fisk?*

Às vezes ele confiava nela. Às vezes não. Maya não gostava de ser excluída – nunca trairia a confiança do Sr. Fisk. Ao mesmo tempo, ela achava que não poderia ser útil para ele se ele a mantivesse no escuro sobre tantas coisas. O Sr. Fisk era especialista em compartimentalizar. Era implacável nos negócios, carinhoso com sua esposa, indiferente ao sofrimento dos concorrentes, generoso com estranhos. Ele faria qualquer coisa por Maya e, no entanto, com alguém como Netto, que tinha sido um funcionário leal por anos...

Mas não. Isso era algo que ela havia decidido guardar. Ao retornar para sua suíte na Torre Fisk, ela entrou no banheiro e estendeu a mão para ligar o chuveiro, mas então a curiosidade falou mais alto. Ela poderia tomar banho depois.

Maya ligou o laptop e deixou seus dedos dançarem sobre as teclas, acessando um programa oculto e digitando a sequência de senhas. Então as transmissões estavam ao vivo.

Ela admitiu para si mesma que era errado espionar o Sr. Fisk, o homem que a havia resgatado, que havia lhe dado tudo. Ela disse a si mesma que queria apenas informações, para que pudesse ser mais útil ao Sr. Fisk. Além disso, ela estava simplesmente curiosa. Por que ele escondia tanto dela? Será que ele achava que ela não estava pronta? Ela sabia que ele tinha um lado sombrio. Sabia que ele misturava a linha entre o certo e o errado para servir ao bem maior. Ela poderia ajudá-lo se ele deixasse.

Maya poderia ajudá-lo a fazer escolhas melhores. Ela tinha certeza disso.

Havia três câmeras escondidas no escritório do Sr. Fisk, mas a transmissão tinha suas limitações: os ângulos podiam ser complicados e isso significava que ela nem sempre conseguia ler os lábios. Ela teve a ideia de adicionar um microfone oculto e conectá-lo a um software de reconhecimento de voz. No entanto, mais tecnologia significava mais risco, e ela detestava pensar no que aconteceria se o Sr. Fisk descobrisse sua vigilância.

Ele estava sozinho lá agora, sentado, segurando um copo d'água em uma mão, olhando para uma transmissão de vídeo em seu próprio computador. Maya conseguiu dar zoom para obter uma visão melhor do que havia chamado a atenção dele. Pareciam ser imagens de vigilância. Através de sua própria câmera, a transmissão era embaçada, e levou um tempo para Maya entendê-la.

Parecia ser o telhado de um canteiro de obras. Duas figuras estavam lutando, mas aquela não era uma luta normal. Elas saltavam no ar, giravam e cobriam distâncias impossíveis. Uma das figuras estava vestida toda de preto. A outra...

A outra era o homem que havia assassinado o pai dela.

SETE

ELA entrou sem bater na porta.

Ainda suada do treino e vestindo roupas esportivas, Maya parecia deslocada naquele escritório amplo e sombrio. Provavelmente, ela queria falar sobre o que ele havia feito com aquele idiota que não conseguia seguir ordens. A garota era bondosa demais. Ela não era implacável da maneira que ele precisava que fosse. Ainda havia tempo para moldá-la, porém. Ele estava certo de que ela se tornaria o que ele precisava.

Fisk estendeu a mão para desligar a transmissão de vídeo, mas já era tarde demais. Ela já havia visto. A expressão em seu rosto dizia tudo o que ele precisava saber.

– O que é isso?

– Eu pedi para você bater na porta – ele disse.

Ela era bondosa, mas não era fraca. Ela ignorou a tentativa dele de desviar o assunto sem perder o ritmo. Movendo-se ao redor da mesa – como se aquele espaço fosse tanto dela quanto dele – ela apontou para a tela de vídeo.

– É isso que o Sr. Hoang veio lhe contar? – perguntou Maya.

– Não é importante. – Fisk desligou o monitor e virou-se para ver se ela desafiaria sua decisão.

– É importante para mim – insistiu Maya, apontando um dedo acusador para a tela agora em branco. – Aquilo... Aquela *coisa* matou meu pai.

– E vamos levar o Homem-Aranha à justiça – disse Fisk. – Eu prometi isso a você, mas precisamos esperar o momento certo. Com tudo o que temos em jogo, uma grande batalha com um vigilante mascarado não é do nosso melhor interesse. Quando alcançarmos nossos objetivos, quando tivermos o poder e a influência para fazer o que quisermos, então o esmagaremos. Dei-lhe minha palavra, e pretendo mantê-la.

– Com quem ele estava lutando? – exigiu Maya. – Aquele homem de preto se movia exatamente como ele.

Mesmo recordando suas incríveis habilidades de observação, ele ficou surpreso que ela tivesse visto tanto, tão rapidamente. Ela podia se lembrar de qualquer coisa que tivesse visto, recriar qualquer imagem nos menores detalhes, mas isso era algo novo. Talvez para ela, uma imagem fugaz fosse como uma fotografia que podia ser estudada de todos os ângulos. Seria sua mente realmente tão aguçada? Fisk suspirou internamente. Isso não era algo que deveria envolvê-la. Ele queria que ela permanecesse obcecada por seu ódio ao Homem-Aranha, mas às vezes essa obsessão, esse foco único, se tornava mais um fardo do que uma vantagem. No entanto, afastá-la nesse ponto faria mais mal do que bem.

– Feche a porta e sente-se – disse ele. – Vou contar tudo a você.

O ESTRATAGEMA dela funcionou. Ela se preocupou por ter deixado escapar tanto, mas o Sr. Fisk pareceu não perceber. Ele considerava sua capacidade de observar, lembrar e imitar como uma espécie de magia, e qualquer coisa que ela fizesse com essas habilidades parecia possível. Assim que ela se sentou, o Sr. Fisk apertou um botão para ligar o monitor. Ele digitou algumas teclas e iniciou a reprodução do vídeo desde o começo. Maya observou atentamente, aprendendo, lembrando. Ela estava apenas vagamente consciente de como o ar estava fresco contra sua pele úmida. Quando terminou, ela se virou novamente para ele.

– O Homem-Aranha é um problema que não vai desaparecer – disse ele – até que nós o façamos desaparecer.

– E eu serei parte disso – ela disse. – Você me disse isso.

– Você será – ele assegurou a ela. – Depois do que ele fez ao seu pai, você sabe que jamais haveria uma ação final sem a sua participação. Nós vamos expor os crimes dele e veremos ele ser punido, mas no momento certo.

– Então, quem é aquele homem na transmissão? – ela perguntou. – Ele se move exatamente como o Homem-Aranha.

Embora ela não tenha dito em voz alta, Maya sabia que *ela* também podia se mover exatamente como o Homem-Aranha. Ela não conseguia grudar nas paredes, nem lançar teias, mas ela poderia lutar contra ele de igual para igual, golpe por golpe. Quando chegasse a hora de enfrentar seu inimigo, ele não seria capaz de tocá-la, mas ela poderia tocá-lo. Ela assistiu a cada vídeo dele que conseguiu encontrar e conhecia seu estilo de luta melhor do que ele mesmo.

Agora era um instinto para ela.

– O homem de preto é alguém que eu encontrei, alguém que treinei para enfrentar o Homem-Aranha – disse o Sr. Fisk.

– Eu treinei para enfrentá-lo – Maya retrucou.

– De fato, suas habilidades me inspiraram a seguir essa abordagem, mas eu não quero que você se exponha. Especialmente agora, quando eu preciso de você ao meu lado. Esse... contratado absorverá toda a atenção do Homem-Aranha, enquanto concentramos nossos esforços em outras áreas.

– Como você o treinou para pular assim? – Maya perguntou. – Suas habilidades...

– Eu tenho muitos interesses, muitos investimentos, alguns em países com leis mais relaxadas em relação a experimentos médicos – ele a interrompeu. – Nunca permitiria que você fosse submetida aos mesmos procedimentos, Maya. Você é importante para mim. Esse homem não é nada. É apenas uma ferramenta a ser usada e, se necessário, descartada.

Ela fixou os olhos escuros nele.

– Qual é o nome dele?

O Sr. Fisk suspirou. – Eu me recusaria a lhe dizer, mas se você quiser saber, vai descobrir. Sua tenacidade pode ser um desafio, embora seja o que a torna tão valiosa. O nome do homem é Michael Bingham. – Ele fez um gesto em direção ao computador. – Se eu concordar em enviar um arquivo com informações secretas sobre ele, você vai deixar o assunto de lado?

Maya pensou nisso por um momento e assentiu. Ela não sabia se realmente queria deixar o assunto de lado. Naquele momento, ela diria qualquer coisa para saber mais.

– Vou enviar os documentos por e-mail esta noite – ele disse. – Em troca, quero que você se mantenha longe dele. Ele é perigoso. Pelo que sei, ele nunca foi muito estável, mas o treinamento que ele enfrentou o desequilibrou ainda mais.

– Claro – ela disse. *Que fique registrado*, pensou ela, *que eu ainda não concordei com nada.*

– Até alcançarmos nossos objetivos, o Homem-Aranha é um problema do Bingham, não seu.

Maya assentiu. Ela se levantou da cadeira e se aproximou da porta, mas antes disso, voltou-se para seu mentor. – Quando o Sr. Hoang lhe trouxe a notícia sobre isso, por que você ficou tão chateado?

Sua boca se contraiu de uma maneira que indicava que ele estava tentando conter seu temperamento.

– O Sr. Hoang me trouxe notícias sobre outra coisa. – Ela ia começar a falar, mas ele levantou a mão para detê-la. – Um acordo de importação com os russos. Nada com que você precise se preocupar.

Ele estava mentindo. Quando ela pensou sobre o assunto, apenas alguns minutos depois de saírem da academia, ele estava revisando o vídeo, não lidando com oligarcas. Bingham poderia ser uma solução, mas também era um problema. Isso ficou claro.

Maya revisaria os documentos quando os recebesse e, em seguida, decidiria seu próximo passo. Apesar de sua lealdade, nenhuma carta estava fora da mesa, não quando se tratava do Homem-Aranha.

OITO

– O TRABALHO está deixando você entediado? – perguntou Theodore Peyton.

– Estou acordado! – Peter deu um salto e se sentou em sua estação de trabalho, afastando o sono. Enquanto começava a se concentrar, sentiu-se tomado pela humilhação. Como seria mais fácil, ele pensou, se não precisasse esconder sua vida como Homem-Aranha. Todas aquelas vezes em que sua Tia May pensava que ele estava esquecido, era pouco confiável ou distraído... Não seria ótimo dizer a ela que ele não tinha se esquecido de fazer aquela tarefa ou encontrá-la no ônibus? Não, ele estava salvando vidas! Todas aquelas vezes em que Harry pensava que ele não levava a amizade a sério... E agora o administrador do laboratório achava que ele tinha passado a noite acordado, em alguma festa.

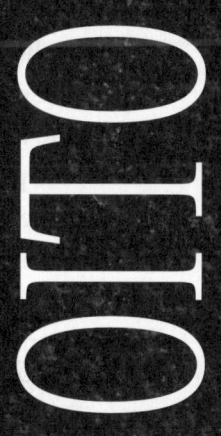

Mesmo em um domingo, Theodore Peyton estava usando um terno com uma gravata borboleta apertada o suficiente para cortar pão, talvez até serrar madeira. Ele era magro e alto, e com seus cabelos severamente repartidos e os pequenos óculos redondos, parecia um professor do século XIX. Não um professor agradável, é claro. O tipo de professor que gostava de bater em seus alunos com uma vara por não conjugarem seus verbos gregos rápido o suficiente.

Peyton, assim como Peter, era um cientista – mas também estava encarregado das finanças do laboratório, então nunca se podia prever se ele estaria usando jaleco sobre seu terno ou sentado em algum canto calculando números em uma planilha.

O diretor do laboratório – o homem que havia sido mentor de Peter em ciência desde seus dias de graduação – estava encarregado da ciência real, mas Theodore administrava o lado dos negócios. Ele economizava até o último centavo e se certificava de extrair o máximo de trabalho dos funcionários mal remunerados. Peter tolerava isso porque amava o chefe e acreditava na ciência, mas havia momentos em que não estava certo se isso era suficiente.

– Tenho certeza de que há lugares onde você preferiria estar em uma tarde ensolarada de domingo – disse Peyton com enfado. – A ciência pode não ser suficientemente glamourosa para você. Dito isso, não pagamos você para dormir aqui.

Não é como se Peter fosse pago por hora, e ele havia trabalhado pelo menos sessenta horas na semana passada. Ele tinha vindo porque havia trabalho a ser feito, e ficava feliz em fazê-lo – pelo menos de forma abstrata. Concordava com Peyton em um ponto, no entanto. Havia outros lugares onde ele preferiria estar.

O laboratório era como uma versão maior e mais científica do apartamento de Peter. Havia estações de trabalho, equipamentos mecânicos, monitores de computador, ferramentas e protótipos em várias fases de conclusão. Estavam por toda parte. O lugar tinha um clima de cientista maluco, se é que existe algo assim.

– Entendido, Theodore – disse Peter. – Eu fiquei acordado até tarde, mas vou voltar ao trabalho.

– Problemas para dormir de novo? – perguntou Peyton, mas não havia um pingo de bondade em sua voz. Peter vinha usando essa desculpa desde que começou a trabalhar no laboratório.

Peyton não estava mais engolindo essa desculpa, se é que já havia engolido alguma vez.

A verdade era que Peter realmente não se importava em trabalhar no domingo. Novos dados haviam chegado dos testes com relés neurais sintéticos, e os números precisavam ser analisados. Peter adorava o trabalho. Era emocionante e importante. O lugar estava na vanguarda da ciência que levaria a próteses sensíveis e totalmente funcionais. Eles estavam fazendo coisas que ninguém jamais havia feito antes, coisas que fariam diferença para milhões de pessoas. Só as aplicações para veteranos feridos já seriam impressionantes.

Ser o Homem-Aranha era importante, mas isso era diferente.

Peter nunca pediu por suas incríveis habilidades. Ele nunca ansiou por ser um combatente do crime mascarado. Ele *sempre* quis ser um cientista. Claro, com grandes poderes também vinham grandes responsabilidades, mas não era uma aptidão para a ciência um grande poder? Ele não tinha a responsabilidade de perseguir suas habilidades nessa área tão vigorosamente quanto fazia nas ruas?

Ele amava ser o Homem-Aranha – na maior parte do tempo. De certa forma, Peter nunca se sentia tão livre quanto quando estava usando seu traje. No entanto, ultimamente, ele começou a se preocupar com o fato de que ser um lançador de teias não era apenas uma parte de sua vida, mas também estava atrapalhando sua vida. Ele passava muito tempo lutando contra vilões, e esses vilões sempre pareciam voltar.

É claro que ele havia salvado muitas vidas, mas se ele tivesse ficado em casa assistindo à televisão na noite passada, Andy ainda estaria vivo. E as pessoas que sofriam quando lunáticos como Electro, o Escorpião ou o Shocker vinham atrás dele? O Homem-Aranha era um impedimento ou um ímã para os loucos? Estar lá fora estava piorando as coisas?

– Se você não está à altura da tarefa – disse Peyton, trazendo-o de volta à realidade –, eu posso substituí-lo por alguém que esteja disposto a dedicar seu tempo a este trabalho importante.

– Não há necessidade de recorrer ao inesgotável poço de trabalho escravo científico – disse Peter. – Dê-me meia hora, e terei os dados prontos.

TRINTA minutos depois, com o trabalho concluído, Peter entrou no escritório de Peyton e o encontrou revisando modelos de computador que representavam vias neurais artificiais.

– Os resultados foram enviados – disse Peter a ele. Peyton assentiu e abriu um novo arquivo em seu computador. Seus dedos finos começaram a voar pelo teclado enquanto ele localizava os dados que Peter havia gerado e os integrava ao modelo que estava executando. Peter observou enquanto braços animados apareciam na tela e depois se conectavam a tocos animados. Luzes fluindo, representando a transferência de dados do cérebro do sujeito para os membros artificiais, começaram a percorrer os braços e voltar. Mais algumas teclas, e as mãos se fechavam e abriam.

– Parece que você conseguiu fazer o trabalho – disse Peyton. – Espero que seu tempo para cochilar não tenha sido severamente prejudicado.

– O trabalho do chefe é incrível – disse Peter. Ele quase nem ouvia mais os comentários sarcásticos de Peyton. – Isso é empolgante.

– Sim – concordou Peyton. – Tenho que admitir, você contribui muito para nossos esforços, Parker. Sua mente é de primeira classe, sabe. Não tenho queixas sobre suas habilidades. É o seu empenho que considero insuficiente. Você deve lembrar que estamos servindo a uma causa maior aqui, e eu odiaria ver hábitos de trabalho negligentes atrapalharem. Você realmente é seu próprio pior inimigo.

Tendo em vista os tipos de inimigos que ele havia enfrentado ao longo dos anos, Peter desejou que isso fosse verdade. Ele preferiria enfrentar a si mesmo do que o Rino praticamente qualquer dia.

– Entendido, Ted.

– Meu nome é Theodore, como você bem sabe, e suas respostas rápidas não vão lhe proteger do ponto principal. Qualquer outra pessoa já teria sido dispensada há muito tempo, mas o diretor gosta de você, e você adiciona valor quando se esforça honestamente.

Peter estava tão envolvido em observar os modelos de computador na tela, e ignorar Peyton, que não havia percebido que outra pessoa havia entrado no laboratório. Ele desejou, não pela primeira vez, que seu sentido aranha também se manifestasse em situações embaraçosas, além de perigosas, porque ele tinha quase certeza de que aquela jovem atraente o ouviu sendo repreendido.

– Ah, excelente – disse Peyton quando avistou a mulher. – Peter, esta é a nova estagiária, Anika Adhikari. Ela é, entre outras coisas, competente em tecnologia, e vai fornecer assistência para nossa análise de dados. Anika, este é Peter Parker, ex-estagiário, agora funcionário.

– Você torna tudo tão empolgante – disse Peter.

– Oi – ela disse, sorrindo de forma neutra.

Peyton, como sempre, estava alheio à estranheza do momento.

– Peter, por favor, mostre o laboratório para a Anika – sugeriu. – Faça com que ela se familiarize com o ambiente e talvez comece a organizar os resultados dos testes dos modelos que acabei de analisar. Isso deve ajudá-la a se atualizar. Quanto mais cedo pudermos colocá-la para trabalhar de forma produtiva, melhor.

– Combinado – disse Peter.

Ele teria que fingir que não percebia o quão incrivelmente bonita ela era. Não que ela estivesse se esforçando. Seus longos cabelos escuros estavam presos em um rabo de cavalo. Ela usava jeans velhos e, na categoria de coisas que definitivamente não ajudavam, uma camiseta desbotada do Homem-Aranha. Não importava o quanto ela estivesse desarrumada, não fazia muito para esconder aqueles enormes olhos castanhos e um rosto em formato de coração que parecia irradiar bondade.

– Desculpe por ouvir você ser repreendido – ela disse enquanto caminhavam para longe do escritório. – Quero dizer, eu ouvi, e você sabe que eu ouvi, então é melhor deixar seu constrangimento à mostra, certo?

– E você está nas ciências, você disse? – retrucou Peter.

Ela riu. – Você me pegou. Eu só odeio situações embaraçosas. Eu sei que o cientista principal do projeto tem uma boa visão sobre você, mas aquele cara...

– Theodore Peyton – disse Peter –, mas poderia ser chamado de "Theo-*dor*". Concorda?

– É o melhor que você pode fazer?

– Ei, estou me aquecendo aqui – respondeu ele. – Ele não é realmente uma pessoa terrível, mas vive para equilibrar os orçamentos e extrair até a última gota de nossos recursos. Às vezes eu quero estrangulá-lo, mas a verdade é que teríamos dificuldade em manter as coisas funcionando sem ele.

– E ele pensa que você é um preguiçoso – ela disse com um sorriso fácil. – Entendi. Agora vamos ver as coisas legais.

– Coisas legais mesmo – concordou Peter, enquanto começava a mostrar o laboratório para ela. – Está tranquilo hoje, sendo domingo e tal, mas na maioria das vezes muita coisa acontece à noite e nos fins de semana. Vou te dar meu número, caso precise entrar em contato comigo. O chefe praticamente nunca vai para casa, nunca dorme e nunca para de trabalhar. Ele é incansável, o que é ótimo e assustador e intimidante. Se você está aqui, é porque é superinteligente, mas quando ele começar a falar, você vai se sentir como se ele tivesse cometido um erro e estivesse fora de sua área. Resista a esse sentimento. É uma prova de passagem. Além disso, ao contrário de Peyton, ele é realmente legal, e não faz isso para fazer você se sentir inferior.

– Acredite em mim, estou pronta para ser humilde – ela disse. – Li os artigos dele sobre eletroencefalografia teórica. Ainda não consigo acreditar que consegui o estágio.

– Onde você estuda? – perguntou Peter.

– Universidade Empire State – respondeu ela.

– Minha *Alma Mater* – disse Peter a ela. – Camiseta legal, aliás.

– Estou usando isso por ironia. – ela disse. – Os cientistas são os verdadeiros super-heróis.

– Eles estão entre eles, sim – respondeu Peter. – De qualquer forma, aquela ali é a cozinha. Não coma as barras de granola congeladas. O Peyton as adora por algum motivo, e ele sempre sabe exatamente quantas deveriam estar lá.

– Sem muita chance, mas obrigada pelo aviso.

Depois de terminar o tour pelo laboratório, Peter a instalou em uma estação de trabalho, configurou um login e uma senha e mostrou os arquivos em que ela trabalharia.

– Vamos começar com algo básico – ele disse. – Nada que você faça hoje será um desafio, mas vai ajudar você a se familiarizar com os termos do trabalho, o que tornará mais fácil mergulhar nas coisas mais interessantes. Lembre-se disso quando estiver pensando em todas as coisas melhores que poderia estar fazendo em uma tarde de domingo.

– Se eu não estivesse aqui, estaria estudando – ela disse. – É a vida na cidade. – Ela fez uma pausa por um momento constrangedor. – E você? Fez algo divertido ontem à noite? Um encontro?

Este era o momento de mencionar MJ. Seria a coisa certa a fazer, mas também seria um pouco estranho porque ambos sabiam que ela estava sondando, e ele não queria desencorajá-la.

– Apenas passei um tempo com um amigo.

Haveria muito tempo para contar sua história a ela. Mais tarde.

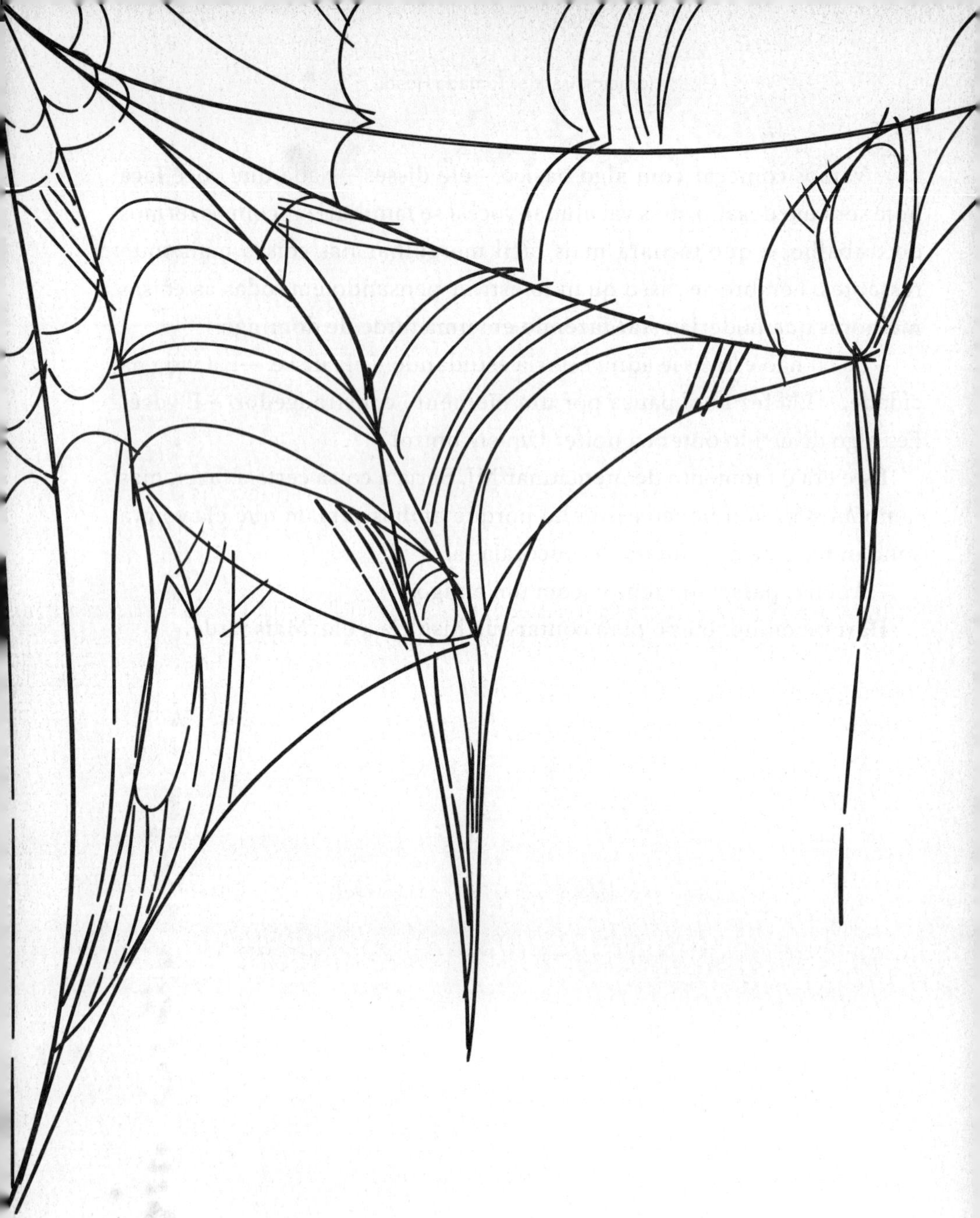

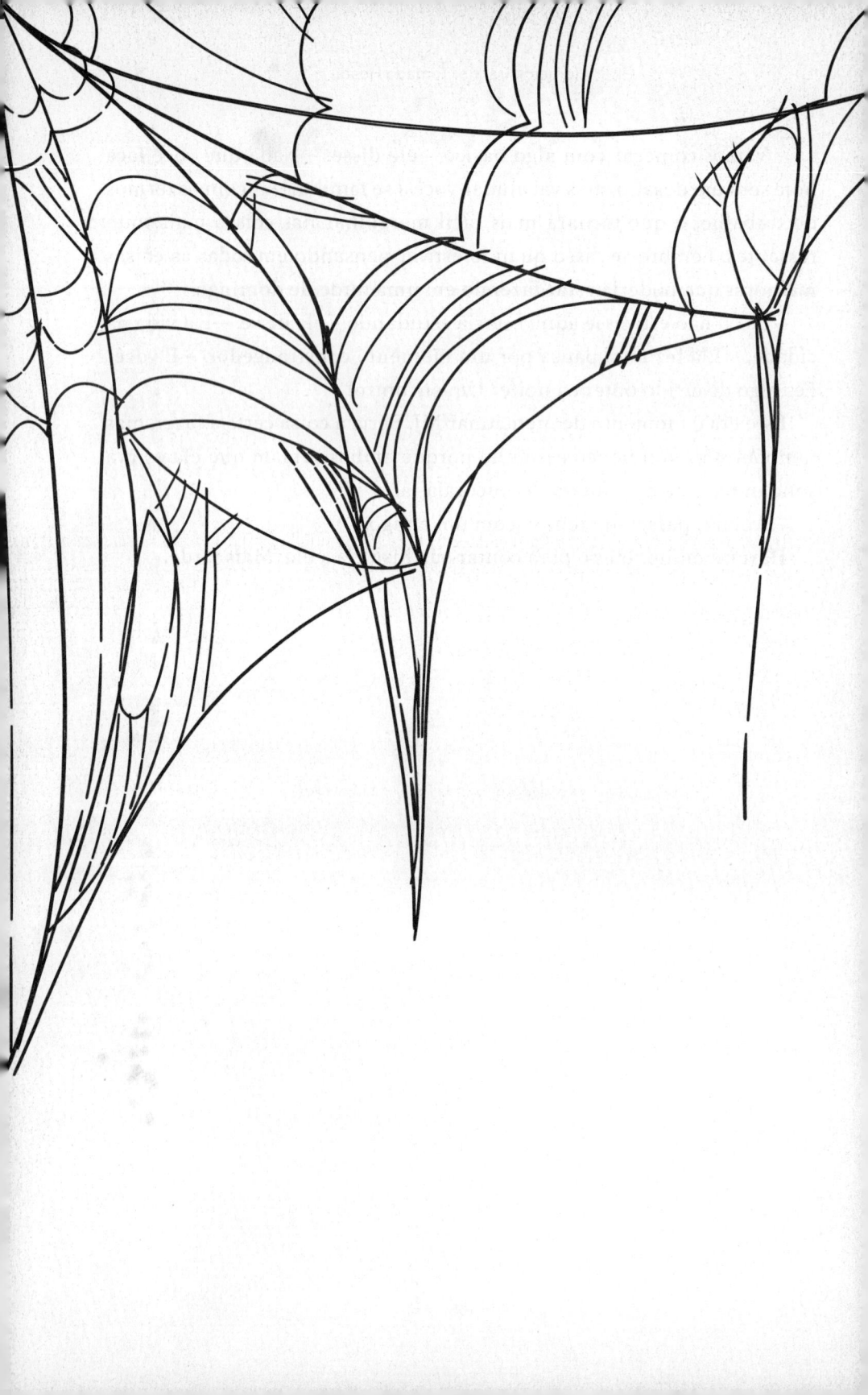

NOVE

MJ GOSTAVA da rapidez das coisas no jornalismo. Isso lhe agradava.

Ela havia passado a maior parte do domingo escrevendo e reescrevendo, e no início da noite havia enviado seu artigo para Robbie Robertson, do *Clarim Diário*. Sua secretária ligou na manhã de segunda-feira para dizer que o Sr. Robertson queria se encontrar com ela naquela tarde.

Aqui estava ela, 14h05 – menos de vinte e quatro horas após o envio –, em pé do lado de fora do escritório do editor-chefe.

– Ele está um pouco atrasado – disse a secretária –, mas não tanto quanto o habitual, o que significa que ele está adiantado. Então você tem sorte. Deve levar apenas mais alguns minutos.

MJ não se importava. Se meia hora depois ela ainda estivesse sentada ali, educadamente tomando café aguado e frio em um copo de isopor lascado, talvez se incomodasse, mas ainda não. Por enquanto, ela estava absorvendo a energia jornalística ao seu redor. Os telefones tocando, as vozes gritando, o incessante som dos teclados.

Uma mulher correu pela redação segurando um punhado de papéis. Parecia algo saído de um filme, e ela sabia que nada extraordinário estava acontecendo naquele momento. Não havia agitações políticas, batalhas super-humanas na Times Square ou escândalos explodindo. Era apenas mais um dia no corre-corre, e em breve – talvez amanhã – ela faria parte disso.

Ela tinha que pensar assim. O Sr. Robertson não a chamaria, não desperdiçaria seu tempo e o dele, apenas para lhe dizer que ela não tinha sido boa o suficiente. Ele ia lhe oferecer um emprego. Só podia ser isso. Ela seria uma colunista em um dos jornais mais importantes de Nova York.

MJ já havia escrito para o jornal de sua escola secundária e depois para o jornal na ESU, onde estudou jornalismo. No entanto, de alguma forma, depois de se formar, ela não tentou imediatamente conseguir um emprego. Sua vida tinha sido uma loucura, em grande parte porque ela era namorada de Peter. Isso soaria patético para qualquer outra mulher, mas Peter precisava de ajuda. Se ela fosse honesta, ele precisava de um gerente em tempo integral, pois estava salvando a cidade quase todas as semanas.

Ter um lugar na primeira fila para os feitos heroicos do Homem-Aranha fora emocionante no início. Ainda era, mas havia mais coisas que ela queria fazer, coisas que queria alcançar por conta própria.

Apesar de tudo, ela continuou escrevendo – principalmente artigos como freelancer para os diversos semanários da cidade e algumas reportagens investigativas de longo formato que ela lançou em algumas publicações on-line de destaque. Isso era um passo em direção a um objetivo maior. O jornalismo on-line poderia ser uma existência solitária, e ela queria a agitação da redação, aquela sensação de algo incontrolável prestes a explodir. Ela queria estar na linha de frente do que importava, desenterrando a verdade.

Para ser sincera, era difícil estar perto de alguém como Peter – que fazia a diferença todos os dias – e não querer fazer a diferença você mesma.

– Você é a MJ, certo?

Ela olhou para cima e encontrou uma mulher com uma aparência familiar sorrindo para ela. A mulher tinha cabelos escuros, uma expressão séria e estava estendendo a mão.

– Deixe-me pegar isso para você – ela disse, olhando para o copo de café. – Todo mundo está ocupado demais aqui para perceber que estão te dando café de sexta-feira. Espero que você não tenha bebido muito.

MJ entregou o copo, tentando afastar a sensação desagradável em seu estômago.

– Não tanto quanto poderia – ela respondeu, levantando-se. – Mas mais do que deveria. Já nos conhecemos...?

– Betty Brant – a mulher disse com um sorriso tranquilo. – Lembro de você quando o Peter Parker costumava tirar fotos para nós. Você é a esposa dele, certo?

Com as mãos agora livres do café frio, MJ as ergueu como se estivesse se defendendo de alguma coisa.

– Não vá com tanta pressa – disse com ironia. – Namorada.

– Robbie passou o seu artigo para mim. – Brant mudou de assunto sem perder o ritmo. – Ele ficou muito impressionado. Sou editora na redação da cidade, então dei uma olhada nele. – Ela fez uma pausa e acrescentou: – Tenho que dizer, ele estava certo.

– Uau – respondeu MJ. – Muito obrigada.

Brant acenou com a cabeça. – Ele vai te oferecer um emprego. Li alguns dos seus trabalhos no *Breakthrough* e no *Wrecker*, então sei que você não quer passar o resto da vida escrevendo matérias assim. Esse emprego está a um passo da porta, então não se preocupe. Eu comecei atendendo telefonemas e digitando memorandos, então acredite quando digo que trabalho árduo e paixão por notícias vão chamar atenção.

MJ sentiu suas bochechas corarem. Depois de passar tanto tempo à sombra de Peter, era ótimo ser notada por ser ela mesma.

– É muito gentil da sua parte dizer tudo isso.

Betty riu.

– Estou sendo egoísta. Embora as coisas tenham melhorado muito desde que comecei, o jornalismo ainda é meio que um clube de meninos. Nosso editor anterior, J. Jonah Jameson, não considerava mudanças uma prioridade. O Sr. Robertson é muito melhor, mas ainda quero empilhar o baralho com o máximo de mulheres incríveis possível. – Ela levantou o copo de café em saudação e depois o jogou na lixeira. – Se precisar de alguma coisa, me avise.

Ao se virar para sair, a secretária de Robertson fez sinal para MJ se aproximar.

– **GOSTO** muito disso – disse Robbie Robertson. Ele estava na casa dos 40 anos, com fios grisalhos nas extremidades, óculos deslizando pelo nariz. Tinha a aparência de um homem que já viu de tudo, como se tivesse saído diretamente de um elenco de jornalismo clássico. Apesar disso, havia um sorriso amigável em seus olhos.

Ele havia impresso o artigo dela, um claro sinal de que tinha vindo da geração anterior à era digital. Notas, sublinhados e comentários, todos em caneta vermelha, preenchiam as margens e espaços. Ela não se importava em ser editada, gostava de ser editada por alguém com um olhar afiado, mas parecia haver mais notas do que texto na página.

– Você é uma escritora talentosa – ele disse –, embora haja algumas passagens que parecem forçadas, como se você estivesse buscando um Prêmio Pulitzer. Não há nada de errado em mirar alto, mas você ainda precisa manter as coisas concisas e limpas. Deixe a história ganhar os prêmios, e não a linguagem rebuscada.

– Claro – ela disse. – Ainda tenho muito o que aprender...

Ele ignorou o tom do comentário dela. – Sim, você tem – concordou. – Eu também tenho. Estou nesse negócio há muito tempo, e nunca imprimiria uma palavra que não tivesse sido analisada por um editor inteligente que está sempre atrás de melhorias. Se você não gosta de ouvir que pode fazer melhor, o *Clarim* é o lugar errado para você.

– Eu entendo...

– O cargo é de redatora de matérias especiais – ele disse. – Você vai receber tarefas específicas, mas também terá tempo para seguir suas próprias investigações. Investigações especiais, Srta. Watson. Reconheço um movimento inicial quando vejo um. – Ele a olhou significativamente. – Eu li seus artigos on-line. Você quer ir atrás do Fisk, não é?

– Há um ponto... – ela disse. – Tenho certeza de que...

– Veja bem, eu tenho um prédio inteiro cheio de pessoas que querem ir atrás do Fisk – interrompeu Robertson. – Elas construíram sua credibilidade com o tempo. Por mais que eu precise de notícias sólidas, também precisamos preencher as páginas com modismos de exercícios e mercados de agricultores orgânicos e as últimas tendências em preparação para o SAT. É esse o trabalho que estou oferecendo. Não é perseguir o Rei do Crime. – Ele se levantou da cadeira. – Essa é a função de outra pessoa, e se você estiver fazendo o trabalho de outra pessoa, você não estará fazendo o que a contratamos para fazer. – O mesmo olhar novamente. – Estamos perfeitamente claros sobre isso?

– Perfeitamente – MJ respondeu, encontrando seu olhar. Ela entendia as regras do jogo, mas não ia se deixar intimidar.

Ele sorriu, e ela se sentiu mais relaxada.

– Faça o que tem que ser feito, faça bem e você subirá as escadas. Os melhores sempre sobem. – Ele entregou a ela a história marcada com anotações. – Você não é a melhor, Srta. Watson, mas é muito boa, e espero que você melhore. Não há motivo para você não se tornar a melhor, eventualmente, mas você tem que dedicar tempo e trabalho e passar pelo processo.

– Sim, senhor – disse ela, levantando-se para ficar em frente a ele. – Obrigada, senhor.

– Pode me chamar de Robbie, a menos que eu esteja bravo com você – disse ele –, o que não estou nesse momento. Agora leia as minhas anotações, aprenda com o que for útil e ignore onde eu estiver errado. Esteja aqui às oito horas amanhã, se apresente à minha secretária e, por favor, feche a porta ao sair.

MJ sorriu, segurou a impressão do texto e saiu. Ela havia conseguido. Ela conseguiu o emprego.

Não era exatamente o emprego que ela queria, mas estava no caminho certo. E ela entendia completamente o ponto de vista do Sr. Robertson... *Robbie* sobre precisar dela para escrever matérias especiais. Foi para isso que ela foi contratada, e ela faria o que foi contratada para fazer. Ela faria isso bem.

Quanto ao que ela faria em seu próprio tempo livre...

BETTY Brant enfiou a cabeça no escritório de Robbie Robertson.

– Tenho um bom pressentimento sobre ela – disse Betty.

– Ela vai ser uma dor de cabeça para mim – ele disse. Em seguida, deu um sorriso. – Então, sim, eu também.

DEZ

ELA estava lá desde pouco antes do pôr do sol, binóculos em volta do pescoço, vestida para estar pronta para qualquer coisa – leggings pretas e um top de mangas compridas. As luvas de parkour de couro expunham seus dedos, permitindo precisão, mas protegiam suas palmas de superfícies ásperas ou irregulares.

Enquanto se preparava, Maya estava pensando em seus sonhos. Neles, ela carregava a marca da mão no rosto. Talvez pudesse se tornar uma marca registrada – *sua* marca registrada, como o símbolo da aranha de seu inimigo odiado, preto em seu peito. Ela rejeitou a ideia, mas não podia abandoná-la completamente.

Ela tinha um saco de castanhas, caso precisasse de um lanche rápido rico em proteínas, e duas garrafas de água porque a desidratação a deixava sonolenta. Não podia se dar ao luxo de baixar a guarda. Não com esse cara.

O horizonte apareceu ao fundo enquanto ela apontava o binóculo para a janela do apartamento. O arquivo que Fisk havia dado a ela não era muito detalhado. Continha o nome de Bingham, seus parentes vivos mais próximos, onde ele havia estudado e um pouco mais. Porém, até mesmo seu endereço foi retirado.

Felizmente, Maya sabia como lidar com o sistema. Pescar por mais informações era uma boa maneira de ser descoberta, mas localizar uma versão original de um documento censurado era relativamente fácil e provavelmente passaria despercebido. A versão original não lhe revelou muito mais, porém.

Nas duas horas em que estava acampada ali, ela teve alguns vislumbres dele, mas nada substancial. Talvez o que ela estivesse fazendo fosse absurdo. O Sr. Fisk havia pedido que ela deixasse isso para lá, e ela deveria fazer o que ele pediu. Ele tinha suas falhas, ela sabia disso; mas confiava nele para agir em seu melhor interesse. Ele poderia tentar esconder coisas dela, mas nunca faria algo que pudesse prejudicá-la.

Ainda assim, por que ele precisaria de alguém que pudesse se mover como o Homem-Aranha? Ele não confiava nela para fazer o que precisava ser feito? Será que ele achava que ela não estaria disposta a fazer o que ele exigia dela?

Às vezes, o Sr. Fisk machucava pessoas. Ela tinha visitado Netto no hospital naquela tarde, e isso tinha servido como um lembrete indesejável de seu temperamento. Apesar de suas próprias tendências, no entanto, o Sr. Fisk nunca pedira a ela que machucasse alguém.

Então por que todo aquele treinamento?

Será que ele achava que ela não estava pronta?

A vida não era algo em preto e branco. Era cinza, e ela tinha fé – fé absoluta – de que se o Sr. Fisk quisesse que alguém fosse machucado, essa pessoa precisava ser machucada. Porque ela sabia disso, ela poderia ser a mão direita de que ele precisava. Tudo o que ela precisava fazer era mostrar o quão longe estava disposta a ir para promover a causa dele.

Sim, seus métodos podiam ser brutais, mas este era um mundo brutal. Maya sabia disso mais do que ninguém, e o Sr. Fisk estava tornando a cidade melhor, mais próspera, mais habitável para todos – não apenas para os ricos e privilegiados. Era uma missão que valia a pena perseguir. Não era apenas boa, era *justa*, e Maya estava preparada para fazer o que fosse necessário pela causa.

Se machucar o Homem-Aranha fazia parte do pacote, então isso era apenas um bônus.

O Sr. Fisk frequentemente dizia que Maya poderia fazer qualquer coisa, que ele nunca considerava sua surdez ao avaliar seu potencial. No entanto, ali estava ela, de lado, enquanto algum estranho fazia o que deveria ser seu trabalho. Não apenas fazendo, mas de alguma forma, irritando o Sr. Fisk.

Por que ele permitiria isso?

Ela descobriria o que esse homem estava planejando e mostraria ao Sr. Fisk que não havia nada em que ele não pudesse confiar que ela fizesse por ele. Ela mostraria a ele que, seja o que esse tal de Bingham pudesse fazer, ela poderia fazer melhor.

UMA hora depois, Bingham saiu pela janela. Vestindo um traje do Homem-Aranha.

Era um bom traje. Graças aos seus binóculos militares da Oscorp, era como se ela estivesse a dois passos dele. O traje parecia real – como uma segunda pele, assim como o traje do verdadeiro Homem-Aranha. As cores estavam corretas, mas havia algumas imperfeições. As linhas da teia estavam um pouco próximas demais, embora ela duvidasse de que alguém sem suas habilidades notasse.

Provavelmente, nem o próprio Homem-Aranha notaria a diferença.

Então, por que Bingham não usou esse traje durante a luta no canteiro de obras? O que ele estava planejando agora? Ela observou enquanto ele pulava da escada de incêndio, disparava uma teia de algum equipamento e se balançava pela noite.

Bem, só há uma maneira de descobrir...

Ela largou os binóculos, correu e saltou para o telhado adjacente.

NÃO era fácil acompanhá-lo. Bingham se movia rápido – mais rápido do que ela, apesar de que, se ela tivesse acesso a lançadores de teia, eles estariam em pé de igualdade. Ela tentou não pensar nisso. O Sr. Fisk tinha acesso à tecnologia de disparo de teia, e ele a havia dado a Bingham.

Não a ela.

Esse não é o momento para pensar nisso, ela pensou. Seu foco tinha que estar em seguir Bingham. Além disso, era melhor quando suas dúvidas se encerravam e ela podia viver a queimação de seus músculos. Isso ia exigir tudo o que ela tinha.

Nova York não oferecia um suprimento contínuo de telhados nivelados, o que significava que seguir um cara que podia se balançar de prédio em prédio apresentava desafios. Maya saltou do topo de um prédio para uma escada de incêndio, subiu até outro telhado, correu pelo topo e se lançou para agarrar uma tubulação de drenagem, mal tendo tempo de esperar que ela estivesse fixada corretamente. Ela pulou sobre unidades de ar-condicionado e muros de tijolos. Em seguida, subiu uma parede usando os parapeitos e buracos como pontos de apoio.

Felizmente, ele não foi muito longe. Havia uma rua lateral com um bar de vinhos italianos que oferecia mesas ao ar livre. Bingham se agarrou a uma parede – mais uma coisa que ela não conseguia fazer – e observou, enquanto Maya se agachava nas sombras. Nada de muito importante aconteceu até que um mendigo se aproximou, pedindo esmolas aos clientes do sofisticado bar de vinhos.

Bingham entrou em ação. Ele se balançou para baixo e apontou seus lançadores de teia para o mendigo. Com um chiado, o homem foi arremessado pela rua e envolvido por teia contra a parede de um prédio. Os clientes gritaram de horror e surpresa. Uma mulher indignada começou a gritar com Bingham para que ele parasse de agredir o pobre homem. Ele não parou, no entanto. Sem dizer uma palavra, ele pulou para cima, abrindo caminho na noite com suas teias.

Instantaneamente, Maya estava de pé, determinada a acompanhá-lo. Ela *precisava* ver o que viria a seguir.

MAS foi só isso. Bingham voltou para o seu apartamento, entrando da mesma forma que saíra, pela janela da escada de incêndio.

Qual é a dele?

O que ele esperava alcançar?

Intimidar um mendigo não era exatamente uma forma de derrubar o Homem-Aranha. Algumas pessoas podiam decidir que ele não era o herói que pensavam que ele fosse. A história poderia até chegar aos jornais, embora fosse menos provável agora que J. Jonah Jameson não estava mais no *Clarim Diário*. Ele era o único jornalista disposto a confrontar o Homem-Aranha.

Então, se isso não era sobre danificar a reputação do Homem-Aranha, qual era o objetivo? Seria o mendigo em si? Improvável. Se aquelas teias fossem como as verdadeiras, elas logo se dissolveriam. Caso contrário, a polícia as cortaria.

Seja lá o que isso fosse – um experimento, um teste de equipamento – não podia ser o fim do jogo. E isso significava que o verdadeiro plano ainda estava por vir.

MAYA tinha duas opções: a furtividade ou a abordagem direta.

Ela já havia coletado muitas informações. Provavelmente, ela deveria voltar para casa, fazer mais algumas investigações, talvez até confrontar o Sr. Fisk com o que havia descoberto. Ele poderia ficar impressionado com sua tenacidade, sua capacidade de acompanhar um homem que possuía habilidades e tecnologias superiores, ou ambos. Sim, a melhor coisa a fazer seria encerrar a noite.

Esqueça isso.

Se ela optasse pela furtividade, poderia tentar entrar sorrateiramente no apartamento de Bingham. No entanto, isso não parecia viável. Um entregador de pizza havia chegado logo depois que ele retornou, o que sugeria que ele ficaria em casa. Além disso, embora Maya não gostasse de se limitar e acreditasse poder fazer o que qualquer pessoa com audição podia fazer, ela não era irrealista. Não, invadir o apartamento de um homem enquanto ele está em casa seria tolice.

Restava a abordagem direta.

ONZE

ERA uma verdade universalmente reconhecida que um homem com uma pizza iria querer algo para beber. Ela bateu à porta segurando uma caixa com seis latas de SwillCo Cola.

Ele veio à porta vestindo uma regata e calças de moletom. Ele não era um cara grande, mas era magro e coberto com uma camada definida de músculos. Tinha uma testa baixa com sobrancelhas grossas que quase se tocavam, um nariz largo que claramente havia sido quebrado mais de uma vez, e lábios finos e sem cor. No entanto, foram os olhos que mais a impressionaram. Eram azuis, pequenos e estranhamente nublados. Como se ele estivesse pensando em outra coisa, mesmo enquanto tentava entender o significado da estranha figura com bebidas à sua porta.

Maya lhe deu seu melhor sorriso. Ela não estava exatamente vestida para impressionar, e odiava – absolutamente odiava – usar sua aparência para influenciar homens. Por outro lado, não havia nada de errado em ser simpática.

– Pensei que você poderia querer uma bebida para acompanhar essa pizza.

Ele a olhou desconfiado e parecia que sua mente estava a quilômetros de distância.

– Você é minha vizinha ou algo assim? – Ele colocou a cabeça para fora da porta e olhou ao redor. – Não gosto de vizinhos. Principalmente os curiosos.

– Não sou sua vizinha – disse Maya, mantendo o sorriso, e pensando que aquela pode ter sido, na verdade, uma ideia ruim. Ainda assim, ela já havia começado, então talvez fosse melhor ir até o fim. – Apenas uma pessoa que achou que você poderia estar com muita sede depois de se balançar pela cidade.

Houve um borrão de movimento, as sacolas caíram ao chão e ela estava dentro do apartamento de Bingham. Seu braço doía. Ela estava encostada na parede – ele a agarrou, atacou como uma víbora e a puxou para dentro. Uma das latas de refrigerante tinha estourado e seu conteúdo estava vazando pelo chão.

Bingham fechou a porta e virou-se para encará-la. Seus olhos não estavam mais turvos, não estavam mais distantes.

– Quem mandou você? – ele exigiu, se aproximando. Ela o tinha visto lutar na gravação da câmera. Não tinha sido muito, mas tinha sido o suficiente. Ele avançou contra ela, lançando um soco como um brigão de bar, mas acertando apenas o ar. Quando ele se virou, ela estava em seu ponto cego, atrás dele, desferindo um golpe forte em seus rins. Ele soltou um sopro de dor e cambaleou para a frente. Maya deu um passo para trás e levantou as mãos.

– Só trouxe bebidas – disse ela. – Não estou aqui para te machucar.

Então ela olhou ao redor. Havia algo estranho naquele apartamento. Não havia móveis de verdade – apenas algumas cadeiras plásticas dobráveis e uma mesa. A caixa de pizza estava apoiada em uma das cadeiras. Nenhuma TV, nenhum livro ou revista. Nada para mantê-lo ocupado, exceto caixas plásticas transparentes, e elas continham coisas muito peculiares.

Um pote de clipes de papel, outro de elásticos, um terceiro de sabonetes de hotel. E esses eram os itens menos perturbadores. Havia recipientes com terra, cadarços gastos, bolas de papel amassado. Havia também potes. Alguns deles continham líquidos de várias tonalidades de amarelo. Maya não queria pensar sobre esses. Outro continha o que pareciam ser centenas de baratas mortas.

Sob nenhuma circunstância ela queria estar em um espaço fechado com um colecionador de baratas.

Sem dizer uma palavra, ele avançou contra ela novamente, rápido e mortal. Como o assassino de seu pai, ele tinha habilidades incríveis, mas lutava de forma muito mais convencional. Ele golpeou com o punho. Ela fingiu que ia devolver o soco, mas deu um passo para trás em vez disso. Ela não estava lá para provar a si mesma. Ela não estava lá para vencê-lo. Ela queria informações. Se ela o machucasse, isso poderia deixar o Sr. Fisk muito, muito irritado com ela.

– Pare. Estamos do mesmo lado – ela disse. – Eu trabalho para o Sr. Fisk. Assim como você. – Bingham deu outro golpe nela, mas acertou apenas o ar. Em seguida, ele parou e *riu*.

– Como você fez isso? – ele perguntou, sua linguagem corporal um pouco mais relaxada.

– Eu sou rápida – ela disse. – Nós dois somos rápidos, certo? – Ela não era nem de longe tão rápida quanto ele, mas sabia lutar muito mais inteligentemente do que esse cara. Se tivesse acesso à tecnologia dele, ao treinamento dele, qualquer que tenha sido esse treinamento, ela só podia imaginar as coisas que poderia realizar. Vingar a morte de seu pai estava no topo da lista. Fazer o Homem-Aranha pagar era a primeira coisa que faria, mas depois disso, ela poderia ser o que o Sr. Fisk precisasse dela.

Ele se levantou e abaixou as mãos, mantendo os punhos cerrados, ela observou.

– Quem é você mesmo? – Bingham perguntou. A luta acabou, ele se virou para pegar uma fatia da caixa de pizza. Levou muito tempo escolhendo a fatia, depois se virou, sorrindo para ela.

– Você quer uma?

– Não, obrigada. – Ela não conseguia imaginar comer algo que tivesse passado algum tempo naquele apartamento.

Ele virou-se para estudar as bebidas caídas. Isso pareceu ocupá-lo por um tempo. Talvez ele não fosse tão inteligente quanto ela pensava. Depois de um momento, ele pegou uma lata de refrigerante.

– Quer beber alguma coisa? – ele disse, sorrindo novamente.

– Estou bem – ela disse. – Só quero conversar.

– Você não pode ouvir nada. – Ele sorriu amplamente. – Você é surda! Você tem lido meus lábios.

Então ela percebeu. Ele havia feito as mesmas perguntas – sobre a pizza e as bebidas – quando estava de costas para ela, e ela não tinha notado. Maya não fazia questão de esconder o fato de ser surda. Que as pessoas tirassem suas próprias conclusões. Se elas quisessem subestimá-la, fariam isso por sua própria conta e risco. Ainda assim, ela sentia como se tivesse revelado uma fraqueza que ele poderia explorar.

– Como você não tem aquela voz de pessoa surda? – ele perguntou sinceramente, como se fosse uma dúvida razoável.

– Porque trabalhei duro para soar como alguém que pode ouvir – ela disse, cruzando os braços. – Agora, você se importaria se eu fizesse algumas perguntas?

– Você está aqui porque o Sr. Fisk te mandou? – ele disse, rasgando um pedaço da pizza como se imaginasse morder a cabeça de alguém. – Pode dizer ao Sr. Fisk que mandar sua pequena garota surda aqui não estava no acordo.

Maya franziu a testa. Isso seria muito mais fácil se eles pudessem relaxar, e ela desejava que Bingham a convidasse para se sentar – embora, agora pensando sobre isso, ela não estava certa se gostaria de se sentar em qualquer uma daquelas cadeiras.

– Acho que começamos mal – ela sugeriu.

– Não sei... Foi divertido quando eu te agarrei – disse Bingham. – Puxei você para dentro. Isso foi um bom começo. – Ele franziu o cenho. – Mas não foi tão bom depois disso.

– Só preciso de algumas informações – disse Maya. – Para o Sr. Fisk.

Bingham resmungou. – Uma pena porque não sou bajulador do Fisk. Não trabalho para ele, garota surda. Sou um contratado. *Con-tra-ta-do* – ele repetiu, arrastando a palavra. – Você entende? Isso significa que ele me pede para fazer um trabalho. Se eu quiser fazer, e o preço estiver certo, será feito. Se não gosto, não faço. É assim que funciona. Mas não há nada que eu não possa fazer. Você sabia disso sobre mim? Sabia que sou especial?

— Não — disse Maya docemente. — Quer dizer, ouvi dizer que você tem habilidades impressionantes... — Ela deixou por isso mesmo, para ver o que ele diria.

— Você não sabe nada — respondeu ele. — Ladrão, assassino, arrombador de cofres, infiltrador, dínamo humano, explorador espacial. Faço operações clandestinas e trabalhos sujos. O que você falar, eu já fiz. Fui treinado. — Ela achou que ele inflou um pouco o peito.

O mundo era um lugar estranho, mas Maya apostaria tudo que esse cara nunca esteve no espaço. E o que exatamente era um dínamo humano? Independentemente disso, o Sr. Fisk estava confiando em Bingham para fazer um trabalho, então ela poderia assumir que o roubo e o arrombamento de cofres eram reais.

— Então, qual foi sua missão esta noite? — ela perguntou. — Para o Sr. Fisk.

— Se você não sabe, não vou contar — ele respondeu beligerante. O sorriso já tinha desaparecido. — Você é muito bonita, mas não sou idiota o suficiente para deixar escapar alguma coisa. Como eu sei mesmo que você trabalha para o Fisk?

Ela tirou um cartão de visita do bolso e entregou a ele. Ele o olhou por um momento, depois fez uma careta.

— Qualquer um poderia imprimir esses cartões — ele disse. — Mas sabe o quê... Eu acredito em você. Quer saber por que eu acredito em você?

Porque você é um dínamo humano?

Ela apenas balançou a cabeça.

— É como você fala sobre ele — ele continuou. — Veja bem, as pessoas revelam coisas pela maneira como falam, e você parece que ficaria feliz em passar o dia todo, todos os dias, lambendo os sapatos gigantescos dele. É assim que sei que você fala a verdade. Então, o que eu penso é o seguinte, *Srta. Assistente Especial...* — Ele agitou o cartão dela no ar. — Acho que você talvez não seja tão especial quanto gostaria de ser. Acho que talvez o Rei do Crime não tenha te contado quase nada sobre o meu negócio.

— Talvez você tenha perguntado a ele e ele tenha se calado — Bingham acrescentou. — Ou talvez você não teve coragem de perguntar a ele. Você claramente tem coragem, mas quando se trata dele... eu não tenho tanta certeza. Ainda assim, você teve a coragem de vir aqui e me espionar, e depois me perguntar sobre isso; enfrentar um cara que poderia acabar com você. É o que eu acho.

Maya estreitou os olhos. Bingham não era muito inteligente – disso ela tinha certeza. Ao mesmo tempo, ele tinha uma espécie de astúcia animal que o tornava perigoso. Não seria prudente subestimá-lo novamente.

Mas ela poderia usar isso a seu favor. Uma pessoa como ele, que provavelmente teve dificuldades na escola, que passou a vida toda sabendo que não era inteligente o suficiente, teria fraquezas que ela poderia explorar.

– Muito bem – ela disse. Melhor suavizar o tom. – Você não está errado, mas só porque o Sr. Fisk não escolheu me contar tudo, não significa que você precise fazer a mesma escolha. Nós poderíamos chegar a um entendimento. – Ela própria não tinha certeza do que isso poderia significar, mas a reação dele poderia dizer muito.

Ele bufou. – Boa tentativa – disse ele –, mas não vou dizer nada que possa me impedir de receber o pagamento. Eu preciso de dinheiro... para minhas coisas.

– O.k., então pelo menos me diga isso – ela disse. – Onde você aprendeu esses movimentos? Como você aprendeu a imitar o Homem-Aranha, e fazê-lo tão bem?

– Imitar? – Bingham engasgou a palavra. – Eu não estou imitando ninguém. Eu *sou* o Homem-Aranha.

Maya o encarou, sem saber o que dizer.

– Olhe, olhe para isso. – Ele levantou a camiseta. À primeira vista, parecia que ele tinha uma faixa amarrada em volta do estômago. Então ela percebeu que era uma bolsa, do tipo que viajantes nervosos usavam em cidades estranhas para não terem que deixar seus passaportes nos quartos de hotel ou correr o risco de tê-los roubados dos bolsos ou mochilas. Bingham colocou a mão na bolsa e tirou uma foto antiga em preto e branco, desdobrando-a. A foto era frágil e estava colada com fita adesiva onde os vincos haviam se rompido há muito tempo. Ele entregou a foto para ela.

A foto mostrava o Homem-Aranha balançando por Midtown. Ele estava de frente para a câmera, como se soubesse que estava lá. Havia algo sobre o ângulo e a composição da imagem que fazia parecer como se ele estivesse olhando diretamente para o espectador. Não, era algo mais do que isso. Sentia-se como se ele estivesse olhando para *dentro* dela.

Maya dobrou rapidamente a foto. Ela não conseguia suportar nem mesmo a *ilusão* de que o Homem-Aranha pudesse ler seus pensamentos. Ele saberia de tudo. Ela seria a última pessoa que ele veria quando ela vingasse seu pai.

Havia algumas letras pequenas no verso da fotografia. Era o logotipo do *Clarim Diário* e uma data de seis anos atrás. Ela entregou a foto de volta para Bingham, soltando-a no momento em que os dedos dele a tocaram. Maya não queria que ele a tocasse. Ele era assustador.

– Você vê? – ele perguntou.

– Sinceramente – ela disse – não, não vejo.

Ele bufou e colocou a foto de volta em seu compartimento secreto.

– Eles nunca veem. Não até que seja tarde demais. Logo será tarde demais para você, garota surda. – Abruptamente, ele acenou em direção ao corredor. – Agora saia daqui enquanto ainda pode. – Com isso, ele virou as costas para ela, e Maya teve a clara impressão de que ele ainda estava falando com ela, dizendo coisas deliberadamente que ele sabia que ela não podia ouvir.

Abrindo a porta, ela saiu do apartamento dele, mais confusa do que nunca. O que o Sr. Fisk estava pensando, confiando em alguém tão imprevisível? O que poderia ser tão importante? Ele era um homem que nunca corria riscos, que planejava cada movimento como um mestre de xadrez. Por que diabos ele introduziria tanta irracionalidade em seu mundo tão racional?

No entanto, a experiência lhe dizia para não duvidar. Houve momentos no passado em que ela não conseguiu ver a grande estratégia de seu mentor. Embora ela se sentisse envergonhada em admitir, houve até um momento em que ela duvidou de sua inocência. No entanto, ele sempre provou ser perspicaz, preciso e justo. Mais uma vez, ela poderia duvidar, mas eventualmente veria a sabedoria de suas ações. Ela sabia que isso era verdade.

Mas ela também sabia que não poderia deixar isso de lado.

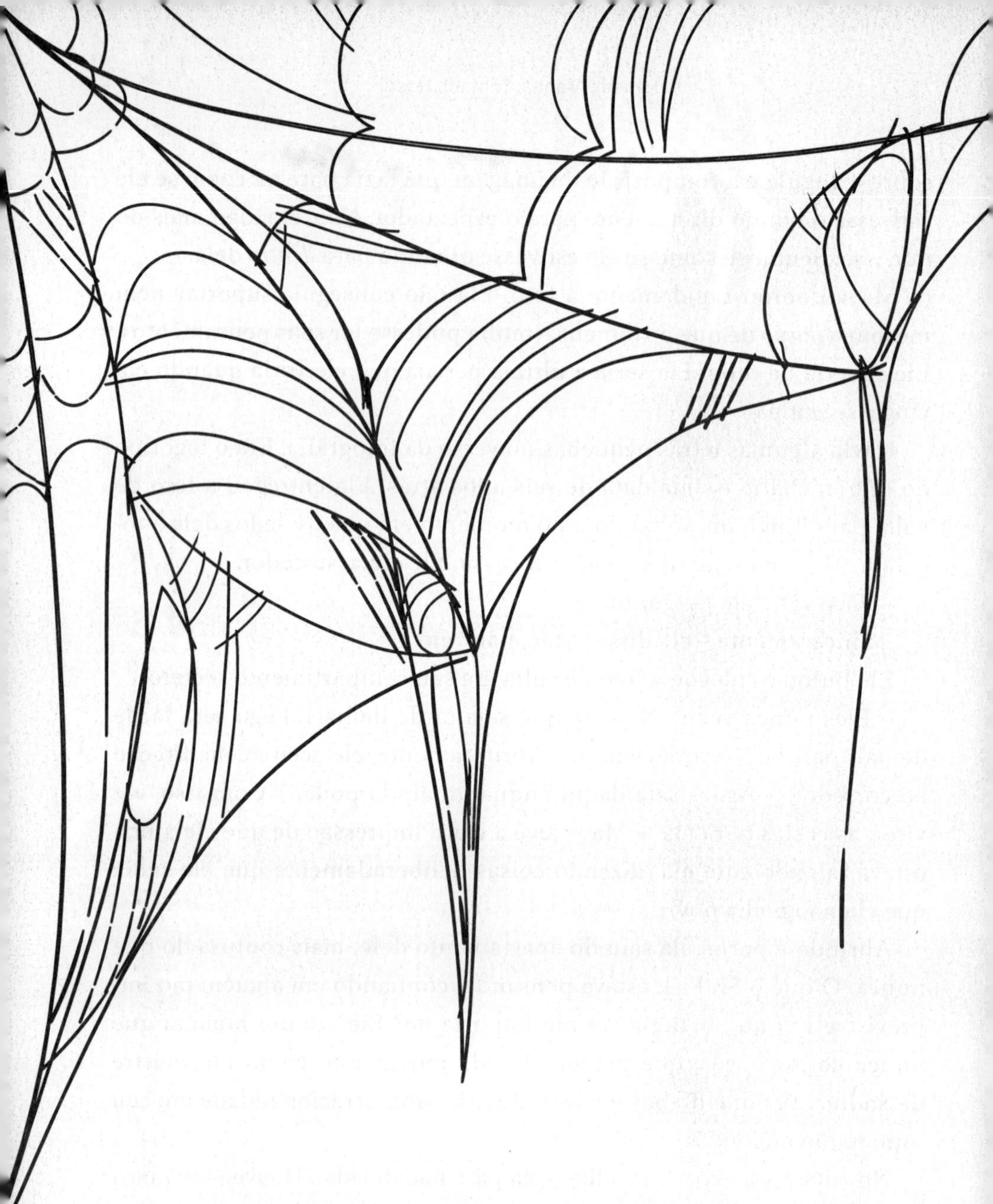

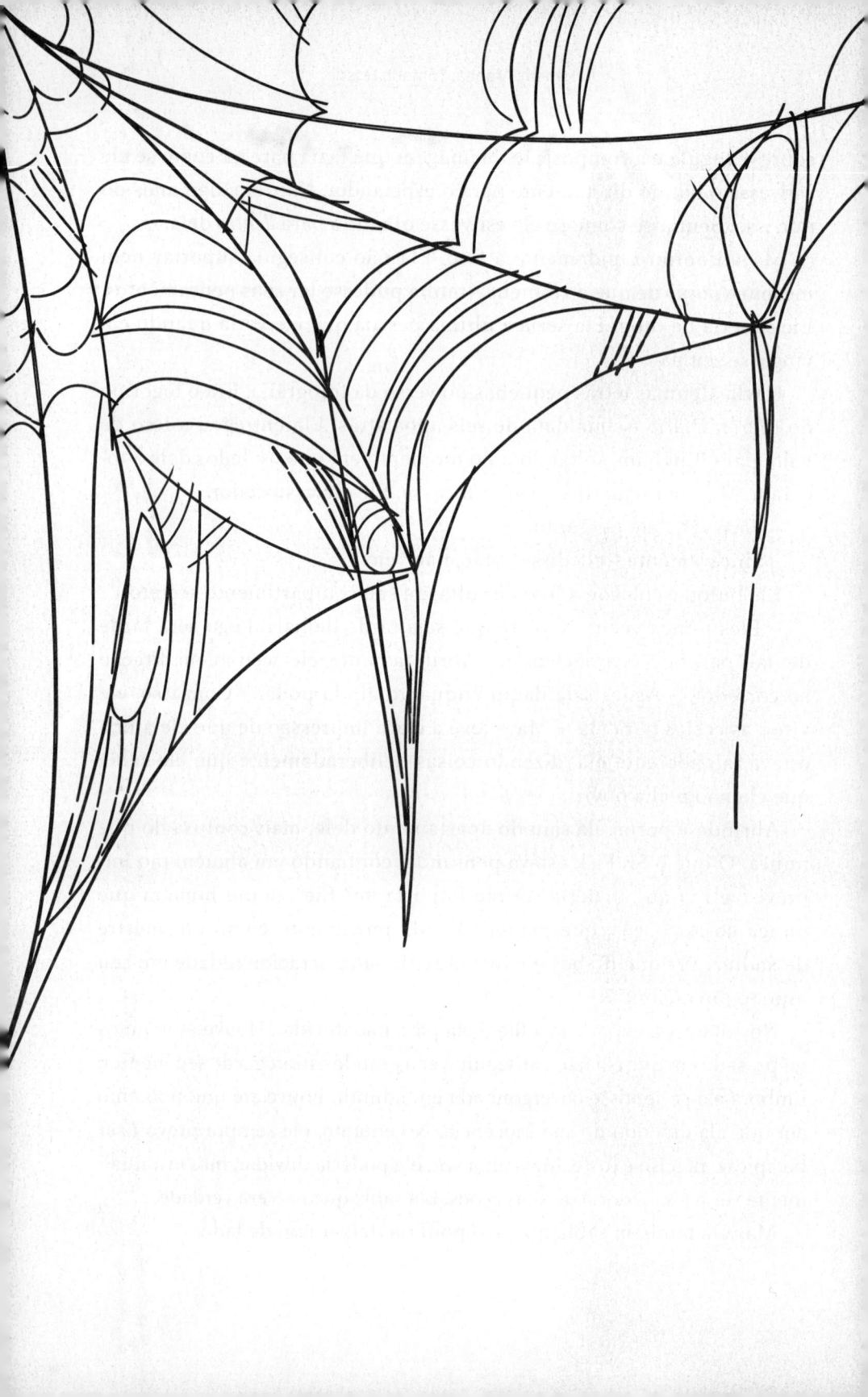

DOZE

APÓS terminar no laboratório, Peter dedicou algumas horas para patrulhar as ruas como o Homem-Aranha. Era importante fazer uma aparição todos os dias, se possível. Se ele se desse qualquer tempo de folga, os rumores começariam a surgir. Ele estava machucado? Ele havia sido morto?

O Clarim, na época em que J. Jonah Jameson estava no comando, estava inclinado a ir aos extremos. Uma vez, quando ele foi fazer uma viagem de fim de semana com a Tia May, a manchete do Clarim Diário proclamava: HERÓI FALSO MUITO OCUPADO PARA SALVAR VÍTIMAS DE INCÊNDIO.

Agora, com seu traje guardado na mochila, ele se encontrou com MJ para um jantar tardio. Não era nada chique, porque Peter se considerava um homem de gostos simples — pelo menos era o que ele dizia a si mesmo quando confrontado com o custo de comer fora em Nova York. Ele escolheu uma lanchonete perto da Times Square porque era surpreendentemente boa, com preços razoáveis e relativamente desconhecida pelos turistas.

— Você realmente sabe como levar uma garota para se divertir — provocou MJ enquanto esperavam na fila para fazer o pedido.

– Você adora este lugar – lembrou ele. Ela sorriu para ele.

– Eu adoro este lugar.

Com sanduíches generosamente recheados, o recheio saindo do pão, eles encontraram um assento no fundo. Peter estava faminto. Seu metabolismo aprimorado exigia muita comida, e ele frequentemente tinha que devorar barras energéticas durante o dia para manter a mente focada. Ele queria devorar rapidamente o sanduíche, mas havia aprendido por experiência própria que até a namorada mais compreensiva não gostava de ver ele comendo como um bárbaro faminto.

Além disso, MJ tinha uma expressão séria no rosto.

– O que está acontecendo? – ele perguntou a ela.

Ela sorriu para ele.

– Sinto como se estivesse em um desenho animado, e você me vê como um frango fumegante em um prato – disse brincando. – Por que você não come seu jantar antes de conversarmos?

Ele conhecia aquele tom e não gostou.

– Isso parece sombrio.

Ela acenou os dedos para a comida dele.

Quando ela se recusou a dizer algo mais, Peter cedeu e deu uma grande mordida. Era tão bom quanto ele lembrava.

– Consegui o emprego no *Clarim* – ela disse.

– Isso é ótimo! – Ele explodiu em um sorriso e depois fechou a boca. Pedacinhos de bacon provavelmente estavam grudados em seus dentes como postes quebrados. Ele engoliu rapidamente e então disse: – Eu sei o quanto você queria isso e o quanto trabalhou duro. Você deve estar superfeliz.

– Você não faz ideia – ela disse. – Acho que é isso, Peter, o que eu deveria estar fazendo. Não quero dizer em um sentido cósmico, mas as pessoas podem ter um chamado, uma coisa para a qual são mais adequadas do que qualquer outra. Você tem o seu.

Peter desejou ter aquela mesma confiança. Ele tinha certeza de que MJ estava se referindo à sua carreira como o Homem-Aranha, mas ela não sabia das dúvidas que ele vinha enfrentando – que a teia poderia estar atrapalhando sua vocação. E esse não era o momento de contar a ela. Esse era o momento dela.

– Há algumas coisas que realmente precisamos conversar – ela continuou.
Oh-oh.

Conversas que incluíam um preâmbulo nunca eram boas. Peter nem sempre sentia que sabia muito sobre a vida, mas isso era algo que ele sabia.

Enquanto ele começava a responder, seu telefone vibrou. Peter havia programado seu telefone para que Yuri pudesse contatá-lo sem revelar seu número real. Isso significava configurar uma segunda linha no mesmo celular – algo que não era para ser possível, mas havia muitas coisas que eram supostamente impossíveis, e que as pessoas faziam o tempo todo.

Ele deu a MJ um olhar de desculpas.

– Atenda se precisar – ela disse sem nenhum traço de irritação. Ela sabia quem e o que ele era, que tipo de responsabilidades estavam sobre seus ombros. Embora ela pudesse ficar desapontada ou frustrada com o impacto disso em seu relacionamento, ela nunca ficava com raiva. Na verdade, ela sempre o apoiava. Isso, ele sabia, era uma coisa rara.

– Tenente – ele disse. Ele tentou parecer calmo e sábio, mas soou como o vilão de um filme de espionagem. – O que está acontecendo? – ele acrescentou, em sua opinião, não melhorando as coisas.

– Essa nova parceria nossa – ela disse. – Eu preciso de você.

– Agora? – ele perguntou.

– Você está ocupado salvando o mundo ou algo assim?

– Não, estou jantando com minha namorada.

– Você tem uma namorada?

– Há alguma razão pela qual eu não devesse ter uma namorada?

– Eu não sei – ela respondeu. – Só nunca imaginei você tendo uma vida normal, só pensei que quando você não estava balançando pela cidade, você voltava para, sei lá, sua toca ou algo assim. Além disso, você soa meio esquisito.

– Eu sou uma pessoa normal – ele disse. – Tão normal que isso a deixaria impressionada. E também sou muito não-esquisito.

MJ apenas lhe deu um sorriso malicioso.

– Então diga a sua namorada sofredora que você precisa ir – Watanabe disse. – Vou mandar a localização por mensagem.

– Isso é importante?

– Só se você quiser pegar Wilson Fisk – ela disse, e desligou.

Peter olhou para MJ.

– Você precisa ir – ela disse.

– Sinto muito, MJ – ele disse. – Você pode dizer o que precisa dizer antes de eu sair?

– Isso pode esperar – ela disse. – Vá fazer o que precisa ser feito.

Às vezes era antinatural o quão razoável ela era. O que quer que ela quisesse, o que quer que precisasse, ele cuidaria disso.

Ele lhe deu um rápido beijo, embrulhou o que restou de seu sanduíche e dirigiu-se para a porta. Mas então ele voltou para ela.

– Não pense nem por um segundo em fazer uma matéria sobre este lugar para o *Clarim* – disse com o tom mais sério possível. – Vai ficar lotado demais.

– Decisão difícil – respondeu ela. – Não quero ser lembrada como a repórter que de alguma forma perdeu a grande história dos sanduíches.

Ele saiu correndo.

BINGHAM chegou rapidamente ao local indicado pelo rastreador. Um restaurante perto da Times Square. Perfeito. Um local movimentado proporcionaria exatamente o tipo certo de atenção, e se o falso Homem-Aranha gostava desse lugar, então ele levaria isso para o lado pessoal.

Era exatamente o que ele precisava. Ele se dirigiu para a escada de incêndio.

– ENTÃO, *este* é o seu lugar ideal para um pequeno bate-papo? – Eles estavam em um telhado, sombreados pela Torre Fisk. Watanabe usava um casaco longo, e seus cabelos curtos tremulavam ao vento, mas ela não parecia desconfortável.

– Pareceu um bom lugar para conversar sem sermos vistos ou ouvidos – disse ela –, mas acho que podemos nos encontrar em uma lanchonete da próxima vez, se preferir.

– Boa questão. – disse ele. – Acho que não tenho muitos encontros.

– Todos nós temos nossas limitações – disse ela. – Agora, você quer me ajudar a pegar Fisk ou não?

– O que você tem em mente?

– Tenho pensado muito sobre o que posso fazer com o acesso direto ao Homem-Aranha. – Quando ele começou a protestar, ela levantou a mão. – Não interrompa. Perguntei-me que valor você poderia trazer para a investigação. Bem, como eu disse antes, você tem acesso a lugares e coisas que eu não tenho.

– Você não pode obter um mandado de busca? – perguntou ele. – Não é assim que deveria funcionar?

– Do jeito que *deveria*, sim, mas este é o mundo real. Fisk tem muita influência dentro do departamento. Não tenho certeza de quanto, e não sei em quem posso confiar, mas tenho minhas suspeitas sobre várias pessoas, incluindo meu supervisor imediato. Fui alertada sobre fazer investigações por conta própria neste caso, e se descobrirem, posso perder meu emprego.

– Então, por que não deixar outra pessoa lidar com isso? – perguntou o Homem-Aranha. – Por que assumir o risco?

– Porque ninguém *está* lidando com isso – ela disse. – Não sei se é porque Fisk subornou as pessoas certas ou porque, da última vez que tentamos pegá-lo, foi um desastre de relações públicas que o departamento quer esquecer. Agora que ele está se apresentando como o Santo Wilson, os superiores parecem ainda mais cautelosos. A questão é que, se eu não fizer isso, não será feito.

– Mas por que *você*? – pressionou Peter.

– Eu estive envolvida no caso oito anos atrás – ela disse. – Eu era apenas uma novata, e desempenhei um papel pequeno. Quando as autoridades estavam se aproximando, e Fisk ficou com medo, ele teve que calar muitas pessoas. Eu trabalhei em alguns desses assassinatos e nunca vou esquecê-los. Havia casais, filhos e vizinhos que foram envolvidos na confusão. Fisk ainda está livre. Essa é a razão do meu empenho.

– Então o que você tem em mente? – perguntou o Homem-Aranha.

– Fisk pode ter pessoas no departamento de polícia, mas eu tenho pessoas dentro da operação Fisk – ela disse, olhando para a imponente torre. – Não, não fique animado. Não são pessoas importantes; um funcionário do correio aqui, um subordinado de marketing ali. Pessoas que podem me dar fragmentos de informações para eu juntar. – Ela se virou para encará-lo. – Eu tenho uma pista agora. Pode não parecer muito; é um arquivo de folha de pagamento, mas acho que se encaixará com alguns dos outros dados que coletei.

– Você quer que eu invada a Torre Fisk apenas para roubar um arquivo?

– Não roubar – ela disse –, mas copiar. Posso te dar uma câmera se precisar.

– Eu já tenho uma – ele respondeu. – Esse não é o ponto.

– O arquivo foi deixado em uma mesa – ela disse, sem deixá-lo continuar. – Terá que ser guardado até o amanhecer. Minha fonte pode perder o emprego se descobrirem que ela o deixou fora, então tem que ser hoje à noite. Você não tem medo de entrar na Torre Fisk, tem?

– Claro que não, mas você realmente precisa do Homem-Aranha para isso? Quero dizer, odeio me gabar, mas sinceramente, há um princípio aqui. Você poderia contratar um detetive particular para fazer esse tipo de coisa.

– Desculpe-me por não ser glamourosa o suficiente para você – Watanabe disse. – Se você conhece um detetive particular que possa entrar na Torre Fisk esta noite e não deixar rastros, por favor, me dê o cartão dele. – Ela deu um passo mais perto. – Olha, sinto muito se isso não é empolgante o bastante para você. Não é tão emocionante como lutar contra pessoas rinocerontes ou lagartos saltitantes, mas os casos são feitos disso.

– Você realmente acha que pode fazer isso?

– Eu estudei o que deu errado da última vez – ela disse. – Eu sei exatamente do que precisamos e o que podemos fazer. Se você me ajudar com esses ataques cirúrgicos, acredito que podemos construir um caso contra Fisk em um ano, no máximo dezoito meses.

Dezoito meses. Peter esperava algo mais como a próxima quinta-feira. Se ele fosse parar de ser o Homem-Aranha – ele pensou, nos bastidores de sua mente – prender Fisk seria uma conclusão adequada para sua carreira. Fisk foi aquele que escapou. Se ele pudesse colocar esse cara atrás das grades, talvez a cidade não precisasse mais de um Homem-Aranha.

Mas dezoito meses?

Ele nunca tinha realmente pensado em se dar uma espécie de data de aposentadoria. De repente, a ideia de fazer isso por mais um ano e meio parecia exaustiva. Ainda assim, como ele poderia dizer não? Como poderia recusar ajuda a essa detetive que sabia o que estava fazendo e tinha um plano?

– Vou fazer isso.

– Que príncipe! – disse ela.

DRIBLAR a segurança de Fisk não seria um problema. Ele já tinha descoberto como fazer isso há muito tempo. Isso envolvia entrar de forma indireta – chegando ao telhado, entrando em um eixo de ar-condicionado, mexendo em alguns fios. Levaria cerca de uma hora. Depois disso, era uma questão de redirecionar algumas câmeras e ter cuidado.

Havia alguns lugares na torre em que ele não ousaria ir sem mais reconhecimento e planejamento, mas a área de trabalho no 48º andar deveria ser segura. O Homem-Aranha entrou, encontrou a mesa cujo número Watanabe tinha dado e usou a câmera de seu traje para copiar as mais de vinte páginas do documento.

Foi moleza.

Seu celular tocou enquanto ele estava terminando. Ele não reconheceu o número, e a chamada foi para a caixa postal. Ele decidiu conferir para ver se era algo importante.

– Ei, Peter. – Era Anika. – *Estou só... você sabe... ligando. É isso que estou fazendo. Usando o telefone para falar sobre coisas de ciência. É... Tenho algumas perguntas sobre os procedimentos no laboratório. Acho que é isso. Enfim, me ligue se conseguir... ou, se não, te vejo no laboratório. Tudo bem, de qualquer forma. Desculpe interromper sua noite. Você não precisa ligar de volta. A menos que queira. O.k. Tchau.*

Bem, isso foi adorável, mas também um pouco problemático. Ela poderia estar interessada nele? Ele precisaria informá-la de que não está disponível, e o mais rápido possível. O truque era evitar que ela se sentisse envergonhada. Ele gostava dela e não queria que ela agisse de forma estranha e desconfortável ao redor dele.

Aquilo seria um problema para outra hora.

Ele começou o processo de se esgueirar para fora do mesmo jeito que tinha entrado, o que significava rastejar por dutos de ar – nada divertido. Ele teve que pausar algumas vezes no caminho porque estava com medo de fazer barulho. Em certo momento, teve que parar porque ouviu vozes. Estava prestes a seguir em frente quando percebeu que conhecia uma das pessoas que falavam.

Era Fisk.

Ele reconheceu a profundidade e cadência da voz, mas não conseguia entender as palavras. Era impossível ouvir claramente a distância e através das paredes. A coisa mais sensata a fazer seria continuar em frente.

Ele não conseguiu fazer isso.

Silenciosamente, o Homem-Aranha retirou a grade do duto e deslizou para o chão. Ele não tinha certeza exata de onde estava, então fez uma rápida varredura em busca de câmeras de segurança. Havia muitas e estavam em todos os lugares – embora nenhuma estivesse apontada para ele –, então ele imaginou que devia estar em um dos andares executivos.

Havia uma luz vindo de um dos escritórios, o que significava que a conversa provavelmente estava acontecendo ali. Ele precisava se aproximar.

Ele olhou para as câmeras. Se ele usasse apenas um pouco de teia em cada uma, poderia congelá-las no lugar e agir sem ser detectado. Os dispositivos oscilavam lentamente o suficiente para que os guardas de segurança não percebessem por horas, tempo suficiente para que as teias se dissolvessem. Mesmo que percebessem, eles presumiriam primeiro que poderia ser uma falha no sistema, não uma obstrução física. Novamente, isso deveria lhe dar bastante tempo.

Escolhendo seu primeiro alvo, ele mirou e atirou a teia. Em poucos minutos, as câmeras estavam imobilizadas em segurança, e ele cruzou o local em ziguezague para se agachar do lado de fora da porta do escritório.

Ela estava entreaberta, então ele conseguiu espiar. Fisk estava sentado atrás de sua mesa conversando com uma mulher jovem e atraente em seus 20 anos. Ela estava de costas para ele, e pelo que pôde ver, ela tinha maçãs do rosto salientes e cabelos escuros amarrados em um rabo de cavalo.

– Este não é um tópico neutro para você – Fisk estava dizendo – e não deve ser. Eu nunca defenderia abandonar algo assim. É apenas uma questão de escolher o momento certo.

– Não é isso o que você está defendendo – respondeu a jovem mulher. – Você está escolhendo o momento certo para mim, sem minha opinião.

Fisk exibiu um sorriso contido.

– Estou escolhendo o momento certo para ambos. Seu pai era meu amigo, e eu não esqueci o que fizeram com ele. O preço será pago, mas somente quando for seguro agir.

Sem contexto, o Homem-Aranha não conseguia entender a conversa dos dois. O que era mais interessante era a forma como Fisk reagia à mulher. Ele nunca tinha visto ninguém retrucá-lo daquela maneira, e Fisk aceitar numa boa. Não havia raiva, nem explosões de temperamento. Ela era bonita, mas eles não estavam demonstrando qualquer tipo de romance. Até os piores monstros tinham um lado mais sensível, ele supunha, e Fisk era tocantemente dedicado à sua esposa.

Não, não era flerte. Havia algo quase paternal em seu tom. Ainda assim, ele tinha mencionado o pai dela...

– Ainda há muitas coisas que você não me explicou – disse ela.

– Conhecimento é poder, Maya – respondeu Fisk –, e quem entrega poder é um tolo.

– Você tem que confiar em mim se eu for ajudá-lo – respondeu a jovem.

– Não é uma questão de confiança, é uma questão de proteção – disse Fisk a ela. – Você vence no xadrez não avançando, mas superando seu oponente em inteligência. Quando você chega ao xeque-mate, não há contra-ataque. Eu a mantive afastada de alguns detalhes porque há pessoas envolvidas, e as pessoas se comportam de forma imprevisível. Isso é algo que eu nunca faço, controlando o tabuleiro de tal forma que ninguém poderá me tocar. A imprensa apresentará os fatos da maneira que queremos – continuou ele. – Eles nem pensarão em me criticar ou sugerir que eu possa estar envolvido em algo impróprio.

A mulher riu.

– Você será grande demais para falhar.

Houve um momento de silêncio e então Fisk soltou uma risada curta. Foi abrupta e violenta. O Homem-Aranha pensou em uma foca sentindo dor.

– É exatamente isso – disse ele. – Grande demais para falhar. Eu gosto dessa analogia, é perfeita. E uma vez que isso se torne realidade, será xeque-mate, e não teremos motivo para segurar as rédeas.

– **ENTÃO** ela disse "*Seremos grandes demais para falhar*", e ele respondeu "*Ha, ha, ha*", risada malévola, "*Sim, é exatamente isso, minha leal serva*". Foi estranho. Tem algo grande acontecendo.

O Homem-Aranha estava agitando os braços enquanto falava, mas decidiu adotar uma postura mais composta. Ele se apoiou casualmente em um ar-condicionado, como as pessoas dignas fazem.

– Você conseguiu o arquivo? – perguntou Watanabe.

– Sim, consegui o arquivo – respondeu ele. – Já enviei as imagens para o endereço de e-mail que você me deu. Essa não é a questão.

– Essa é *exatamente* a questão – disse Watanabe. – Que Fisk está tramando algo ruim? Isso não é novidade. Fazer coisas terríveis que machucam as pessoas e lhe rendem dinheiro é o que o faz levantar da cama de manhã.

– Eu sei disso, mas aquilo parecia ser de uma ordem diferente.

– Talvez. – Watanabe não parecia convencida. – Pode ser apenas fanfarronice, ou pode ser que ele esteja prestes a conceber um novo plano. Mas algo que poderia torná-lo intocável? Pouco provável, e não importa, porque temos que seguir em frente. Reunir evidências que possam ser usadas para forçar a questão e conseguir alguém para processar o cara. Não podemos nos deixar distrair.

O Homem-Aranha assentiu, porque sabia que era verdade. Fisk não era um palhaço mascarado que ele poderia derrubar e deixar que alguma misteriosa agência governamental levasse embora. Eles tinham que pará-lo legalmente, ou não o parariam de jeito nenhum. Ele sabia que ela estava certa.

Ainda assim, isso o deixava frustrado.

– A mulher com quem ele estava conversando – disse o Homem-Aranha. – Ele a chamou de Maya. Isso significa algo para você?

Ela balançou a cabeça. – Não, mas vou investigar. – Ela pausou e acrescentou: – Deixando a histeria de lado, você fez um bom trabalho esta noite. Eu sei que não foi nada glamouroso, mas é assim que vamos pegá-lo. Eu te prometo.

– Parece uma gota no oceano.

– Não pegue tão pesado consigo mesmo – disse Watanabe. – Você é apenas uma pessoa. Você não pode mudar o mundo sozinho. Agora você faz parte de um esforço coordenado, e esse esforço terá sucesso no final.

Ele esperava que ela estivesse certa. Virando-se, mergulhou do telhado e se balançou para a noite, imaginando como a cidade ficaria se a operação do Rei do Crime realmente se tornasse grande demais para falhar.

SR. FISK recebeu uma ligação e, então, se desculpou e saiu do escritório. Sua esposa, Vanessa, estava no exterior, mas aparentemente tinha algo para discutir. Sua devoção a ela era uma das muitas coisas que Maya admirava nele.

Ela ficou de pé no meio do escritório, olhando para as câmeras oscilantes que não estavam oscilando. Não havia nada a ser feito, pelo menos não naquela noite, então ela decidiu não alarmá-lo. Ela informaria a segurança, e eles investigariam.

Eles não encontrariam nada.

Ela pegou uma caneta de uma das mesas e cutucou a substância ao redor de uma câmera. Estava pegajoso.

Teia de aranha.

Algo definitivamente teria que ser feito. E teria que ser feito em breve.

TREZE

O PLANO era se encontrar com Tia May para tomar café da manhã, mas Peter, de alguma forma, conseguiu dormir, apesar do alarme que havia configurado em seu celular. Quando ele ligou para sua tia, ela riu e sugeriu que ele fosse para o F.E.A.S.T., onde ela trabalhava, e assim poderiam tomar um café rápido. Isso era exatamente o tipo de coisa que deixava Peter se sentindo vagamente desconfortável. Sua tia havia se acostumado tanto com sua falta de confiabilidade que mal registrava que seu sobrinho, o menino que ela havia criado e tratado como um filho, realmente deveria chegar na hora. Ela tinha concluído há muito tempo que ele era inconstante, distraído ou um tipo de cientista esquisito. A verdade era que Peter realmente queria ser considerado confiável. Ele queria ser alguém em quem as pessoas confiassem para honrar seus compromissos. Infelizmente, quando ele não desmarcava esses compromissos para enfrentar um vilão ou resgatar alguém, era porque estava exausto por viver duas vidas extremamente exigentes.

Não demorou muito para chegar do seu apartamento ao F.E.A.S.T., em Little Tokyo. Quando ele entrou pela porta, imediatamente ouviu a voz de sua tia, falando em tom reconfortante.

O trabalho dela no F.E.A.S.T. era supostamente administrativo, mas – como acontece com todas as organizações de caridade – sempre havia mais tarefas do que funcionários, o que significava que todos tinham que fazer o que fosse necessário a qualquer momento.

Neste caso, Tia May estava acalmando um homem sem-teto vestindo roupas de camuflagem e cuja perna esquerda faltava, o que significava que ele se movia com muletas. Eles haviam atraído uma multidão, e vários dos espectadores estavam com expressões assustadas.

Peter resistiu à vontade de se apressar e ficou observando-a em ação. Ao fazer isso, ele se lembrou do quão incrível sua tia podia ser.

– Todo mundo tem dias ruins, Steve – ela dizia com firmeza. – Todo mundo fica frustrado, e todos somos tentados a descontar nas pessoas que estão tentando nos ajudar, mas isso não nos dá razão. Agora, você deve uma desculpa a esse jovem por ter gritado com ele.

O homem camuflado virou-se para Harris, um funcionário administrativo que normalmente exalava uma nerdice descolada. No momento, porém, por trás de seus óculos desajeitadamente grandes, ele tinha uma expressão que combinava medo do homem camuflado com admiração pela Tia May por tomar o controle da situação.

– Sinto muito mesmo, jovem companheiro – disse o homem com uma voz grave que praticamente sacudia as janelas, mas cheia de contrição. Ele apoiou uma das muletas e tirou o chapéu. – Às vezes tenho problemas com meu temperamento, mas não deveria ter falado com você daquela maneira.

O funcionário administrativo assentiu.

– Agora – Tia May disse – deixe-me mostrar onde você pode comer algo, e enquanto faz isso, o Harris aqui vai revisar a papelada e ver se não podemos resolver o problema com seus benefícios.

– Depois que eu trocar a roupa de baixo – Harris murmurou.

– **VOCÊ** foi bem corajosa lá dentro – disse Peter, sentado em uma casa de chá próxima, tomando um gole de uma xícara fumegante de matcha.

– Com Steve? – Tia May acenou com a mão. – Ele é mais barulho do que mordida. Eu já lidei com as explosões dele antes. Ele fica emocional, e não posso culpá-lo, mas sempre se arrepende depois. Se fosse alguém que eu não conhecesse, teria adotado um tom muito mais cauteloso.

– É incrível como você se dedica a conhecer as pessoas que vão ao abrigo.

– O trabalho em um lugar como o F.E.A.S.T. é sempre sobre conseguir o mínimo para sobreviver. Isso é praticamente o que está na mente de todos o dia inteiro, mas não podemos esquecer do porquê estamos lá. O objetivo não é apenas continuar, mas ajudar as pessoas. Quando começo a deixar as pessoas que atendemos sofrerem porque quero voltar ao trabalho, é melhor eu encontrar outra coisa para fazer.

Peter tomou outro gole de chá-verde. Ele adorava seu sabor terroso e se perguntava por que não o pedia com mais frequência. Ah, é verdade. Porque ele geralmente estava ocupado demais para ficar sentado em casas de chá. O fato de estar apenas algumas horas atrasado com sua tia, em vez de cancelar completamente, significava que ele estava tendo um dia bastante bom até agora.

– Sinto muito mesmo pelo que aconteceu de manhã.

– Eu sei que você está ocupado – ela disse –, e você sempre foi alguém facilmente distraído, mas seu coração está no lugar certo. Eu nunca duvido disso, Peter. Então, como estão as coisas no laboratório?

Peter deu a ela um resumo do trabalho e das últimas atualizações sobre a MJ, a quem ela adorava. Ela ouviu atentamente, sorriu e se alegrou genuinamente ao saber sobre sua vida. Ele desejava ter mais tempo para ser um sobrinho melhor e ser *muito* menos irresponsável. Ele não tinha certeza se algum dia seria tão tolerante quanto a Tia May.

Enquanto caminhavam de volta ao abrigo para pessoas sem-teto, Peter percebeu que era exatamente o que ele precisava. Ele estava se sentindo tão perdido em sua própria vida, perguntando-se sobre o que realmente importava, sobre onde estava colocando sua energia. Então, ela o lembrou. As pessoas eram o que importava. Sua família, seus amigos e a MJ. Tia May entendia intuitivamente isso. Os pequenos problemas e frustrações nunca pareciam distraí-la do que era importante.

Ele a acompanhou de volta à sua mesa e estava prestes a sair quando um homem sorridente em um terno impecavelmente cortado se aproximou deles.

– Este deve ser o sobrinho de quem tanto ouvi falar – disse o homem.

Tia May parecia radiante de orgulho.

– Peter, eu gostaria de apresentar Martin Li, nosso benfeitor.

Ele tinha ouvido muito sobre o Sr. Li, principalmente de sua tia. Ele era alguém que havia construído seu sucesso do zero e se tornara um dos homens de negócios mais bem-sucedidos da cidade. Pelo que Tia May havia dito, Martin Li era essencialmente o oposto de Fisk. Em vez de querer lucrar com o sofrimento e tentar fingir que era um filantropo, Li estava determinado a retribuir à cidade que lhe proporcionou a oportunidade de se tornar alguém na vida.

– É um prazer conhecê-lo – disse Peter. Se houvesse mais pessoas como Martin Li no mundo, ele pensou, talvez não houvesse necessidade do Homem-Aranha. – O que você faz aqui é muito importante.

– Nós não conseguiríamos fazer quase nada aqui sem sua tia – disse o Sr. Li. – Ela mantém tudo isso unido. – Ela acenou novamente e riu, mas seus olhos brilhavam de prazer. Criá-lo deve ter sido como bater a cabeça contra uma parede, refletiu Peter. Agora ela tinha a oportunidade de trabalhar duro e ver os resultados de seus esforços.

– Sua tia me disse que você é um verdadeiro cientista.

– Eu tive muita sorte – disse Peter. – Acabei trabalhando com um grande cientista e estou aprendendo muito com ele.

– A gratidão é um componente importante do sucesso – disse o Sr. Li. – Tenho certeza de que você deve estar ocupado, mas se tiver algum tempo livre, considere fazer trabalho voluntário algumas horas aqui e ali. Acredito que você acharia gratificante, e isso lhe daria ainda mais visão sobre o quão notável é sua tia como pessoa.

– Eu gostaria muito disso! – disse Peter. Ele queria poder se comprometer naquele momento, mas não queria decepcionar mais uma pessoa. Eles apertaram as mãos novamente, e Li se afastou.

— Ele parece ser uma boa pessoa – disse Peter à sua tia enquanto se despedia com um abraço.

— Oh, não há dúvida sobre isso – concordou ela.

ELE teve tempo suficiente para chegar ao West Village e cumprir seu compromisso com Harry Osborn. Não demoraria muito para que Harry estivesse na Europa, e Peter odiaria pensar que perdera a oportunidade de passar algum tempo com seu amigo.

Eles haviam marcado no Coffee Bean, um lugar na Bleecker Street onde costumavam ir desde o ensino médio. Peter passou por uma mansão velha e assustadora que o deixava nervoso quando ainda era jovem o suficiente para se perguntar se a casa poderia ser assombrada. Talvez ele ainda fosse jovem o suficiente, porque não havia como olhar para aquele lugar sem se perguntar se algo sobrenatural estava acontecendo lá dentro.

Assim que chegou à porta, Peter olhou no relógio e viu que estava dois minutos adiantado. Aquele estava se tornando um dia notável. Ao entrar, viu que Harry já estava sentado à mesa, esperando por ele.

— Pensei que finalmente chegaria antes de você em algum lugar – disse, apertando a mão de seu amigo.

— E eu aqui me culpando por ser pontual ao te encontrar – respondeu Harry. – Mas você está realmente adiantado. O fim dos tempos está chegando.

Peter sorriu e sentou-se. Ele havia aprendido a agir como se sua falta de confiabilidade fosse apenas uma parte engraçada de sua personalidade, mas não havia como negar o fato de que Harry, assim como sua tia, o considerava uma pessoa pouco confiável.

— Você encontrou a MJ na outra noite?

— Sim, e ela conseguiu o emprego no *Clarim Diário*.

— Eu sei – disse Harry. – Isso é ótimo, não é? Você deve estar feliz por ela.

— Estou – respondeu Peter –, mas, não sei, estou sentindo que há algo estranho entre nós agora. Ela parece meio distante, de alguma forma.

– Você já conversou com ela sobre isso?

– Iríamos conversar ontem à noite, mas... – Peter parou. – Ainda não, mas você já conversou, não é? Você sabe exatamente o que está acontecendo, não sabe?

Harry ergueu a mão, com a palma virada para cima. Os três eram amigos há anos, e Harry tinha elevado seu status de vela a um nível sublime. Ele conseguia ser amigo tanto de MJ quanto de Peter, e cada um podia confiar nele, mas eles aprenderam a respeitar o fato de que ele precisava se proteger de se tornar um intermediário.

– Peter, se fosse algo que você precisasse ouvir de mim, eu te diria – disse ele –, mas não vou ser o conselheiro de casais de vocês. Mas ouvi dizer que suas chances são razoáveis.

Peter tomou a decisão consciente de não se preocupar. Casais tinham desentendimentos o tempo todo, e qualquer coisa que estivesse incomodando MJ, eles resolveriam juntos. Ele estava determinado a aproveitar o tempo com seu amigo.

Ao perguntar sobre os planos de viagem de Harry, ele se permitiu relaxar e ouvir. Quando era mais novo, era difícil não sentir inveja de Harry. Mesmo agora, a ideia de partir e passar meses na Europa parecia um sonho. Ele nem sequer podia considerar algo assim. Não era por causa do dinheiro, não que ele tivesse algum, mas por causa das coisas que o prendiam ali em Nova York. Ele nunca consideraria abandonar suas responsabilidades, mas a ideia era um bom devaneio.

Eles já tinham almoçado e estavam no segundo café quando a atmosfera no restaurante pareceu mudar. Todas as conversas pararam ao mesmo tempo. Houve vários suspiros. Peter sentiu-se tenso. Ele sabia, por experiência própria, como as pessoas reagiam quando algo terrível estava acontecendo, mas ao mesmo tempo, seu sentido de aranha não havia acionado nem um pouco.

Peter olhou para cima e viu o que aconteceu, e só com o maior esforço conseguiu se conter de grunhir. Norman Osborn, o prefeito da cidade de Nova York e pai de Harry, acabara de entrar no Coffee Bean.

QUATORZE

HARRY não fez nenhum esforço para esconder sua insatisfação à medida que o prefeito se aproximava lentamente de sua mesa. Escorregadio como óleo em seu terno sob medida, Osborn teve que parar para apertar mãos, tirar selfies e dar autógrafos. Isso deu a Harry bastante tempo para colocar sua expressão neutra. Mas ele não parecia interessado em fazê-lo.

— Então você não fazia ideia de que ele ia aparecer aqui?

— Você está falando sério? – respondeu Harry. – Eu nem sei como ele descobriu onde eu estaria. Às vezes, eu acho que ele está me seguindo.

Peter sabia que não seria a primeira vez. Norman já havia contratado vigilância para o filho anos atrás, mas isso foi quando ele ainda era filho de um famoso cientista rico e frequentava escola pública. Peter não achava que Norman teria uma boa razão para vigiar seu filho adulto, mas, ao mesmo tempo, ele não descartaria essa possibilidade.

Norman tinha a tendência de fazer o que queria.

— Peter! – exclamou o prefeito alegremente quando finalmente atravessou o grupo de eleitores e chegou à mesa. Ele abraçou Peter. Seu filho recebeu um tapinha no ombro.

– Como você sabia onde nos encontrar? – Harry perguntou friamente.

– O que faz você pensar que eu sabia? – Norman rebateu enquanto se sentavam. – Apenas vim tomar um café. Essas coincidências acontecem todos os dias em uma cidade grande.

Isso certamente era verdade. Nova York era a maior cidade pequena do mundo. Ao mesmo tempo, o prefeito não havia negado nada explicitamente. Ele simplesmente propôs uma teoria alternativa.

– Então, o que há de novo com você? – ele perguntou a Peter. – Ainda trabalhando duro naquele laboratório infernal?

– Estamos trabalhando em várias coisas interessantes agora – respondeu Peter, sabendo que seu mentor gostaria que ele fosse vago. – Coisas empolgantes.

– Sem dúvida, sem dúvida – disse Norman –, mas eu vi o financiamento dele e sei que ele não pode pagar o que você realmente merece. Você poderia estar ganhando um salário fantástico se quisesse vir para a Oscorp.

– Você poderia deixá-lo em paz pelo menos uma vez? – disse Harry colocando as mãos no rosto e suspirando.

– É muito gentil da sua parte, Sr. Osborn – disse Peter. Essa era sua função habitual, tentar manter aqueles dois afastados, um longe do pescoço do outro de forma diplomática. – Mas eu comecei a trabalhar no laboratório quando estava na faculdade. Vou continuar seguindo meu caminho lá.

– Entendi – disse Norman. – Theodore Peyton ainda está trabalhando lá? Ele costumava ser parte da Oscorp, sabe... Uma cabeça boa para números, mas um pouco difícil de lidar.

– Eu entendo a necessidade dele de manter o orçamento em ordem – disse Peter.

– Orçamento não é um grande problema na Oscorp – continuou Norman. – Mas não vou insistir no assunto. Você não quer uma ajuda do pai de seu amigo. Você sempre foi arrojado, Peter. Eu aprecio, até admiro, que você queira seguir seu próprio caminho, mas parte de trilhar seu próprio caminho é deixar as pessoas que você impressiona ajudarem você.

– Ele não quer trabalhar para a Oscorp – disse Harry. – Quantas vezes você precisa colocá-lo na berlinda para entender isso?

Norman riu como se Harry tivesse feito uma piada.

– Entendido, rapazes.

– Então, como vai a administração da cidade? – perguntou Peter.

– Posso dizer que dá menos trabalho, mas é mais frustrante do que administrar uma empresa – respondeu Osborn. – Todo mundo quer alguma coisa, mas ninguém realmente espera dar nada em troca. Tem sido uma experiência reveladora.

– Aposto que sim – disse Peter, tentando manter a conversa em um terreno neutro. – Então, a viagem do Harry parece bem emocionante.

– Sim. – Norman perdeu o sorriso. – A viagem do Harry. Acho que o problema aqui não é o que Harry vai fazer em sua viagem, mas o que ele fará depois dela. É um erro ver essa viagem como uma pausa da vida real, quando poderia ser uma oportunidade para fazer planos para o futuro.

– Bom, foi ótimo ver você, Peter. – Harry bateu a mão na mesa e levantou-se. – Hora de ir.

– Fala sério, Harry. – Norman balançou a cabeça teatralmente. Peter podia imaginá-lo tendo feito isso em inúmeras reuniões de diretoria. – Não aja como uma criança.

– Sério – disse Harry. – Estou indo embora. – Sem esperar por uma resposta, ele saiu pela porta antes que Peter pudesse entender o que estava acontecendo.

– Sinto muito por isso – disse Norman. – Ele não tem sido o mesmo ultimamente. Talvez você tenha percebido.

– Acho que sim – disse Peter. – Quer dizer, ele sempre foi um pouco explosivo.

– E não há nada de errado nisso – disse Norman –, desde que você direcione essa energia para as coisas que importam. – Ele olhou para o relógio. – Ao contrário do meu filho, eu realmente tenho que estar em algum lugar, mas você ia me contar como as coisas estão indo no laboratório. Você disse algo sobre uma nova descoberta.

– Tenho quase certeza de que não disse isso – respondeu Peter. Ele nunca compartilharia nada sobre suas pesquisas, especialmente com outro cientista.

– Não dá para enganar você – disse Norman. – Eu aprecio sua lealdade, mas não se esqueça de que tudo pode mudar.

— Eu também preciso ir — disse Peter.

— Obrigado por cuidar do Harry — disse o prefeito quando se levantaram.

— Ele é meu amigo — respondeu Peter. — Estou aqui para ajudá-lo.

— Sei que vocês se conhecem há muito tempo — disse Norman Osborn, encontrando o olhar de Peter com uma intensidade inesperada. — Mas ajudá-lo é meu trabalho.

FOI um começo tardio no laboratório, e Peter encontrou Peyton de bom humor. Pelo menos, Peter achava que ele podia estar. Peyton nunca ficava mais animado do que uma estátua, mas seu terno parecia especialmente bem alinhado e sua gravata estava um pouco mais brilhante do que o habitual. Isso deveria contar para alguma coisa.

— Você está atrasado, como sempre — disse ele —, mas pelo menos você não parece excessivamente fatigado. — Em seguida, ele deu a Peter uma série de testes para realizar durante o dia.

— Estou tentando — disse Peter. — É só que, você sabe, a vida e todas essas coisas.

Peyton olhou severamente para ele.

— Sim, eu estou familiarizado com o conceito de vida. Agora, por favor, continue com os dados que eu forneci.

Peter começou a trabalhar, rodando um grupo de simulações de modelos de computador e, quando estava pronto para começar a análise, Anika apareceu para dar uma mãozinha.

— Então, você recebeu minha mensagem na outra noite? — ela perguntou casualmente.

— Ah, sim. Desculpe por não ter respondido — disse ele. — Eu meio que me distraí.

— Está tudo bem. — Ela começou a mexer nervosamente o cabelo preto. — Posso te fazer uma pergunta?

– É sobre o vaso sanitário que não está funcionando corretamente? – ele disse hesitante. – Porque eu não fazia ideia de que havia um problema.

Ela riu e colocou as mãos atrás das costas, depois as uniu na frente e depois as enfiou nos bolsos da calça jeans.

– Eu não vi o bilhete na sua mesa para ligar para o encanador – disse ela. – Mas vamos deixar essa conversa para outra hora. Tenho olhado alguns dos dados com os quais você tem trabalhado, e sua análise é brilhante.

– Obrigado, assistente graduada.

Ela deu-lhe um tapa brincalhão. – Estou falando sério. Embora eu nunca tivesse trabalhado com os dados da maneira que você fez, isso não significa que eu não possa reconhecer como sua análise foi inteligente. Quero dizer, é um trabalho fantástico, e até Theodore reconhece que você é realmente inteligente...

– Então, por que ele está sempre pegando no meu pé?

Ela deu de ombros.

Peter sentiu uma estranha vontade, quase desequilibrada, de confessar ser o Homem-Aranha. *Eu posso confiar nela*, pensou de repente. O fato de que essa vontade veio acompanhada de uma visão dele rindo incontrolavelmente era um sinal de que ele provavelmente deveria resistir a isso.

Não havia motivo para começar a confiar em pessoas novas, muito menos em alguém que era quase uma completa estranha, mas ele estava cansado de mentir – mesmo em conversas que deveriam ser completamente honestas. Quantas vezes ele tinha feito isso com a Tia May, com o Harry, até mesmo com a MJ – tanto antes quanto depois de contar a ela sobre ser o Homem-Aranha? Às vezes, era melhor para ela não saber o quanto ele tinha estado em perigo, ou o quanto as probabilidades estavam contra ele.

Seria realmente tão ruim confiar em alguém novo?

Não agora, obviamente, mas ela era supostamente uma especialista em tecnologia. Talvez ela pudesse ajudá-lo com seu traje. Não seria bom ter alguém ao seu lado, em vez de estar sempre sozinho? E saber seu segredo realmente não a colocaria em perigo, certo? A menos que alguém descobrisse que ela sabia.

Não seria como contar para o Harry ou para a Tia May – isso só aliviaria sua culpa por mentir para eles. Seria egoísta, porque ele estaria fazendo isso para que eles não pensassem que ele era um falastrão.

Não, com Anika ele estaria construindo sua base de apoio. Ela era inteligente, enérgica, otimista, absurdamente bonita – não, essa última parte não importava.

Mas as outras qualidades eram uma grande vantagem.

A ideia era maluca, e ele sabia disso. Ele estava tendo alguns problemas com MJ – a quem ele amava, a propósito. Só para deixar isso claro. Ele estava se sentindo vulnerável, e essa era a reação normal das pessoas nesse tipo de situação. Ele tinha lido sobre pessoas normais e achava que entendia como elas funcionavam. Às vezes, o pequeno cérebro masculino via uma mulher atraente como uma fuga, mas flertar com a Anika não tornaria sua vida mais fácil.

Então, é hora de mentir, disse a si mesmo.

– Eu só tenho andado meio distraído – ele disse, ouvindo o quão esfarrapada a desculpa soou, enquanto as palavras saíam de sua boca. Isso o fazia parecer preguiçoso, mas ele nunca tinha conseguido pensar em uma forma de desviar da verdade sem contar uma mentira maior e mais complicada. – E eu nunca fui bom com gerenciamento de tempo. Acho que o Peyton está ficando cansado de ter meu lado bom com o lado ruim.

– Em outras palavras, você não vai me contar? – ela perguntou, colocando as mãos nos quadris.

– O que você quer dizer? Eu acabei de contar – ele disse.

– "Eu tenho andado meio distraído" – ela disse, imitando seu tom. – Isso não é uma resposta. É uma não-resposta. Quem acreditaria em algo tão fraco?

Praticamente todo mundo, ele pensou. Professores indiferentes ou ocupados demais para pressionar, amigos íntimos e familiares que respeitavam sua privacidade, pessoas que simplesmente não podiam se incomodar. Talvez não tivessem ficado satisfeitos, mas aceitaram.

– Falar sobre as coisas pode ajudar – disse Anika. – Mas se você não quiser falar sobre isso com alguém que não conhece muito bem, é só dizer.

– Não, não é isso – disse Peter. – Quero dizer, se houvesse um estranho com quem eu falaria, seria você. Você seria exatamente o tipo certo de estranha. – Ele estava tagarelando agora e cavando um buraco para si mesmo. Ela sorriu. – Eu gosto de pensar assim.

– Não é nada ruim, como drogas ou jogos ou qualquer coisa assim; mas eu tenho muitas responsabilidades fora do trabalho. – Isso soou razoável. – Eu tenho obrigações das quais não posso fugir, e às vezes é como se eu estivesse vivendo duas vidas, eu acho. Eu tenho que fazer essas outras coisas. Quero dizer, eu acho que sim. Não tenho certeza se mais alguém fará isso se eu não fizer, e há coisas que eu preciso levar até o fim, mas, ao mesmo tempo, estou tão cansado de não poder dar minha total atenção ao trabalho aqui, que eu amo.

Ele recostou-se na cadeira e soltou um longo suspiro. Isso foi o mais próximo que ele chegou de se abrir e ser honesto com alguém além de MJ há muito tempo. Isso lhe fez bem.

Anika sentou-se em frente a ele.

– Fez bem, não é? – ela disse, como se estivesse lendo seus pensamentos. – Mesmo que você não tenha me contado nada de verdade.

– Exatamente!

– Você gostaria de um conselho de alguém que viveu menos anos e tem menos experiência do que você?

– Vou aceitar o que vier.

– O.k., então, eu já estive onde você está, quando comecei na ESU – ela disse. – Não vou entrar em detalhes, porque nossa amizade ainda não chegou lá, mas eu estava sendo puxada em duas direções diferentes. Quando sua mãe e seu pai vêm de outro país e trabalham arduamente a vida toda para que seus filhos tenham oportunidades que eles nunca tiveram, eles meio que esperam que você tire boas notas. Minha irmã mais velha fez isso – ela continuou –, e eles ficaram enlouquecidos quando eu não. É perfeitamente compreensível, e eu não podia contar a eles *por que* não estava tirando boas notas, assim como não estou contando a você. Então é claro que eles não acreditaram nas minhas desculpas.

– E o que aconteceu?

– Aconteceu que eu descobri o que é importante para mim. Tirei um tempo para decidir o que eu queria fazer com a minha vida, não o que os outros esperavam de mim, mas o que *eu* queria. No fim das contas, descobri que eu realmente *queria* seguir a área das ciências, e redirecionei minha energia para isso. Só espero que quando eu me inscrever na pós-graduação, meu B+ em "Introdução à História Medieval Europeia" não me prejudique.

– Sim, parece que você atingiu o fundo do poço.

– Foi uma crise – ela disse sem hesitar –, mesmo que eu tenha conseguido conter o pior dos danos.

Não era exatamente uma comparação direta, pensou ele, "História medieval versus o Abutre", mas ainda era um bom conselho. Ele vinha contornando a questão por muito tempo, mas não a havia realmente enfrentado. Ele tinha se perguntado sobre o valor de ser o Homem-Aranha, mas não tinha se perguntado se ele *queria* ser o Homem-Aranha. Ele teria que enfrentar isso mais cedo ou mais tarde – mas não antes, ele decidiu, que ele concluísse o caso do Fisk.

– Bem, meus pais não eram de outro país – ele disse –, mas foi meio complicado. – Ele falou a ela sobre ser criado pela tia, e isso o levou a falar sobre o Tio Ben, sobre como ele poderia ter impedido um ladrão e não interveio, achando que não era problema dele. O ladrão que matou seu tio.

Ele aprendeu a contar a história sem chorar, mas ainda era difícil falar sobre isso... lembrar. Havia momentos, ele sabia, que ficavam com você para sempre. Alguns arrependimentos nunca desaparecem.

– Toda vez que tenho que tomar uma decisão – ele disse – sinto o peso de tomar a decisão certa, não apenas no momento, não apenas para mim, mas me preocupo em como minhas decisões afetarão a todos. Fico aterrorizado de fazer algo, ou não fazer algo, e as consequências serem terríveis.

Seus olhos estavam arregalados.

– Você não pode viver desse jeito – ela disse. – Você não poderia prever as consequências com aquele ladrão. E se ele estivesse roubando para pagar remédios para o filho doente, e ao detê-lo você teria condenado uma criança à morte? Você nunca sabe como as coisas vão acontecer, então você só pode tomar as melhores decisões com base nas informações disponíveis.

– Mas eu tomei a decisão errada – ele insistiu. – Naquele dia.

– Pare com isso. Você não sabia que estava tomando a decisão errada – ela disse. – Não é como deixar um assassino ou um terrorista solto. Quando algo parece trivial, não dá para saber que vai se tornar importante.

– Não tenho certeza se concordo – ele disse.

Foi um crime. Eu deveria tê-lo impedido...

– É senso comum – ela disse, dando-lhe uma careta. – Se você se preocupa com cada decisão, se tenta projetar todas as ramificações possíveis, deve deixar seus amigos loucos. Ou sua namorada – acrescentou ela. – Se você tem uma.

Anika estava jogando um verde agora. Embora parecesse um mau momento para falar sobre MJ, ele sabia que seria cruel não fazê-lo. Eles tinham uma conexão, e em um mundo diferente, quem sabe o que poderia ter acontecido entre os dois, mas ele não estava vivendo nesse mundo.

– Sim, eu tenho uma namorada – ele disse – e eu penso que ela me acha um pouco difícil de conviver às vezes.

Ele não conseguia ler muito bem a expressão dela, mas pensou que era decepção. Ela ficou em silêncio, e eles não conversaram por alguns segundos constrangedores.

Ela mudou de assunto, e eles falaram sobre alguns de seus lugares favoritos para comer na cidade. Peter mencionou a lanchonete na Times Square, e ela o ridicularizou, mas no final concordou em experimentar. Foi uma transição estranha, mas Peter ficou feliz por ter falado com ela.

Que sorte ela ter aparecido no laboratório.

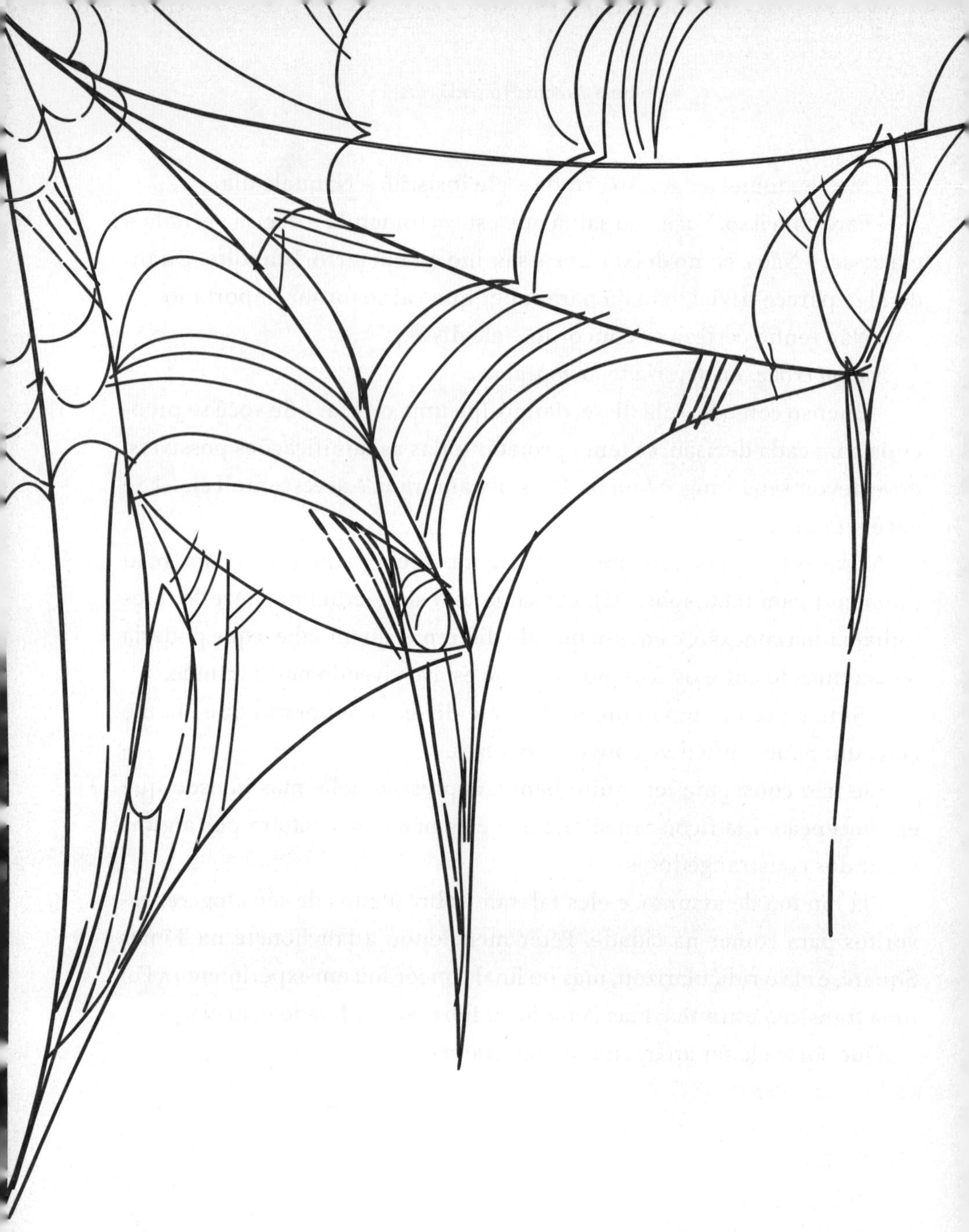

QUINZE

O SR. Fisk sempre tinha suas razões.

Maya sabia disso, mas desta vez ela não tinha certeza de que ele estava certo. Na verdade, ela estava bastante certa de que ele estava errado.

— Ele esteve neste prédio ontem à noite — ela disse. — Para roubar, ou nos espionar.

O relatório da segurança tinha sido inútil. Com medo das consequências, eles disseram para ela ir direto ao chefe.

O Sr. Fisk acenou com a cabeça, parecendo pensativo. Pelo menos ele deu a devida atenção às preocupações dela.

— Aqui ele não pode nos fazer mal — ele disse, notavelmente calmo. — E não há nada de importante para ele encontrar que não esteja armazenado em segurança dentro de um cofre.

— Ele pode ter ouvido nossa conversa.

— E se ele ouviu? Não dissemos nada específico. Não há nada que ele possa usar contra nós.

— É um erro não levá-lo mais a sério — ela insistiu.

— Eu o levo muito a sério — ele disse. Seus olhos estavam estreitos, e sua voz caiu de tom. — Por isso eu coloquei Bingham em ação.

Maya se esforçou para controlar sua expressão. Ela não podia deixá-lo saber que tinha ido falar com Bingham. Maya tinha pouca experiência em mentir para o Sr. Fisk, e as poucas transgressões que cometeu quando era mais jovem a deixaram se sentindo pequena e ingrata. Ela devia tudo a esse homem, mas ainda acreditava que ele estava errado.

– Eu já enfrentei esses vigilantes mascarados antes – disse Fisk. – Todos eles adoram atenção, adoram sentir que estão no centro de algo importante. Se você resistir, isso só alimenta a ilusão.

– O Homem-Aranha já é um problema.

– Ele é um incômodo – disse Fisk com um gesto de mão. – Mas se eu o atacar, a situação vai se intensificar rapidamente, talvez além do que queremos.

– Você pode estar subestimando o quanto ele...

A palma da mão do Sr. Fisk veio com força sobre a mesa. Papéis, canetas e fotografias voaram como destroços no raio de uma explosão.

– CHEGA – disse ele. – Você é muito esperta, Maya, mas ainda tem muito a aprender. A menos que o Homem-Aranha nos ataque diretamente de alguma forma que não possamos ignorar, não falaremos sobre ele até depois de concluirmos o projeto. – Ele a prendeu com o olhar. – Está entendido?

– Sim – ela disse, levantando-se. – Absolutamente. – Ela ignorou a bagunça que cercava a mesa. Uma vez, quando era mais jovem, ela havia se apressado para arrumar as coisas, mas isso só o deixou mais irritado. Ele não gostava que chamassem atenção para seu temperamento.

Sem mais uma palavra entre eles, ela deixou o escritório. No caminho para fora, ela falou com o Sr. Cisneros, o secretário do primeiro turno.

– Houve um acidente no escritório do Sr. Fisk.

Ele assentiu, levantando-se da cadeira. – Vou cuidar disso imediatamente.

Naquele momento, uma mulher bem-vestida entrou no saguão.

– Oi – disse ela. – Sou Mary Jane Watson. Tenho um compromisso com o Sr. Fisk.

– Sim, claro – respondeu o Sr. Cisneros. Ele parecia em conflito.

– Eu vou cuidar disso – disse Maya a ele. Quanto mais tempo as coisas ficassem caídas no chão, mais Fisk se irritaria. Ela se virou para a Srta. Watson. – Sou Maya Lopez, assistente especial do Sr. Fisk. O Sr. Fisk estará com você em breve. – Ela fez um gesto. – Por favor, sente-se. Posso oferecer café ou água?

– Não, obrigada – respondeu a mulher quando se sentou.

– Posso perguntar sobre o que se trata?

– Sou do *Clarim Diário* – explicou. – Estou trabalhando em uma matéria sobre pessoas de baixa renda que se beneficiam dos projetos de apartamentos, e já que o Sr. Fisk faz parte desse movimento... – Ela se deixou levar, provavelmente achando que aquilo era encantador.

– O Sr. Fisk *é* o movimento – corrigiu Maya, aproximando-se. – Outros podem estar tentando se aproveitar dele, mas eles oferecem menos unidades e qualidade inferior, tentando se beneficiar da boa imprensa sem fazer uma contribuição real para a cidade. O trabalho da Fundação Fisk está mudando esta cidade para melhor. Espero que você inclua isso na história.

– Se isso se provar verdadeiro, com certeza incluirei.

Maya se virou para sair. Então, parou e se virou novamente para encarar a repórter.

– No passado, repórteres vieram aqui alegando estar trabalhando em um tipo de história, mas estavam trabalhando em algo diferente, algo projetado para distorcer o trabalho do Sr. Fisk, fazendo parecer algo sombrio e ilegal. – Ela pausou e depois acrescentou: – Você não faria isso, não é, Srta. Watson?

– Acabei de começar no *Clarim Diário* – disse ela. – Como escritora de reportagens especiais. Não seria sábio fazer algo diferente do que me mandam.

– Não, não seria – concordou Maya. – Repórteres que fazem esse tipo de coisa veem suas carreiras tomando rumos infelizes. – Então ela sorriu brilhantemente. – Boa sorte, Srta. Watson.

Maya saiu do escritório com uma expressão séria no rosto. Por alguma razão, essa repórter não pareceu preocupada com a ameaça implícita. Talvez ela não fosse inteligente o suficiente para entendê-la. Ou ela era mais perigosa do que aparentava.

Isso lhe deu uma ideia...

MAYA queria se encontrar em uma cafeteria, como pessoas normais fazem quando conduzem negócios fora do escritório. Mas não, ele insistiu em se encontrar em um carrinho de cachorro-quente a duas quadras da Torre Fisk. Ela mandou uma mensagem.

> Você acha que é muito perigoso nos encontrarmos em um lugar fechado?

Ele respondeu imediatamente.

> CACHORROS-QUENTES
> Eles têm os melhores cachorros-quentes da cidade, se eu vou estar por perto, eu quero um.

Ela chegou alguns minutos antes, mas ele já estava sentado em um banco perto do carrinho de metal. Ele estava quase na metade de um cachorro-quente e tinha outro descansando em sua maleta.
– Compre um cachorro-quente – ele disse a ela. – Você não vai se arrepender. Não se esqueça da mostarda. Mesmo que você pense que não gosta de mostarda, pegue-a. A mostarda desse cara é incrível. Ele mesmo faz.
Ela se sentou ao lado dele. – Eu não estou aqui para comer cachorros-quentes.
– Você não precisa vir aqui com o objetivo de *comer* cachorros-quentes para aproveitar um cachorro-quente – ele disse a ela. – A vida está cheia de miséria e dificuldades, então agarre os pequenos prazeres onde puder.
Maya não gostava de comer na rua. Isso a distraía, e as ruas da cidade eram lugares caóticos. Era melhor não se distrair. Além disso, ela não tinha a menor vontade de comer carne processada e pães feitos de farinha refinada. Ela treinava duro e era muito cuidadosa com o que comia. Nada de cachorros-quentes para ela.
Algumas pessoas que passavam olhavam em sua direção. O homem que ela estava encontrando não era exatamente uma celebridade, mas Nova York era uma cidade movida pela mídia. Não ajudava o fato de que seu cabelo castanho de topete achatado com costeletas grisalhas, seu bigode curto e suas sobrancelhas grossas lhe conferiam uma aparência distinta.

– Quero deixar claro que eu aprecio o que você está oferecendo – começou J. Jonah Jameson. – O *Clarim* não teve coragem de me deixar continuar contando a verdade. É por isso que eu levei esse fora. Eu quero poder contar ao povo o que realmente está acontecendo nesta cidade, especialmente quando se trata daquela ameaça chamada Homem-Aranha.

– E nós queremos ajudar você – ela disse.

– Tenho certeza de que sim, mas estou um pouco desconfiado das intenções do seu benfeitor anônimo.

– Eu represento uma organização na qual as pessoas nos níveis mais altos apreciam o seu trabalho – ela disse. – É simples assim.

Era ainda mais simples. Maya queria tornar a vida do Homem-Aranha miserável. Se ela não pudesse fazer isso fisicamente, faria psicologicamente. Ela o desgastaria, para que, quando chegasse o confronto direto – e ela não tinha dúvidas de que isso aconteceria – ele estivesse ainda mais fraco.

– Não é bem assim... – disse Jameson. – Simples, quero dizer. Eu não consegui liderar um jornal como o *Clarim* sendo um idiota. Eu cheguei lá do jeito difícil, como repórter, então sei que as pessoas nos "níveis mais altos", o que se traduz em um bando de gordos gananciosos, não vão me dar dinheiro a menos que acreditem que haja algo para eles.

Maya fez o possível para não parecer preocupada. – As pessoas que eu represento querem fazer negócios em uma cidade que não seja assolada pelo tipo de caos que você passou sua carreira condenando.

– É só isso, né? – ele parecia duvidar, e deu outra mordida grande, mastigando teatralmente. Isso dificultava para ela entender o que ele estava dizendo.

Ele estava se fazendo de jornalista rabugento. Maya sabia que ele estava fingindo, mas as pessoas fingiam o tempo todo. Ela mesma estava fazendo isso.

– Senhor Jameson, nós acreditamos que a cidade está mais pobre desde que sua voz foi silenciada, e estamos preparados para lhe dar um megafone ainda maior do que o que você tinha com o *Clarim*. Uma transmissão de rádio do tipo que imaginamos vai colocá-lo em todos os lugares da cidade: em casas, lojas, táxis, escritórios. Você recusaria tal oferta porque não gosta da ideia de patrocinadores anônimos?

– Talvez – ele disse. – Entenda desde o início que ninguém me diz o que dizer ou fazer. Se você me tiver, você terá o Jameson puro. Direto, sem água, sem gelo. Se alguém começar a sussurrar no meu ouvido que eu preciso dizer isso ou não dizer aquilo, eu saio fora. Se isso não estiver no contrato, o contrato não será assinado.

– Vou passar isso aos advogados e enviarei os contratos pela manhã.

Jameson terminou seu cachorro-quente e limpou as mãos com um guardanapo de papel. Então ele estendeu a mão para apertar a mão de Maya.

– Então parece que temos um acordo – ele respondeu. – Quando posso começar a tornar a vida do Homem-Aranha um inferno?

– O mais rápido possível – disse Maya, aceitando o aperto de mão. – Comece a organizar uma equipe e planeje sua agenda.

Com isso, ela se levantou e afastou-se, tirando um pequeno frasco de álcool em gel da bolsa. Enquanto voltava para o escritório, ela não pôde deixar de se sentir satisfeita consigo mesma. O Sr. Fisk ficaria furioso se descobrisse, mas apenas porque ele havia dito para ela se afastar de tudo relacionado ao Homem-Aranha. Em sua raiva, ele talvez não percebesse como esse plano era realmente bom. Ninguém era melhor que J. Jonah Jameson em instigar o público contra o Homem-Aranha.

Ela havia sido incentivada a explorar seus próprios projetos, e não foi difícil encontrar um espaço para Jameson em uma das estações de rádio de maior destaque. Tudo o que precisavam fazer era colocá-lo para falar e deixá-lo solto. O ar quente de Jameson cuidaria do resto.

DEZESSEIS

ELA não conseguia dizer o que o secretário de Fisk estava fazendo lá dentro. Havia muito barulho de raspagem e alguns estrondos, além de algo que parecia rosnados.

MJ ficou contente por ter recusado aquela xícara de café, mas também se arrependeu. Teria ajudado a acalmar seus nervos, mas ela não precisava de uma tremedeira de cafeína ao entrevistar Fisk.

Seu celular vibrou, e ela considerou ignorá-lo. Seus instintos diziam para ela não estar atendendo o telefone quando o secretário saísse para chamá-la, mas então ela reconsiderou. Isso faria com que parecesse uma repórter ocupada, e só poderia ajudar a dar a impressão de alguém que precisava estar em contato com os outros o tempo todo.

Além disso, era Peter.

Ela odiava como havia deixado as coisas com ele na noite anterior. *"Há algumas coisas que realmente precisamos conversar."* Não era uma boa frase para terminar uma conversa. Não era culpa dela, é claro, e Peter podia lidar com isso, mas mesmo assim... Era algo importante, e algo que ele não gostaria de ouvir, mas se eles fossem permanecer juntos, precisavam ter essa conversa.

Até que isso acontecesse, ela não queria que ele se preocupasse muito. Então ela clicou em *"Aceitar"*.

– Oi – ela disse quando atendeu. – Não posso falar muito. Estou prestes a entrar em uma entrevista.

– Você arrasa, garota – ele disse. Então era apenas uma conversa casual para checar as coisas, não uma conversa do tipo "eu-tenho-que-ir-para-a-Islândia-lutar-contra-assassinos-robôs".

– E quem é que você vai entrevistar?

– Você promete não surtar?

– Claro.

– Wilson Fisk.

Um breve silêncio.

– Estou surtando.

– Peter... – MJ murmurou.

– Repórteres que tentam expô-lo desaparecem – ele disse. – Você sabe disso.

– Estou apenas fazendo uma entrevista, vou conhecê-lo.

– Então você pode expô-lo mais tarde – ele retrucou. – Não me diga que estou errado. – Seu tom a irritou profundamente.

– E não me diga como fazer a coisa certa – disse ela. – Eu não te digo.

– Você me diz muitas coisas – ele rebateu.

– Não, eu te dou conselhos, e você é bem-vindo para fazer o mesmo em troca; mas não é isso que está acontecendo aqui. Você está estabelecendo limites.

– Eu não estou estabelecendo limites – disse ele. – Estou tentando te manter segura.

A porta do escritório de Fisk se abriu.

– Eu tenho que ir.

– Espera! – Peter disse. – Se você tiver a chance, pergunte onde ele mantém as evidências de seus crimes...

MJ desligou, colocou o celular em sua bolsa e levantou-se.

– O Sr. Fisk vai recebê-la agora – disse o secretário.

ELE era grande.

Todo mundo sabia que Wilson Fisk era um homem grande, mas nada do que MJ havia lido, nenhuma das notícias que tinha visto na televisão, nenhum dos relatos de Peter sobre tentar evitar seus punhos maciços, nada disso a preparou para a realidade.

Era como se ela estivesse ao lado de uma criatura de folclore, ou de outro mundo. Ele era alto, sim, mas largo e construído numa escala mais massiva do que qualquer pessoa que ela já tinha visto. Quando apertaram as mãos, ela teve uma lembrança de seu pai brincando com ela quando era pequena, fingindo apertar a mão de um troll. A diferença de proporção não era apenas notável – era absurda.

Apesar disso, ele tinha um tipo de charme que a surpreendeu. Ele se vestia bem em ternos feitos sob medida, e seus modos eram suaves. Ele projetava uma aura que sugeria que não havia nada que ele preferiria estar fazendo além dessa entrevista com – literalmente – a repórter mais júnior do *Clarim Diário*.

MJ não tinha ilusões sobre ele pesquisar seu histórico de emprego. Ele saberia o que ela já havia escrito e quando havia sido contratada. Ela e Peter haviam tomado cuidado para garantir que não houvesse registro público de seu envolvimento. Peter tinha estado intimamente associado ao Homem-Aranha quando trabalhava como fotógrafo freelancer, mas não a surpreenderia se Fisk também soubesse sobre o relacionamento deles.

Se ele ainda não tinha se dado ao trabalho de se aprofundar, pensou, ele o faria mais tarde – antes que ela tivesse terminado a entrevista com ele. Mas não hoje. Hoje seria agradável. Hoje seria sobre abrir caminhos.

– Então, me conte sobre sua matéria – disse Fisk. – Como posso ajudá-la?

MJ havia preparado o que queria dizer e deixou sair com um ar de espontaneidade. Ela era nova no *Clarim Diário*, disse – ele já saberia disso, e o fato de não estar tentando esconder isso poderia incentivá-lo a baixar a guarda –, e estava escrevendo histórias sobre trabalhadores que se beneficiariam do que Fisk estava prometendo em seus novos projetos de apartamentos.

– Não são apenas promessas – ele disse. – Projetos de renda mista como esses já foram tentados antes, mas sempre fracassaram por causa da ganância de todos os envolvidos. *Se você pode dar dez unidades para os trabalhadores pobres, eles pensam, por que não cinco e embolsar o dinheiro extra?* Se há um lucro a ser obtido, por que não mais? Durante meu tempo de... exílio, percebi que eu era tão culpado quanto qualquer pessoa dessa espécie de avareza. Talvez mais que a maioria. Nenhuma quantidade de riqueza seria suficiente, eu pensava, então nunca parei de pensar em maneiras de ganhar mais dinheiro.

— Mas isso mudou? — MJ sugeriu. — Por causa do julgamento?

— O julgamento, meu tempo no Japão, onde me dediquei à meditação e reflexão. Ainda não estou totalmente pronto para abrir mão da minha riqueza material, é claro, mas agora busco o equilíbrio. Quero ganhar dinheiro, mas estou disposto a encontrar um valor que seja suficiente. Não preciso de cinco iates ou cinquenta carros esportivos. Ninguém precisa. Admito que sou suficientemente egocêntrico para buscar um certo tipo de grandeza, então, em vez de reprimir meus piores impulsos, estou canalizando-os em algo mais produtivo. Em vez de apenas enriquecer, quero ser uma força que ajuda a cidade a aumentar suas próprias riquezas.

— Você quer ser notado por isso? — perguntou ela.

Ele sorriu. — Eu sou, por natureza, um homem ambicioso, e já que não posso mudar minha natureza, posso mudar a maneira como expresso essa ambição. Já outros empreendedores estão modificando suas práticas para torná-las mais parecidas com as minhas. Construindo unidades acessíveis para trabalhadores. Oferecendo salários mais altos para os funcionários. Melhores benefícios. Isso está acontecendo porque eu mudei o padrão. Outras pessoas estão elevando o nível. Sem o meu exemplo, duvido que veríamos algo como a operação F.E.A.S.T., de Martin Li, que está revolucionando a forma como ajudamos os sem-teto.

— F.E.A.S.T. não existia antes do seu retorno a Nova York? — perguntou MJ. Talvez tenha sido um erro contradizê-lo, mas se ela não resistisse um pouco, ele pensaria que ela era uma bajuladora inútil ou suspeitaria que ela estava atrás de uma história maior.

— Talvez tenha existido — ele disse —, mas se você verificar a cronologia, verá que ela aumentou significativamente seu financiamento e o alcance de sua operação após eu iniciar meus programas e lançar a Fundação Fisk.

MJ não tinha certeza se isso era verdade, mas anotou. Ela pesquisaria mais tarde e decidiria como lidar com essa afirmação.

– É assim que ocorre a mudança – continuou Fisk. – Isso é o que pessoas afortunadas podem fazer pela cidade. No final, a história julgará empresários como eu de maneira muito mais favorável do que, digamos, os vigilantes mascarados. Mesmo que alguns deles tentem fazer a coisa certa, acabam causando mais caos em vez de ajudar a alguém.

MJ anotou isso, mantendo sua expressão neutra.

– Você discorda de mim – disse Fisk. – Posso ver isso em seu rosto.

Ela lhe deu seu sorriso mais cativante. – Estou aqui para ouvir *suas* opiniões, Sr. Fisk.

– Mas também quero ouvir as suas – ele moveu sua enorme mão para a frente e para trás entre eles. – Se houver qualquer tipo de relação entre nós (e uma relação é necessária se você quer ser uma jornalista bem-sucedida), devo saber algo sobre você. Então me diga o que você pensa sobre o Homem-Aranha e os outros desse tipo.

Ela assentiu. – É bem conhecido que você tem motivos particulares para não gostar dos combatentes do crime mascarados, mas não estou convencida de que podemos viver sem eles. Existem pessoas más com habilidades incríveis, e precisamos de alguém que possa enfrentá-las.

– Talvez – ele disse –, mas acredito que eles procuram uns aos outros. Os chamados bons lutam contra os chamados maus. É um espetáculo gladiatório público. Eles se divertem e o resto de nós limpa a bagunça. Minha crença é que, se pararmos de incentivá-los, eles irão embora.

Vou lembrar disso da próxima vez que o Electro derrubar a rede elétrica, pensou MJ, mas ela não disse nada.

– Minha preocupação fundamental é que a forma como essa cidade é administrada não pode ser projetada para aqueles com habilidades especiais, ou qualquer pessoa que seja identificada como extraordinária – ele insistiu. – A cidade deve ser um lugar onde pessoas comuns possam viver.

– Você se considera extraordinário?

Ele riu, um grave estrondo que MJ sentiu em seus ossos.

– Acho que me coloquei em uma saia justa com essa pergunta. Em alguns aspectos, sim. Eu fiz minha fortuna, que foi quase tirada de mim por um sistema de justiça excessivamente zeloso e mal utilizado. Consegui não apenas superar essa dificuldade, mas crescer. Eu me tornei uma pessoa melhor por meio da adversidade.

De repente, MJ sentiu como se fosse ela quem tinha sido encurralada. Essa resposta soava bem ensaiada. Enquanto considerava isso, ele olhou para o relógio em seu monitor de computador.

– Receio que seja todo o tempo que tenho para você, Srta. Watson – disse Fisk. – No entanto, aprecio sua cobertura deste assunto.

– Com prazer. – MJ levantou-se. Ele também se levantou e mais uma vez envolveu a mão dela na dele.

– Gosto de você – ele disse. – Você não hesita em fazer perguntas ou expressar suas opiniões, mas não parece estar procurando acabar comigo. Muitos repórteres entram por aquela porta buscando me encurralar, fazer uma armadilha que, na mente deles, acabará me fazendo admitir que sou algum tipo de gênio do crime.

– Oh, não me entenda mal – disse MJ. – Sou muito ambiciosa.

– Eu não duvido disso – ele respondeu –, mas há muitos caminhos que levam ao topo. Confrontar Wilson Fisk não é um deles. Você mostra muito mais sabedoria.

– Obrigada – disse ela com seu melhor sorriso.

Ao sair do escritório, MJ sentiu como se precisasse tomar um banho – mas também estava bastante satisfeita consigo mesma. Ela havia arriscado e tinha certeza de que a aposta tinha dado certo. Wilson Fisk buscaria manipulá-la a seu favor, mas ela estaria um passo à frente dele. Ela é que manipularia Fisk.

DEZESSETE

ELE estava no laboratório quando seu celular vibrou. Era MJ, propondo que eles tentassem novamente ter aquela "conversa".

— E se a gente for na lanchonete — ele disse.

— Pela consistência?

— Você não me engana — ela disse. — Você só gosta do pastrami deles.

— Você me pegou. Como foi a entrevista?

— Muito bem. — A empolgação era evidente em sua voz. — Acho que ele gostou de mim.

Este é um daqueles momentos, disse para si mesmo, *em que preciso parar para pensar no que vou dizer.* Mas então ele começou a falar sem pensar muito sobre isso.

— MJ, você está brincando com fogo — ele disse. — Só existem duas maneiras de lidar com um cara como ele. Você pode se deixar aliciar ou ser destruída.

— Ou você pode derrotá-lo — ela disse. — Você não está tentando a terceira opção?

— Eu tenho certas vantagens.

— Eu também — ela disse. — Peter... — Ela se interrompeu. — Sabe de uma coisa, vamos deixar isso para depois. Eu não quero brigar com você agora.

– Eu também não quero brigar – ele disse –, mas não posso ficar aqui sentado e deixar você se colocar em perigo.

– Você não pode me *deixar* fazer nada – ela disse com firmeza. – Eu não preciso da sua permissão, Peter.

– Não é isso que estou dizendo – ele respondeu. Ele não podia vencer. – Sinto que você está distorcendo minhas palavras para ganhar pontos, em vez de me ouvir. Mas você está certa, não falaremos sobre isso agora. Discutiremos mais tarde, sem brigar.

– Não brigaremos se você não disser coisas estúpidas – ela disse, e eles marcaram um horário. – Vejo você lá, então.

TER uma queda por alguém no trabalho, especialmente por um cara mais velho, era uma má ideia. Ter uma queda por um cara mais velho com uma namorada era uma ideia ainda pior. Anika decidiu que não teria mais uma queda por Peter. Essa era a sua decisão, e ela iria mantê-la.

Isso não significava que ela não podia ser amiga dele. Nada impedia que ela fosse amiga de um cara mais velho, inteligente, engraçado e incrivelmente fofo com quem trabalhava. De fato, exigiria esforço para eles *não* serem amigos. Claramente, eles estavam na mesma sintonia, tinham um senso de humor similar, muitos dos mesmos interesses. Eles se davam muito bem. Não era culpa dela que ele já tinha uma namorada que obviamente não o entendia, não o apreciava ou não queria apoiá-lo quando ele precisava.

Pelo menos era isso que parecia, quando ela ouviu acidentalmente sua conversa ao celular. Ela estava verificando se um simulador neural que eles haviam encomendado tinha sido enviado. Peter estava sentado do outro lado do terminal que ela estava usando.

O certo a fazer seria sair de perto. Escutar conversas alheias não era um comportamento admirável. Enquanto lutava contra o dilema, ela ouviu o que ouviu. Uma vez feito isso, não havia como voltar atrás, então agora ela tinha que descobrir a melhor maneira de agir, sabendo que a namorada dele era totalmente incompatível com ele.

Anika ruminou todos esses pensamentos o dia inteiro. A maior parte das tarefas dela era simples, o que deixava sua mente livre para divagar. Às vezes, ela voltava ao trabalho que estavam fazendo, que era bastante incrível.

Ela tinha uma tia-avó que perdeu uma perna em um acidente de carro anos atrás. Sua tia tinha quase 80 anos agora e ainda se movimentava muito bem com a prótese, mas Anika adorava imaginar o que a pesquisa do laboratório significaria para pessoas como ela. A capacidade de se mover com a mesma facilidade e flexibilidade que ela tinha antes do acidente – isso era algo seriamente transformador. Ela estava empolgada por fazer parte disso.

Muito do que ela estava fazendo era entrada de dados e verificação de fatos, mas ela também ajudava Peter a realizar alguns testes. Eles fizeram uma sessão de cálculos quando houve um problema com uma das fórmulas para o relé neural sintético. Anika foi quem descobriu onde um número havia sido transposto – um simples erro de digitação que desarrumou tudo. Uma coisa seria se ela apenas tivesse percebido o erro pela revisão, mas ela deduziu onde o erro tinha que estar e retrocedeu até a fonte.

Tanto Peter quanto Theodore a observaram fazer isso e ficaram impressionados.

Anika conseguia se ver trabalhando no laboratório por um tempo. Definitivamente pelo resto do ano e talvez por mais tempo se decidisse tirar um tempo antes de se candidatar à pós-graduação. Não havia como ela ficar por lá todo esse tempo se as coisas não estivessem confortáveis com Peter, e isso significava ser honesta e ser amiga dele. Isso lhe pareceu perfeitamente razoável.

Talvez ela estivesse meio que o perseguindo também. Mas se ela sabia que estava fazendo algo meio estranho, isso não significava que estava realmente sendo estranha? Isso parecia fazer sentido. Ela estava apenas... explorando seus sentimentos. Essa era a melhor maneira de descrever.

No final da tarde, Peter se dirigiu para a saída. Fechando um arquivo que já havia sido finalizado quinze minutos antes, ela pegou sua mochila para sair ao mesmo tempo.

— Bom trabalho hoje — ele disse enquanto esperavam o elevador. — Você nos salvou de muita dor de cabeça.

— Qualquer um poderia ter feito isso. — Ela afastou uma mecha de cabelo dos olhos.

— Pelo que vi, não é bem assim — ele disse com um sorriso. — Aquilo foi uma habilidade insana de matemática.

Ela sentiu as bochechas queimando. — Obrigada.

As portas do elevador se abriram com um som e eles entraram.

Não há motivo para hesitar, disse a si mesma. *Apenas mergulhe de cabeça.*

— Olha, eu não queria, mas acabei ouvindo sua discussão com sua namorada.

— Não foi realmente uma discussão — ele disse. — Foi mais uma discordância com um pouco de veemência. — Ele riu de nervoso. Provavelmente, ele desejava que essa conversa superdesconfortável não estivesse acontecendo.

— Bem, eu não quero me intrometer — ela continuou —, mas se você precisar de alguém para conversar... Quero dizer, já conversamos um pouco, certo? Seria mais como continuar a conversa do que começar uma nova. Só estou dizendo que sou uma boa ouvinte. E também vou parar de divagar, prometo, se você realmente conversar comigo sobre algo importante.

— Obrigado, Anika — ele disse. — Eu aprecio isso.

Mas ele não soou como se apreciasse. Ele soou como se estivesse realmente desconfortável e desesperado para que a conversa acabasse. Quando as portas se abriram, ele disse boa-noite e saiu correndo.

Agora ela tinha feito o que não deveria. Agora ele ficaria extremamente desconfortável perto dela. Ela desejava que houvesse uma maneira de descobrir a abordagem certa, mas não fazia ideia de qual poderia ser. Se ela tivesse alguma compreensão, se soubesse como as coisas *realmente* estavam com a namorada dele, provavelmente seria mais fácil. Mas não havia como isso acontecer.

A menos que...

Eles estavam indo para a lanchonete — a que ele mencionou. Era na Times Square. Uma missão de investigação. Coletando dados.

Ela sabia que isso não era o tipo de coisa que pessoas normais faziam. Certamente não poderia transformar isso em um hábito, mas se fosse apenas dessa vez e ela nunca mais fizesse isso de novo, achava que poderia conviver com sua consciência. Um incidente único poderia ser classificado como "entusiasmado" em vez de "assustador".

Ela esperou alguns minutos. A última coisa que queria era encontrá-lo no metrô. Então, caminhando devagar para pegar o trem após o dele, ela começou sua pesquisa.

HAVIA sido uma reunião especialmente conflitante com a associação de bairro. Nem todos estavam satisfeitos com a ideia de habitação de renda mista, e foi preciso muito autocontrole para não deixar as pessoas brigarem entre si. O secretário do terceiro turno de Fisk ainda não havia chegado, ou tinha ido tomar um ar ou alguma outra desculpa, então ele não tinha ideia se havia alguma mensagem importante.

Além disso, Michael Bingham estava em seu escritório quando ele entrou.

Fisk supôs que não deveria ficar surpreso que um homem que tinha habilidades quase idênticas às do Homem-Aranha pudesse passar pela segurança, mas aquilo era uma séria violação de protocolo. Não era de forma alguma o que Fisk tinha concordado.

Se o homem tivesse ficado sentado e esperando pacientemente, isso seria uma coisa. Certamente seria ultrajante, mas talvez não além do aceitável. Acontece que Bingham estava vasculhando as gavetas de sua mesa.

– Wilson – disse Bingham olhando para cima. Ele vestia jeans desbotados e uma camiseta apertada que mostrava sua forma física. – Eu estava me perguntando quando você iria aparecer. – Ele pegou um punhado de clipes de papel, colocou-os no bolso e fechou a gaveta. – Acho que você vai querer se sentar à sua mesa, suponho. Eu não sei. Nunca tive uma mesa, mas parece que as pessoas gostam de se sentar diante delas. – Ele acenou na direção da cadeira grande.

Fisk se aproximou dele. Ele estava tão acostumado a intimidar as pessoas com seu tamanho que mal percebia que estava fazendo isso, mas agora notou. Esse verme insignificante estava tentando afirmar sua dominação. Sobre *Wilson Fisk*. Seria risível, se Bingham não fosse tão perigoso. Era importante não mostrar muita preocupação.

– O que você quer? – Fisk perguntou enquanto se sentava em sua cadeira.

– Só pensei em aparecer – disse ele – para dar um relatório do progresso. Nós não conversamos tanto assim, e eu acho que talvez seja minha culpa. Não sou tão sociável como muitos outros caras. As pessoas me causam desconforto.

Fisk simplesmente encarou, deixando claro que não estava convidando Bingham a sentar.

Ele fez questão de se sentar mesmo assim.

– Não estou totalmente certo de que essa relação está funcionando para o benefício mútuo – disse Fisk. – Você agiu em várias ocasiões sem o meu consentimento. Talvez seja hora de repensarmos nossos termos.

– Você pode pensar e repensar o quanto quiser – disse Bingham –, mas eu vou mostrar para aquele falso quem é o verdadeiro Homem-Aranha. Mantenha a TV ligada hoje à noite, Wilson. Vai ser um entretenimento ótimo.

– Eu não autorizei nenhuma ação para hoje à noite – respondeu Fisk. – Assim como não autorizei o que aconteceu no canteiro de obras. Qual foi o propósito de lutar contra ele naquele traje ridículo? E por que lá?

Isso realmente irritou Fisk. Ninguém sabia que o local da construção era sua propriedade – estava registrado em nome de uma empresa de fachada –, mas mesmo o labirinto mais complicado de empresas de fachada poderia ser desvendado por alguém com tempo e determinação suficientes. Como Bingham atraiu o Homem-Aranha para lá em primeiro lugar? Como ele contratou aqueles capangas? Esse projeto, embora apenas no início, parecia estar saindo completamente do controle.

– Foi um teste – disse Bingham. – Eu queria ter certeza de que poderia enfrentá-lo, mas ainda não estava pronto para mostrar ao mundo que ele não é verdadeiro. Em breve, eles vão saber. *Eu* sou o Homem-Aranha. É isso que eles vão ver.

– Acho que antes de agir novamente – disse Fisk –, é melhor você submeter quaisquer planos que tiver à minha aprovação. – Bingham inclinou-se para trás novamente.

– Nós dois sabemos que não trabalho dessa maneira, Wilson – disse Bingham. – Sou um espírito livre. Eu te disse isso desde o início. Talvez você pense que sou, sei lá, meio maluco demais para lembrar o que conversamos, o que acordamos. – Ele girou o dedo em torno da orelha. – Talvez você não ache que eu esteja jogando com todas as cartas, e pode dizer o que quiser, mas não é assim que funciona.

– Então, por que você está aqui? – Perguntou Fisk, sua voz se transformando em um rosnado.

– Como eu disse, queria que você soubesse o que estava acontecendo. – Ele se levantou rapidamente. – Cortesia profissional, vamos chamar assim.

– Eu poderia impedir você de sair deste prédio para sempre.

Bingham sorriu novamente. – Você poderia tentar.

Ele se virou e se dirigiu à porta.

– Pare – disse Fisk. – Isso não pode continuar. – Ele precisava soar calmo, até concordante. Se ele pressionasse, Bingham iria revidar. A maioria das pessoas poderia ser intimidada, mas nem todas. – Se quisermos ter sucesso, precisamos trabalhar juntos.

Bingham se virou. – Eu pensei que era isso o que estávamos fazendo. – Então ele continuou. Ele abriu a porta do escritório e passou por Maya Lopez. Ela parou no meio do caminho para observá-lo passar. Bingham colocou a mão ao lado da boca e a segurou.

– Boa noite, senhorita! – Ele disse alto, enunciando lentamente. Em seguida, ele riu alegremente e seguiu para o elevador.

Fisk apertou os punhos e observou Maya por um momento, segurando sua raiva com grande esforço. Ela assistiu o indivíduo repugnante partir e então seguiu para o escritório de Fisk, fechando a porta.

– O que ele estava fazendo aqui? – ela perguntou. – Quem era ele? – acrescentou rapidamente.

– Alguém que precisava me fornecer algumas informações – disse Fisk com um tom neutro que significava que ele não queria que a conversa continuasse. Ele apertava e relaxava os punhos e piscava rapidamente, todos os sinais de que estava perdendo o controle. Ele precisava se controlar. Precisava controlar essa situação.

– Parecia tudo, menos amigável – ela disse. – Você tem certeza de que pode confiar nele?

– Eu vou decidir isso! – Fisk explodiu. Sua raiva era uma força viva sob sua pele, tentando se libertar. Ele nunca havia se permitido perder completamente o controle perto de Maya. Havia tido alguns incidentes menores, é claro, mas nada sério. Ele podia sentir que estava prestes a perder o controle agora. Podia imaginar seus punhos golpeando sua mesa, partindo-a ao meio enquanto ela olhava horrorizada.

Maya era uma das poucas coisas genuinamente boas que ele tinha para mostrar de sua vida. Não apenas bem-sucedida, mas *boa*. Sua lealdade a ele, sua devoção, eram como um testemunho do que ele esperava alcançar. Não esse negócio ridículo de dar apartamentos para pessoas pobres. Isso era só para mostrar aos outros. Isso não importava muito. Todas as ajudas do mundo não acabariam com a pobreza. A única maneira de a cidade melhorar seria com uma liderança melhor. Não tolos eleitos, como Osborn, mas líderes de verdade.

Fisk havia feito coisas em busca desse objetivo, cruzando linhas das quais ele não poderia voltar. No entanto, havia duas pessoas que o viam como ele realmente era. Vanessa, sua esposa, e Maya, que não era sua filha, mas era mais próxima do que qualquer pessoa neste mundo. Ele não gostava de se deixar soltar enquanto ela observava.

Algo mais o preocupava.

Algo que ele tinha visto.

Como Bingham sabia que ela era surda?

Ele se virou para Maya. – Aquele homem que saiu do meu escritório – ele disse. – Você teve algum contato com ele?

– Eu revisei o arquivo dele – ela respondeu. – Nada além disso.

Fisk não tinha motivo para duvidar dela. E ainda assim...

– Se teve, me diga agora – ele disse. – Eu vou perdoá-la se for honesta, mas se esconder a verdade de mim, teremos... dificuldades. Diga-me.

De repente, ele percebeu que estava se impondo sobre ela. Não tinha a intenção de se aproximar dela, de ameaçá-la. Então, deu um passo para trás.

– Diga-me – ele repetiu, desta vez mais calmo.

Maya balançou a cabeça. – Eu não... – disse ela, com a voz trêmula. – Eu não faria isso. – Ela parecia com medo, mas é claro que ela estava com medo. Ela já o tinha visto machucar pessoas quando ele estava assim. Ela devia estar temendo que ele pudesse machucá-la se perdesse o controle. Ele *odiava* isso.

Ainda mais do que odiar isso, se ela tivesse respondido de forma errada, ele poderia ter lhe dado motivo para temer.

– Eu preciso ir – ela disse.

– Então vá – ele disse a ela, controlando sua voz. – Feche a porta ao sair. – Ele esperou até que ela estivesse bem longe de seu escritório e então olhou para sua mesa.

Fisk ergueu o punho.

Ele deveria se conter.

Ele deveria se controlar.

Mas o pensamento racional desapareceu, e ele permitiu que sua verdadeira natureza tomasse o controle.

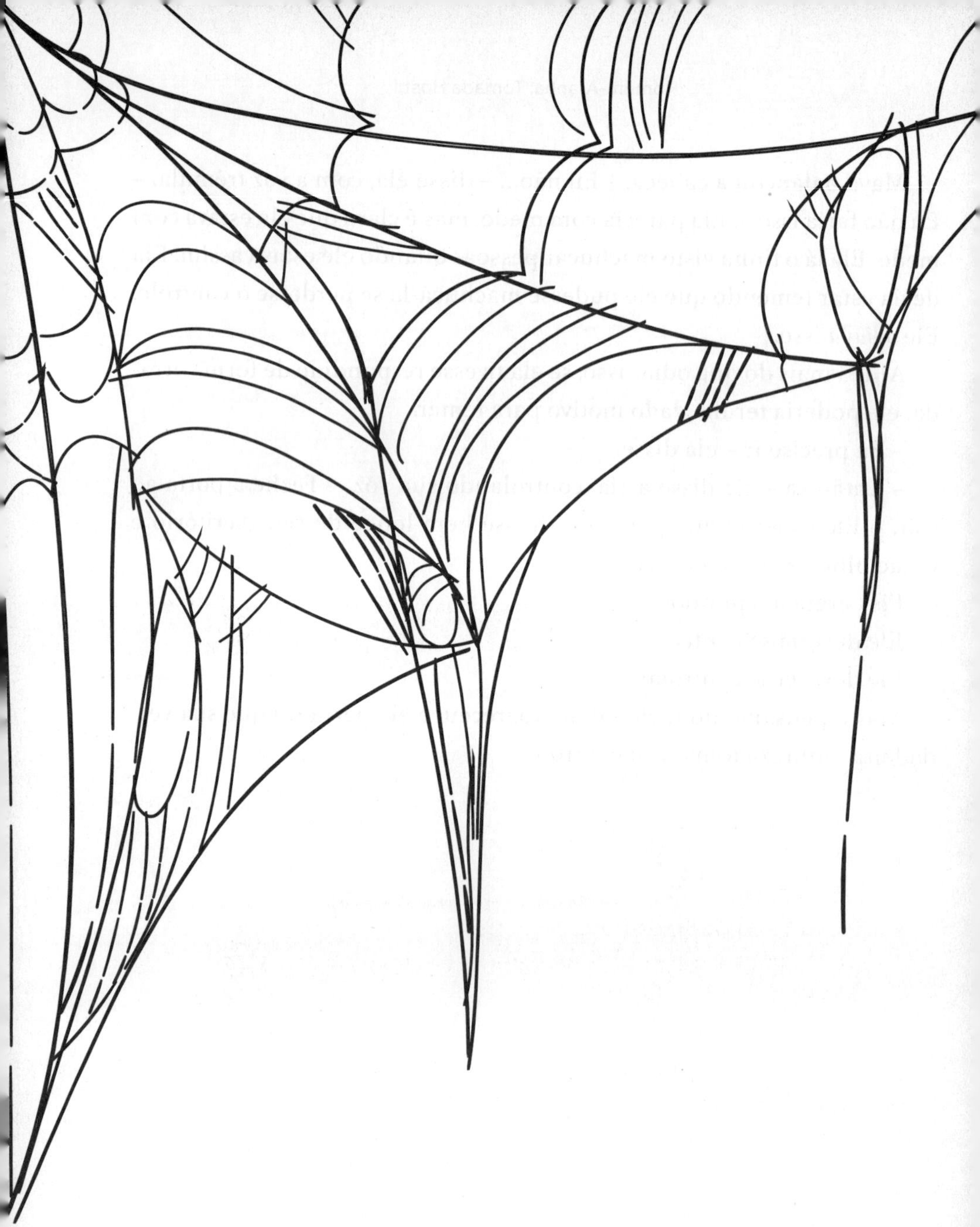

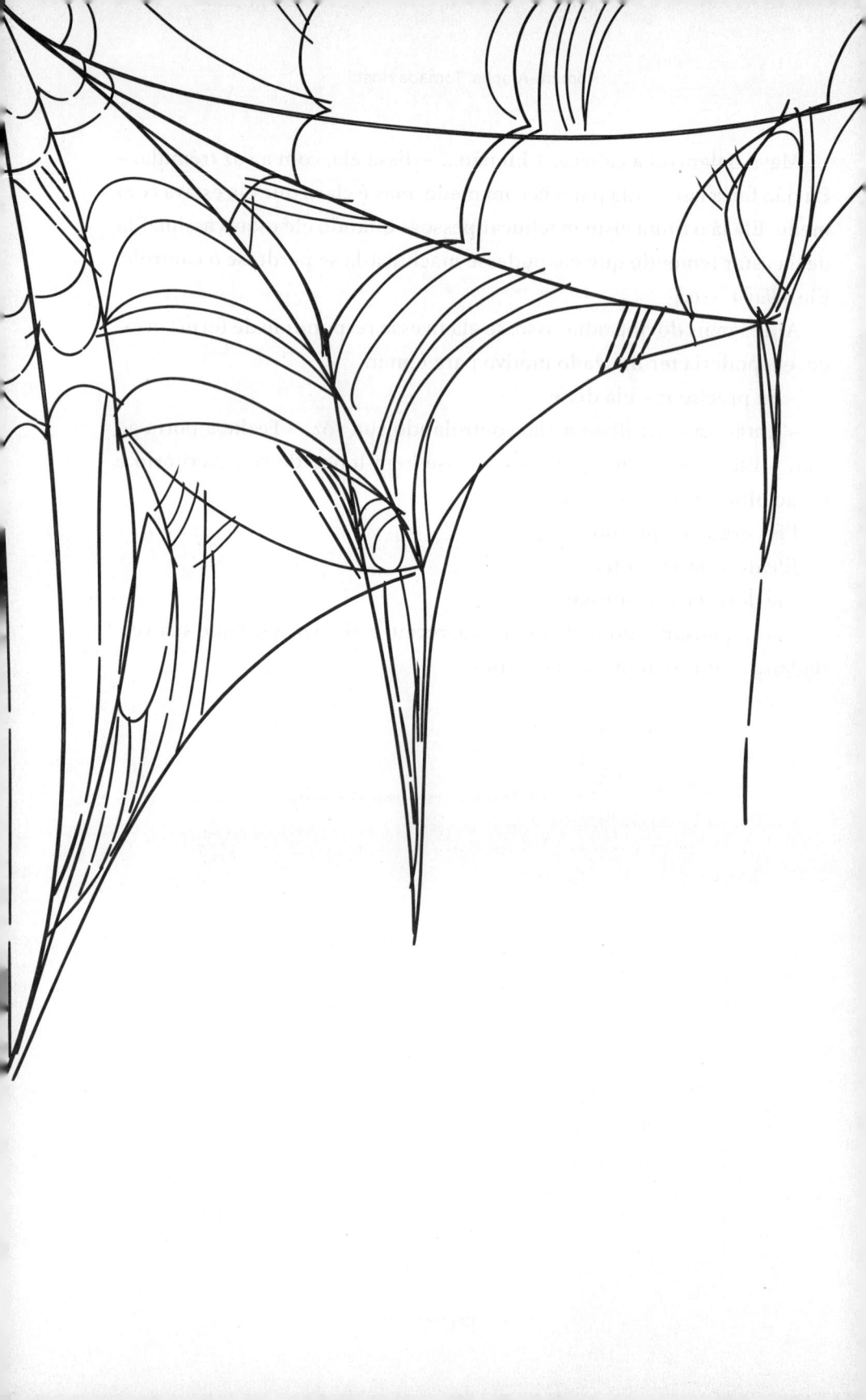

DEZOITO

PETER estava pensando em pastrami.

Sim, ele também estava um pouco preocupado com como as coisas estavam indo com MJ, mas sabia que eles se resolveriam. Eles estavam juntos por muito tempo, e cada um teria que ceder se quisessem crescer juntos. Ela já tinha aguentado coisas que iam além do que qualquer namorada deveria suportar. O que quer que ela precisasse dele, ele encontraria uma maneira de garantir que ela conseguisse.

Ela já estava esperando na fila quando ele entrou pela porta. Ele verificou o relógio em seu pulso antes de lhe dar um rápido beijo.

— Você está vivendo perigosamente — ele disse — chegando cedo.

— E você está se comportando bem, chegando quase na hora.

— *Bem* na hora — ele disse, batendo no relógio. Usar um relógio o fazia parecer um pouco antiquado, ele sabia, mas tinha pertencido ao Tio Ben e ele gostava de tê-lo por perto. A fila à frente deles estava bem longa e demorou apenas alguns minutos para ela começar a se estender atrás de Peter. Ele olhou ao redor, esperando encontrar um lugar para se sentarem.

– Então – ele disse –, talvez este não seja o melhor lugar para termos uma conversa séria, mas já que vamos resolver as coisas de qualquer maneira, talvez devêssemos conversar sobre isso agora.

– Então o seu prazer de comer o sanduíche não foi de forma alguma diminuído?

– É um bom sanduíche – ele admitiu. – Eu odiaria que algo o arruinasse.

– Estou feliz que você tenha suas prioridades claras.

– Com certeza.

– O.k. – ela começou. – Bom, eu acho que você está certo ao pensar que isso não precisa ser uma coisa grande, desde que você realmente ouça o que tenho a dizer. Mas isso é sério, Peter, então você realmente precisa me ouvir, não apenas concordar, mas ouvir o que estou dizendo e fazer mudanças com base nisso.

– Certo – ele murmurou, mas já estava distraído.

Irritada, MJ olhou ao redor e viu o motivo. Havia uma dupla de policiais na frente deles na fila. Na verdade, estavam prestes a pegar seus sanduíches, mas um deles disse algo no rádio e eles saíram correndo, deixando o jantar para trás. Outra dupla de oficiais correu pela rua além das janelas da loja.

– Algo grande está acontecendo – disse Peter.

– Você quer que eu peça algo para você?

– Você se importaria? Coloque na geladeira. Eu passo lá mais tarde, se puder.

– Não muito tarde – ela disse – ou pode não sobreviver à espera.

– Vou arriscar. – Ele lhe deu um beijo e saiu correndo pela porta. Algo pairou rapidamente em sua visão periférica, como um rosto familiar, mas ele não tinha tempo para identificá-lo. Esse não era exatamente o momento de cumprimentar quem quer que fosse. Se fosse alguém que ele deveria reconhecer, teriam que lidar com isso. Uma das vantagens de ser conhecido por seu esquecimento era que ninguém ficava surpreso quando você vacilava.

NO MOMENTO em que entrou na lanchonete, Anika se sentiu certa de que estava cometendo um erro. Então, ela olhou para o menu sobre o balcão e decidiu que poderia provavelmente lidar com as consequências. À direita, pessoas estavam pegando os sanduíches que tinham pedido – alguns pedidos para viagem em sacolas, outros em bandejas –, e assim que ela os avistou, não havia como dar meia-volta. Esse lugar parecia realmente bom.

Lá estava Peter, conversando com uma mulher de cabelos vermelhos. Ela era realmente bonita. Anika tinha esperança de que ela parecesse malvada, mas não parecia. Eles não pareciam estar discutindo também. Eles pareciam inteiramente à vontade um com o outro. Apenas um casal normal tendo problemas normais de casal.

Anika decidiu que precisava sair mais. Ela tinha trabalhado tão duro na escola que perdeu a perspectiva de como as pessoas normais viviam. Ela pegaria o jantar, passaria um tempo de qualidade com seu gato e repensaria sua vida. Ela precisava de mais tempo com o menu, no entanto. A fila não estava se movendo rápido, mas ela queria estar preparada quando chegasse sua vez.

Então ela percebeu uma comoção. Policiais começaram a gritar em seus rádios e correram para fora do restaurante, juntando-se a outros oficiais que corriam do lado de fora. Alguns segundos depois, Peter saiu correndo, passando direto por ela sem nem notá-la.

Por que ele faria isso?, ela se perguntou. *O que ele tem a ver com a polícia?* Ela teria que discutir algumas teorias com seu gato quando chegasse em casa.

Anika suspirou. Pelo menos agora ela não precisava se preocupar em ser vista.

SERIA *bom,* pensou Peter, *se eu conseguisse realmente passar um pouco de tempo de qualidade com a minha namorada e um delicioso sanduíche.* Era como se a cidade estivesse conspirando contra ele. Ele não estava patrulhando ou ouvindo o rádio da polícia. Ele até tinha desligado o celular.

Mas não, a crise teve que aparecer bem na frente dele, e é claro que ele não podia simplesmente ignorá-la. Se alguém acabasse se machucando, só porque ele queria aproveitar um tempo com MJ – bem, não adiantava nem pensar nisso. Peter não funcionava dessa maneira. Esquivando-se nas sombras de um beco entre os prédios, ele evitou um monte de lixo e escalou uma parede até o telhado. Uma vez lá em cima, ele vestiu seu traje de Homem-Aranha e monitorou as comunicações da polícia através de sua máscara. A oeste do Central Park, em uma casa de leilões chamada Rosemann's, alguns lunáticos tinham feito vários reféns. Havia crianças lá dentro – ou poderia haver crianças lá dentro. Havia relatos conflitantes sobre o número e o tipo de reféns, assim como sobre os criminosos. Alguém disse que era um lunático solitário com uma arma. Outro disse que era alguém com superpoderes.

Quando chegou lá, a logística dessa coisa ainda estava um caos.

Era sempre um risco interagir com os policiais – ocasionalmente ele encontrava um que era excessivamente zeloso e queria ser o cara que capturou o Homem-Aranha. Ainda assim, ele precisava de mais informações se fosse ajudar, e ele avistou um policial solitário que acabara de ajudar a limpar o perímetro. Alguns adolescentes tinham tentado passar, e esse cara os afastou, mas ele fez isso sem ser um idiota. Ele parecia ser simpático ao fato de que os adolescentes, por natureza, faziam coisas estúpidas.

Então valia a pena tentar.

Ele saltou e pousou em um muro de tijolos bem ao lado do policial.

– Meu Deus! – O cara deu um passo para trás. – Você é o Homem-Aranha!

– Acertou na primeira tentativa – respondeu Peter. – E você?

– Jeff Davis – ele disse. – Você sabe o que está acontecendo lá dentro?

– Eu estava meio que esperando que você pudesse me dizer, para ver se havia alguma maneira de eu ajudar.

– Toda essa situação parece suspeita para mim. – O policial balançou a cabeça. – Temos um monte de relatos contraditórios, mas até agora nenhuma informação concreta. Os caras do infravermelho e dos microfones estão preparados, mas até agora não conseguiram captar nada. É um lugar grande, com seu próprio depósito, mas isso não explica tudo, ainda existem algumas perguntas intrigantes.

– Como alguém faz reféns em uma casa de leilões à noite?

– Exatamente! – O policial tocou o nariz. – Alguma coisa cheira mal.

– Certo! – respondeu o Homem-Aranha. – Obrigado pela sua ajuda. Ele se impulsionou para cima e saltou de um prédio para o outro até chegar ao topo. Dali, olhou para a casa de leilões e seu depósito. Havia alguns pontos de entrada, incluindo um no teto, e todos pareciam tranquilos.

Ele estava grato pelo policial ter sido tão prestativo. Agora ele desejava ter prestado mais atenção quando ele disse seu nome. Jefferson, ou algo assim?

DENTRO da casa de leilões Rosemann's estava completamente silencioso. Nem mesmo havia seguranças, porque todos foram evacuados. Após fazer uma extensa investigação, o Homem-Aranha pegou seu celular e ligou para Yuri Watanabe.

– Você ouviu alguma coisa sobre a situação na Rosemann's? – ele perguntou a ela. – Estou aqui dentro, mas não vejo nada. Está completamente deserto.

– Você não deveria estar lidando com uma situação de reféns – disse Watanabe.

– É esse o ponto. – ele respondeu. – Não há reféns. Não há sequestradores. Ninguém aqui.

– Tem certeza? – ela perguntou. – Metade do departamento está lá embaixo. Eles estão tratando isso como uma grande crise. Até chamaram o esquadrão antibomba. Há um rumor de que pode haver uma bomba envolvida.

– Talvez uma bomba empoeirada – disse o Homem-Aranha, correndo os dedos ao longo da parede. – É possível que algo esteja escondido em uma dessas caixas, mas não há sinal de nenhum vilão por aqui. Parece ser um alarme falso completo ou...

Ele parou, bastante certo de que Watanabe estava pensando a mesma coisa.

– Uma armadilha.

ANIKA observava MJ na fila à frente dela. Ela não parecia estar brava por Peter ter saído correndo. Ela pediu dois sanduíches – presumivelmente um para ele – e esperou por sua comida. Ela encostou-se na parede e mexeu no celular, mas não reclamou nem pareceu irritada ou ligou para alguém para reclamar. Ela parecia legal, assim como Peter era legal.

Isso não é ótimo?, pensou com ironia.

A namorada pegou o pedido dela por volta do momento em que Anika fez o seu. Ela foi até o local onde a namorada estava, monitorando vagamente o clima em busca de energias negativas, mas não percebeu nada. Anika tirou o celular do bolso e começou a rolar a página de notícias. A melhor coisa que ela poderia fazer era se distrair do fato de que ela tinha perseguido alguém.

Então ela ouviu os gritos.

Ela olhou para cima e viu um *deles* dentro do restaurante – uma daquelas pessoas que usam fantasias, e não uma das boas. Ele estava vestindo uma roupa amarela que quase parecia um casaco de inverno, e um capuz amarelo com uma faixa laranja no meio. Havia um dispositivo mecânico em suas costas, e ele tinha manoplas de metal que pareciam estar conectadas ao dispositivo.

– Eu sou o sinistro Shocker! – o homem gritou com a voz abafada pela máscara. – Estou aqui para causar caos e destruição! – Ele se virou para a porta e ondas de vibrações ensurdecedoras saíram de suas manoplas. O metal ao redor da porta se curvou e dobrou, deixando todos presos dentro da lanchonete.

Anika sentiu o pânico se acumulando.

– Vamos acalmar os ânimos – disse um homem, avançando. Ele estava vestido como se tivesse acabado de sair da academia, e seus músculos se salientavam sob a regata. Parecia que ele queria ser o herói, mas também estava sendo cauteloso, se aproximando devagar com as mãos levantadas. – Podemos conversar sobre isso.

– Este não é um momento para conversas! – Shocker proclamou. Um disparo explodiu de suas luvas. O homem voou para trás e caiu no chão, tremendo, mas ainda vivo. Era como se tivesse sido atingido por um taser ou algo assim. Era um sinal de que o Shocker não queria matar ninguém. Pelo menos Anika esperava que fosse isso.

Seu celular já estava em sua mão, então, com dedos trêmulos, ela abriu o aplicativo da câmera, mudou para o modo de vídeo e começou a gravar.

A polícia gostaria de ver o máximo de evidências possível. Ela poderia mostrar a eles quando tudo acabasse, e se não conseguisse sobreviver – bem, as pessoas diriam que ela foi uma cidadã atenciosa até o fim.

– Preparem-se para o pior! – Shocker gritou, como se estivesse tentando ter certeza de que pudessem ouvi-lo até lá nos assentos do fundo. Era como se o cara nunca tivesse lidado com pessoas antes; mas ele não era um vilão conhecido? – Haverá violência. Você aí! – Ele apontou para um adolescente usando um moletom. – Você tem algum problema cardíaco?

O que diabos...? pensou Anika. O garoto balançou a cabeça.

Shocker o atingiu com um disparo de suas luvas.

– Que isso seja uma amostra do meu poder!

Havia algo muito errado com tudo aquilo, e Anika não era a única que parecia perceber. As pessoas estavam olhando em volta em óbvia confusão. Ninguém disse nada, no entanto, tentando não chamar a atenção do lunático.

Então o Homem-Aranha apareceu.

Ele saltou da área dos fundos, atravessando o restaurante e acertando o peito do Shocker com os pés. O vilão cambaleou, e o dispositivo em suas costas bateu na parede com um som estrondoso.

– Ei! – Shocker gritou. – Tenha cuidado!

– Esquece isso – disse o Homem-Aranha. – Eu vou acabar com você, Shocker.

– Eu tenho um lugar cheio de reféns aqui, Homem-Aranha – respondeu o vilão. Tão alta, quanto possível, sua voz estava tão vazia de emoção quanto um aluno da quarta série recitando as falas de uma peça escolar. – Se você tentar me capturar, eu vou matá-los.

– Você acha que eu me importo com esses perdedores? – O Homem-Aranha apontou para os civis encolhidos. – Eles não são ricos ou famosos. O que me importa é receber o crédito por parar você. Se algumas pessoas tiverem que morrer no caminho, isso apenas significa que eu peguei um peixe maior.

– Você não vai me levar – Shocker disse. – Eu instalei uma bomba neste restaurante. Se você tentar me deter, todos morreremos.

– Não eu, com meus reflexos aprimorados – respondeu o Homem-Aranha. – Eu vou escapar. Se você estiver morto, o que me importa se você levar os reféns com você?

— Para mim já deu! – um dos reféns gritou. Um homem corpulento usando uma jaqueta corta-vento pegou uma lixeira e a lançou com força contra a janela. O vidro se estilhaçou e ele, junto com uma dúzia de outras pessoas, correu para fora do restaurante.

Anika se perguntou se conseguiria fugir. Ela teria que cruzar a linha de visão do Shocker para chegar à janela, mas ele não parecia estar prestando mais atenção aos reféns. Ele estava mais interessado em ficar rondando o Homem-Aranha – se é que realmente era ele.

Aquilo estava começando a parecer improvável. Anika nunca tinha prestado muita atenção aos heróis mascarados que sempre pareciam surgir, pois estava muito ocupada com a escola, mas ela sempre gostou do Homem-Aranha. Nas imagens dos noticiários, ele sempre estava fazendo piadas e salvando crianças que se perdiam no tráfego. Ela supôs que a alegação desse homem, de não se importar com as vítimas, poderia ser uma artimanha – algo para desestabilizar o Shocker –, mas aquilo não parecia certo para ela.

— Seus reféns estão escapando – disse o Homem-Aranha. — Você não acha que deveria fazer alguma coisa? – Ele olhou para um homem encolhido perto dele e o pegou pelo pulso. Puxando com força, ele o lançou contra o vilão, que se desviou. Então os dois começaram a lutar.

Essa era a chance dela. Outras pessoas estavam subindo pela janela quebrada, mas ela sentia que, de alguma forma, era importante gravar aquilo – preservar os dados. Foi o que ela fez. Era uma peça de um quebra-cabeça, e mesmo que ela não soubesse qual era esse quebra-cabeça, alguém precisava vê-lo.

A lanchonete estava prestes a explodir.

Era melhor não ignorar esse tipo de coisa, então ela começou a se mover em direção à grande abertura na janela, mas devagar, segurando o celular para gravar os dois homens lutando. Ou talvez fingindo lutar. Cada vez mais parecia falso.

De repente, Shocker olhou para cima.

— Precisamos ir – ele gritou, e os dois correram juntos para a cozinha.

Oh, não...

Anika abaixou o celular e se moveu rapidamente em direção à janela.

Se eu puder apenas...

Houve um clarão de luz. Depois, não havia mais nada.

DEZENOVE

NÃO parecia real. Não parecia possível. Enquanto a lanchonete ardia atrás dele e os socorristas investigavam a cena e apagavam o fogo, o Homem-Aranha estava nas sombras e assistia a uma enorme TV na Times Square transmitindo a cobertura de notícias do evento. Embora geralmente estivesse silenciosa, eles ligaram o som.

A lanchonete em que ele estava. Destruída. Pessoas mortas.

ENQUANTO terminava de vasculhar o depósito de antiguidades, o celular do Homem-Aranha tocou e era uma ligação de MJ.

— Estou bem, estou bem — ela disse quando ele atendeu a chamada.

— Por que você não estaria?

— Oh meu Deus, você não ouviu.

O burburinho na frequência policial havia sido demais para ele se concentrar na tarefa em mãos, então ele silenciou o transmissor. Quando o ligou novamente, imediatamente uma imagem começou a se formar. Uma explosão. Vítimas. O Shocker e o Homem-Aranha.

E tudo aconteceu na lanchonete onde ele estava há pouco tempo.

– Eu preciso verificar isso.

– Eu sei – ela disse. – Apenas... tenha cuidado, o.k.? Algo estranho está acontecendo.

– **ELE** se chamava Shocker – disse uma mulher enquanto olhava para a câmera do entrevistador. – Ele colocou uma bomba no lugar e então o Homem-Aranha chegou correndo e eles começaram a lutar. O Homem-Aranha disse que não se importava com quem se machucasse. Ele até usou um cara como arma; o lançou no Shocker.

O Shocker não colocaria um explosivo. Suas armas eram vibrações, como uma explosão concussiva. Estritamente um vilão de segunda classe, e não um terrorista.

Essa não era a parte mais inexplicável da história, mas era nela que Peter se concentrava. Era sólida, concreta. Era algo com que ele podia trabalhar. Por que o Shocker, que adorava usar suas manoplas, colocaria uma bomba? O que ele ganharia com isso?

Em seguida, na tela gigante da TV, o rosto da mulher foi substituído por J. Jonah Jameson.

Oh, isso é ótimo.

"O Homem-Aranha é uma ameaça – disse Jameson, e isso ecoou pela praça. – Eu venho dizendo às pessoas desta cidade há anos o quão perigoso ele é. Mesmo aqueles que não queriam aceitar, agora vão acreditar em mim.

Amanhã, na minha nova transmissão, vou mostrar como esse último ultraje não é nada de novo para o maníaco dos disparos de teia, mas uma continuação das práticas criminosas e perigosas que ele vem usando o tempo todo. É hora de as pessoas acordarem e reconhecê-lo como uma ameaça à segurança pública!"

Seu rosto desapareceu e a tela mostrou uma filmagem instável de celular da luta entre o Shocker e o Homem-Aranha. Definitivamente era o Shocker – ele reconheceria aquele traje bufante em qualquer lugar. E de forma completamente surreal, era como se ele estivesse vendo uma filmagem de si mesmo. Quem quer que estivesse no traje se movia como ele. Era o mesmo traje do estaleiro. Era parecido, muito parecido, mas não era exatamente o seu traje de Homem-Aranha.

– Este é o vídeo de um celular encontrado no local – disse um repórter. – A câmera pertencia a uma das pessoas que ainda não estão identificadas e podem estar presas nos escombros. – Eles mostraram uma imagem de socorristas cobrindo um corpo imóvel. Foi apenas um instante, mas Peter reconheceu o rosto. Ele sabia quem era. Era Anika.

O fôlego sumiu em seus pulmões.

– Os profissionais de emergência ainda estão vasculhando o local, e se alguém souber a identidade da pessoa que gravou o vídeo, por favor, ligue para o número na tela.

Anika. Como isso era possível?

Ele tinha que fazer alguma coisa. Ele não sabia o que fazer, mas tinha que agir.

ELE estava no local – vasculhando os escombros – antes mesmo de perceber que já tinha tomado uma decisão. Havia trabalhadores de emergência por toda parte, cavando entre os escombros encharcados em alguns lugares, em chamas em outros. Peter estava erguendo tijolos, vigas de sustentação e pedaços de madeira. Ele nem percebeu isso no começo.

As pessoas estavam gritando com ele.

– Você já não fez o suficiente? – alguém gritou.

– Voltou para mais? – disse outra pessoa.

– Afaste-se daqui, seu louco!

Então ele viu. Uma maca sendo afastada. O rosto de Anika, coberto de sujeira, fuligem e sangue, visível por apenas um segundo antes que o socorrista puxasse o lençol sobre o rosto dela. Não parecia real. Não *podia* ser real...

Então alguém agarrou seu pulso.

— Vamos — disse um policial. — Você vai ter que responder a algumas perguntas.

Ele se sentiu voltando à realidade. Luz refletindo nas algemas. Outros policiais se aproximando, alguns desprendendo suas armas. Ele tinha que ir. Pessoas estavam mortas. Anika estava morta. Alguém havia feito isso — alguém que se parecia com ele. Ele teria que lidar com esse fato, mas não poderia se permitir ser preso.

— Desculpe, mas você pegou o cara errado — ele disse. Com a mão livre, lançou uma teia para um prédio próximo, libertando-se do aperto do policial, e lançou-se para cima.

YURI Watanabe estava em silêncio. O local da explosão ficava a algumas quadras de distância, mas era claramente visível do telhado em que estavam.

— Como alguém pode fazer uma coisa assim? — perguntou o Homem-Aranha, olhando para o espaço entre os prédios. — É tão sem sentido, tão aleatório. Pessoas estão mortas, Yuri, e alguém quer que eu leve a culpa.

— Não é alguém — ela disse, sua voz zangada. — É o Fisk. Tudo isso é obra dele. Você lutou contra o falso Homem-Aranha no canteiro de obras dele. Agora sabemos que foi ele, os registros não estavam tão bem escondidos como ele pensava. — Ela fez um ruído que parecia um grunhido. — Isso não pode ser uma coincidência. O Fisk armou tudo isso.

— Ele deve ter me vigiado — especulou o Homem-Aranha, mas sua voz soava distante, mesmo para seus próprios ouvidos. — Foi como se ele soubesse que eu não conseguiria resistir a ir ver um crime tão incomum. Então, quando apareci na loja de cobras, tudo começou. Mas por quê? O que ele ganha com isso?

Watanabe sacudiu a cabeça. — Ele quer que o público acredite que você se tornou mau — disse ela. — Essa é a única suposição lógica. Não importa por quê, ele tem um milhão de razões. Motivação é coisa para os policiais de televisão. Policiais de verdade lidam com evidências, e isso significa que precisamos parar o Fisk antes que ele faça outra armação como essa.

O Homem-Aranha tentou se concentrar. Os reféns falsos, o Shocker, a bomba, Anika. MJ. Se as coisas tivessem acontecido um *pouco* diferente, MJ poderia ter sido morta na explosão. Seus pensamentos continuavam girando, sem ir a lugar algum.

– Vou pegá-lo – ele disse, cerrando os punhos até doer. – Vou derrotá-lo. Agora.

– Não – Watanabe disparou. – Escute-me. E se ele *estiver querendo* que você vá atrás dele? Da maneira como as coisas estão agora, isso pode torná-lo ainda mais herói. Não jogue o jogo dele. Você não pode deixá-lo ditar os rumos.

– Então, não fazemos nada? – perguntou ele. – E a justiça para as pessoas que morreram esta noite?

– Vamos conseguir – disse Watanabe, pondo a mão no ombro dele. Ele deu um pulo. – Eu te prometo. Pode levar mais tempo do que gostaríamos, mas se continuarmos, vamos colocá-lo atrás das grades.

Ele respirou fundo, tentou limpar os pensamentos, mas o melhor que conseguiu foi focar um único ponto – uma bola brilhante e ardente de fúria. Vingança. Justiça. Retaliação. Seja lá do que chamem, ele sabia que não poderia descansar até lidar com Fisk. Seria a coisa mais importante que o Homem-Aranha já fez. Talvez seja a *última* coisa que o Homem-Aranha irá fazer. Mas será feito.

– O.k. – ele disse. – Vamos fazer isso. Vamos derrotá-lo.

Watanabe acenou com a cabeça e se voltou para o local da explosão. A área ao redor do buraco da explosão estava iluminada como se fosse dia, e ainda subia uma nuvem de fumaça acima dos escombros. Havia um cheiro acre no ar, como de uma panela queimando no fogão. Eles permaneceram lá em testemunho silencioso, no silêncio mais poderoso do que qualquer juramento falado.

DE SEU próprio telhado, Bingham observou o falso e fraco Homem-Aranha. Embora seu rosto estivesse escondido por trás da máscara, Bingham podia imaginar a fúria, a raiva e talvez até algum medo. Medo de que seu mundo estivesse começando a desmoronar.

O falso Homem-Aranha conseguiu fingir ser o verdadeiro por tanto tempo que provavelmente passou a acreditar que era o verdadeiro. Confrontado com a verdade, enfrentando o poder do verdadeiro Homem-Aranha, ele não saberia o que fazer. Ele correria de um lado para o outro, iria por esse caminho e por aquele, e ainda assim seria impotente e indefeso e fraco. Ele era patético, e Bingham sentia apenas desprezo por ele.

A mulher ao lado dele. Mesmo no escuro, Bingham podia ver o distintivo preso ao cinto dela. Uma policial. O farsante precisava da ajuda de uma policial. Era tão patético que era triste.

Mesmo assim...

Uma policial poderia trazer problemas para Fisk. O homem gordo iria querer saber, mas Bingham não iria contar nada para ele. Fisk teria que resolver seus próprios problemas. Bingham não trabalhava para ninguém – independentemente do que pensassem. Ele era seu próprio mestre. Qualquer um que tentasse controlá-lo descobriria isso da maneira mais difícil.

Quanto ao falso lançador de teias, Bingham poderia derrubá-lo quando quisesse. Agora mesmo, se quisesse. Nada o impedia, mas não seria divertido dessa forma. Ele queria ver o peixe se debatendo no anzol por um tempo. Iria perseguir e caçar e atormentar, e, quando o momento fosse certo, Bingham daria seu golpe final.

VINTE

O COPO de café em sua mão estava frio, e Peter o levou ao micro-ondas para reaquecê-lo pela terceira vez. Talvez a quarta. Ele passava por pilhas de roupas, pilhas de livros, equipamentos de computador descartados. Normalmente, ele se repreendia pela bagunça. Hoje nem sequer notava.

Quando o timer do micro-ondas soou, ele pegou a xícara levando em direção à cama e voltou o olhar para a TV. Ele segurava a xícara como se precisasse de calor, mas não a levantava para beber.

Peter tinha ficado acordado a noite toda, incapaz de dormir. Sequer tentar parecia frívolo, desrespeitoso até. Wilson Fisk tinha assassinado alguém que ele conhecia, alguém com quem ele trabalhava. Ele matou outras onze pessoas – pessoas com amigos, família, filhos e pais. Ele mirou aquela lanchonete por um motivo. Não havia como ser coincidência. Talvez Fisk não tivesse colocado aquela bomba ou detonado pessoalmente, mas isso não importava.

Fisk ia pagar.

"O Homem-Aranha vai pagar", alguém na televisão estava dizendo. Parecia ser um trabalhador da construção civil. Era uma entrevista na rua, e, como um insulto final, um letreiro da empresa de desenvolvimento de Fisk era visível ao fundo. "Ele não pode sair por aí fazendo o que quiser, machucando as pessoas, e esperar sair impune".

Eles mudaram para outro homem, um vendedor de sorvete no Central Park. Ele balançou a cabeça. "Se o Homem-Aranha fez isso, ele deve ser punido, mas ouvi a gravação. Não soou como ele". Em seguida, a imagem mudou para uma mulher ao volante de um caminhão de entrega. "Não era o Homem-Aranha. O cara soava completamente diferente. Deve ter sido uma farsa."

Eles mudaram para uma roda de debate, e J. Jonah Jameson era um dos participantes. Eles estavam avaliando o assunto.

– O Shocker não tem histórico de usar bombas – disse um professor que havia escrito um livro sobre supervilões. – Ele parece obcecado com as vibrações que seus dispositivos podem produzir. Com base em tudo que sabemos sobre ele, armar uma bomba não se encaixa em seu perfil. Talvez ainda mais intrigante, o comportamento do Homem-Aranha é inconsistente com tudo o que já vimos dele antes.

– Sua voz estava diferente – disse outro participante. Era uma mulher especialista em psicologia de super-heróis; embora Peter não tivesse ideia de como alguém adquiria essa especialidade. – Acho que vale a pena destacar o óbvio – continuou ela. – Essas pessoas usam trajes que escondem o rosto, o que significa que pode não haver uma identidade estável por trás do Homem-Aranha ou do Shocker. Ambas as personas podem ser habitadas por diferentes "intérpretes", por assim dizer. Alternativamente, uma ou ambas as pessoas naquele restaurante podem ter sido impostores, assumindo o papel da persona do Shocker ou do Homem-Aranha.

Outra mulher, uma autora, interveio. – Não estou preparada para comentar sobre o Shocker, mas aquele não era o Homem-Aranha – afirmou. – Vimos imagens do Homem-Aranha chegando ao local, procurando por sobreviventes, porque é isso que ele faz. O verdadeiro Homem-Aranha é um herói.

A tela dividiu-se entre os quatro participantes e o apresentador, que permaneceu em silêncio. Jameson agora se inclinava em direção à câmera, e parecia que ele queria socá-la. A televisão mostrava principalmente sua imagem.

– Estamos falando de pessoas que colocam máscaras para aterrorizar a cidade – disse ele em voz alta, como se quisesse abafar os outros com pura força de vontade. – Chame-os de "heróis" ou "vilões", todos eles são criminosos. Os verdadeiros heróis são os socorristas que arriscaram suas vidas para ajudar os sobreviventes. Os policiais e os bombeiros.

– *Oficiais de polícia* e *integrantes do corpo de bombeiros*, você quer dizer... – disse a autora. – Embora você possa não estar ciente, alguns dos socorristas são mulheres.

– Você entendeu o que eu quis dizer – respondeu Jameson, irritado. – Talvez eu não seja o cara mais politicamente correto do mundo, mas eu conheço os verdadeiros heróis, os cidadãos comuns que carregaram os feridos para fora da zona de explosão. O Homem-Aranha não é um herói, ele é um encrenqueiro e um impostor. Quanto à sua voz, estamos falando de um maluco que usa uma máscara e finge ser um inseto. Disfarçar sua voz não significa absolutamente nada.

Peter desligou a televisão. Ele já havia ouvido o suficiente.

O LABORATÓRIO parecia um velório. Até Theodore Peyton parecia abalado.

– Este é um dia muito infeliz – disse ele, com a voz baixa. – Todos estamos devastados.

Peter concordou. – É difícil assimilar tudo. – Então ele olhou para cima e viu dois estranhos parados perto da estação de trabalho de Anika. Eles eram claramente mais velhos, e o homem parecia surpreendentemente uma versão masculina de meia-idade de Anika. Eles deviam ser os pais dela.

Ele não tinha ideia do que poderia dizer a eles, mas sabia que tinha que tentar dizer algo. Peter se aproximou da estação de trabalho e se apresentou.

– Eu não a conhecia há muito tempo – disse ele –, mas ela era inteligente, engraçada e muito competente no que fazia. Não consigo imaginar o que vocês estão passando, mas se houver alguma coisa que eu possa fazer, por favor, me avisem.

– Obrigada – disse a mãe de Anika, e então ela começou a chorar.

– Ela gostava de correr riscos – disse o pai dela. – Ela fazia paraquedismo e escalada em rocha, e estávamos terrivelmente preocupados com ela. Mas algo assim acontecer em um restaurante comum... – Ele balançou a cabeça.

Peter assentiu e tentou conter suas próprias lágrimas. Era impossível ver aqueles pais enlutados e não querer fazer algo, mas não havia nada a ser feito. Não agora e não ainda.

O momento chegaria.

Ele faria isso acontecer.

VINTE E UM

FISK estava sentado em seu escritório quando Bingham entrou. O homem havia demonstrado seu poder e desafio, mas nas duas semanas seguintes ele permaneceu relativamente calmo. Talvez ele tivesse purgado isso de seu sistema. Ou talvez tivesse esgotado os limites de sua imaginação. Havia uma chance, ele pensou, de que Bingham ainda pudesse ser trazido à rédea curta. O ataque no restaurante fora brutal e desajeitado, e totalmente amador. O fato de alguém ter considerado remotamente possível que o verdadeiro Homem-Aranha estivesse envolvido era uma prova da credulidade do público e da veemência de certas vozes dentro de uma mídia facilmente manipulável. Essas eram as mesmas forças (aquelas com o desejo de trazer "especialistas" que poderiam debater lados opostos de qualquer questão) que haviam permitido que FISK reabilitasse sua reputação.

Seria Bingham esperto o suficiente para ter antecipado isso, ou simplesmente teve sorte o suficiente para ter se envolvido em um processo que funcionou a seu favor? Era difícil saber. Não havia dúvida de que FISK em parte era responsável pelo sucesso de Bingham. Afinal, ele havia financiado algumas dessas vozes que denunciavam o Homem-Aranha. O mais poderoso desses era J. Jonah Jameson, cujo novo programa de rádio liderava o ataque contra o lançador de teias. A ironia era que, quando comandava o *Clarim Diário*, Jameson não era amigo de FISK. Não havia ninguém que ele gostasse tanto de criticar quanto o Homem-Aranha, mas FISK era uma figura nessa lista de críticas. Agora Jameson estava caindo direitinho nas mãos do Rei do Crime.

Era assim que o jogo era jogado, e era por isso que ele vencia. Às vezes, a força era necessária, sem dúvida. Às vezes, não havia escolha senão usar ameaças e violência para aterrorizar e manipular, mas ele gostava mais quando podia fazer as pessoas se alinharem sem que elas sequer suspeitassem que o estavam servindo. Seu novo esquema, se bem-sucedido – e seria –, faria com que toda a cidade o servisse, sem que sequer desconfiassem.

Quanto a Bingham, o homem precisava ser controlado, mas seria um erro para FISK exagerar sua mão. O homem não reagia bem a ameaças e, embora não fosse brilhante, ele compreendia seu próprio poder caótico. Apesar de ser desajeitado e muito provavelmente insano, ele conseguia fazer o trabalho.

Quando Bingham entrou no escritório, ele olhou ao redor como se nunca tivesse estado lá antes, examinando os móveis e decorações como se estivesse em um museu. No entanto, ele não se vestira para mostrar qualquer respeito, usando jeans, uma camiseta preta e uma jaqueta de couro.

– O que você quer? – Bingham perguntou ao sentar-se em frente a FISK. – Sou um homem ocupado.

– A ação no restaurante foi descuidada, mas... eficaz – começou FISK. – Certamente você atraiu a atenção do alvo, mas poderia ter sido feito de uma maneira que não levantasse tantas perguntas. Gostaria de sugerir algumas formas de ajudar a calar as vozes na mídia que não acreditam que você seja o verdadeiro Homem-Aranha.

– Mas eu *sou* o verdadeiro Homem-Aranha. – Os olhos de Bingham estreitaram. – É isso que estou mostrando a eles.

– Entendo. – FISK forçou um sorriso tenso. – Permita-me esclarecer. Muitas pessoas acreditam que aquela não era a pessoa que normalmente acreditavam ser o Homem-Aranha.

– Se elas são tão estúpidas, não é meu problema – disse Bingham, esticando as pernas. – Pessoas como você estão sempre preocupadas com (como chamam mesmo?) a mensagem. Eu não me importo com a transmissão, com a forma de transmitir a palavra. Eu me importo com a mensagem em si. Entende a diferença, certo? Às vezes, os caras espertos não entendem nada. Você é um desses caras espertos, FISK?

FISK sentiu seu sorriso se tornar pesado e frágil, como gelo prestes a se quebrar.

– Seria útil se pudéssemos revisar seus planos futuros – disse ele com calma. – Contratar o Shocker foi... inovador, mas trouxe certos riscos.

Bingham pegou um celular e começou a tocar e deslizar na tela. De onde FISK estava sentado, parecia que ele estava rolando por mensagens.

– Talvez – continuou FISK –, se você me informar sobre seus próximos planos, eu possa oferecer alguns conselhos para ajudá-lo a controlar a operação de forma mais eficaz.

Bingham deslizou o dedo pela tela do celular por alguns minutos antes de olhar para cima.

– Wilson, eu não sou um capacho – disse ele. – Sou uma força da natureza. Você queria um terremoto, e agora o chão está tremendo. Tarde demais para reclamar sobre a poeira que está caindo na sua sopa. Quer fazer algo para melhorar sua vida quando o terremoto começar? Procure abrigo.

MAYA não conseguia acreditar no que estava vendo. Enquanto assistia à reunião através de suas câmeras escondidas, Bingham se comportava de forma displicente e desrespeitosa, e o Sr. Fisk simplesmente aceitava isso. Ela o tinha visto hospitalizar homens por menos, e embora estivesse feliz que o Sr. Fisk tivesse dominado suas emoções, ela não tinha certeza do porquê ele faria isso agora.

Ela aplaudiu, ainda que relutantemente, os esforços de Bingham para minar o mito do benevolente Homem-Aranha, embora as mortes a preocupassem profundamente. O Sr. Fisk claramente sentia que algo precisava ser feito, mas parecia incapaz de conter esse lunático.

— Essa postura adversária não nos beneficia em nada — disse o Sr. Fisk. — Nós compartilhamos o mesmo objetivo, destruir a reputação do Homem-Aranha. Se você me permitir guiá-lo, poderemos alcançar esse objetivo de forma muito mais eficiente.

— Seus ouvidos são gordos demais para me ouvir? — perguntou Bingham. — *Eu* sou o Homem-Aranha. Estou mostrando a Nova York quem realmente é o Homem-Aranha. Tenho planos, homem gordo. Grandes planos que envolvem coisas que você não sabe. Você pode ficar aí sentado, empanturrando-se e observando.

Bingham tirou uma fotografia do bolso de seu casaco. Estava dobrada e, quando a abriu, segurando-a para que o Sr. Fisk não pudesse ver, mostrava o Homem-Aranha em um telhado conversando com uma mulher. Maya teve que se esforçar para ver os detalhes e percebeu que a mulher tinha um distintivo preso ao cinto.

Portanto, o Homem-Aranha estava trabalhando diretamente com uma pessoa ou mais dentro do departamento de polícia. Ou ele havia mentido para eles, ou a corrupção era generalizada dentro do departamento. De qualquer forma, era impressionante que Bingham tivesse descoberto essa informação crucial. Talvez ele não fosse tão inútil quanto parecia.

Ele dobrou a foto e a guardou de volta no bolso do casaco.

— O que você quer dizer com coisas que eu não sei? — perguntou o Sr. Fisk, sua voz carregada de tensão.

Bingham riu. — Ah, um pouco disso, um pouco daquilo — provocou. — Ou talvez muito. — Ele olhou ao redor. — Eu não me importaria de ter um escritório assim. Como é que você tem um escritório e eu não? Eu venho aqui e te digo o que fazer, e você tem que aceitar. Como é que eu não tenho um escritório?

Maya soltou um suspiro e sentiu seu coração disparar. Bingham não mencionou nada sobre a policial, e essa era uma informação que o Sr. Fisk precisava ter. Mas ela não podia contar a ele, porque então teria que admitir que o estava espionando.

Por que o Sr. Fisk estava permitindo que Bingham o tratasse dessa maneira? Sim, o homem tinha habilidades impressionantes, mas isso não deveria ser o suficiente. O Sr. Fisk estava deliberadamente se contendo. Ela conhecia aquela expressão em seu rosto, entendia que seu mentor estava planejando algo a longo prazo, mas para que fim?

Ela começou a desejar nunca ter instalado essas câmeras, nunca ter se envolvido com Bingham. Ela estava muito envolvida agora e não tinha escolha a não ser seguir em frente.

BINGHAM havia concordado com a reunião porque gostava da ideia de Wilson Fisk se curvando a ele. Também era possível que o homem gordo tivesse algo importante a dizer, mas não era nada disso.

Fisk estava apenas com medo. Todo mundo agora estava com medo dele, e era assim que Bingham gostava. As coisas haviam sido diferentes quando ele era mais jovem, mas naquela época ele não sabia que era o Homem-Aranha. Ele sabia que possivelmente tinha passado a vida inteira sem perceber que era o Homem-Aranha. Ele poderia ter vivido todos esses anos imaginando que era outra pessoa. Poderia nunca ter sido ele mesmo.

– Eu tenho coisas para fazer – disse Bingham, levantando-se. – Você está desperdiçando meu tempo.

Fisk não se mexeu. *Ele se contorce como* (Bingham teve que fazer um esforço para pensar em algo) *como um polvo em uma pequena caverna de pedra*, ele pensou. É assim que Fisk era, um peixe viscoso com tentáculos. Era repugnante.

– Só quando chegarmos a um entendimento – disse o homem gordo. – Você precisa concordar em me avisar antes de agir novamente.

– Não é assim que funciona, Wilson – respondeu Bingham. Ele adorava chamar Fisk pelo primeiro nome. Isso o lembrava de quem tinha o poder.

– Se não posso contar com sua cooperação – continuou Fisk –, então terei que reconsiderar nosso acordo.

– Reconsidere à vontade, Willie – disse Bingham.

Ele se levantou da cadeira com um pequeno salto teatral – apenas para lembrar o cara que ele sabia se movimentar, e que era ele quem estava por cima – e saiu pela porta do escritório. No último momento, ele se virou.

– Você não pode contratar garotas para sentar à sua mesa? Secretários homens, esse é o problema desta cidade. Tudo é o oposto do que deveria ser.

O ENSINO médio foi difícil para Bingham. Não deveria ter sido assim. Seu nome era Bingham, e ele cresceu em Binghamton. Isso significava que deveria ter sido a cidade dele. Ele sempre dizia isso quando era pequeno, e as pessoas lhe diziam como ele era engraçado. Elas adoravam, e ele continuou dizendo. No ensino médio, porém, as pessoas não adoravam mais. Pior, elas não o respeitavam. Os colegas mexiam com ele nos corredores. "De quem é a cidade, Mikey?", eles perguntavam, empurrando-o ou o cercando. Eram garotos maiores do que ele, mais magros do que ele.

– Essa é a minha cidade – ele respondia. Eles riam. *Riam*. Às vezes ele reagia, e geralmente era espancado, mas isso não o incomodava. Era a risada constante que o incomodava.

Colocaram-no em uma turma especial com outras crianças – aquelas que tinham problemas. Crianças que não eram inteligentes ou tinham algo errado com elas, e até mesmo essas crianças eram maldosas com ele. Julie era surda, e ele pensava que ela seria legal com ele. Ela falava o tempo todo como se estivesse resfriada, então as outras crianças caçoavam dela, mas isso não a tornava sensível. Julie era a mais cruel de todas com ele. Ela o chamava de gordo, o que não era legal.

As pessoas não podem controlar sua aparência.

Ele nunca teve um pai, então Bingham sempre pensou na própria cidade como seu pai. Ela lhe ensinou coisas. Binghamton já teve dias melhores. Estava se desfazendo e tinha pouco a esperar para o futuro, mas isso não a tornava diferente de muitos dos pais que ele via por aí.

Às vezes, sua mãe convidava homens para ficarem com eles, e toda vez Bingham se perguntava se teria um novo pai. A maioria deles não queria falar com uma criança, no entanto. Às vezes, eles eram maus com ele e o chamavam de palavras que Bingham não repetiria porque eram ruins. Um deles, no entanto, tinha sido legal. Ele era um homem grande chamado Rick, que ria muito e dizia que costumava ser um lutador. Ele decidiu ensinar Bingham a lutar, e eles passavam horas com os punhos erguidos, circulando um ao redor do outro.

– Um homem precisa saber se defender – dizia Rick, mas Bingham não conseguia se imaginar realmente batendo em alguém, embora às vezes outras crianças batessem nele. Às vezes, elas o derrubavam. Ele odiava a dor, mas odiava ainda mais a sensação de impotência. Ele jamais desejaria essa sensação a outra pessoa.

Mas Rick foi embora. Todos eles foram, e então sua mãe parou de deixar os homens ficarem com eles. Ela ficou cansada e triste, e ele preferia as lembranças do que ela costumava ser em vez de quem ela se tornou.

Ele se lembrava dela fazendo sanduíches de queijo grelhado que ele gostava e levando-o ao cinema. Lembrava-se dos abraços dela. Lembrava-se de perguntar como saberia se ela realmente o amava, e ela dizia que coisas verdadeiras não precisavam ser explicadas. Ele gostava de lembrar daqueles dias.

A mãe de Bingham ficou magra e sua pele ficou frágil. Ela trabalhava longas horas limpando quartos em um hotel, e quando não estava trabalhando, estava com os amigos – era o que ela dizia, mas Bingham nunca conheceu nenhum deles – ou apenas dormia durante horas em seu quarto. Ela ligava a TV, se enfiava sob as cobertas e dormia. Não importava a hora do dia. Uma vez ele percebeu que não conseguia se lembrar da última vez que a vira comer alguma coisa. Ela não fazia mais sanduíches para ele.

Então ela ficou doente, e os médicos disseram que não iriam ajudá-la. Talvez tenham dito que não podiam ajudá-la, mas para ele soou da mesma forma. Eles não se importavam com ela e não se importavam com ele. Quaisquer que fossem as palavras exatas que saíam de suas bocas, tudo somava ao fato de que ela iria morrer e ele ficaria sozinho.

Bem, não exatamente sozinho, porque ele era muito jovem para isso. A cidade enviou uma mulher malvada com muitas sardas. Essa mulher andava como se fosse mais velha do que aparentava ser, e ela veio falar sobre o que chamava de "escolhas" dele. Isso soou para ele como se ele não tivesse nenhuma escolha. Ele não tinha parentes, então teria que viver com algum estranho ou ir para um lar coletivo. Quando as pessoas falavam sobre escolhas, geralmente estavam mentindo.

Havia apenas uma escolha, e você tinha que aceitá-la. Foi quando Bingham descobriu que tinha um poder. Deram-lhe uma escolha, mas e se ele não a aceitasse? Isso significava repensar tudo, como afastar-se quando as crianças eram maldosas. Você não precisava ficar parado ali e ouvir, dizia a si mesmo. Você poderia ir para outro lugar.

Sair de Binghamton foi estranho. Era a casa dele, mas ele disse a si mesmo que um dia voltaria e as coisas seriam como deveriam ser. Talvez sua mãe não morresse. Talvez, quando voltasse, ela ainda estaria deitada naquela cama de hospital, e ele diria que ela não estava mais doente e ela se levantaria e sairia de lá. Talvez Rick voltasse e mostrasse mais sobre como lutar.

Seria a cidade dele, como deveria ser.

Ele queria ir para Syracuse, porque sabia que havia um lugar chamado Syracuse na antiga Grécia, e ele gostava da ideia de uma cidade estar em dois lugares diferentes, em dois tempos diferentes. Ele não sabia como isso poderia funcionar, e queria ver por si mesmo.

A mulher no balcão de vendas de bilhetes falava com um forte sotaque, e continuava acusando-o de murmurar, embora ela fosse a única ali difícil de entender. Havia decisões que ele tinha que tomar, e elas eram tão confusas que ele acabou apenas concordando com algo que ela disse para que a conversa pudesse acabar. Foi assim que ele acabou comprando um bilhete para a cidade de Nova York.

Quando percebeu o que tinha feito, ficou chateado. Queria chorar. Coisas assim não deveriam acontecer em sua cidade, mas aconteciam, quer ele quisesse ou não. Parecia que só coisas ruins estavam acontecendo agora, então talvez ir para muito longe fosse o melhor. Talvez ele devesse ir para onde o bilhete mandava.

Então Bingham foi para a cidade de Nova York.

Foi terrível e também familiar. Nova York era um lugar da televisão e dos filmes. Ele já tinha visto tantas vezes que ir até lá quase parecia entrar em uma lembrança. Mas as pessoas eram ocupadas e rudes, e ele não conseguia encontrar um lugar para morar. Ele nem tinha pensado nisso. Tinha imaginado que andaria por aí, procuraria casas com placas nas janelas anunciando quartos para alugar. Isso era algo que ele tinha visto em um filme uma vez, mas não havia casas em Nova York, apenas prédios, e para alugar um apartamento você precisava de identificação e referências. Era preciso um emprego e mais dinheiro do que Bingham podia imaginar.

Um homem muito impaciente em um escritório imobiliário explicou a ele e depois exigiu que ele saísse. E assim ele acabou dormindo no metrô até que a polícia o fizesse sair de lá. Então em um banco. Depois em algumas caixas de papelão achatadas, onde alguém roubou seus sapatos. Estava ficando frio, e era difícil andar descalço, então ele tentou roubar os sapatos de outra pessoa.

Aquela pessoa não estava dormindo, mas parecia ser dona de uma casa com mais sapatos. Bingham desejou que aquela pessoa não tivesse resistido tanto.

Ele tentou se lembrar de tudo o que Rick havia ensinado sobre manter as mãos erguidas e usar os pés e socar atrás do alvo. Quando precisou fazer isso, porém, não era como dançar, como Rick havia ensinado. Lutar não era tanto sobre o movimento dos pés, mas sim sobre socar com punhos e cotovelos e joelhos. Era sobre derrubar as pessoas e chutar o rosto delas.

Então você pegava os sapatos.

Isso é tudo o que você precisa saber sobre lutar.

Ele saiu correndo com os sapatos e se escondeu caso os policiais viessem. Eles não vieram.

UMA VEZ, quando Bingham olhou para cima, viu uma figura balançando de telhado em telhado. Devia ser a pessoa que eles chamavam de Homem-Aranha.

Estava escuro, e Bingham não conseguia ver seu rosto, mas ele sabia que o Homem-Aranha estava olhando para ele e estava com medo dele.

A ideia veio de repente à sua cabeça – que eles tinham trocado de lugar de alguma forma. Bingham deveria ser o que balança pela noite, e aquele cara vestido de Homem-Aranha deveria estar preso no chão frio. Ele não sabia como sabia disso, mas não se preocupava, porque coisas verdadeiras não precisavam ser explicadas.

Aquele inverno foi muito frio. Talvez não fosse tão frio quanto os invernos em Binghamton, mas lá ele podia passar mais tempo dentro de casa. Ele nunca precisou dormir ao relento durante o inverno antes. Isso fez parecer que fazia mais frio. Saber que o Homem-Aranha estava lá fora com sua vida roubada também tornava as coisas mais frias. Ele tinha que pedir dinheiro e comida às pessoas.

Às vezes ele conseguia. Ele encontrou um gato e o colocou em uma coleira, e isso o ajudou a conseguir mais dinheiro e comida. As pessoas gostavam do gato, mas o gato fugiu, então isso só o sustentou por algumas semanas.

Um dia, havia uma mulher bonita parada na frente dele.

– Você pode me dar algum dinheiro ou comida? – ele perguntou. – Estou com fome e não tenho dinheiro.

– Posso te levar para um lugar quente – disse ela, sorrindo. – Haverá muita comida e podemos te ajudar, se você estiver disposto a nos ajudar.

– Ajudar a fazer o quê?

– Queremos te dar um remédio e ver se isso vai fazer você melhorar ou piorar.

Bingham pensou nisso. Ele não achava que poderia ficar pior e a ideia de estar quente, de ter muita comida, parecia muito melhor.

– O.k. – disse ele. – Eu topo. – Ele foi com a mulher bonita e começou a tomar o remédio. No início ele piorou, mas depois melhorou muito.

Foi quando ele conheceu o homem que mudou sua vida.

VINTE E DOIS

TODO esforço não parecia melhorar as coisas.

O Homem-Aranha havia investigado mais dois prédios de Fisk desde a explosão, copiando arquivos, garantindo dados. A tenente Watanabe disse que estava fazendo diferença, construindo o caso deles, mas ele não sentia isso. Ele odiava que pessoas tivessem morrido para que Fisk pudesse brincar com a mente dele, e odiava que as pessoas o culpassem pelo que tinha acontecido. Não todos, e os debates ainda fervilhavam na mídia sobre se fora ou não o Homem-Aranha quem tinha lutado contra o Shocker, mas havia pessoas suficientemente dispostas a pensar o pior dele.

— Isso não importa — disse a tenente durante uma de suas reuniões. — Eu sei que atinge você pessoalmente, mas isso vai passar. Outra história vai distraí-los, e as pessoas voltarão a ver o bem que você faz.

O Homem-Aranha não estava tão certo disso. Hoje à noite, ele tinha resgatado um adolescente de um assaltante, e tanto o assaltante quanto a vítima fugiram dele aterrorizados. Como ele poderia ajudar as pessoas se elas tivessem medo dele?

Por esse motivo, ele vinha mantendo uma certa discrição. Vítimas de crimes, vítimas de acidentes, pessoas presas em prédios em chamas – não importava se as paredes estivessem caindo ao redor delas. Ainda o tratavam como se ele fosse a ameaça. Enquanto isso, seu sósia era avistado duas ou três vezes por semana, não exatamente dando cuecões em cidadãos aleatórios, mas causando pequenas confusões e geralmente espalhando a ideia de que o Homem-Aranha simplesmente não se importava com pessoas comuns.

– Mantenha os olhos nas coisas importantes – disse Watanabe, mas ele tinha dois olhos. Ele podia manter um na caça aos dados para ela, e manter o outro olho em outra coisa. Vez após vez, ele assistia às imagens da luta entre o Shocker e o impostor. Uma coisa estava clara: o Shocker estava envolvido nisso. Ele não era a pessoa mais esperta por aí, e, se pudesse ser pego, conseguir informações dele não seria difícil.

Watanabe não sabia desse plano, porque ele não estava com disposição para ser dissuadido disso.

ERA estranho entrar em um lugar como uma pessoa comum, mas usando o traje. Sem balançar, pular ou dar cambalhotas – apenas... andando. Sua busca pelo Shocker havia chegado a um beco sem saída, e era hora de começar a questionar algumas pessoas que talvez soubessem algo.

O estabelecimento conhecido como o *Bar Sem Nome* era familiar para a polícia, mas mesmo que estivessem procurando por criminosos com habilidades aprimoradas, não valia a pena o perigo de tentar entrar. Também era bem conhecido por pessoas como o Homem-Aranha, mas os heróis em trajes especiais geralmente ficavam longe, a menos que houvesse uma informação sólida.

J. Jonah Jameson afirmava que os supervilões faziam o que faziam porque os super-heróis os instigavam. Pode haver um elemento de verdade nessa ideia. Portanto, entrar em um de seus locais seguros poderia rapidamente se tornar perigoso.

Então, ele entraria de forma descontraída. Seguiria as regras e não haveria problemas.

Ele bateu à porta e uma fenda ao nível dos olhos se abriu com um chiado.

– Então, estou vendendo massa de biscoito para angariar fundos – disse ele. – Algum interesse? – Ele se inclinou para a frente e sussurrou: – Você nem precisa usá-la para fazer biscoitos. Pode comê-la direto da lata.

– Desculpe. – Só um par de olhos podiam ser vistos do outro lado. – Este é um lugar onde é proibido confusões.

– Não pretendo fazer confusão nenhuma – disse o Homem-Aranha, mostrando as mãos vazias, como se isso realmente significasse alguma coisa. – Eu sei como é aí dentro. Eu só quero conversar.

O painel deslizou e houve uma conversa abafada. Ele teve a impressão distinta de que o sujeito na porta estava discutindo com alguém. Então a porta destrancou.

Quando entrou, havia o alvoroço usual de um bar, e um cara estava no fundo segurando um microfone. Assim que entrou, o efeito foi instantâneo.

Silêncio.

As conversas pararam como se um interruptor tivesse sido acionado. Todos os olhos se voltaram para o Homem-Aranha. Ele decidiu agir normalmente, fingir que não percebeu, e caminhou até o balcão, observando tudo o que via no caminho.

Como, por exemplo, Electro sentado em uma mesa, e o Escorpião parado por perto. Havia muitas outras pessoas sem trajes. Poderiam ser desde capangas de algum chefe do crime até membros de gangues e vilões que o Homem-Aranha havia enfrentado, difícil de reconhecer sem suas vestimentas habituais.

– Relaxem, vilões – anunciou com o mesmo gesto de mãos vazias que usara do lado de fora. – Bar Sem Nome. Nada de brigas. Entendido.

O Homem-Aranha atravessou calmamente o local. Chegou ao balcão e sorriu para o barman – embora não tivesse feito muita diferença. O cara era alto e usava uma regata que mostrava braços que pareciam capazes de derrubar paredes. Ele também segurava o que parecia ser um taco de beisebol verde brilhante, alguma espécie de tecnologia que poderia deter alguém com habilidades aprimoradas, ou pelo menos diminuí-las.

– Há regras, e desde que você as siga, pode entrar – rosnou o barman –, mas é uma péssima ideia você estar aqui.

– Por quê? Os preços subiram?

– Estou falando sério, cara. Estamos todos em maus lençóis.

– Relaxe – disse o Homem-Aranha. – Estou aqui apenas para fazer justiça e me vingar. Nada pode dar errado. O que você tem de bom para beber filtrado por uma máscara?

– Fala sério! – gritou um cara símio, muito peludo e sem camisa. – Vamos lá!

Ah, esse cara..., pensou o Homem-Aranha.

– Ei, Gibão. E aí?

– Só se acalme – disse o barman. – Eu lido com isso. – Então ele fez um sinal para o cara com o microfone. Por sua vez, o homem lá atrás se aproximou do microfone.

– Qual é... – ele começou em tons ameaçadores – o maior lago da África?

Em suas mesas, as pessoas começaram a conversar entre si e a escrever. O nível de ruído rapidamente voltou ao normal.

– É noite de perguntas e respostas – explicou o barman. – O que você quer?

O Homem-Aranha olhou ao redor. O Escorpião (Mac Gargan) chiou para o Electro, alto o suficiente para que se ouvisse.

– Lago Tanganyika – Electro o silenciou.

– Não é Tanganyika – disse o Homem-Aranha ao barman. – Estou procurando um cara que frequenta este lugar. Altura média. Usa um traje volumoso. Mochila. Braçadeiras vibratórias. Atende pelo nome de "Shocker". Alguém sabe? Isso faz... – Peter forçou uma risada falsa – alguma lembrança vibrar?

Antes que o cara pudesse responder à sua pergunta espirituosa, uma sombra se estendeu sobre o bar. Alguém estava se aproximando por trás dele, mas seu sentido aranha não estava dando sinais, então ele optou por não reagir. Em sua visão periférica, ele viu que o Escorpião havia se aproximado – algo nada fácil com a sua gigantesca cauda pontiaguda. Gargan colocou uma enorme mão enluvada no ombro do Homem-Aranha.

– Você está atrapalhando a noite de jogos, Cabeça de Teia – ele disse. – Vou ter que te escoltar pela porta dos fundos, quer você goste ou não. – Então, muito mais baixo, ele se inclinou e sussurrou: – Colabore, mas não vá muito quieto.

O sentido aranha ainda não havia sido ativado, então todos os sinais, por mais improváveis que fossem, sugeriam que o Escorpião estava sendo sincero. Ele resistiu um pouco, mas deixou o homem grande com o traje maior empurrá-lo com força pelo bar, passando pelos banheiros e entrando em um depósito. Antes que a porta se fechasse atrás dele, ele se virou para a sala e gritou:

– É o Lago Vitória!

Foi recebido com uma série de vaias.

Uma vez do lado de fora, o Escorpião o afastou a uma distância segura e depois recuou e cruzou os braços.

– Sério mesmo? – ele disse. – Entrando aqui como se estivesse em um filme antigo de detetive particular. E se o Electro e eu decidíssemos, sei lá, fazer uma parceria contra você? Chutar sua bunda?

Na maioria das vezes, esses caras não concordavam nem com a hora do dia, muito menos tinham disciplina para trabalhar juntos, mas ele não ia contrariar o Escorpião dizendo isso.

– Eu preciso encontrar o Shocker.

– Sim, eu ouvi – disse o Escorpião. – E vou te ajudar.

– Oooo-kay – disse o Homem-Aranha cautelosamente. – Quero dizer, não estou reclamando, mas por que você faria isso?

– Porque coisas estranhas estão acontecendo nesta cidade – respondeu Gargan, e ele soava sincero. – Pessoas invadindo territórios que não lhes pertencem. O desaparecimento de caras que pessoas como você nunca perceberiam, mas que mexem com pessoas como eu. E, honestamente, eu não gosto desse falso lançador de teia.

– Estou comovido – disse o Homem-Aranha. – Então você sabia que era falso?

– Claro que eu sabia – disse o Escorpião. – O que, você acha que eu não tenho olhos? O cara não falava nem agia como você. Além disso, o traje estava errado, qualquer idiota poderia perceber. As linhas da teia estavam muito juntas.

– Não estou muito confortável com o quanto concordo com você agora, então talvez você possa me dizer onde encontrar o Shocker.

O Escorpião apontou com o polegar para o canto mais distante do depósito, onde um homem estava sentado, cabisbaixo, em uma cadeira de madeira, comendo miseravelmente de uma tigela.

– Ele odeia a noite de jogos de perguntas – disse Gargan em voz baixa. – Ele nunca acerta nada.

O cara parecia ser a personificação da depressão. Postura encurvada, olhos vermelhos e lacrimejantes, expressão vazia no rosto enquanto mecanicamente levava algo à boca.

Herman Schultz. Shocker.

E fora do seu traje, o que parecia uma boa notícia, o Homem-Aranha pensou. Ele sentiu a raiva começar a crescer dentro dele. Ali estava o cara que explodiu a lanchonete, que matou todas aquelas pessoas, que matou Anika. O Homem-Aranha queria agarrá-lo, arrastá-lo para fora daquele bar. Que o Escorpião ou qualquer outra pessoa tentasse impedi-lo!

No entanto, ele se controlou, porque estava lá para obter respostas. Ele concordou em seguir as regras, porque algo estava totalmente errado com aquela operação desde o início. O cara no vídeo não parecia o Shocker, não falava como o Shocker, e não havia como o Shocker causar caos – certamente não com bombas, quando ele poderia usar suas braçadeiras. Ele amava aquelas braçadeiras.

– Herman – ele disse, caminhando até o cara –, pare de enfiar comida na boca por um minuto e me conte tudo o que sabe, ou teremos um grande problema.

– Eu já tenho problemas demais – disse Schultz. – Alguém roubou meu traje.

O Homem-Aranha cruzou os braços. O.k., isso fazia sentido. Certamente explicaria muita coisa se aquele tivesse sido um Shocker falso lutando contra um Homem-Aranha falso.

– Quando isso aconteceu? – perguntou.

– Talvez há um mês – disse Schultz. – Tenho tentado montar algo novo, mas é complicado porque os policiais estão me procurando. Não só pela coisa do restaurante. Eu cometo muitos crimes.

— Você fala como se já não fôssemos velhos conhecidos — respondeu o Homem-Aranha.

— Ei, você parece saber muitas coisas de ciência — disse Schultz. — Talvez possa me ajudar a conseguir um novo traje.

— Claro, espere aí. Vou chamar meu alfaiate. — Ele fez uma pausa e acrescentou: — O que você pode me contar sobre o que você perdeu?

— Um cara todo de preto veio por trás de mim... e de cima... — disse Schultz. — Nem vi ele chegando. Ele realmente se movia como você, mas socava como um boxeador. Se eu pudesse dar um bom golpe nele, eu teria acabado com ele, mas ele não lutou limpo.

— Que pena — concordou o Homem-Aranha.

— Mas não foi apenas o traje — disse Schultz. — Ele assumiu o controle do meu site. Ele me excluiu completamente da coisa. Eu coloco meu nome e senha, mas diz que está errado. Quero dizer, eu não posso ganhar dinheiro se não tiver um traje, mas há um princípio aqui.

— Você tem um site? — disse o Homem-Aranha.

— Temos que estar atualizados com a modernidade hoje em dia — explicou Schultz.

— Não se pode argumentar contra tal teoria — concordou o Homem-Aranha. — Você tentou rastrear o endereço IP do site hackeado, para ver se poderia localizar o cara?

Schultz piscou para ele.

— Para ele, você está apenas fazendo sons parecidos com palavras — disse o Escorpião.

O Homem-Aranha se voltou para Gargan. — Vocês tentaram recuperar o traje dele?

— Todos estamos meio que do mesmo lado aqui — disse o Escorpião —, mas não é como se estivéssemos no mesmo time, se é que você entende o que eu quero dizer. Além disso, depois da confusão do restaurante, o Shocker está em evidência. Nenhum de nós quer se envolver com qualquer coisa relacionada ao traje dele.

Melhor para mim, pensou o Homem-Aranha.

Podia ser pedir muito, mas ele sabia como usar um computador. Se conseguisse descobrir quem estava administrando o site do Shocker, estaria mais perto de descobrir quem se aliou ao falso Homem-Aranha.

Ele deu de ombros para o Escorpião.

– Isso tem sido um uso surpreendentemente produtivo do meu tempo. Não tenho certeza de como dizer isso, mas obrigado.

– Eu devia rasgá-lo ao meio por responder àquela pergunta do jogo – disse o Escorpião –, que eu sabia, aliás, mas entendo. Você está tentando proteger sua reputação, então vou te dar um desconto.

– Por que isso importa para você, eu estar tentando proteger minha reputação?

– Porque é algo egoísta – disse o Escorpião com um sorriso. – Isso significa que você é igual a todos nós.

ELE não estava sendo egoísta.

Claro, ele tinha uma motivação pessoal para não querer que o mundo o odiasse, mas isso tornava muito mais fácil ser um dos mocinhos. Em última análise, isso era o que importava. Provavelmente. De qualquer forma, era uma questão filosófica, e o Homem-Aranha tinha outras questões para resolver.

Sua prioridade era rastrear primeiro o dono do traje roubado; então ele fez um desvio rápido para seu apartamento e acessou o site do Shocker, que era bem básico – informações de contato e métodos de pagamento por meio de sistemas de terceiros. Havia várias maneiras de esconder um endereço IP, mas também havia muitas maneiras de quebrar essas proteções.

Acontece que o endereço não estava bem protegido, na realidade. Em menos de meia hora, ele tinha uma localização na Turtle Bay, bem perto da Embaixada de Wakanda.

INFELIZMENTE, sua pesquisa não conseguiu lhe dar um número de apartamento, então o Homem-Aranha se viu obrigado a espiar pelas janelas do local. Ele esperava não ver nada constrangedor. A última coisa que precisava era ser rotulado de bisbilhoteiro.

Muitos dos apartamentos estavam escuros e vazios. Em um, um casal estava assistindo à TV. Em outro, um homem brincava com seu cachorro. Em mais um, um homem com um traje do Shocker estava em frente a um espelho de corpo inteiro, posando.

– Eu sou o sinistro Shocker! – anunciou com a voz abafada pelo traje.

Algo me diz que é aqui que devo entrar.

O homem com o traje do Shocker virou-se de repente. Deve ter visto um vislumbre do Homem-Aranha no espelho, porque desencadeou uma onda de vibrações de sua braçadeira. O Homem-Aranha empurrou-se para trás e torceu para o lado ao mesmo tempo. Enquanto caía pelo ar, disparou uma teia em um prédio adjacente – muito mais alto – e se elevou no ar para dar a si mesmo um momento para formular uma estratégia.

Quando olhou para trás, o Shocker falso estava em pé junto à janela aberta, olhando para fora como se estivesse admirando a vista.

Aí está minha estratégia, pensou o Homem-Aranha, disparando duas linhas de teia em direção ao falso Shocker. Em seguida, ele puxou com força enquanto caía. O impostor do Schultz caiu pela janela de cabeça para baixo.

Enquanto caía, o Homem-Aranha colocou uma teia protetora abaixo do homem no traje do Shocker e, em seguida, disparou outra linha para poder balançar, em vez de cair no chão. Quando aterrissou, o falso Shocker estava deitado de costas na teia, tentando se sentar. Ele conseguiu levantar o braço o suficiente para disparar uma rajada, mas o Homem-Aranha deu um salto para trás, evitando o ataque.

Esse cara não é o Herman Schultz.

Ele usou suas teias para prender os braços do impostor. O falso Shocker estava ali preso (o Homem-Aranha pensou sobre isso por um momento) em uma rede de desespero. Sim, isso soava correto.

Mas isso não era nem de longe suficiente, ele pensou. Este era o assassino. Este era o cara que cometeu crimes horríveis demais até para o Shocker.

– Pare! – o impostor gritou. – Não me enrole mais. Eu não quero lutar.

– Então por que você *começou* a lutar?

– Você me assustou, e então me puxou para fora da minha janela! – O cara soava realmente assustado e, bem, inofensivo. Ele não parecia um assassino frio.

– O atentado – disse o Homem-Aranha. – Conte-me tudo.

– Eu não sabia! – ele exclamou. – Olha, meu nome é Phil. Phil Simons. Eu sou ator. Quero dizer, eu quero ser. Tive alguns papéis. Eu até tive o papel principal em...

– Foco! – interrompeu o Homem-Aranha.

– Olha, o traje veio em um pacote, junto com a senha para o site. Então os trabalhos começaram a aparecer. Eu precisava do dinheiro, e então veio a coisa na lanchonete e um bilhete dizendo que eu tinha que fazer ou eles me entregariam à polícia. Eu nunca fui realmente um cara ruim, só fingi ser um.

– Na vida real.

– O dinheiro era bom! – protestou Simons. – E eu continuava recebendo ameaças. Ele disse que eu tinha que continuar sendo o Shocker. Eu não sabia o que fazer. Você não tem ideia do que é não conseguir pagar o aluguel.

– Sim, isso está além da minha experiência, com certeza – disse o Homem-Aranha. Ele não esperava que o cara entendesse a ironia.

– Eu juro, todos os trabalhos que eu aceitei eram para intimidar pessoas. Eu nunca machucaria ninguém. – Sua voz aumentou enquanto ele falava. – E na lanchonete, ele disse que era só para causar uma confusão, para fazer você parecer mal. Eu não fazia ideia de que havia uma bomba. Eu nunca quis machucar ninguém. Eu sou apenas um cara comum.

– Você poderia ter chamado a polícia.

– Eu precisava do dinheiro – choramingou Phil. – Eu já te disse isso. E era um ótimo papel. Você já lutou contra o verdadeiro Shocker, não é? Você nunca saberia que ele não era o verdadeiro. O cara se fazendo passar por Homem-Aranha, parecia que nem estava tentando ser você. Mas eu incorporei aquele papel. Eu *era* o Shocker.

– Como eu encontro esse cara? – exigiu o Homem-Aranha. – Pessoas morreram lá. Eu preciso de respostas.

– Eu não faço ideia. Ele me contatou. Eu nunca tive uma maneira de entrar em contato com ele. Eu te ajudaria se soubesse, mas eu não sei. Por favor, você precisa me deixar ir.

Na rua, soou o sinal de aviso de uma viatura policial, o que não o surpreendeu. Ele esperava que cooperar pudesse começar a reparar sua reputação, pelo menos um pouco.

– Desculpe, Phil – disse o Homem-Aranha –, mas parece que esse será o papel da sua vida, ou pelo menos de uns vinte anos dela.

Carros pararam dos dois lados e policiais saíram, armas já em mãos.

– Mãos para cima, Homem-Aranha! – um deles gritou.

– Então não faz diferença eu ter pegado o terrorista da lanchonete? – ele perguntou, levantando lentamente as mãos.

– De joelhos, devagar, com as mãos atrás da cabeça!

– Esse é o Shocker – ele respondeu. – Ou melhor, um cara se passando pelo Shocker. Tanto faz... Esse é o cara envolvido na explosão. Ele vai te contar, eu não tive nada a ver com isso.

Com isso, ele deu um salto direto para cima, mais rápido do que eles poderiam reagir, disparou uma teia e se afastou dali. Ele esperava que a polícia tivesse o bom senso de não atirar nele.

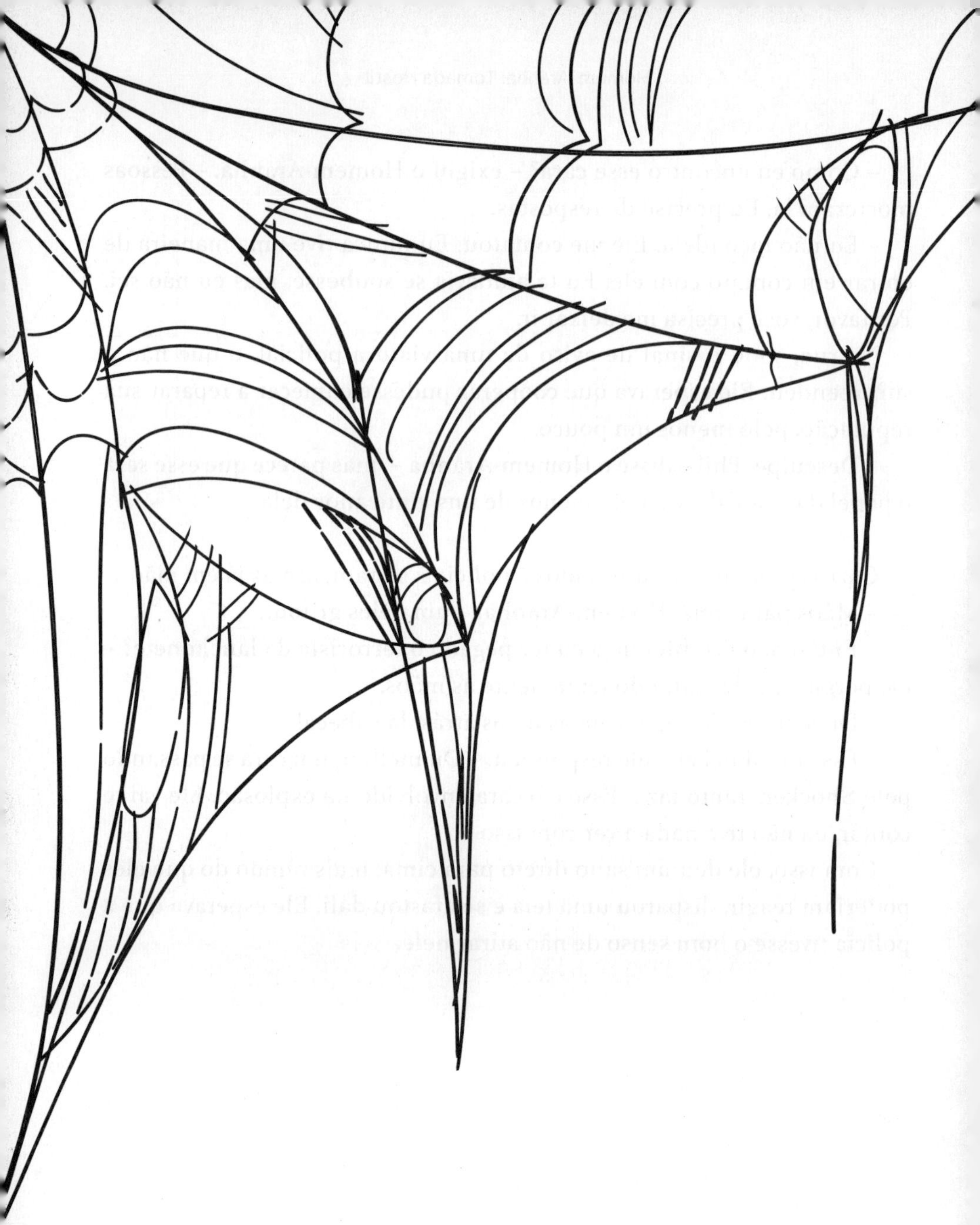

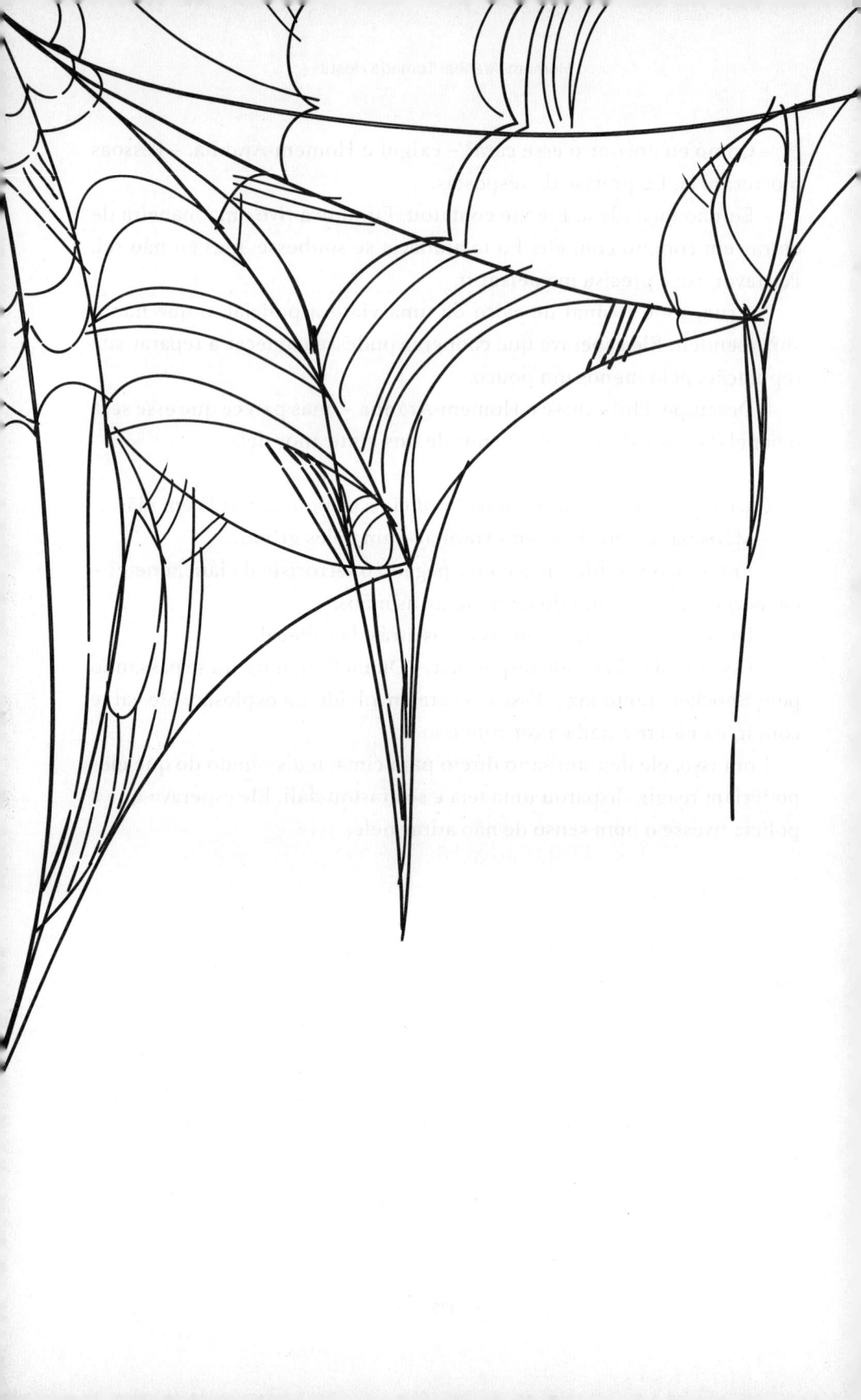

VINTE E TRÊS

ELA estava sentada no escritório de Fisk novamente. MJ tinha tentado entrar em contato com Peter durante toda a manhã, mas eles continuavam a se desencontrar. Pelo menos, suas mensagens diziam que ele estava bem. A notícia no jornal não era clara, mas parecia que tanto ele quanto o Shocker haviam sido encurralados na noite anterior, embora o Homem-Aranha tivesse escapado.

De acordo com o relato, Peter fugiu do local assim que a polícia chegou. O Shocker não era o verdadeiro Shocker, mas parecia estar envolvido no atentado. A polícia ainda estava tentando entender tudo, enquanto minimizava o papel do Homem-Aranha na prisão.

Desde a noite da explosão, eles lutavam para encontrar um tempo para ficarem juntos. Peter estava dedicando cada minuto livre para derrubar Wilson Fisk. Eles nem mesmo terminaram aquela conversa, mas isso foi em grande parte uma decisão de MJ. Ele estava passando por momentos difíceis, e não era à hora ideal para ajustar seu relacionamento.

O relacionamento sobreviveria. Ela esperava.

Por enquanto, ela precisava se concentrar no que estava acontecendo. Fisk a havia convidado depois que outra de suas matérias foi publicada. Ela havia destacado alguns de seus planos para futuros projetos de desenvolvimento, mas tinha dado uma abordagem mais jornalística do que o editor originalmente queria. MJ havia comparado as projeções de Fisk com os planos registrados na prefeitura e entrevistado alguns dos empreiteiros. A conclusão foi a de que parecia que a realidade ficaria muito aquém das promessas de Fisk.

Robbie Robertson a chamou para o escritório dele.

– *Você é uma escritora de matérias especiais* – ele disse. – *Matérias especiais. Se você tiver uma pauta como essa, avise alguém e eles vão passá-la para um repórter apropriado. Se for confirmada, você poderá participar. Você não escolhe por si mesma quais matérias vai escrever. Estamos entendidos?*

MJ assentiu.

Então ele sorriu. – *Também vou dizer que essa é uma história e tanto. Você vai se tornar uma excelente repórter.* – O sorriso desapareceu. – *Mas não se você não aprender a se dar bem com os outros.*

Ela entendeu o recado. Com medo de que dissessem para ela abandonar o assunto, ela continuou com a pauta por conta própria. Agora que ele deixou claro o procedimento a ser seguido, ela não poderia fingir ignorância.

Enquanto isso, ela supôs que Fisk a havia chamado porque estava incomodado com a matéria. Ele não podia fazer nada a respeito, é claro, então tentaria encontrar outra maneira de desarmá-la.

Quando foi levada ao escritório, uma reunião parecia estar terminando, e ela teve que abrir caminho entre um grupo de pessoas do mercado financeiro. Eles falavam animadamente sobre títulos municipais, o que parecia interessante para MJ, mas ela não tinha certeza se teria a chance de investigar. Especialmente depois do último sermão que levou.

Uma jovem mulher se juntou a eles e foi apresentada como Maya Lopez. Ela mal falava, mas estudava MJ com um olhar ameaçador. Ela não havia parecido exatamente calorosa da primeira vez que se conheceram, mas agora MJ estava certa de que nunca queria entrar em conflito com ela. Fisk olhava ocasionalmente na direção de Lopez.

– Senhorita Watson – disse Fisk. – Aquela foi uma história e tanto a que o *Clarim* publicou ontem. Você está mantendo o pessoal de relações-públicas ocupado.

– Meu trabalho é reportar a verdade – ela disse.

– Oh, a verdade é uma coisa elusiva – respondeu ele friamente. – Você acredita que sua história conta a verdade completa?

– Uma história nunca pode ser completa – ela disse. – O melhor que um repórter pode fazer é relatar os fatos disponíveis no momento. Depois que fiz a pesquisa, entrei em contato com seu departamento de mídia e lhes dei a chance de responder no artigo. Ninguém me procurou.

– Talvez os jornais vejam os prazos de maneira diferente dos escritórios corporativos. Se você tivesse esperado um pouco mais, teria recebido informações que mostram as coisas de outra forma.

– E agora você quer que eu escreva sobre essas novas informações?

– Claro que não – disse Fisk. – Sem dúvida, a história que você escreveu é uma grande conquista para você. Você me fez parecer ruim. Repórteres vivem para essas coisas, mas isso não é de grande importância para nós. Empresas recebem cortes e danos todos os dias. É assim que o jogo é jogado, e enquanto essa história é uma nova linha em seu currículo (algo que seus colegas talvez se lembrem mesmo anos depois), amanhã o público já terá esquecido. Eu não me preocupo com trivialidades.

O fato de ela estar sentada ali parecia contestar essa afirmação, mas MJ optou por não mencionar isso.

– Então, o que posso fazer por você?

– Eu me pergunto quais são seus objetivos, Srta. Watson. Quero dizer, seus objetivos de longo prazo. Você é uma escritora razoavelmente talentosa e, provavelmente, gosta de trabalhar com palavras, mas existem muitas opções além do jornalismo. Há posições no setor corporativo que satisfariam sua necessidade de ser criativa e permitiriam que você vivesse uma vida muito mais... satisfatória.

– Você está me oferecendo um emprego? – perguntou MJ. Saiu mais como um desabafo incrédulo do que ela pretendia, mas parecia ridículo. Uma matéria ligeiramente desfavorável e Fisk queria comprá-la. Era tão descarado. Ela tentou seguir com um sorriso alegre.

Ele riu. Ainda soava sombrio.

– Neste momento, não estou oferecendo um cargo na minha empresa, não – disse ele. – Apenas estou sugerindo que uma posição possa surgir em um futuro próximo, para a qual você seria muito adequada. Se você me pedisse para reservar essa posição para você, eu poderia fazê-lo e até, digamos, aumentar seu salário para que o insignificante pagamento que você recebe atualmente do *Clarim Diário* não limite suas opções.

O sorriso de MJ parecia prestes a cair e se despedaçar no chão. Isso era exatamente o tipo de coisa que Peter havia alertado. Ela se aproximou de Fisk e agora ele queria tê-la ao seu lado. Se ele não conseguisse, então o quê?

Ela já tinha ouvido histórias suficientes sobre a fúria dele para se preocupar. Embora bater em uma jovem repórter até a morte não estivesse totalmente fora de seu caráter, isso era bastante improvável. Ela não tinha simplesmente entrado ali por acaso. Seu editor sabia onde ela estava. Ela havia registrado sua presença com a segurança no térreo. Depois, havia a mulher silenciosa, Maya Lopez. Pelo jeito que ele olhava na direção dela, parecia que ela, de alguma forma, mantinha Fisk... controlado.

Nenhuma lógica do mundo a ajudaria a lidar com isso. Não era como se ela pudesse concordar em ser a subordinada paga de Fisk. Isso significava que ela tinha que recusar. Claro, havia muitas maneiras de fazer isso, e o truque seria apelar para o próprio ego dele, em vez de irritá-lo.

– Agradeço a oferta, Sr. Fisk – disse ela, tentando manter uma postura calma e composta. – Mas o jornalismo é meu objetivo, acho que sempre foi. Eu adoro trabalhar no *Clarim Diário* e a área corporativa não me interessa muito no momento.

Ela esperou, mas Fisk apenas sorriu.

– Eu entendo, Srta. Watson – ele disse. – Aprecio que você tenha seus próprios objetivos. No entanto, vale a pena destacar que minha empresa tem uma participação controladora em várias empresas de mídia.

– Tenho certeza de que as coisas seriam mais fáceis se eu tivesse um patrocinador – ela disse –, e você seria um aliado poderoso, mas gostaria de ver até onde posso chegar por conta própria antes de pedir ajuda.

– Totalmente compreensível – ele disse. – De fato, é admirável. Gostaria que mais jornalistas tivessem sua integridade.

— Faço o melhor que posso — ela disse. — Suspeito que a maioria das pessoas faça o mesmo.

— Você pode estar dando crédito demais à maioria das pessoas. — Ele virou-se ligeiramente na cadeira, um claro sinal de que ele queria mudar o assunto. — Gostaria de enviá-la para conversar com um dos meus gerentes da contabilidade, que revisará alguns dos números que você usou em seu artigo. Não estou dizendo que suas informações estão erradas, mas a falta de contexto pode sugerir uma interpretação falsa. Isso pode ser muito desfavorável.

Muito devagar, MJ soltou o ar.

Peter estava certo. Contrariar Fisk era perigoso, mas ele era um ser emocional, assim como qualquer outro, e podia ser controlado. Ela tinha se metido em uma situação que poderia ser perigosa e havia lidado com isso. Ela merecia um tapinha nas costas pelo feito. Também percebeu que precisava confiar mais em si mesma. Peter e Fisk haviam brigado porque o Homem-Aranha partiu para cima de Fisk disparando teias e socos. MJ tinha uma abordagem diferente e produzia resultados diferentes. Ela tinha fé em si mesma.

Ela gostaria que Peter tivesse mais fé nas habilidades dela.

MJ agradeceu Fisk e apertou as mãos dele e de Maya Lopez ao sair do escritório. Tinha sido uma reunião longa e possivelmente sem sentido. Fisk queria que ela escrevesse um artigo que em grande parte minaria sua matéria anterior. Ela não queria fazer isso, mas concordou em se encontrar com o contador para ver se havia ângulos que ela não tinha considerado.

Mesmo agora, sua mente começava a elaborar ideias para matérias que permitiriam que ela continuasse na história de Fisk. Dando ao homem algumas migalhas, mas ainda cavando mais fundo. Havia vários ângulos – talvez sobre alguns dos subcontratados, ou uma matéria sobre como o planejamento do bairro poderia ser influenciado pelos novos projetos de construção. Talvez até mesmo investigar o que os homens de Wall Street estavam fazendo.

Ela estava tão absorta em seus pensamentos que quase esbarrou em um trio de homens. Eles vestiam ternos, mas definitivamente não pareciam ser do ramo financeiro. Eles definitivamente eram militares – ou pelo menos ex-militares.

– Desculpe – ela olhou para o gigante com quem quase tinha colidido. – Eu estava pensando em outra coisa.

– Não tem problema, senhora – ele disse, olhando através dela e não para ela. A interação com uma mulher desconhecida não deve ter sido parte dos parâmetros da missão, ela pensou. Não eram as pessoas mais amigáveis, mas ainda assim, uma repórter não chegava muito longe se não tentasse pelo menos.

– Desculpe se minha reunião demorou um pouco – disse ela. – Espero que não tenham tido que esperar muito.

– Não, senhora – ele respondeu sem expressão.

O.k., sem conversa fiada. Ela tentaria a abordagem direta.

– O que trouxe vocês ao escritório do Sr. Fisk?

– Isso não é algo que o Sr. Fisk deseja que discutamos, senhora – ele disse.

Não deu certo, mas o esforço não foi totalmente desperdiçado. Agora ela sabia que Fisk estava trazendo militares para alguma coisa que ele não queria falar a respeito. Poderia ser algo tão simples, como vandalismo em um canteiro de obras, mas de alguma forma ela duvidava disso.

UMA hora depois, após uma reunião tediosa e pouco esclarecedora com o contador, MJ estava a caminho da saída e parou para se despedir do segurança. Ela sempre era simpática com os guardas quando entrava e saía.

Era extrovertida por natureza, uma das razões pelas quais ela queria ganhar a vida ouvindo estranhos contarem suas histórias. Por outro lado, ela sabia que a maioria das pessoas passava apressada pela mesa de segurança, tratando os trabalhadores como obstáculos, em vez de pessoas. Um sorriso e algumas palavras amáveis não garantiam nada em troca, mas também não faziam mal.

— Até a próxima – ela disse, olhando para o crachá no uniforme dele. – Hank. – Ela lhe deu um sorriso. A outra guarda, Therese, estava ocupada com um visitante.

— Tenha um bom dia, Srta. Watson. – Ela começou a sair, depois parou. *Por que não? Vale a pena tentar.*

— Sabe, cerca de uma hora atrás, quase fui atropelada por três caras enormes. Eles pareciam ex-militares ou algo assim.

Ele riu. – Sim, aqueles gorilas da Roxxon Blackridge. Eles não parecem brincar. Porém, hoje estão atrasados. Na maioria dos dias, eles chegam por volta das sete e meia e saem novamente quinze minutos depois.

— Bem, é melhor não irritá-los. – Ela riu e acenou enquanto saía do prédio. Então ela estava certa. A Roxxon Blackridge era uma empresa de segurança. Ela teria que fazer uma pequena pesquisa, mas estava bem certa de que eles estavam envolvidos em trabalhos mais complicados do que afastar adolescentes com latas de tinta spray. MJ sorriu enquanto saía do prédio. Poderia não levar a nada, mas talvez fosse uma pista.

De qualquer forma, descobrir seria divertido.

MAYA observou a repórter deixar o prédio, parando para conversar com o segurança no caminho da saída. Ela havia passado por aquele segurança centenas de vezes e nunca havia dito uma palavra que não fosse estritamente necessária para o trabalho.

Deve ser bom, pensou ela, *conseguir ficar tão relaxada em torno de outras pessoas.* Maya não queria ser antipática, mas ela realmente não sabia como ser outra coisa.

Ela não culpava seu pai. Não tinha sido fácil para ele ser um pai solteiro em Nova York. Maya não se lembrava de nada sobre sua mãe, que morreu quando ela ainda era muito pequena, mas podia recordar algumas coisas do tempo em que ainda moravam na reserva em Montana. Havia outras crianças lá com quem ela brincava, e um par de mulheres amáveis que cuidavam dela. Maya as considerava como velhas, mas provavelmente não passavam dos 40 anos na época. Uma delas ensinou a Maya a língua de sinais, mas depois Maya aprendeu a ler os lábios por conta própria. Mesmo quando criança, ela não queria se limitar. Ela sempre quis ter opções e nunca admitia estar em uma posição de não saber o que as pessoas estavam dizendo, onde quer que estivesse.

– Não há nada que você não possa fazer – disse essa mulher, seus olhos brilhando de admiração. – Nunca vi ninguém aprender como você. É como se você pudesse ecoar qualquer coisa. – Essas palavras sempre ficaram com ela. Que ela podia ecoar, que ela *era* um eco.

Havia outra memória poderosa daqueles dias. Uma briga envolvendo um homem. Alguém que veio até a casa deles. Ele estava bêbado, procurando machucá-los. Os dois brigaram, e Maya se escondeu debaixo de sua cama, sem saber o que estava acontecendo, esperando que seu pai viesse e lhe dissesse que tudo havia acabado.

Seu pai não veio.

O homem veio. Ele estava ferido, sangrando na cabeça e pressionando uma toalha contra um ferimento em seu lado. Ele conseguiu tirá-la de debaixo da cama. Ela se contorceu para se soltar de seu aperto forte, mas ele a agarrou novamente. Sua mão ensanguentada segurou seu rosto, e ela gritou. Então o homem caiu, e seu pai estava do outro lado da sala, ferido e instável, sangrando em um ferimento no ombro e segurando uma arma fumegante.

Ela olhou no espelho ao lado de seu pai e viu que o homem mau havia deixado uma marca de sangue em seu rosto. Por anos depois, ela sonhava consigo mesma daquela forma, como se fosse parte de seu rosto, como se ela não fosse ela mesma sem aquela marca.

Eles partiram naquela noite. As pessoas não entenderiam, seu pai dissera. O homem que tentara matá-los era uma figura importante da cidade, amigo de policiais e políticos. Eles nunca acreditariam nele quando dissesse que havia sido atacado.

Anos depois, ela se perguntou sobre isso, mas na época não lhe ocorreu questionar a palavra dele. Nunca lhe ocorreu reclamar quando ele a colocava em escolas onde as outras crianças zombavam dela e a excluíam, porque quando ela chegava em casa, ele estava lá esperando e a fazia sentir que havia um lugar no mundo ao qual ela pertencia.

No entanto, houve momentos em que ele ficava ausente por horas, ou até dias, e os vizinhos cuidavam dela. Mas isso era apenas parte da vida, e não diminuía o amor que ela sentia por seu pai.

Depois que o Homem-Aranha a deixou órfã, os registros incompletos dela, suas notas ruins, seu histórico de frequência irregular, tudo isso confundiu os assistentes sociais da cidade. Eles a trataram como um problema, como uma criminosa. Ela poderia se lembrar claramente daquele período se quisesse, mas escolheu esquecer. Era mais fácil esquecer. Ela não queria pensar no que teria sido dela se o Sr. Fisk não tivesse se interessado pela filha órfã de um pequeno associado comercial.

Não que Maya não pudesse ser sociável quando a situação exigisse. Afinal, a imitação era sua maior habilidade. Ela observava quem era bem-sucedido e quem não era e podia imitar a linguagem corporal deles. Isso era fácil. Porém, saber o que dizer a um desconhecido, como ter uma conversa trivial que não parecesse forçada ou estranha – isso era algo completamente diferente.

Isso realmente não importava para seu próximo compromisso, já que era com um homem que não valorizava a simpatia nem era simpático. Jameson queria se encontrar com ela novamente no carrinho de cachorro-quente, e quando ela chegou, ele já estava terminando o que ela presumia ser pelo menos seu segundo lanche. Ela olhou para seu relógio para ter certeza de que não estava atrasada.

– Cheguei cedo – ele disse. – Queria conversar e não deixar você assistir meu almoço esfriar.

– Espero que não tenha acontecido nada de errado – ela disse. – Ouvi algumas de suas transmissões e disseram-me que a audiência está alta.

– Os números estão ótimos – ele disse a ela. – As pessoas querem ouvir o que tenho a dizer. Estão cansadas do que os tipos de mídia convencionais, como Robertson, dizem a elas.

– O incidente na Times Square parece ter acontecido em um momento perfeito para você.

Os olhos dele estreitaram. – Talvez um pouco perfeito demais.

Maya quase riu disso. Ele achava que ela coordenaria um ataque como aquele, simplesmente para aumentar a audiência? Porém, o ataque *tinha* sido coordenado. O Sr. Fisk havia levado Bingham até lá, e pessoas morreram. Ela sabia que o Sr. Fisk não tinha a intenção de fazer isso e que, às vezes, em qualquer grande operação, com muitos planos em andamento, acidentes aconteciam. Ela não o condenaria se um acidente em um canteiro de obras deixasse pessoas mortas. Uma voz dizia que isso era diferente, mas ela não queria pensar nisso. Ainda não. Não até saber mais.

– Vamos evitar teorias malucas, Sr. Jameson.

– Uma das minhas teorias malucas era que havia dinheiro duvidoso financiando meu programa. Você me disse que eu estava errado, mas eu sou um jornalista, jovem senhora. Você acha que todos aqueles anos atrás de uma escrivaninha fizeram eu esquecer como se faz uma pequena investigação? – Ele a encarou diretamente. – O dinheiro está vindo do Fisk.

– Eu disse a você – ela falou – que havia grupos comerciais na cidade interessados em ouvir a sua voz. O Sr. Fisk é um desses interessados.

– Você sabia perfeitamente bem que eu não aceitaria dinheiro do Rei do Crime.

– *Não* o chame assim – ela disse. – Essas acusações foram desmentidas.

– Não, elas só não foram comprovadas – ele disse –, o que não é a mesma coisa. Mesmo assim, ele teve seu julgamento no tribunal, o que não podemos dizer do Homem-Aranha.

– Ninguém está fazendo mais para ajudar esta cidade do que o Sr. Fisk – ela disse firmemente. – Ele sabe que as acusações falsas feitas contra ele influenciaram muitas pessoas, e é por isso que ele queria manter o nome dele fora disso. Mas pense, Sr. Jameson. Você era uma das vozes que lideravam o ataque contra o Sr. Fisk antes do julgamento o inocentar. Por que ele iria querer você no ar se tivesse algo a esconder?

A verdade era que ela sabia que ele não gostaria de jeito nenhum de ter o Jameson no ar. O império de Fisk era grande o suficiente para que ele pudesse levar um tempo até perceber que tinha Jameson em sua folha de pagamento. Até lá, Maya esperava que o programa fosse lucrativo o suficiente para que Fisk ignorasse sua participação no projeto, sem a permissão dele.

Para Maya, porém, era algo mais. Aquela era uma forma de fazer algo, de levar o Homem-Aranha mais perto da exposição. Ela estava desempenhando um papel em sua queda eventual, e não pretendia parar.

– Não gosto disso – disse Jameson.

– Entendo – disse Maya casualmente. O que ela entendia, porém, era que ter sua voz ouvida por toda a cidade era inebriante para o homem. Poder expressar qualquer condenação que lhe viesse à mente, sem filtros, era algo que Jameson desejava muito. Ela duvidava muito que ele desistisse.

Ele a encarou, incerto do que pensar de sua resposta curta. Ele estava acostumado a fazer as pessoas se curvarem ou fugirem. Ele não estava, ela presumia, acostumado à indiferença.

– Se eu ouvir uma história que faça Fisk parecer mau, não vou ignorá-la – ele disse. – Vou dizer o que precisa ser dito. Honestamente, não sei por que ainda me preocupo com essa estação de rádio. Eu poderia ter um daqueles *podblasts* e não dar satisfação a ninguém.

– Pense no programa como uma oportunidade para construir uma audiência... – Maya disse – para o seu futuro *podcast*.

– Pensa que é muito esperta, corrigindo-me, não é?

Maya apertou os lábios em um sorriso sério de negócios.

– Sr. Jameson, só queremos sua franqueza. Ninguém está pedindo para você pegar leve. É por isso que você é vital para esta cidade. Você analisou e assinou os contratos revisados?

Isso tinha sido um obstáculo. Os primeiros contratos tinham um erro crítico – a cabeça de alguém rolou – e eles tiveram que ser redigidos e assinados novamente. Se Jameson realmente quisesse sair, seria fácil para ele romper os laços. Ainda assim, ela apostava que ele não estava disposto a abandonar uma audiência em crescimento. Ele colocou a mão no casaco, tirou um envelope volumoso e entregou a ela. Ela pegou, tendo cuidado para evitar uma grande mancha de mostarda.

– Assinado e reconhecido em cartório – ele disse. – Mas esse contrato me permite dizer o que quero e sair se você me pressionar a fazer o contrário.

– Queremos uma voz honesta – disse ela. – Nada além disso.

– Então é isso que você terá – ele disse –, quer você goste ou não.

BINGHAM estava longe demais para ouvir o que eles estavam dizendo. Ele desejou ter a habilidade da garota surda de ler lábios. Isso seria útil. Ou a habilidade de ler mentes. Ele também gostaria disso – mas esse não era um poder de aranha, e ele só podia fazer coisas de aranha, como se esgueirar sem ser notado.

Essa habilidade o permitiu se aproximar o suficiente para entender uma palavra ou outra, e ele definitivamente ouvira algo sobre contratos.

Talvez desta vez ele tivesse sorte. Depois que ela deixou o velho que gostava de cachorro-quente, ela dirigiu-se para o leste, e Bingham continuou seguindo-a a uma distância segura. Ele observou enquanto ela entrava em um dos escritórios do Fisk no East Side. Vinte minutos depois, ela saiu, não mais carregando o envelope.

Contratos. As chances eram de que uma cópia seria colocada no cofre. Foi bom ele ter conseguido colocar um rastreador no envelope antes de a garota surda chegar. O velho rabugento lhe deu um puxão de orelha por esbarrar nele, mas Bingham continuou caminhando. Apenas mais um dia na cidade, certo?

Ele sorriu para si mesmo. Ele estava um passo mais perto de seu objetivo.

VINTE E QUATRO

— **QUEM** aqui quer brincar de "adivinhe o que o Rei do Crime está pensando"?

O Homem-Aranha estava em um cassino ilegal sob um restaurante no Hell's Kitchen. Ele sabia que era de propriedade de Fisk e que ele lucrava muito todas as noites. Pelo menos, era o que se esperava. Não esta noite. Ele segurava um grande saco de dinheiro que deixaria no abrigo F.E.A.S.T. mais próximo.

A maioria dos clientes tinha fugido quando ele entrou. Agora, era só o chefe e a segurança. Eles não iriam a lugar algum, porque estavam presos, emaranhados naquela bagunça de mesas viradas, cartas espalhadas, fichas no chão e garrafas de cerveja vazias.

— Estou procurando informações — ele disse. — O que Fisk está planejando? Por que ele tem alguém me imitando? Qual é a marca de proteína favorita dele? O cara é enorme.

— Ninguém vai te contar nada — disse o chefe. — Apenas deixe o dinheiro e vá embora. Você não quer que o Sr. Fisk fique bravo com você.

— Sim, porque não consigo imaginar como seria isso. — Ele levantou o saco de dinheiro novamente. — Última chance antes de fazer vocês pagarem pelo dinheiro que está faltando.

Ninguém tinha nada a dizer, então ele saiu correndo pela porta, subiu as escadas e foi embora. Outra noite perturbando as operações do Fisk. Outra noite que definitivamente não o levou mais perto de descobrir o que estava acontecendo.

ALGUMAS horas depois, após interromper outro cassino ilegal, um bordel e uma operação de roubo, ele continuava longe de conseguir o que queria. Uma ligação chegou de Yuri Watanabe, então ele foi até um telhado para conversar.

– Ouvi dizer que você está tendo uma noite agitada – ela disse. – Você está roubando do Fisk agora?

– Não estou roubando – ele disse. – Estou redistribuindo a riqueza.

– Não é isso o que os criminosos estão nos dizendo.

– Então eu acho que deve ser verdade – ele disse. – Os criminosos não mentiriam.

– Só estou dizendo que isso faz você ter uma péssima imagem – ela disse a ele. – Confira a página do *Clarim Diário* na web.

Depois de desligar, ele fez como ela sugeriu. Lá estava a manchete.

O HOMEM-ARANHA SE TORNOU O LADRÃO-ARANHA?

Não era exatamente no mesmo nível das pérolas dos tempos de J. Jonah Jameson, e também não era a pior coisa imaginável. Era melhor do que a manchete *O HOMEM-ARANHA CONTINUA A ATERRORIZAR A CIDADE*, que um dos jornais havia publicado no dia anterior. *Fazia parte dos negócios*, ele disse a si mesmo, mas não se sentia totalmente convencido disso. Por quanto tempo ele poderia continuar derrubando mesas e rasgando cadernos de apostas? Nenhum desses caras jamais lhe diria algo. Seja lá o que o Rei do Crime estivesse planejando, o que o tornaria grande demais para falhar não seria interrompido redistribuindo seus ganhos com o pôquer.

A cada vez que o Homem-Aranha pensava em desistir, ele via o rosto de Anika e se lembrava do que o motivava. Aquela era uma questão pura de justiça. Ele conhecia Anika, e por isso ela era o rosto das doze pessoas que haviam morrido, mas em outros lugares da cidade, havia outros de luto – pais, filhos e amigos – exigindo respostas, exigindo que alguém pagasse. O pensamento acendia uma fúria nele, um fogo que ele precisava canalizar. Ele tinha o poder de punir os responsáveis, e por ter esse poder, ele tinha a responsabilidade. Em seu trabalho com a polícia, ele encontrou documentos que levavam a um depósito supostamente cheio de mercadorias roubadas pelos capangas de Fisk. Pensou em ir até lá e ver se alguém falaria algo. Ele estava a caminho quando recebeu uma ligação de MJ.

– Lembra de mim? – ela disse. – Nós estudamos juntos no ensino médio.

– Eu sei... – ele disse com um suspiro. – Eu tenho sido...

– Um pouco obcecado? – ela sugeriu. – Estranho e deprimido?

– Exatamente. Fico feliz que você entenda.

– Na realidade, eu entendo – ela disse. – Você não é do tipo que fica esperando que algo aconteça. É por isso que estou ligando. Tenho uma pista que pode ser útil.

– Sério?

– Estive na Torre Fisk hoje...

– De novo? – Suas palavras escaparam antes que ele conseguisse se segurar.

– Peter, meu trabalho. Lembra? Eu entrevisto pessoas.

– Uma dessas muitas pessoas não precisa ser Wilson Fisk – ele disse, embora soubesse que era *exatamente* o que não deveria dizer.

– Enfim – ela disse, passando por cima dos solavancos em sua conversa –, eu literalmente esbarrei em uns grandalhões da Roxxon Blackridge, os mercenários militares.

– Interessante – ele disse. – Alguma ideia do que eles estavam fazendo?

– Não consegui arrancar nada deles – ela disse –, mas aparentemente eles seguem uma rotina. Podem estar recebendo ordens de Fisk regularmente. – Ela contou a Peter tudo o que soube com o segurança.

Era difícil saber como isso se encaixava no caso, se é que se encaixava, mas era alguma coisa – e era exatamente o que ele precisava.

BINGHAM subiu pela janela de seu apartamento, certificando-se de que ninguém o visse. Ele nunca podia ter certeza disso, na verdade, não em Nova York. Qualquer pessoa poderia estar olhando pela janela e ver um cara com uma roupa de aranha entrando e saindo. Para ter certeza, ele teria que ter algum tipo de sexto sentido. Ainda assim, ele achava que estava livre. Se não, ele lidaria com isso depois.

Deixe-os tentar pegá-lo.

Ele se sentou pesadamente em sua cama e tirou a máscara. A sensação o agradava quando o ar fresco o envolvia, mas também sentia falta da sensação quente e constrita. Sempre se perdia algo quando se ganhava outra coisa. Ele com certeza tinha aprendido isso.

Tinha sido uma noite divertida, observando o falso Homem-Aranha mexendo com os cassinos clandestinos do Fisk. O cara estava começando a surtar, e era divertido vê-lo desmoronar. Algumas vezes, Bingham teve que lutar contra o desejo de intervir, de enfrentar o impostor. O verdadeiro Homem-Aranha contra o impostor. Isso seria algo que ia acontecer – mas ainda não era a hora. Não era a missão.

Nem sempre ele seguia o impostor todas as noites, mas fazia isso muitas vezes. Bingham nem sempre conseguia encontrá-lo, embora houvesse lugares onde poderia se esconder e esperar, e o impostor acabaria passando por ali. Ele era bastante previsível, se você soubesse como pensar. A maioria das pessoas não sabia, mas Bingham sabia.

Esta noite ele apenas observou, mas um dia veria uma oportunidade, uma maneira de tornar a vida dele miserável. E quando visse, ele atacaria.

NA MANHÃ seguinte, ele estava lá antes das 7h30, com tempo de sobra para observar três homens robustos de terno entrarem na Torre Fisk. Se eles saíssem com alguma tarefa (o que o Homem-Aranha supôs estar acontecendo), ele os seguiria. Se tivesse muita sorte, poderia descobrir algo valioso.

Empoleirado na beira de um prédio, ele pegou um copo de café que havia comprado em um food truck na quadra seguinte. O dono se recusou a aceitar seu dinheiro. Pelo menos algumas pessoas não tinham perdido a esperança nele.

Erguendo a parte inferior de sua máscara, ele deu um gole. O café ainda estava quente.

FOI PURA coincidência. Ela estava prestes a sair de sua suíte e descer para sua primeira reunião do dia quando um lampejo vermelho e azul a atingiu do outro lado da rua. Embora estivesse distante, ela tinha certeza de que era uma pessoa com uma roupa de Homem-Aranha.

A princípio, ela pensou que fosse Bingham, mas quando olhou através dos binóculos, percebeu que era ele. Havia pequenas diferenças o suficiente para ter certeza. Talvez uma pessoa comum não notasse, mas Maya não deixava escapar esse tipo de detalhe.

O que ele estava fazendo aqui? Parecia que ele estava observando a Torre Fisk, mas em plena luz do dia? Ela não conseguia imaginar por quê. Enquanto observava, ele pegou um copo de café, levantou a parte inferior de sua máscara e deu um gole.

Era desconcertante. Ela sempre soube que havia uma pessoa real sob a máscara, mas ela havia deixado de pensar nele como alguém comum. O fato de ele tomar um gole de café e depois limpar a boca com as costas da mão era estranho. Em um nível subconsciente, ela esperava que não houvesse nada sob a máscara além de um vazio de maldade.

Mesmo que ele fosse um ser humano que bebia café, isso não o tornava menos monstro. Ele achava que podia vir aqui, espioná-los e trabalhar contra tudo que eles esperavam realizar. O que alguém poderia fazer a respeito, afinal? Não era como se alguém pudesse segui-lo.

Ele não contava com Maya Lopez. Ele não contava com uma mulher que era um eco.

Ela pegou seu celular e rapidamente examinou a agenda da manhã. Nada que não pudesse ser reagendado. Então, enviou uma mensagem rápida para sua assistente e se preparou para sair. Entretanto, parou. Uma saia não era exatamente a roupa certa para saltar de telhado em telhado. Ela precisava de algo que lhe desse a flexibilidade necessária. Jogando suas roupas de trabalho no chão, ela trocou por aquilo que estava vestindo quando foi atrás de Bingham: calças pretas, blusa preta, luvas.

Maya olhou para sua imagem no espelho. Talvez, ela pensou, este fosse o dia em que ela o confrontaria. O Sr. Fisk disse que não era a hora, mas algumas coisas não eram uma questão de escolha. Às vezes, o destino escolhia por você.

Ela se perguntou se era assim que ela queria parecer quando finalmente o enfrentasse em combate. Ela queria que ele visse seu verdadeiro eu. Queria que ele a olhasse e a temesse. Ela pensou naquela noite em Montana, a marca de sangue.

Mas o vermelho não era a cor certa. Algo sutil. Ela era como um fantasma de seu próprio passado. Branco. Tinha que ser branco. Ela começou a procurar sua antiga coleção de maquiagem dos tempos de dança. Era hora de *Eco* se tornar mais do que uma ideia.

Era hora de *Eco* se tornar um nome.

OS MERCENÁRIOS militares saíram do prédio quase exatamente quinze minutos após terem entrado. Peter se preparou para segui-los, mas eles imediatamente se separaram, cada um em uma SUV escura idêntica. Sem muito tempo para considerar suas opções, ele escolheu um aleatoriamente e partiu.

Seguir carros não era difícil quando eles permaneciam na cidade. Pontes e túneis apresentavam certos problemas, embora ele geralmente conseguisse uma carona. O truque era evitar ser notado. Nada arruinava tanto uma perseguição furtiva como buzinas entusiasmadas. Felizmente, o carro que ele estava seguindo permaneceu em Manhattan, e a essa hora do dia significava que ele não poderia andar muito rápido. Ele manteve a distância enquanto o carro seguia para o norte, saltando de telhado em telhado, parede em parede, cuidadoso para permanecer fora da visão de qualquer pedestre.

O estranho era a leve sensação de formigamento de seu sentido aranha. Ele olhou para trás algumas vezes, mas não viu nenhum sinal de que alguém o estivesse seguindo. Talvez fosse porque esses caras eram perigosos, ele disse a si mesmo. Ele precisaria ter cuidado. Ele sempre tinha cuidado, mas tinha que descobrir o que eles estavam tramando.

O carro que ele estava seguindo parou na Broadway com a Rua 147. Mantendo-se nos telhados, o Homem-Aranha observou o agente da Roxxon Blackridge sair e permanecer em um ponto de ônibus, mantendo o olhar em uma casa marrom próxima. Vinte minutos depois que ele chegou, uma mulher saiu da casa segurando a mão de uma menininha. Ela começou a caminhar pela rua, e o agente a seguiu. Ele tinha o celular na mão e, de tempos em tempos, tirava fotos.

A mulher deixou a menininha em uma creche. O agente entrou em uma quitanda, ficando perto da entrada. Ele tirou meia dúzia de fotos. Ela saiu, e ele a seguiu por mais quatro quadras, onde a fotografou comprando o que o Homem-Aranha tinha certeza de ser heroína.

O que isso significava? Quem era essa mulher? Por que o agente queria tirar fotos dela comprando drogas? A maneira mais fácil de descobrir poderia ser questioná-la, mas ela não iria contar imediatamente sua história de vida para ele. Quando um cara fantasiado cai do céu, você não revela voluntariamente seus segredos mais sombrios.

O Homem-Aranha anotou o endereço dela. Talvez ele pudesse pedir para Watanabe investigar e descobrir algo sobre a mulher. Ir atrás do agente não revelou a prova definitiva que ele estava procurando, mas ainda poderia ser uma peça importante do quebra-cabeça.

Seguindo o agente até seu carro, ele teve cuidado ao se esconder atrás de um outdoor digital no telhado para ter certeza de que não seria visto. Ele estava observando o agente partir quando seu sentido aranha ficou alerta. Ele rolou para o lado, tentando ter uma ideia do que estava acontecendo.

Então ele a viu: uma mulher toda vestida de preto, com cabelo preto preso, e... segurando uma lança? Ela tinha uma marca de mão branca no rosto, não exatamente uma máscara, mas que dificultava sua identificação. Ele não se deteve muito tempo nisso. Ao longo dos anos, ele já havia sido atacado com coisas improváveis. Se fosse ser honesto consigo mesmo, poderia ser argumentado que ele também se vestia um pouco esquisito. Então, quem era ele para julgar? Ele estava mais interessado na parte em que ela estava tentando matá-lo.

Enquanto o outdoor atrás dele se transformava em um anúncio de carro, a mulher desferiu um golpe com sua lança. Ele se esquivou para a esquerda, mas foi apenas um blefe e ele quase foi perfurado. Ele se esquivou e rolou, mas ela também se esquivou e rolou. Ele pulou em um ângulo. Ela também pulou em um ângulo, imitando *exatamente* seus movimentos. Parecia que ela poderia imitar todos os movimentos dele. Enquanto isso, o outdoor mudou novamente, desta vez para um anúncio da Fundação Fisk.

Perfeito.

A mulher com a mão estampada no rosto avançou em sua direção, seus passos parecendo ser uma cópia dos dele. Por um breve momento, ele se perguntou se ela poderia ser o impostor, mas logo descartou o pensamento. Seu sósia tinha voz e físico masculino, e, embora esta mulher ecoasse todos os seus movimentos, ela não tinha as habilidades aprimoradas dele. Ela poderia pular como ele, mas não tão longe nem tão alto. Ela poderia se impulsionar de paredes como ele, mas não se agarrar a elas. Era mais como parkour. Certamente ela não tinha lançadores de teias. Eles se enfrentaram novamente, e Peter conseguiu desviar de três ataques rápidos da lança. O terceiro o deixou ileso, mas atingiu em cheio o outdoor, gerando uma chuva de faíscas.

– Espere – ele disse. – Podemos conversar?

Ela avançou com um golpe lateral, como se não tivesse ouvido o que ele disse. Outro golpe errado e outra chuva de faíscas. Ele se esquivou para o lado, querendo se afastar do outdoor caso ele explodisse. Em seguida, atirou duas teias grandes para pegá-la, mas ela rolou para longe como se soubesse exatamente o que ele ia fazer, antes mesmo que ele fizesse.

E *essa*, ele percebeu, era a diferença dessa mulher. O sósia era como outro Homem-Aranha em suas habilidades, mas não em seu estilo. Havia semelhanças, da mesma forma que dois lutadores de artes marciais mistas ou dois praticantes de Taekwondo sempre teriam certos movimentos básicos em comum, mas suas abordagens nunca seriam idênticas. O Homem-Aranha e seu imitador eram semelhantes porque trabalhavam com o mesmo conjunto de habilidades, mesmo que as usassem de maneira diferente.

Essa mulher estava copiando-o, e a imitação era precisa. Essa era a única palavra para descrever. Não que ela o imitasse enquanto ele se movia – era mais como se ela tivesse internalizado cada movimento que ele já fez, tornando-se sua imagem espelhada.

No entanto, observando-a esquivar, saltar, atacar, fintar e rolar, ele pensou que ela deve ter estudado centenas de horas do Homem-Aranha em ação. Embora ela não tivesse os poderes que ele recebeu daquela aranha radioativa, suas habilidades normais não eram algo a desprezar. Ele já havia sido espancado com força por pessoas que eram apenas seres humanos normais.

Ela era rápida, furiosa e tinha uma lança.

– Eu gosto do seu estilo – ele disse. – Você parece ser uma pessoa realmente incrível, mas eu tenho fobia de perfuração, então vamos pular a empalação. Que tal você simplesmente me dizer o que quer?

Sua única resposta foi tentar lhe dar um golpe fatal.

– Bom, isso não é divertido – disse ele enquanto saltava para fora do alcance dela. Plantando os pés, ele se virou para ela, com as mãos erguidas em posição de rendição, e se aproximou. – Por que você simplesmente não me diz o que tudo isso significa? Podemos tomar um café.

Ela tentou golpeá-lo duas vezes e ele desviou facilmente. Então ela avançou, em direção a um ponto onde ela sabia que ele estaria. Ela era boa, e sabia como antecipá-lo, mas agora que ele sabia o que ela podia fazer, ele era simplesmente rápido demais para ela. No momento em que o golpe veio, ele já estava fora do caminho, mesmo que por um centímetro.

– Então você não vai falar, e eu não vou deixar você me cortar em pedaços, mesmo que você seja a segunda melhor imitadora de Homem-Aranha na cidade. Então, senhora... ou seja lá o que você é, tchau! – Ele estendeu a mão para lançar uma teia, mas ela já tinha antecipado isso também.

A lança dela desceu em um golpe forte, batendo no braço dele. A teia foi disparada no concreto abaixo deles e ele a seguiu, atingindo o chão com força.

Isso foi um fracasso épico, e ele realmente esperava que ninguém tivesse gravado em uma câmera. Ela circulou em torno dele com uma velocidade surpreendente e o atingiu atrás dos joelhos com o cabo da lança. Ela era forte.

Ele rolou para fora do caminho, mas ela o atingiu com o cabo novamente, impulsionando-o para trás contra o outdoor, enviando uma chuva de faíscas pelo ar. Doeu pra caramba! Ela avançou para um terceiro golpe e ele conseguiu rolar para longe, em direção à beirada do telhado, tirando algumas fotos enquanto fazia isso. Tudo que ele precisava fazer era pular e estaria livre dela, mas o objetivo não era realmente escapar, não é? Ela conseguiu dar alguns golpes bons, mas ele não estava com medo dela.

O.k., ele estava um pouco assustado, mas isso não era como levar uma surra do Rino. Dessa vez, não havia chance de ser esmagado em uma gosma. Além disso, ele estava curioso. Como essa mulher aprendeu a se mover como ele? O que ela queria? Ela estava conectada com o outro imitador? Ela poderia lhe dizer algo de que ele precisava saber?

Durante todo o encontro deles, ela não havia proferido uma palavra sequer, mas era surpreendente como as pessoas se tornavam comunicativas quando ficavam presas em teias. Era hora de parar de se preocupar em ferir a gentil senhora com a lança e começar a descobrir o que ela estava planejando. Da próxima vez que ela avançasse contra ele, ele sabia exatamente como agir. Ela se aproximou rapidamente, golpeando com a lança. Ele pulou por cima da cabeça dela, girou e deu um chute.

Mas ela estava esperando por isso, como se soubesse exatamente o que ele ia fazer. Ela agarrou o tornozelo dele enquanto ele estava no ar e puxou com força, fazendo-o cair em um baque doloroso. E então, de alguma forma, ela estava em cima dele.

Sua agressora montou nele, um joelho em cada um de seus braços, mantendo-o preso no lugar. Uma mão segurava a lança como se estivesse pronta para desferir um golpe fatal em sua garganta. A outra alcançava a costura de sua máscara. Era como se ela soubesse exatamente onde estava e tivesse um plano sólido para desmascará-lo depois matá-lo.

Durante a luta, o Homem-Aranha alternou entre surpresa, confusão, curiosidade e irritação. Agora ele estava bastante preocupado. Ele tinha fortes sentimentos sobre ser desmascarado e assassinado, e esses não eram sentimentos agradáveis. Definitivamente, ele não queria que isso acontecesse. Ele também não estava muito animado em ser derrotado por alguém que pesava pelo menos trinta quilos a menos do que ele, mas que possuía músculos aprimorados.

– Ficar preso com uma lança vai arruinar minha agenda para a semana.

Felizmente, ele não precisou se preocupar com isso. Os joelhos dela mantiveram seus braços imobilizados. Joelhos eram bons para esse tipo de coisa, mas o ponto sobre os joelhos era que eles eram estreitos e pontudos. Isso deixava o Homem-Aranha com uma amplitude de movimento limitada. Ele moveu o pulso e mirou o lançador de teia. Com um movimento brusco, ele se moveu enquanto ela tombava para fora dele.

Assim que ficou livre, ele girou para encará-la, agachado e esperando aproveitar sua confusão e imobilizá-la. Mas quem ficou confuso foi ele.

A mulher havia desaparecido. Ele tinha tirado os olhos dela por apenas alguns segundos, mas ela tinha sumido. Talvez estivesse dentro do prédio. Talvez tivesse pulado para outro telhado. Ela poderia estar se escondendo, ou talvez já tivesse descido para a rua. Uma pessoa com a mão no rosto não podia se misturar tão bem, mas esta ainda era Nova York, e ela não se destacaria. Se ele visse uma pessoa assim, acharia que ela estava indo para um ensaio de teatro ou companhia de dança. Ele não suspeitaria imediatamente que ela acabara de lutar contra um herói superlegal em um telhado.

O Homem-Aranha ficou em pé e inconscientemente coçou a parte de trás da cabeça. Ele não havia ficado preso como um porco figurativo. Isso era bom. Ele tinha levado uma surra de uma mulher que claramente fazia muito treinamento de força, mas cuja principal habilidade parecia ser assistir a filmagens de movimentos do Homem-Aranha. Isso era ruim. Outra coisa ruim era que qualquer conexão que ela tivesse com o imitador assassino – supondo que houvesse uma – continuava desconhecida.

Resumindo, foi uma demonstração pouco impressionante e ele não tinha conseguido descobrir nada.

O agente da Roxxon Blackridge já havia ido embora, alheio ao drama que se desenrolara acima de sua cabeça. Aparentemente, ele tinha sido enviado por Fisk para tirar fotos de uma mulher com uma vida extremamente conturbada. Outro mistério, que também não era uma vitória. Certamente isso não o aproximava de encontrar o assassino de Anika.

Pelo menos, era uma pista. E qualquer manhã que não fosse um desastre completo contava como uma vitória nos dias de hoje.

VINTE E CINCO

PETER deveria encontrar MJ para tomar café naquela manhã, o que era bom. Ele precisava conversar com alguém. Ainda não sabia o que pensar sobre a mulher, que parecia desesperada para machucá-lo, para expô-lo. Havia algo em seu silêncio que o deixava perturbado. De alguma forma, toda a situação parecia pessoal, mas até onde ele se lembrava, eles não se conheciam.

Quando ele falou sobre isso com MJ, ela também achou toda a situação desconcertante.

— Talvez ela conhecesse alguém que morreu na lanchonete — ele disse, mantendo a voz baixa para que ninguém pudesse ouvi-los. — Agora ela culpa o Homem-Aranha por isso.

— Não é provável — MJ balançou a cabeça. — Pelo que você está me contando, ela precisaria de meses, talvez anos, para imitar seus movimentos como ela fez. Não se pode simplesmente aprender algo assim, mesmo se já for um atleta.

Isso fazia sentido. — Mas como ela sabia onde me encontrar? — ele disse. — Eu mesmo não sabia para onde estava indo.

— Ela deve ter te seguido — MJ respondeu. — Essa é a única explicação. Isso significa... — ela se interrompeu. – Você disse que tirou uma foto dela. – Peter assentiu e pegou o celular. Ele havia transferido uma foto da câmera embutida em seu traje.

A imagem estava um pouco borrada. MJ olhou para ela e balançou a cabeça.

– Nunca vi ninguém que se pareça com ela. O traje dela é meio genérico, como roupas compradas em uma loja, em vez de um traje personalizado que um herói ou vilão teria.

Mas posso mostrar a foto na redação. Talvez alguém lá reconheça.

Ele concordou. – Tem que haver uma história sobre ela. E aquela marca de mão. Deve significar algo.

– Espere – ela disse. – Deixe-me olhar de novo. Estou sentindo algo estranho.

– Seu sentido MJ? – perguntou ele.

Ela riu. – Exatamente. Eu não sei, é meio que um *déjà vu*. – Ela olhou novamente para a foto. – Há algo familiar nela. Já a vi em algum lugar, mas não consigo... – Seus olhos se arregalaram. – Meu Deus.

– Isso soa como um reconhecimento.

Ela devolveu o celular. – Essa é a Maya Lopez, a assistente sinistra do Fisk. Já a encontrei algumas vezes. Ela participou da minha última reunião com ele e não disse uma palavra.

– Quantas reuniões você teve, exatamente?

– Peter, mantenha o foco. Eu não faço ideia do que ela faz para o Fisk, mas ela é uma peça importante. É realmente estranho, porque ela é claramente bem jovem, mais nova do que nós, mas ele parece levar ela a sério. Ele fica muito atento a ela.

– Você acha que ela é amante dele?

MJ franziu a testa enquanto pensava sobre isso. – Nunca tive a sensação de que havia algo romântico ou sexual nas interações de Fisk com essa mulher, e ele é reconhecidamente devotado à esposa. Ela está fora do país agora, mas não acho que isso faça diferença para um cara como ele. Por mais estranho que pareça, é como se Fisk realmente se importasse com Lopez, ou algo quase humano assim. Definitivamente, ele se preocupa com o que ela pensa.

– Humm... – disse Peter.

– Talvez ele a esteja preparando para algo, e quando você disse que ela deve ter te seguido, isso significa que ela teve que te encontrar em algum lugar. Então ou ela sabe onde você mora, ou te viu na Torre Fisk e começou a te seguir a partir daí.

Peter recostou-se. – Então Fisk tem dois imitadores do Homem-Aranha trabalhando para ele. Um deles foi designado para me fazer parecer mau, e o outro tem instruções para me transformar em uma almofadinha de alfinetes humana. Os dois parecem estar em conflito.

MJ assentiu. – Algo definitivamente não está certo.

– A forma como ela me atacou foi estranha – ele disse, pensando novamente. – Por mais furiosa que estivesse, parecia... eu não sei... algo pessoal. Era como se o ódio estivesse emanando dela em ondas, mesmo que ela não dissesse uma palavra. Quase nem grunhisse.

– Então talvez ela esteja fazendo isso por conta própria – MJ sugeriu –, o que poderia significar que Fisk não sabe que ela está tentando te matar. Pode ser algo acontecendo dentro da Torre Fisk que o próprio Rei do Crime nem saiba. Acho que, por enquanto, vou ver o que consigo descobrir sobre ela. Além disso, você conseguiu uma foto mais clara da lança?

– Acho que sim. Por quê?

– Só um palpite – ela disse –, mas, se for uma antiguidade, talvez seja diferenciada. Pode nos dizer alguma coisa. Pode ser outra pista apontando de volta para Fisk.

Peter suspirou. – MJ, eu sei que você não vai gostar de ouvir isso, mas talvez não seja uma ideia tão boa. Você está falando em mexer com o círculo íntimo do Fisk, a vida pessoal dele. Pessoas foram espancadas até a morte só por *pensar* em insultar a esposa dele. Se essa mulher realmente significa algo para ele, então ele não vai ser nada "bonzinho".

– Então talvez eu deva passar a história para outra pessoa – disse ela irritada.

– Não é isso que estou dizendo.

Ela cruzou os braços. – Não é?

O.k., era exatamente o que ele estava dizendo, agora que pensava nisso.

– Já vi isso acontecer com repórteres, pessoas com quem eu realmente me importava. Eles pensam que a busca pela verdade de alguma forma os protegerá, e acabam sofrendo acidentes de carro ou tendo a casa invadida ou uma súbita necessidade, sem qualquer histórico, de tirar a própria vida. Você não está imune a nada disso só porque Fisk finge estar encantado por você.

– Eu sei de tudo isso – ela disse. – Também sei como encobrir meus rastros.

– O cemitério está cheio de repórteres que sabiam como encobrir seus rastros.

– E nossa sociedade depende de repórteres que nunca recuam – ela retrucou. – Você está dizendo que eu deveria desistir e ir para casa?

– Claro que não, mas...

Ele deixou a frase incompleta, porque não tinha ideia de como ia terminá-la. O que ele queria era que ela desistisse e fosse para casa. Claro que ele não queria que ela desistisse de ser repórter. Ele não queria que ela desistisse de denunciar pessoas más fazendo coisas más. Ela queria investigar, e ele respeitava isso. Adorava isso nela, mas Fisk era algo diferente. Ele era um nível diferente de perigo. Peter sabia que ela não tinha ilusões sobre o tipo de pessoa que estava desafiando, mas isso não a deteria. A tenacidade de MJ era admirável, atraente e heroica. Era parte do que a tornava especial, mas ele tinha dificuldade em lidar com isso.

– Você conhece muito bem minha história para eu ter que recontá-la – ele começou.

– Desculpe – ela interrompeu. – Você não pode usar seu tio como uma desculpa para me dizer o que fazer. Eu entendo, você quer proteger a todos. É isso que motiva você a fazer o que faz, e é uma grande parte do que o torna especial, mas você precisa saber onde traçar a linha.

– Estamos falando de uma coisa – ele disse. – Wilson Fisk. Só quero traçar uma linha vermelha ao redor dele. É pedir demais?

– E se eu começar a investigar algum outro chefe do crime? – ela retrucou. – Se fosse sobre esses caras da Blackridge? *Isso* seria uma linha vermelha?

– MJ – ele resmungou. Era o melhor que ele podia dizer.

– Você enfrenta perigo todos os dias – ela disse –, e eu tive que aprender a conviver com isso.

– Mas eu...

– Você tem habilidades. Eu sei disso, mas você está lutando contra pessoas que também têm habilidades, e algumas delas são mais poderosas do que você. Isso o impede? Você acha que eu não passei noites acordada preocupada que você pudesse ser atropelado, eletrocutado, picado, arremessado ou desintegrado?

– Não me lembro de nenhuma desintegração...

Ela pegou na mão dele, interrompendo-o.

– Peter, eu te amo, mas não amo ter essa discussão o tempo todo. Está me esgotando. Você vai ter que aprender a conviver comigo tomando minhas próprias decisões. Isso é o que eu queria falar com você. Adiei porque sei que você não precisa de mais drama, mas isso é muito importante para mim. Não posso viver a vida que quero se sinto que você está sempre pairando sobre mim, me pedindo para explicar cada escolha que faço. Você vai ter que confiar que sou responsável o suficiente para avaliar os riscos, assim como confiei em você para fazer isso.

Ele assentiu. – Certo.

– Então nunca mais vamos ter essa discussão, combinado?

– Esse – ele concordou – é o objetivo.

– E você vai se manter fora dos meus assuntos?

– Exceto quando você pedir – ele disse. *Ou se realmente precisar que eu me intrometa.*

UMA semana depois, eles estavam sentados em um restaurante em Upper East Side. Era a última noite com Harry, que partiria para a Europa na tarde seguinte. Peter estava ansioso por isso há dias, e tinha rezado para que não houvesse nenhuma crise que o fizesse chegar atrasado ou faltar.

Inexplicavelmente, o universo realmente cooperou e os três estavam desfrutando de uma noite com boa comida, bom vinho e boas lembranças. Idealmente, Peter gostaria de pagar o jantar pelo amigo, mas a realidade econômica era o que era, e Harry insistiu em pagar a conta.

– Não discuta comigo sobre isso – disse Harry a ele antes de se sentarem. – Você poderia ser mil vezes mais um milionário se não estivesse tão comprometido em fazer a coisa certa. Deixe-me fingir que sou um cara legal gastando um dinheiro do qual nunca vou sentir falta.

As coisas ainda estavam um pouco tensas com MJ. Ele havia prometido tentar agir melhor, parar de se preocupar tanto, mas não era como se ela estivesse se dedicando a um novo hobby. Ela estava pedindo seu apoio enquanto seguia um caminho que poderia colocá-la em perigo. Toda vez que ele pensava que precisava ser mais solidário, ele se lembrava do que isso significava: *fingir que não a via enfrentando Wilson Fisk*. Como ele conseguiria fazer isso?

Ele queria deixar tudo de lado naquela noite, mas não foi fácil. MJ também estava tendo dificuldades. Além disso, Peter não conseguia se livrar da sensação de que havia algo que Harry não estava contando a eles. O propósito da viagem ainda estava vago – ele queria "se encontrar", descobrir suas prioridades, achar sua paixão. Parecia que ele poderia fazer isso em Nova York, ou com algumas viagens rápidas para a Europa. Ele não entendia por que Harry precisava se mudar para lá.

Claro, dado que seu pai era Norman Osborn, ele poderia precisar de um oceano entre os dois para sentir que tinha espaço para respirar. Isso seria explicação suficiente, ele supôs, se não houvesse outros indícios. Peter conhecia Harry há tempo o bastante para saber quando seu amigo estava escondendo algo. Ele tinha essa sensação agora.

Havia outras maneiras pelas quais Harry não parecia ser ele mesmo – um pouco mais distraído ou um pouco mais rápido para perder a paciência. Uma vez, Peter pensou ter visto a mão de Harry tremer. Isso o preocupava, mas ele sabia quando dar espaço a Harry. Ele só desejava que não tivesse que dar a ele tanto espaço.

– Estou exausto – disse Harry enquanto saíam do restaurante. – Preciso dormir um pouco antes de passar um dia inteiro sentado e não fazendo nada em um avião. Vocês dois podem continuar aqui, se quiserem.

– Eu gostaria de poder ficar – disse MJ. – Mas tenho um prazo. Depois daqui, vou fazer bastante café e passar a noite toda trabalhando.

Eles a acompanharam até um táxi, e então Peter começou a acompanhar Harry até seu apartamento.

– Tente manter meu pai na linha enquanto estou fora – disse Harry. – Ele vai arrumar tempo para se encontrar com você, então aproveite isso se ele começar a fazer algo estúpido.

– Parece que ele está se saindo bem como prefeito – disse Peter. – Talvez um pouco favorável demais às empresas, mas as coisas parecem estar funcionando muito bem.

– Já brigamos sobre isso – disse Harry. – Eu tentei fazê-lo ver as coisas de forma diferente, mas ele sempre foi um cara de negócios. E uma vez que ele tem uma ideia, não a deixa escapar.

– Você também é assim às vezes.

Harry riu. – Exatamente. E você tem ideia de como é difícil lutar contra si mesmo?

A luta no telhado com a mulher, Maya Lopez, voltou à mente de Peter. Ele tinha uma boa ideia.

– Então, alguma dica? – perguntou. – Sobre lutar contra si mesmo?

Harry olhou para ele como se ele fosse louco, o que, dadas as circunstâncias, não era totalmente irracional.

– Seja outra pessoa – disse ele. – Isso é a única coisa que eles nunca vão esperar.

Eles chegaram ao prédio de Harry e começaram apertando as mãos, mas acabaram se abraçando. Harry não sabia seu segredo, mas, depois de MJ e da Tia May, era a única pessoa que realmente o conhecia, que o entendia. Mesmo que ele não pudesse contar a Harry sobre tudo o que estava acontecendo com ele, tê-lo por perto ajudava. Agora, Peter estaria um passo mais perto de ficar sozinho.

Harry pareceu perceber seu desconforto.

– As coisas parecem um pouco tensas entre você e MJ.

– Eu me preocupo com ela – disse Peter –, e ela não gosta que eu me preocupe.

– Se você ficar em cima dela – disse Harry –, vai perdê-la.

– Se ela se matar, eu a perderei.

– Você não pode controlar como ela vive a vida dela – disse Harry –, mas pode controlar o quanto você a perturba.

Era um bom conselho. Depois que Harry subiu, Peter ficou na rua, olhando para cima, sentindo como se mais uma parte de sua vida estivesse desaparecendo.

VINTE E SEIS

A MUITOS quarteirões do centro da cidade, dois homens estavam dentro de um armazém escuro do Fisk. Ninguém mais estava presente – essa tinha sido a condição da reunião. Apenas os dois. Sem assistentes ou seguranças. Sem testemunhas.

– Faremos isso em uma das minhas propriedades – disse Fisk. – É mais difícil para você organizar as coisas sem ser visto.

– E se alguém notar que estive lá? – perguntou Norman Osborn.

– Então, será apenas uma consulta entre o prefeito de Nova York e um de seus cidadãos mais proeminentes. Nada poderia ser menos escandaloso.

Uma mesa havia sido colocada sob uma luz pendente. Sobre ela, havia uma garrafa de vinho e dois copos, mas nenhum dos dois parecia com disposição para sentar, muito menos beber. Fisk observou as sombras dançarem na fraca luz. Ele era fiel a sua palavra. Ninguém de sua equipe estava presente. Ele não queria que ouvissem o que tinha a dizer, e também não era como se o prefeito representasse uma ameaça física. Se fosse necessário, ele poderia quebrar Osborn ao meio, colocá-lo em uma caixa e jogá-lo no rio – tudo em menos tempo do que Osborn precisaria para chamar um táxi.

Não, os perigos que Osborn representava eram de natureza mais lenta e metódica. Ele era perigoso, mas também representava uma oportunidade. Fisk não confiava no prefeito para honrar um acordo, mas confiava na ganância e ambição de Osborn. Ele confiava na sede de poder de Osborn. A maioria das pessoas o via como um empresário brilhante que havia transformado uma pequena empresa de tecnologia em uma das marcas mais onipresentes do mundo. Eles viam um homem ambicioso que, depois de alcançar um sucesso e riqueza incríveis, queria provar que era capaz de governar assim como era capaz de inventar e inovar. O veredicto ainda estava em aberto quanto ao quão bem Osborn estava se saindo como prefeito. O setor financeiro o adorava porque o via como bom para os negócios, mas isso significava ser um bom líder? Ele estava recebendo críticas de muitos que não se beneficiavam do sucesso de Wall Street. Pessoas como Martin Li estavam nos noticiários a cada dois dias, falando sobre a prestação de serviços para os sem-teto e atacando implicitamente Osborn no processo.

Alguém tem que assumir a responsabilidade, Li costumava dizer. *Se o governo não vai ajudar as pessoas, então as pessoas têm que se ajudar.*

– Você tem que fazer Martin Li e pessoas como ele trabalharem para você – disse Fisk. – Use o setor privado. É bom para os negócios e é bom para as pessoas. – Ele fez uma pausa e acrescentou: – Estou tentando lhe mostrar um bote salva-vidas, Osborn.

– Não preciso de um bote salva-vidas – disse o prefeito. – Nem de você nem de ninguém. Não estou me afogando.

– Mas também não está exatamente prosperando. Você é adorado pelos ricos, mas todos os outros o chamam de prefeito de Wall Street. Você não pode mudar quem você é, isso seria pior. Sua base vai se voltar contra você, e as pessoas odeiam um hipócrita. Em vez disso, você tem que convencê-los de que suas práticas beneficiarão a todos.

– E abraçar Wilson Fisk fará isso? Osborn soltou uma risada.

– Exatamente.

– Parece uma ideia inviável para mim – disse Osborn. – O mundo não esqueceu dos seus problemas no passado.

– O Estado teve a chance de apresentar seu caso contra mim – disse Fisk. – Mas não tinha caso para apresentar. Eu deveria ser punido por isso? Isso não é justiça.

– Não estamos falando de justiça – disse Osborn. – Estamos falando de relações-públicas.

Fisk sorriu. – Esta não é uma cidade luterana e reprimida no Meio-Oeste, Norman. Esta é a cidade de Nova York, e se há uma coisa que os nova-iorquinos gostam, é de uma volta por cima. Eles querem ver um homem que esteve lá embaixo se reerguer. Eles querem ver um vilão se transformar em herói. Se você puder fazer parte disso, então também se tornará um herói.

Osborn manteve o rosto sem expressão.

– Considerarei sua proposta.

– Você está fazendo mais do que considerar, senão não estaríamos tendo esta conversa – disse Fisk. – Diga-me o que é preciso para fazer isso funcionar.

Osborn suspirou e balançou a cabeça. – O.k. – Ele entregou um envelope a Fisk. – Há uma lista de... requisitos aqui dentro. Nada que seja muito doloroso.

Fisk abriu o envelope, pegou o papel e examinou o conteúdo na penumbra.

– Devo admitir, Osborn, que você planejou tudo com precisão. Se eu cortar essa quantia, vai doer sem causar ferimentos incapacitantes. – Ele olhou para cima e deu um aceno curto ao prefeito. – Mas se é isso que você quer, acredito que podemos fazer negócios.

– Só estou tentando fazer o que é melhor para a cidade, Wilson – disse ele. – Tenho a oportunidade de fazer algumas mudanças reais. Posso ser considerado o prefeito mais bem-sucedido em gerações, mas preciso jogar duro se quiser ter sucesso.

– Sem querer misturar metáforas – Fisk disse –, mas tem certeza de que quer jogar duro quando está patinando em gelo tão fino?

– Estamos fazendo negócios aqui, Wilson. Esse tipo de conversa é realmente necessária?

– Eu apenas estou lembrando você de sua posição – respondeu Fisk. Ele ergueu os documentos. – Enquanto estivermos discutindo sobre a cenoura, não precisarei mostrar o porrete.

Os olhos de Osborn se estreitaram. – Você disse que estamos fazendo negócios. – Sua boca se tornou uma linha fina.

– E eu quero *continuar* fazendo negócios da mesma forma amigável – disse Fisk. – O que você está pedindo é razoável para um homem em sua posição. Não tenho objeções quando negocio com homens razoáveis. Apenas exijo que você continue sendo razoável.

– Fico feliz em saber que você está pensando tão claramente sobre isso.

– Sempre penso com clareza.

– Oh, é mesmo? – Osborn riu. – E esse homem que está por aí fingindo ser o Homem-Aranha? Não, eu não tenho provas, mas conheço o modo como você pensa. O que eu quero saber é como você encontrou alguém que pode fazer exatamente o que o Homem-Aranha faz.

– Se eu estivesse por trás disso – disse Fisk –, certamente não discutiria com você.

– Ainda assim, estou curioso – continuou Osborn. – Há outros como ele por aí? Existe uma raça inteira de homens-aranha esperando para ser recrutada? Ou você o criou de alguma forma? Existe um laboratório nas entranhas da Torre Fisk onde homens comuns estão sendo...

– Chega! – Fisk rosnou, dando um passo à frente. – Não fale comigo como se eu fosse um dos lacaios que você zomba com seu tom superior. Eu sou Wilson Fisk!

– E eu sou o prefeito de Nova York – respondeu Osborn em voz baixa e com os olhos baixos.

– Se você quer continuar sendo, deve controlar sua língua – disse Fisk. A pulsação em sua cabeça começou a acalmar. Seu pulso parou de vibrar. Ele deixou seus punhos se soltarem. – É da natureza humana resistir à sensação de impotência. Você pode se entregar a essa fantasia quando finge ser um político. Quando fala comigo, porém, lembre-se de quem e do que você é, ou eu o substituirei por alguém que entende onde o poder da cidade realmente reside. Temos essas negociações porque você é um homem inteligente que pode enxergar coisas que outros não perceberam, não porque você tem alguma autoridade para afirmar.

Fisk continuou a encará-lo até que Osborn desviou o olhar.

– Finalizamos aqui. – disse Fisk. Ele se virou e saiu do local, deixando Osborn para encontrar seu próprio caminho na escuridão.

BINGHAM agachou-se sobre uma pilha de caixotes, observando a conversa, desejando ter pipoca ou batatas fritas para comer. Ele também gostava delas. Seria difícil comer em seu traje, no entanto. Ficava quente lá dentro, mas ele gostava de sentir que estava cozinhando, lentamente se transformando em seu verdadeiro eu.

Ele também gostou de assistir a esses dois homens conversarem. Não havia nada mais divertido do que aquilo. Ele esperava por um sinal, um sinal de que deveria intervir. Se precisasse resolver algum problema, ele faria isso, e seria outro crime digno do Homem-Aranha. Mas Bingham sabia que era improvável que precisasse agir. Aqueles dois estavam no mesmo barco, mesmo que não quisessem admitir. Eles iriam se encarar, ameaçar e competir entre si, mas não aconteceria mais do que isso, porque Fisk precisava de Osborn e Osborn precisava de Fisk. Era assim que era, e seria desse jeito até que um devorasse o outro.

O homem gordo saiu primeiro, e não havia nada para Bingham fazer. Talvez dar uma volta, prender alguns policiais por diversão, derrubar algumas senhoras idosas e aparecer nos noticiários. Ele amava balançar, amava usar os lançadores de teia, mesmo que eles causassem um grande esforço em seus ombros. Ele ficava dolorido por um bom tempo depois de percorrer a cidade. Os lançadores de teia que fizeram para ele tinham um impulso muito mais forte do que os que o impostor usava e também eram mais pesados. Não era justo. Eles disseram a ele que, se seus músculos e estrutura óssea não tivessem sido aprimorados pela medicina, seu ombro deslocaria toda vez que ele usasse os lançadores de teia.

No entanto, a dor valia a pena.

Qualquer dor valia a pena, porque ele era o Homem-Aranha – e grandeza e sofrimento faziam parte da mesma coisa, não é? Ele achava que sim. Ou talvez tivesse ouvido isso na TV, mas, de qualquer forma, era verdade.

E ele amava ser ele mesmo. Ele amava balançar pela cidade, machucar as pessoas, assustá-las. Outro dia, fingindo ser o fraco impostor do Homem-Aranha, ele tinha considerado empurrar um carrinho de bebê na frente de um caminhão em alta velocidade. Bebês eram facilmente substituíveis. Não haveria nenhum dano real, e Bingham sabia que não sentiria mais culpa do que se tivesse jogado um papel de bala na rua. Ele tinha se segurado, entretanto, porque sabia que a represensão que receberia de Fisk não valeria a pena.

Porém, o momento chegaria, quando ninguém mais lhe diria o que fazer. Fisk pensava que tinha o controle, mas aquilo era uma piada. Ele controlava Fisk. Puxava os cordões de Fisk. Era melhor, por enquanto, que o gordo não soubesse disso.

Deixe-os pensar que ele era estúpido. As pessoas sempre o subestimavam. Riram dele em Binghamton, e riram dele nas ruas de Nova York, mas pararam de rir depois que ele conheceu as pessoas do laboratório.

A SENHORA simpática que ele encontrou na rua o levou para uma van onde deram a ele um chocolate quente – daquele com pequenos marshmallows que derretiam quando você os cutucava com um canudo de plástico. Eles deram a ele roupas limpas para vestir e um sanduíche de atum que era diferente de qualquer sanduíche de atum que ele já tinha comido antes. Era bem recheado com salada de atum cremosa e tinha pequenas azeitonas pretas, o que o surpreendeu, mas ele gostou delas.

– Gostaríamos de levá-lo para um outro lugar – disse a mulher a ele. Ela era bonita, e ele gostava de olhar para ela. – Você estará sempre quente e terá bastante comida e bebida. Haverá roupas limpas e uma cama. – As pessoas pensavam que Bingham era estúpido, mas ele não era estúpido. Ninguém fazia coisas boas assim sem querer alguma coisa em troca. Ele entendia isso.

– O que eu tenho que fazer?

Ela sorriu, apreciando o quanto ele era esperto. Ela usava óculos engraçados que eram retângulos muito longos com armações verdes brilhantes. Ele não sabia como se sentia em relação a eles.

– Queremos testar alguns... remédios – ela explicou. – Eles podem deixá-lo mais saudável do que está agora, mas vou lhe dizer a verdade: eles também podem deixá-lo doente. Entretanto, se você ficar doente, cuidaremos de você.

Bingham conseguia imaginar-se deitado na cama, a bela senhora com os óculos engraçados medindo sua temperatura ou trazendo-lhe tigelas de sopa em uma bandeja, da mesma forma que sua mãe costumava fazer antes de mudar. Sua mãe dava a ele remédios que o faziam se sentir melhor e o deixava assistir à TV o quanto quisesse. Isso não parecia tão ruim para ele. Ele estaria disposto a fazer isso, então assinou os documentos que diziam que concordava em fazer o que pediam, e a bela senhora disse ao homem na frente da van para dirigir.

Demorou muito tempo para chegarem aonde estavam indo, e Bingham não conseguia saber muito sobre o local, pois a van não tinha janelas. A van parou, e eles saíram dentro de uma garagem que provavelmente era subterrânea. Estava frio e seus passos ecoavam. A bela senhora com os óculos o guiou por algumas portas e o entregou a um homem uniformizado que não sorriu nem um pouco.

Bingham nunca mais viu a bela senhora com os óculos.

ELE pensava que estavam indo para uma casa, assim como a casa em que ele cresceu, mas só que melhor, com camas mais macias e móveis mais bonitos, tigelas de sopa sem lascas e garfos com todos os dentes apontando na mesma direção. Mas não foi nada assim. Era mais parecido com o hospital para onde levaram sua mãe quando ela ficou doente. Ele não imaginava que estavam falando sobre ele ficar doente como sua mãe, mas era exatamente isso que a bela senhora queria dizer. Eles queriam que ele ficasse doente como sua mãe, e pior.

Ele nem tinha seu próprio quarto. Ele o dividia com outros cinco homens, mas nem sempre os mesmos cinco, porque coisas aconteciam com os outros. Eles ficavam doentes. Às vezes, ficavam com febre e se contorciam na cama. Às vezes, vomitavam líquido ou sangue ou (em uma ocasião) o que parecia ser o próprio estômago. Cresciam caroços no rosto e no corpo deles. Eles gritavam e choravam. Sujavam-se à noite, e Bingham os encontrava de olhos abertos e imóveis de manhã. Um homem arrancou o próprio rosto com as unhas enquanto os outros observavam. Ninguém lhes trazia sopa.

Havia uma televisão, o que era bom.

Eles deveriam ser gentis uns com os outros. Havia guardas, e era o trabalho deles intervir quando alguém roubava o pudim de outra pessoa ou monopolizava a TV ou era simplesmente cruel porque gostava de ser cruel.

Zane era cruel porque gostava de ser cruel. A maioria dos homens era quieta e cuidava de seus próprios assuntos, do jeito que Bingham tentava fazer, mas Zane sempre era cruel. Ele gostava de fazer os outros pacientes tropeçarem ou de puxar as calças de pijama deles só porque achava engraçado ver o traseiro de alguém. Ele roubava comida e jogava nos outros, e pegava o controle remoto da TV e não devolvia porque dizia que não havia nada tão bom na TV quanto ver os bebês chorarem quando não conseguiam o que queriam. Zane dizia que Bingham era gordo, embora soubesse que ele tinha perdido muito peso desde que havia saído de casa, e estava perdendo mais agora. Eles não comiam muito, e ele achava que o remédio o estava deixando mais magro. Às vezes, ele gostava de dizer, "*Estou magro*" para as pessoas, mas não para Zane, porque Zane o zoaria.

A maioria dos guardas intervinha se Zane fosse longe demais. Mas isso significaria que eles teriam que largar seus celulares ou revistas, ou qualquer coisa que estivessem usando para passar o tempo. Eventualmente, porém, eles fariam alguma coisa. Mas não o Macgregor. Ele era meio velho e meio preguiçoso. Tinha a cabeça brilhante e careca com um topete de cabelos grisalhos e um nariz estranhamente redondo com uma grande verruga vermelha nele. Seus olhos eram bizarramente pequenos, e ele ria quando eles se machucavam.

Macgregor gostava de Zane. No começo, ele só ria quando Zane estava sendo mau, como se estivesse assistindo a um filme engraçado, mas depois começou a ajudar. Os dois brincavam de jogar o controle remoto da TV, ou Zane entregava a Macgregor a bandeja de comida de alguém e o guarda a jogava no vaso sanitário.

E então houve o incidente com Reece, que estava quase se tornando amigo de Bingham. Ele não fazia muitos amigos, mas Reece era muito gentil com ele, então Bingham tentou ser gentil também. Às vezes eles falavam sobre coisas que se lembravam dos velhos tempos, ou ficavam sentados quietos assistindo TV juntos. Parecia que podiam fazer isso por horas e não ficar entediados.

Um dia, Reece começou a engasgar. Eles não estavam comendo nada, então, a princípio, Bingham pensou que fosse uma tosse, mas piorou. Reece tossiu e ofegou e caiu no chão. Seu rosto ficou vermelho, e ele se agarrou à garganta.

Havia um botão de chamada de emergência, e Macgregor ficou em pé, com o dedo no botão, mas não o pressionou. Ele apenas ficou lá, assistindo, sorrindo o tempo todo. Bingham decidiu que apertaria o botão se Macgregor não fizesse isso, mas Zane não o deixou. Ele segurou Bingham, enquanto Macgregor ficou em pé e assistindo, ao passo que Reece tremia no chão, e isso foi por um longo, longo tempo. Então, os tremores ficaram mais fracos, e Reece ficou deitado imóvel, com a boca aberta, os olhos vidrados, uma mancha aparecendo no chão embaixo dele.

Macgregor pressionou o botão.

– Convulsão no quarto sete – disse ele com voz firme. Assim que tirou o dedo do botão, ele e Zane caíram na risada. Eles bateram na mão um do outro como se tivessem acabado de ver seu time favorito marcar um gol.

Foi depois que levaram o corpo de Reece que Bingham percebeu que estava diferente. Ele não era mais exatamente quem costumava ser. Não era como se estivesse crescendo. Ou como se uma parte do antigo Bingham tivesse desaparecido e algo mais tivesse aparecido no lugar. Ele era parte do antigo e parte do novo. Pelo menos, foi assim que pareceu para ele. Seu corpo estava mudando, mas ainda era o seu corpo. Ele pensava em coisas que nunca tinha pensado antes, mas ainda eram seus pensamentos. Provavelmente havia uma palavra para quando isso acontecia, mas ele não a conhecia.

Mais tarde, quando Zane perguntou se ele ia chorar pelo seu namorado, Bingham o pegou pelos cabelos e bateu sua cabeça no chão até que não restou quase nada da cabeça de Zane. Ela quebrou, e o que estava dentro ficou espalhado por toda parte. Macgregor pressionou o botão muito rápido dessa vez, mas ele também não estava respirando quando a equipe chegou lá.

ELES levaram Bingham ao escritório do diretor. O diretor trabalhava para o chefe, que era um homem muito importante. Ninguém queria irritar o diretor, e menos ainda irritar o chefe.

Bingham havia feito as duas coisas, e embora ele não amasse viver na instituição, não tinha certeza se estava pronto para voltar a viver lá fora, onde era frio e não havia comida suficiente. Agora que Zane e Macgregor haviam partido, as coisas não seriam tão ruins. Não parecia certo, de alguma forma, que a coisa que tornaria sua vida mais suportável seria o que o faria ser expulso.

O diretor era um homem mais velho com um nariz comprido e uma barba branca. Ele parecia muito sério, mas não exatamente zangado. No começo, houve algumas perguntas sobre se Bingham entendia que o que ele havia feito era errado, mas o homem não parecia se importar muito com as respostas. Ele estava muito mais interessado em saber se Bingham já havia machucado alguém antes, se ele tinha a intenção de machucar Zane e Macgregor, e se ele sabia que poderia fazer as coisas que fez.

O diretor anotou tudo o que Bingham disse em resposta a essas perguntas. Ser ouvido era uma sensação estranha. Bingham descobriu que gostava disso.

– Você tem se sentido diferente ultimamente? – perguntou o diretor. – Mais forte, talvez?

– Eu me sinto bem – disse Bingham. – Mais desperto, acho, como se eu soubesse tudo o que está acontecendo. Eu não sabia que me sentia mais forte até... até aquilo acontecer.

– Mas você se sentiu mais forte quando atacou aqueles homens?

– Sim – disse Bingham. – Estou encrencado?

– Você não está encrencado – disse o diretor. – Não se estiver disposto a nos ajudar.

– Como posso ajudar vocês?

– Tomando mais remédios – disse o diretor.

– Eles não me deixam doente, então tudo bem.

– O chefe ficará muito satisfeito em ouvir isso – disse o diretor.

Acabou que Bingham não foi punido pelo que fez com aqueles dois homens. Em vez disso, deram-lhe seu próprio quarto. Ele tinha uma TV que controlava sozinho, e ninguém tentava tirar sua comida.

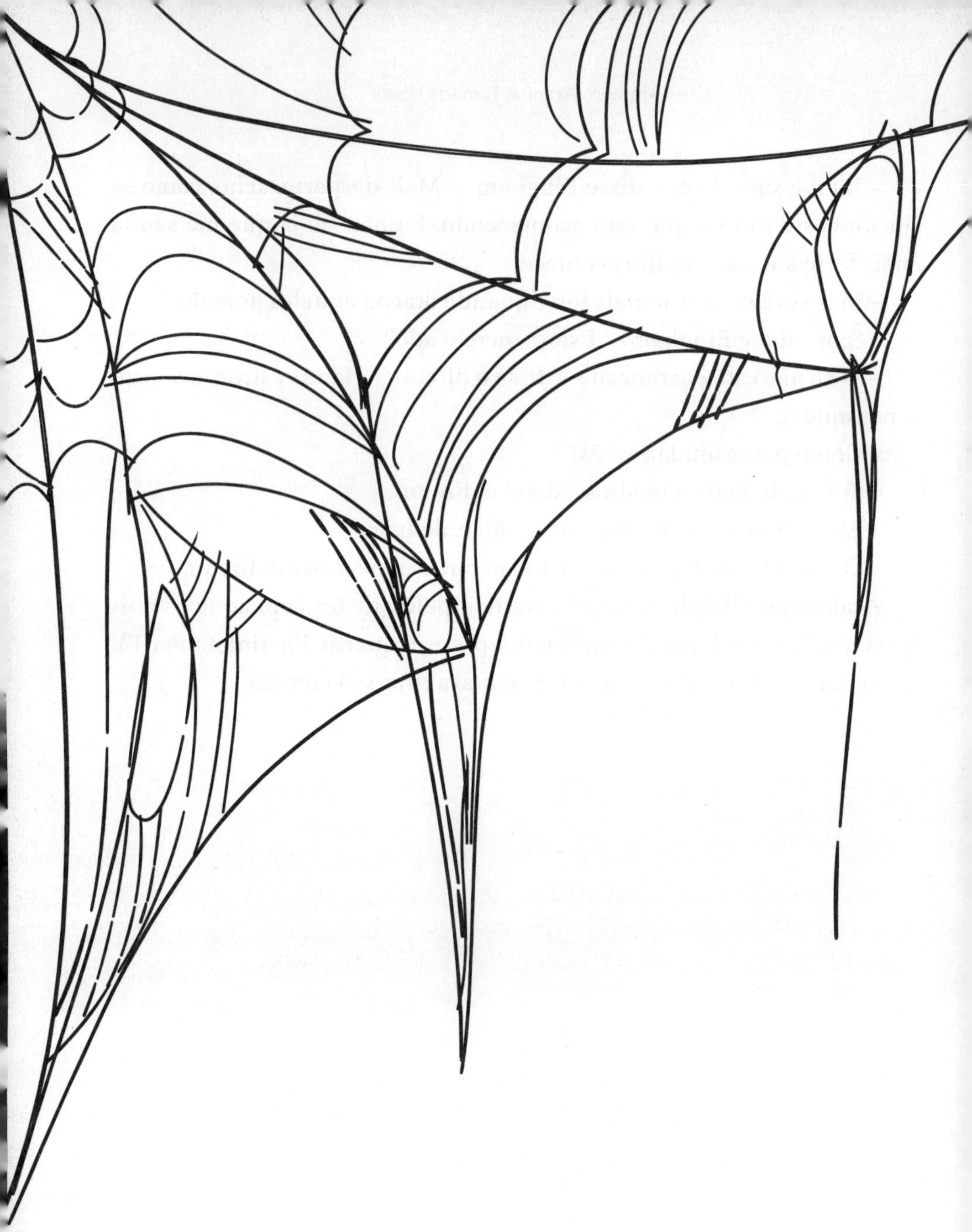

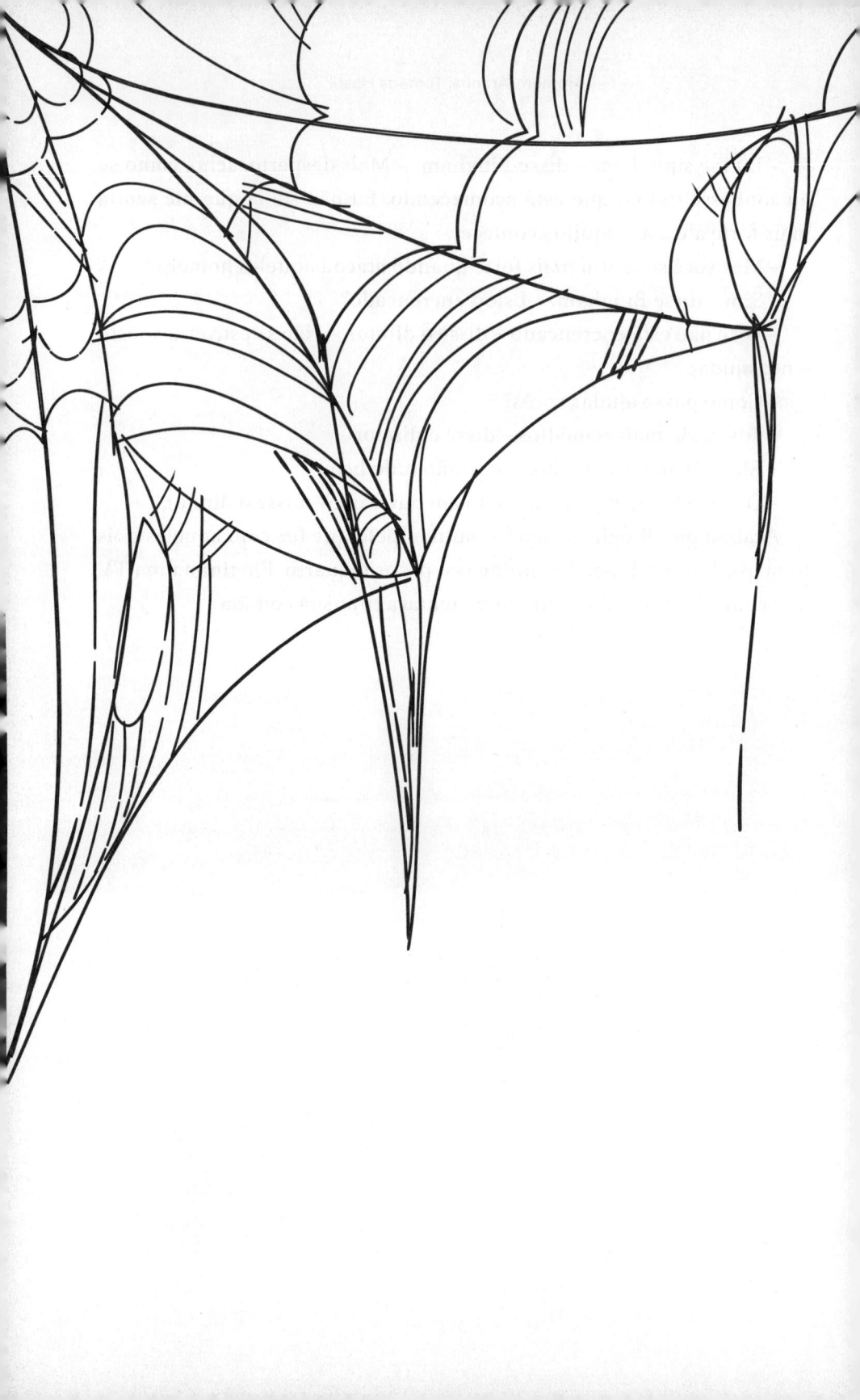

VINTE E SETE

ERA estranho estar de volta ao *Clarim Diário*. Enquanto estava no ensino médio, esse lugar tinha sido como uma segunda casa para ele, um tipo de refúgio. Ele era um garoto aceito pelos adultos, e adultos extraordinários, diga-se de passagem – pessoas que estavam arriscando e desafiando as probabilidades para descobrir a verdade.

Eles faziam isso porque era algo bom e certo, e porque eram ambiciosos, determinados e viciados na emoção dos perigos e prazos. Eles se alimentavam de café requentado, rosquinhas velhas e sanduíches de rua devorados na correria. É verdade que Peter tinha feito coisas parecidas como Homem-Aranha, mas essas pessoas estavam fazendo isso com palavras, visão e perseverança. Elas não tinham poderes especiais concedidos aleatoriamente pelo universo. Elas confiavam em sua própria coragem e determinação.

Ele ficou feliz em cumprimentar todos no caminho – Ben Urich, Betty Brant, Robbie Robertson. Era ótimo vê-los novamente. Em um ponto, ele passou por um grupo de repórteres reunidos em torno de um computador que estava

Finalmente, ele se encontrou com MJ em sua mesa.

– Eu disse a todos que estou ajudando você com um projeto para o seu trabalho – disse ela –, então fale baixo. Não quero que o Sr. Robertson saiba que estou pesquisando algo relacionado ao Fisk.

Peter tinha suas próprias preocupações quanto a isso, mas não tinha vontade de reiniciar a discussão. Por enquanto, eles estavam concentrados na mulher que havia despertado tanto interesse nos agentes da Roxxon. Eles tinham uma fotografia dela e sabiam seu endereço, e isso era tudo. Com base nessas informações, no entanto, eles conseguiram descobrir a identidade dela como Laura Remzi. Nada mais de interessante surgiu sobre ela. Ela não tinha conexões passíveis de descoberta com a Roxxon, com Fisk ou com qualquer outra pessoa que Peter ou MJ pudessem identificar. Sentados na frente do monitor, eles pesquisaram por mais meia hora, mas não encontraram nada.

– Não entendo – disse Peter. – Ela parece completamente comum. Ela tem problemas, mas muitas pessoas também têm. Não há motivo para ela ser de interesse do Fisk.

– E se não for ela? – propôs MJ. – E se for alguém próximo a ela? – Ela deixou os dedos dançarem ao longo do teclado por alguns minutos e então bateu a mão na mesa. – E aí está! O irmão dela é Procurador Distrital Adjunto.

Peter pensou nisso por um minuto.

– Acho que seria embaraçoso para um promotor ter uma irmã com problemas de abuso de substâncias, mas isso não é exatamente algo que poderia ser usado para manipular esse cara.

– Talvez – disse MJ –, mas o Fisk sempre dependeu muito da extorsão. Pode ser que isso, combinado com algo que não sabemos, seja um incentivo poderoso o suficiente para esse promotor colaborar. Sabemos que ele quer controlar pessoas dentro do judiciário.

– O.k., isso é útil – disse ele, anotando as informações do promotor. – Obrigado.

– Também fiz algumas investigações sobre a assistente de Fisk, Maya Lopez. É tudo muito interessante. – Ela entregou a Peter um arquivo. – Parece que o pai dela era algum tipo de agente; primeiro para uma organização no oeste, depois para Fisk. Talvez "com" Fisk seja mais preciso. Eles parecem ter cooperado em várias ocasiões, mas tiveram uma desavença. A polícia suspeitava, embora nunca tenha provado, que Fisk mandou matar Lopez depois que um carregamento de armas foi apreendido pela ATF. Fisk pode ter pensado que Lopez estava colaborando com o governo.

– Interessante que ele tenha acolhido a filha do cara – disse Peter.

– Ela é surda – disse MJ. – Ele não é exatamente conhecido por ajudar as pessoas por bondade no coração. Se ele ajuda alguém, é porque espera obter algo em troca. Ajudar a filha de alguém que tentou traí-lo é bastante inesperado.

– Surda – disse Peter, estalando os dedos. – Isso explica por que ela não respondeu a nada do que eu disse.

– Sim, pelo que pude ver, ela consegue ler os lábios – disse MJ. – Sua máscara será um problema se você se encontrar com ela novamente.

Peter começou a folhear o arquivo.

– Eu me lembro desse assassinato – disse ele. – Eu estava apenas começando, apareci na cena do crime (honestamente, não sei no que eu estava pensando), mas eu tinha 15 anos e achava que poderia ajudar os policiais ou algo assim. Foi um desastre. Metade deles queria me prender, então eu fugi, mas a notícia de que eu estava lá se espalhou. Jameson tentou sugerir que eu tinha matado o homem e fui visto no local, embora eu só tenha aparecido uma hora depois dos policiais. Essa pode ter sido a primeira vez que ele começou a me atacar. Não que nada disso importe.

– Não tenho tanta certeza – disse MJ. – Lopez trabalhava com Fisk. A filha dele trabalha com Fisk. Você encontrou o impostor em um canteiro de obras do Fisk. Agora, Jameson está tentando passar o impostor como sendo o verdadeiro.

– O que Jameson tem a ver com isso?

– A empresa que é dona de sua estação de rádio fez alguns investimentos ruins. Fisk os salvou, mas conseguiu uma participação majoritária.

Peter balançou a cabeça e assobiou. – Mesmo assim, não acho que Jameson faria esse tipo de coisa por dinheiro, ainda mais dinheiro sujo.

– Não, mas ele pode não saber de onde vem o dinheiro – respondeu ela. – Ou pode pensar que está acima de tudo isso.

– Talvez – disse Peter. – Embora não me surpreenderia se ele estivesse planejando uma exposição das pessoas que o pagam. Por mais que ele seja um pé no saco, Jonah é um cara correto, no fundo; independentemente do Homem-Aranha. Até agora, nada disso aponta para um objetivo maior. Fisk está trabalhando em algo que o tornará grande demais para ser processado.

– Há mais uma coisa – disse MJ. Ela mostrou a Peter a fotografia de uma lança. Ele conhecia muito bem, já que a havia encarado recentemente. – Não posso provar com certeza que se trata da mesma arma da sua foto – disse ela –, mas parece ser. Foi roubada de um colecionador particular há uns quinze anos. O pai de Lopez era suspeito, mas nunca foi acusado. Mais tarde, encontraram fotos de uma lança semelhante na casa dele em Nova York.

– Isso não parece ser um grande problema – disse Peter. – Talvez ele a tenha escondido em algum lugar, mas se estava em sua posse, não é estranho que tenha acabado com a filha dele.

– No entanto, tudo fica mais estranho – continuou MJ –, porque Lopez foi assassinado com golpes de uma lança em sua própria casa. Essa lança estava faltando de sua vitrine e nunca foi recuperada.

– Então, Maya Lopez estava me enfrentando com a mesma arma que foi usada para matar seu pai? – perguntou Peter.

– Isso é o que parece – disse MJ. – Ou ela é fria como gelo, ou não sabe. – Peter achou a segunda opção mais provável. Maya Lopez lutou com paixão, mas ele não teve a sensação de que ela era cruel. Ela o culpava pela morte de seu pai, o que significava que a lança era uma lembrança, não um troféu.

– Vamos voltar ao Fisk – ele sugeriu. – Ainda não entendo qual é o objetivo final dele em tudo isso.

– Os processos de Fisk são expansivos, não lineares – ela disse. – Ele não está perseguindo um único objeto. Ele pensa em padrões complexos. Isso significa que o que estamos vendo é apenas parte desse padrão.

Desculpe dizer isso, Peter, mas acho que você pode estar se atribuindo créditos demais. Você está perguntando: *O que Fisk ganha se as pessoas odiarem o Homem-Aranha?* É mais provável que ele tenha se perguntado: *Quais são os cenários em que eu preciso ter sucesso?*, e um deles é ter a população irritada com o Homem-Aranha – Ela sorriu e inclinou a cabeça. – Eu não acabei com seu ego, acabei?

– Eu posso me recuperar... com o tempo – disse Peter distraído. – Mas continue a esmagá-lo, porque eu gosto da sua metáfora. É como uma grande teia de aranha, e se você puxar um fio, pode ver o que mais se move.

– Essa não foi realmente a minha metáfora – ela disse – e isso pode nos levar de volta ao assunto do seu ego.

– Você é brilhante – disse ele, levantando-se e dando a ela um rápido beijo. – Suas perguntas perspicazes me ajudaram a resolver o caso! O.k., nem tanto, mas acho que tenho uma nova perspectiva para trabalhar. Vou ligar para você mais tarde.

– Um fio em um tapete também funciona muito bem – ela disse atrás dele. – Só estou dizendo.

Ao sair, Peter passou por um grupo de repórteres que estavam falando sobre uma história que acabara de chegar. O Homem-Aranha havia espantado um assaltante e depois levado a carteira da vítima.

– Você acredita que costumávamos pensar que aquele cara era um herói? – perguntou um deles.

QUANDO ele chegou à rua, tirou o celular do bolso e ligou para Yuri Watanabe.

– Nós descobrimos alguma coisa sobre o Andy, a vítima do porto? – ele perguntou a ela.

Ela disse para ele esperar, para que ela pudesse ir a um lugar privado. Ela tinha que ter cuidado ao discutir qualquer coisa que envolvesse Fisk.

Peter ouviu por alguns minutos os sons distantes de policiais antes que ela estivesse livre para falar.

— Nada muito significativo — disse ela. — O registro dele é bastante extenso, mas nada de notável. Muitos pequenos crimes, principalmente arrombamentos. Nada violento.

— É apenas um palpite — disse ele —, mas você poderia cavar um pouco mais fundo. Sinto que há algo lá. Não temos muitas pistas, então quero ter certeza de esgotar tudo o que temos. Naquela noite, ele disse que o irmão dele era suspeito. Talvez dê para olhar nessa direção.

— O.k., vou tentar — disse ela. — Alguma outra coisa?

— Sim — disse ele. — Eu preciso do endereço residencial de alguém, e você não vai gostar.

ELE não queria invadir o apartamento do East Side. Isso parecia uma má ideia para um cara que deveria estar fazendo coisas heroicas. Por outro lado, ele não podia simplesmente tocar a campainha e esperar que lhe dessem acesso. Aparecer na janela enquanto o cara assistia TV também seria ruim.

Então ele encontrou um meio-termo. Abriu a janela que estava destrancada, esperou na beirada de fora, mas não entrou. Ele já estava, de certa forma, lá, mas não tinha entrado, então esperava que isso fosse mais respeitoso e menos assustador.

Depois de um tempo, a porta da frente se abriu, o homem entrou em seu apartamento, colocou algumas compras no chão e pendurou a roupa da lavanderia em um armário. Em seguida, foi ao banheiro e urinou com a porta aberta.

O Homem-Aranha fez uma careta por baixo da máscara e se virou. Isso não estava ajudando com o fator estranheza. Pelo menos, ele pensou, era só urina. Depois que o homem saiu, ele entrou na sala de estar e ligou a televisão. Ao perceber uma sombra no chão, o cara olhou para a janela e deu um grito.

— Oi — disse o Homem-Aranha com um aceno amigável. — Você tem um minuto?

O Procurador Distrital Adjunto, Abe Remzi, deu um passo para trás. Em seguida, apontou com o controle remoto da TV.

O Homem-Aranha ergueu as mãos. – Este é um momento ruim, Sr. Remzi? Eu posso voltar depois. Não tenho problema em marcar um horário. – Remzi piscou algumas vezes, mas então apertou o botão de silenciar.

– O que você quer?

– Antes de mais nada, que você não surte – respondeu o Homem-Aranha. – Isso definitivamente está no topo da minha lista... conversar. Estive esperando aqui por você, mas não queria entrar sem ser convidado. Acho que isso me torna meio que um vampiro. Ou uma pessoa educada. Espero que você aceite a segunda opção.

– Você estava me observando no banheiro?

– Não – disse Peter rapidamente –, eu me virei, mas posso ter ouvido algum barulho de água.

Remzi suspirou e o convidou a entrar.

– Você parece ser o verdadeiro.

– Então você sabe que o outro é um impostor? – perguntou o Homem-Aranha ao entrar.

– Não há uma confirmação oficial – disse Remzi, – mas para mim é bem óbvio. O outro cara é um idiota, não soa como você e não faz piadas estúpidas. Além disso, as linhas em seu traje estão muito próximas.

– Exatamente! Você é muito observador.

Remzi riu e balançou a cabeça. – Sinceramente, sou meio fã.

– E eu sou fã de funcionários públicos trabalhadores. Isso nos torna dois admiradores mútuos.

Remzi olhou para ele. – Então, havia algo que você queria falar? – Ele arqueou uma sobrancelha. – Um dos casos em que estou trabalhando? Não sei se posso...

– Não, receio que não seja isso – respondeu o Homem-Aranha. – Você tem uma irmã chamada Laura Remzi?

O promotor ficou abalado. – Ela... aconteceu alguma coisa com ela?

– Não, não, até onde eu sei está tudo bem – disse o Homem-Aranha apressadamente. – Não quero dar muitos detalhes, mas estava seguindo alguns caras, e um deles tirou fotos da sua irmã enquanto ela cuidava de seus assuntos e de... outras coisas.

– Ela voltou a usar drogas? – perguntou o promotor, soando como se estivesse se preparando para o pior.

Ele sabe. O Homem-Aranha confirmou com a cabeça.

– Tinha medo disso. – Remzi suspirou. – Bem, posso tentar ajudá-la. Minha sobrinha já ficou comigo antes, então posso dar um jeito.

– Você tem ideia do porquê alguém iria querer essa informação?

– Você sabe quem está por trás disso?

Peter fez uma careta sob a máscara.

– Você não quer me contar – disse Remzi. – Entendo. Você não sabe se estou comprometido ou não. Então, serei franco com você. – Ele fez uma pausa e pareceu reunir seus pensamentos. – Você quer saber se eu cederia se alguém me dissesse: "Faça isso ou iremos expor sua irmã"?

– Acho que essa é a pergunta.

– A resposta é não – disse Remzi. – Minha irmã tem um problema. Ela lida com isso há anos e já passou por reabilitação uma vez. Obviamente, são coisas que preferimos manter em sigilo, mas não estamos falando de informações confidenciais aqui. Não é como se eu quebrasse a lei ou arriscasse minha carreira para esconder algo que os amigos dela e nossa família já sabem.

– Então, por que tirar as fotos? – perguntou Peter. – Novamente, sem detalhes, mas os caras que fazem esse trabalho não são baratos. – Uma vibração suave indicou uma chamada no celular, mas ele ignorou.

– É assim que funciona – disse Remzi. – É como perguntar a um garimpeiro de ouro por que ele não vai diretamente onde o ouro está, em vez de trabalhar em várias áreas ruins primeiro. Você coleta tudo o que pode e vê o que pode ser útil. Minha irmã foi fotografada, e essa fotografia agora é informação bruta. Alguém vai analisar toda essa informação bruta e decidir o que vale a pena usar. Uma pesquisa um pouco mais aprofundada provará que não vale muito, que não pode ser usada para me fazer ceder. Se você não tivesse visto acontecer, nunca saberíamos que isso aconteceu. Mas Wilson Fisk não conseguirá nada que possa usar contra mim.

– Nunca disse que era Fisk.

– Fala sério – disse Remzi. – Extorsão sempre foi o plano preferido dele, e quem mais teria os meios ou o desejo de gastar sei lá quanto dinheiro, apenas para coletar montes de informações brutas? – Ele deu um sorriso irônico. – Além disso, todo mundo sabe que você tem uma tara por Fisk.

– Prefiro dizer "questões com o Fisk" – disse o Homem-Aranha. – Alguma ideia do que ele está procurando?

– Não faço a menor ideia – disse Remzi –, mas olha só isso. Gravei isso de manhã outro dia e tem me incomodado desde então. – Ele pegou o controle remoto da TV e começou a procurar por um clipe em seu DVR. Depois de um minuto, ele apertou play.

Na tela, Norman Osborn saía da Prefeitura. Repórteres gritavam perguntas para ele, e ele dava respostas evasivas até que alguém perguntou sobre o relacionamento "confortável" da cidade com os interesses comerciais. O prefeito parou abruptamente.

– Eu me oponho à palavra "confortável" – disse Osborn. – Isso sugere algo impróprio. Esta cidade foi construída com base nos negócios, e quando os negócios vão bem, as pessoas vão bem. Se há algo, há uma nova onda de negócios com espírito cívico nesta cidade que precisamos incentivar: pessoas como Wilson Fisk, que encontram novas maneiras de ganhar dinheiro enquanto ajudam os trabalhadores, as famílias e as pessoas comuns. Eu não quero esconder isso. Quero encorajá-lo.

Remzi pausou o vídeo. – Osborn está elogiando Fisk de uma forma exagerada. Parece que estamos sendo amaciados.

– Para quê?

Remzi balançou a cabeça. – Não faço ideia, mas se Fisk está envolvido, é algo ruim.

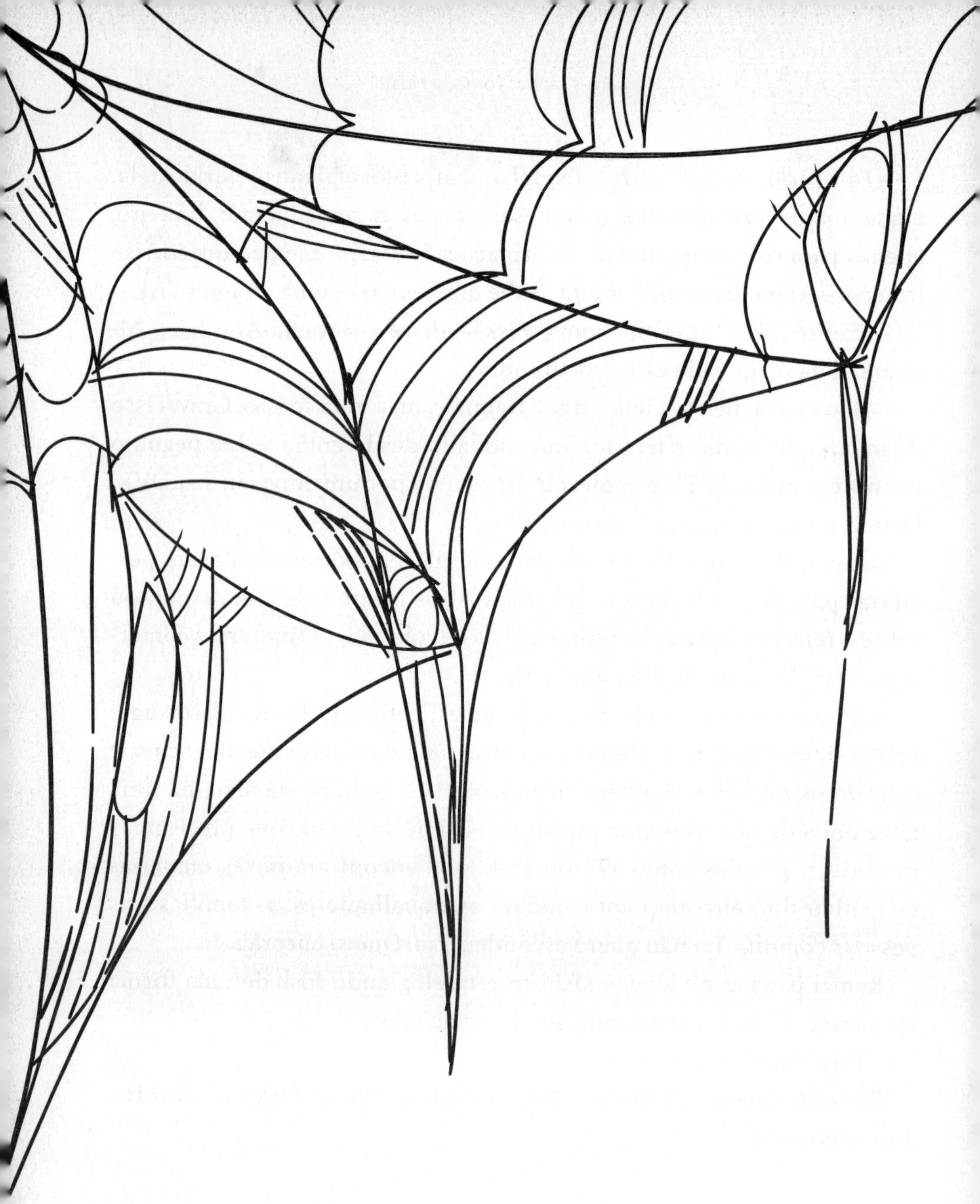

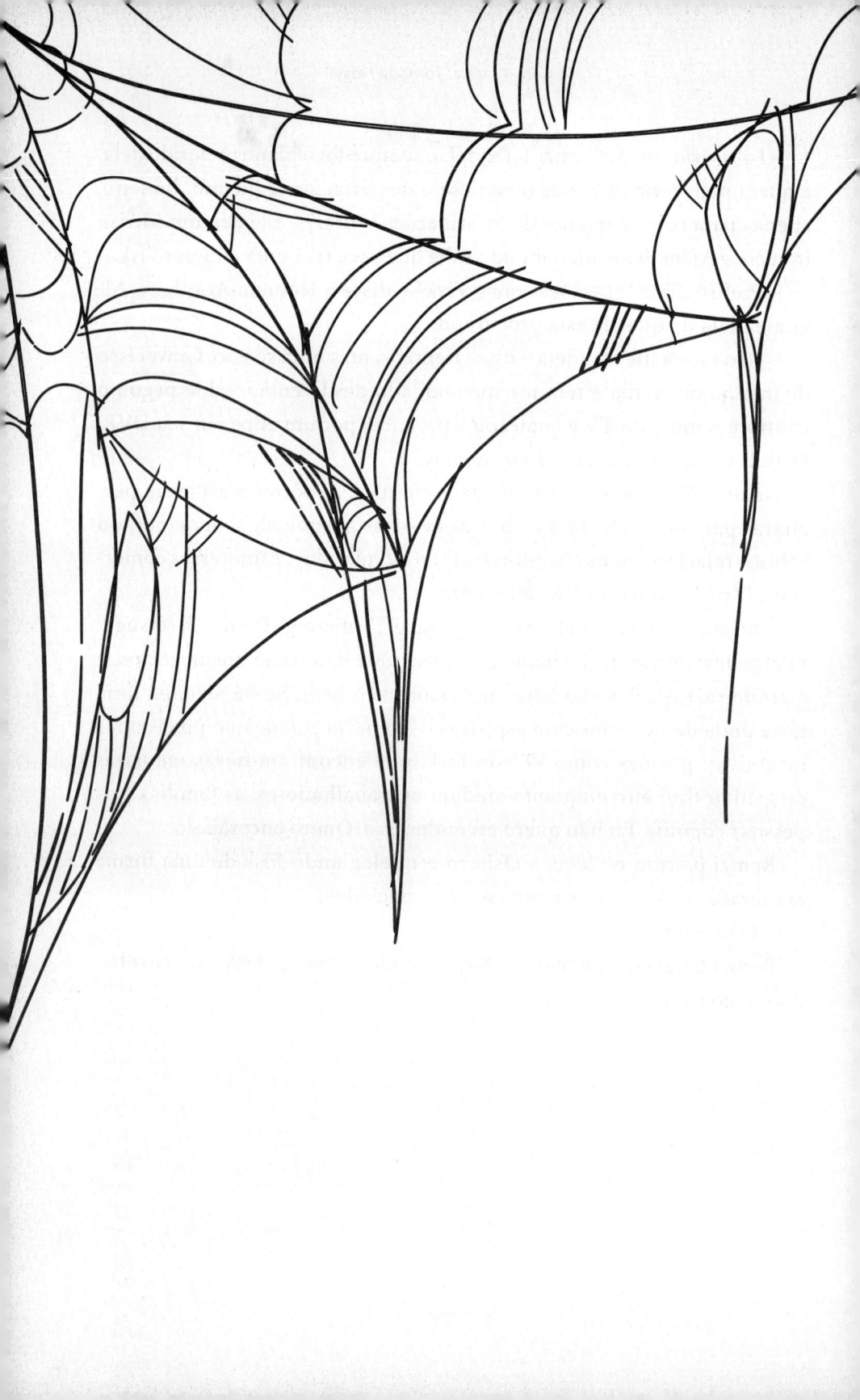

VINTE E OITO

CHEGANDO a um telhado próximo, ele olhou seu celular. A mensagem era de Watanabe, e ele a ouviu. Não era muito, ela disse, mas tinha uma pista sobre o irmão de Andy. Ela deu o nome e o endereço, e a mensagem terminou.

A localização ficava do outro lado do Central Park, no Upper West Side, perto da Columbia. Mirando uma teia em um reservatório de água próximo, ele se lançou no ar. Alguns balanços rápidos e duas caronas em ônibus depois (em cima dos veículos, é claro) ele viu uma oportunidade.

Era final da tarde e o Homem-Aranha estava tentando descobrir a melhor maneira de chamar a atenção do tal irmão quando o cara, Vincent, levou o lixo para fora. Ele não tinha passado muito tempo com a vítima, mas o herói podia ver a semelhança. Esse cara era um pouco mais velho, um pouco mais alto. Eles eram claramente parentes.

— Não se assuste — disse o Homem-Aranha, e o cara quase pulou para fora de sua pele. Ele estava de cabeça para baixo e agarrado à parede, o que supôs que talvez fosse um pouco assustador. Ainda assim, palavras contavam alguma coisa. Ele esperava.

O homem relaxou e o encarou. Sua expressão era indecifrável.

– Você estava lá – ele disse. – Quando Andy morreu.

O Homem-Aranha assentiu e desceu. – Sim – ele disse. – Conversei com ele um pouco antes de ele ser baleado.

– Alguns policiais acham que você o matou – Vincent disse. – Ou que algum cara que está se passando por você o matou.

– Eu acho que ele foi morto porque falou comigo. Ele me deu uma pista errada, e depois disso, minha suposição é que ele teve que ser silenciado para não poder falar. É a melhor explicação que posso encontrar.

– Então, quem fez isso? – perguntou o homem, franzindo o cenho. – Quem matou meu irmão?

– É o que estou esperando descobrir – disse o Homem-Aranha. – Se você tiver alguma informação, poderia realmente ajudar. Ele me disse que você tinha relações com o Escorpião.

O irmão sorriu. – Cara, ele te enganou. Eu sou o cara honesto da família. Ele era o desajustado. Até o fim, suponho.

– Você sabe alguma coisa sobre com quem ele estava envolvido?

Vincent balançou a cabeça. – Andy se metia em encrenca desde criança, mas estava tentando consertar sua vida. Realmente estava. Ele estava estudando para tirar o diploma do ensino médio e trabalhando como aprendiz de rebitador. Eu estava tão orgulhoso dele, sabe? Não é fácil dar a volta por cima, mas ele estava realmente fazendo isso. Então o ouvi ao telefone, falando sobre fazer um trabalho. Eu o confrontei, e ele disse que não tinha escolha. Ele disse que tinha que fazer essa última coisa e então o deixariam em paz. Eu disse que iria com ele, mas ele mentiu para mim sobre quando e onde, então eles o pegaram. – Ele enxugou o olho com as costas da mão.

– Por que você não contou isso para a polícia?

– Claro que eu contei a eles. Um sujeito com bigode apareceu e eu contei tudo a ele. Ele deixou seu copo de café na minha casa para eu limpar, como se eu fosse seu servo ou algo assim.

Ele tinha contado à polícia, mas a informação não constava no seu arquivo. Isso era preocupante.

— Obrigado por falar comigo — disse o Homem-Aranha. — Não sei como, mas isso ajudará. Prometo que farei tudo o que estiver ao meu alcance para levar o assassino à justiça. — Andy era uma pessoa real, lembrou a si mesmo, com um irmão real que tinha que lidar com a tragédia. Aquela raiva familiar se acendeu novamente dentro dele.

— Eu acredito em você — disse Vincent. — É uma pena que a polícia não se importe tanto quanto você.

— Há muitos bons policiais.

— Eu gostaria de ter a sua fé — disse o irmão. — Metade dos policiais por aí acham que você é o vilão, e mesmo assim você continua fazendo o que faz. Não sei como você aguenta.

Às vezes, o Homem-Aranha também não sabia.

ELE estava indo para o centro da cidade, em uma área onde prédios mais altos facilitavam o balanço pelas teias. Tentava organizar seus pensamentos quando recebeu a ligação. Era Watanabe.

— Estou em uma cena de homicídio — ela disse. — É o Remzi, o promotor assistente. Ele foi espancado até a morte. — Ela soltou um suspiro que se transformou em um rosnado.

— Há teias por todo o apartamento dele.

— Isso tem que parar — ele disse a ela. — Agora mesmo. Hoje à noite. Eu o conheci. Ele era um cara bom. Queria me ajudar.

— É por isso que o mataram — disse Watanabe.

Eles estavam em um telhado ao lado do prédio onde ficava o apartamento de Remzi, no East Side.

— Não — respondeu o Homem-Aranha, lutando para controlar sua fúria. — Eu não acredito nisso. Se ele tivesse algo a dizer, se tivesse alguma evidência que eu pudesse usar, ele teria me contado. Ele estava chateado porque estavam mexendo com a irmã dele. Não acredito que ele teria se calado.

— Então por que matá-lo, se não para silenciá-lo? — ela questionou. — Para te incriminar? As pessoas que poderiam pensam o pior de você já o fazem. É muita complicação se não há vantagem alguma.

Deve haver uma vantagem. Eles mataram Andy para mantê-lo calado, mas e as pessoas na lanchonete? Qual era a vantagem lá? Por que elas tinham que morrer?

E por que Anika tinha que morrer?

Então ele percebeu.

— Estamos pensando nisso de forma errada — disse ele. — O objetivo não era esconder nada. O objetivo não era fazer o público perder a fé em mim. O objetivo era me manter *ocupado*.

— Manter você ocupado? — ela perguntou. — Mas por quê?

— Por causa do que o Rei do Crime está tramando — disse o Homem-Aranha. — O que quer que seja que o torne grande demais para falhar. Isso é tudo o que realmente importa para ele, e ele não quer que eu atrapalhe.

— Então você acha que o Fisk acredita que somente você pode detê-lo — disse Watanabe, balançando a cabeça. — Seja lá o que for. Novamente... por quê? Você não tem nada contra ele. Se você o estivesse investigando de perto, a um passo de expô-lo, eu entenderia, mas esse não é o caso. Não há motivo para ele *pensar* assim.

— E é por isso que não percebi — disse ele. — Nunca imaginei que eu poderia ser perigoso para um plano do qual não sei nada.

— E agora você acha que é? — ela disse. — Perigoso?

— Não, mas estou começando a enxergar as coisas da forma correta — ele disse. — Eu sou apenas uma peça no tabuleiro. Fisk sabe que eu tenho o *potencial* para atrapalhar o que quer que ele esteja planejando, e ele está tentando me neutralizar antes que eu me torne uma ameaça real. Eu desempenhei um papel importante na sua prisão da última vez, atrapalhei sua vida e quase o mandei para a cadeia. Se há uma pessoa que ele quer distraída enquanto ele age, essa pessoa sou eu.

— Então ele o fez ir atrás do impostor — disse Watanabe. — Você faria qualquer coisa para encontrar o autor do atentado na lanchonete, em parte porque acredita que isso o levará ao Fisk. Mas enquanto você olha para um lado, não vê o que o Fisk está fazendo em outro lugar. Enquanto isso, a polícia e o público não confiam totalmente em você, o que torna seu trabalho ainda mais difícil.

– Tudo isso dá ao Fisk muita margem para manobrar.
– Mas, mesmo que isso seja verdade – disse Watanabe –, como esse conhecimento nos ajuda? Esse cara, seu sósia, mata pessoas. Não podemos simplesmente ignorá-lo porque ele é uma distração.
– Ele ainda é fundamental para pegar Fisk – disse o Homem-Aranha. – Eu não sei se precisamos mudar nossa abordagem, mas pode ser o suficiente para mudar nossa mentalidade.
– Espero que isso seja suficiente – disse Watanabe. – Remzi era um de nós, e pelo menos metade da força acredita que você o matou. Se alguém descobrir que estive falando com você, estou acabada. Talvez estejamos no caminho certo, mas até termos o quadro completo, Fisk está nos superando.

MATAR um procurador. Isso foi longe demais, mesmo para um lunático como Bingham. Será que o Sr. Fisk autorizou isso?

Não, isso era ridículo. O Sr. Fisk não matava pessoas. Ele cometeu um erro quando trouxe Bingham, e agora ele teria que desfazer isso. Ela desejava que ele pedisse a ela para consertar isso, mas ela não poderia fazer nada sem sua autorização.

Maya chegou assim que ouviu as notícias. Agachada nas sombras crescentes, ela viu uma policial sair no telhado de um prédio próximo. Ela olhou através de seus binóculos e, embora não pudesse ter certeza, pensou que poderia ser a mulher da foto de Bingham. Seria essa a policial que trabalhava com o Homem-Aranha?

Seria melhor esperar para ver o que aconteceria a seguir. Em pouco tempo sua paciência foi recompensada. Menos de meia hora depois, o Homem-Aranha chegou. Os dois conversaram por um tempo, e embora ela não pudesse ouvir o que ele estava dizendo – não com a máscara – ela sabia que estavam falando sobre o Sr. Fisk. A policial disse o nome dele mais de uma vez.

Isso era má notícia.

O Sr. Fisk jamais pretenderia que alguém fosse morto. Bingham estava fora de controle, sim, mas isso não era culpa do Sr. Fisk. Ela precisava garantir que essa policial não criaria problemas para um homem que estava se esforçando ao máximo para ajudar as pessoas desta cidade.

Havia uma pessoa que seria capaz de usar essa informação, mudar a conversa e rápido. Ela tinha que fazer tudo ao seu alcance para proteger o Sr. Fisk, mesmo que isso significasse protegê-lo de si mesmo. Ela desejava que ele confiasse nela completamente. Como ele poderia não confiar?

Ela pegou o celular e enviou a mensagem para Jameson.

O HOMEM-ARANHA TEM UMA CONEXÃO DENTRO DO DEPARTAMENTO DE POLÍCIA
ELES O ESTÃO PROTEGENDO DE SER ACUSADO

Ela esperava que isso fosse o suficiente para dar ao Sr. Fisk o tempo que ele precisava – e a Maya o tempo que *ela* precisava. Se ela quisesse continuar sendo eficaz, precisava saber mais, independentemente das consequências.

VINTE E NOVE

FISK estava sentado em frente ao Sr. Fleisher, da Roxxon Blackridge. Era tarde para uma reunião, mas ele esteve no prédio e tentou marcar um horário enquanto Fisk ainda estava trabalhando. Ele acenou para o homem entrar.

— Isso diz respeito aos assuntos de vigilância? – perguntou Fisk.

— Não – disse Fleisher. – É sobre o outro assunto.

Fisk havia pedido à Roxxon Blackridge para realizar uma revisão de segurança. Dada a sensibilidade de alguns dos materiais que ele estava guardando em seus diversos cofres, ele precisava garantir que não houvesse chance de nada desaparecer ou cair em mãos erradas.

— Se vamos discutir isso – disse Fisk –, talvez devêssemos remarcar. Minha assistente, Maya Lopez, me ajuda a facilitar nossos acordos de segurança, e eu gostaria que ela estivesse presente em qualquer reunião.

— Não sei se isso é sábio.

Fisk levantou uma sobrancelha. – Você está sugerindo alguma coisa?

— Estou preparado para lhe fornecer informações – disse o Sr. Fleisher. – Cabe a você tirar suas conclusões. – Ele abriu sua pasta e tirou um envelope pardo. De lá, ele tirou uma foto em preto e branco de Maya entrando em seu complexo de escritórios na Upper East Side.

– A Srta. Lopez entrou no prédio às 9h47 – disse Fleisher.

Fisk encolheu os ombros maciços. – Suas funções exigem que ela visite vários de meus estabelecimentos.

– Ela foi para a ala executiva no 76º andar. As câmeras de segurança a registraram lá às 9h53 – ele disse, mostrando outra fotografia. Mostrava Maya em um escritório vazio. Um quadro havia sido afastado da parede, revelando um cofre. Embora ela estivesse de costas para a câmera, estava claro o que ela estava fazendo.

– Ela pegou alguma coisa? – perguntou Fisk com voz cortante.

– Não sabemos – disse Fleisher. – Momentos depois de capturarmos essa imagem, o sistema de segurança teve uma falha inesperada. Ele desligou por onze minutos e apagou todos os registros desde o último backup. Em seguida, capturamos a Srta. Lopez quando ela estava saindo do prédio. – Ele apresentou uma terceira fotografia em preto e branco de Maya saindo para a rua.

Fisk juntou os dedos e não disse nada.

Isso era um truque que ele havia aprendido ao longo dos anos para se manter calmo. Não seria adequado atacar um executivo de alto nível da Roxxon Blackridge, mas Fisk conseguia imaginar-se quebrando o pescoço do homem. Talvez algo menos imediato. Dar um soco no rosto dele, derrubá-lo, chutá-lo no estômago até ele vomitar sangue. Sim, algo assim seria mais satisfatório.

Ele respirou fundo e esperou.

– Tivemos muita sorte – disse Fleisher. – Porque estávamos fazendo a revisão, estávamos interligados ao seu sistema. Quando sua rede caiu, também ficamos no escuro, mas alguns registros foram preservados. Se não tivéssemos capturado essas imagens, nunca saberíamos que a Srta. Lopez esteve no prédio. – Ele franziu o cenho e acrescentou: – Quem quer que tenha feito isso sabia como garantir que os dados fossem irrecuperáveis.

Ainda assim, Fisk não se mexeu. Pensava, no entanto, em esmagar a cabeça de Fleisher com as próprias mãos.

— Não há como saber o que a Srta. Lopez estava fazendo – continuou Fleisher. – Sinceramente, não podemos dizer que ela estava fazendo algo impróprio. Pode ser apenas uma coincidência que você tenha enfrentado essas dificuldades enquanto ela estava presente. No entanto, se eu fosse você, eu procederia com cuidado.

— Obrigado – disse Fisk, com a voz monótona e distante. – Agradeço o seu tempo.

Fleisher parecia não entender. – Sr. Fisk, espero que leve essa ameaça a sério. Se quiser, posso designar uma equipe para...

— Não – Fisk interrompeu, e o homem se assustou. – Isso é uma questão interna. Eu cuidarei disso. – Ele acenou com a mão e esperava que Fleisher entendesse a dica.

Se ele não entendesse...

— Então, estou de saída – disse Fleisher. Ele se levantou e esperou por um momento para ver se Fisk faria o mesmo. Ele não se levantou, e um olhar de alívio cruzou seu rosto. Talvez agora ele tivesse alguma noção do quão perto ele tinha estado da beira do abismo.

Muito depois de Fleisher sair, Fisk permaneceu imóvel. Que Maya pudesse traí-lo era inimaginável. Ela nunca tinha sido outra coisa senão leal, mas essa lealdade era baseada em uma imagem que ele tinha construído com muito cuidado. Ele pretendia, é claro, contar-lhe mais sobre o que fazia, o que *precisava* fazer, para ter sucesso. Ainda não era o momento certo. Depois do projeto, ele disse a si mesmo. Deixe-a ter uma ideia de como é ter sucesso, deixe-a ver as recompensas pelas quais ele estava lutando. Uma vez que ela entendesse o que poderia ser alcançado, ela não hesitaria ao preço.

Será que ela tinha descoberto alguns dos aspectos mais sórdidos do seu trabalho? Ele achava que não. E ele não achava que ela iria se voltar contra ele – não sem lhe oferecer a chance de se explicar.

Ainda assim, ele disse a si mesmo, teria que ser cuidadoso. Ele não a afastaria, mas a observaria com novos olhos.

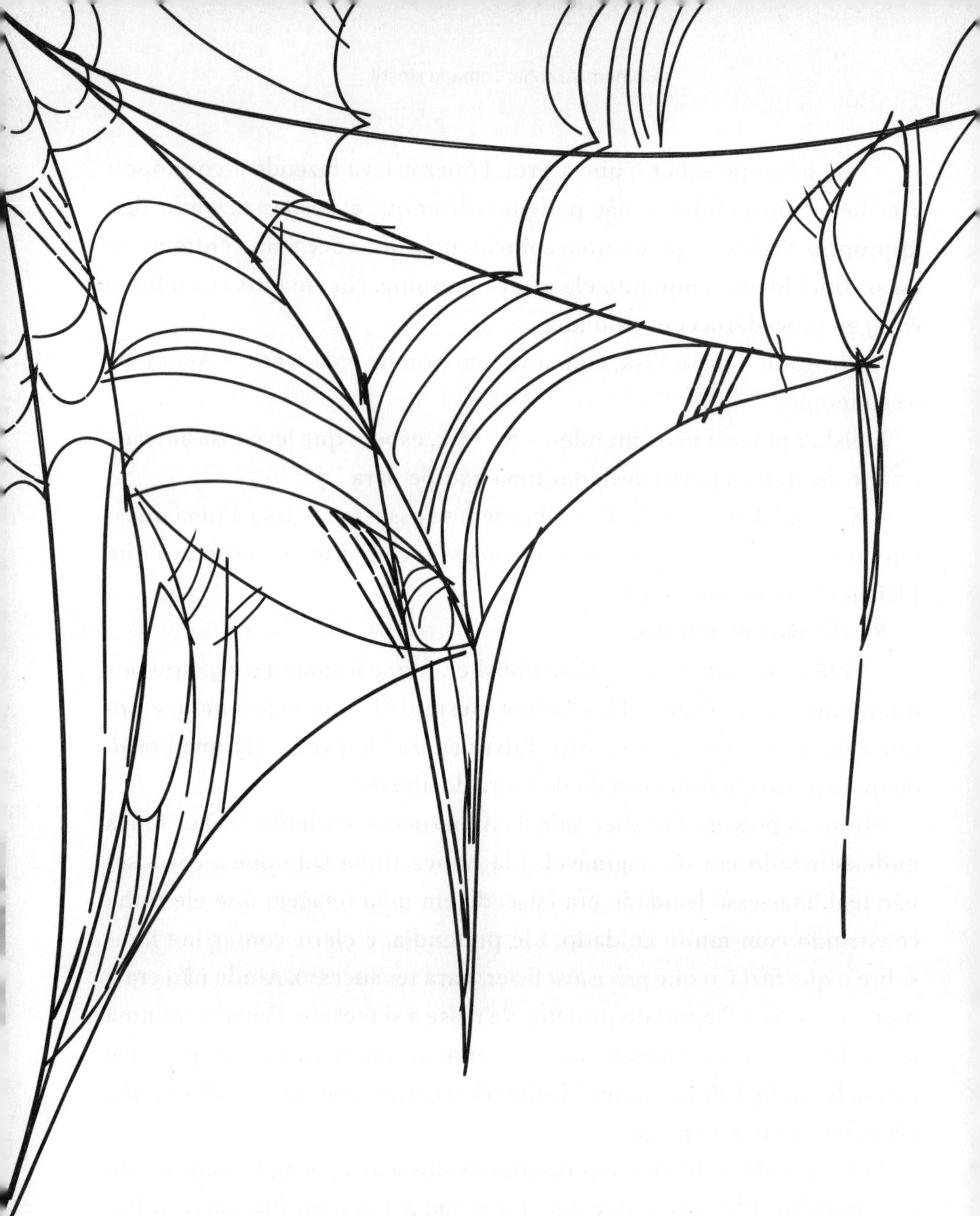

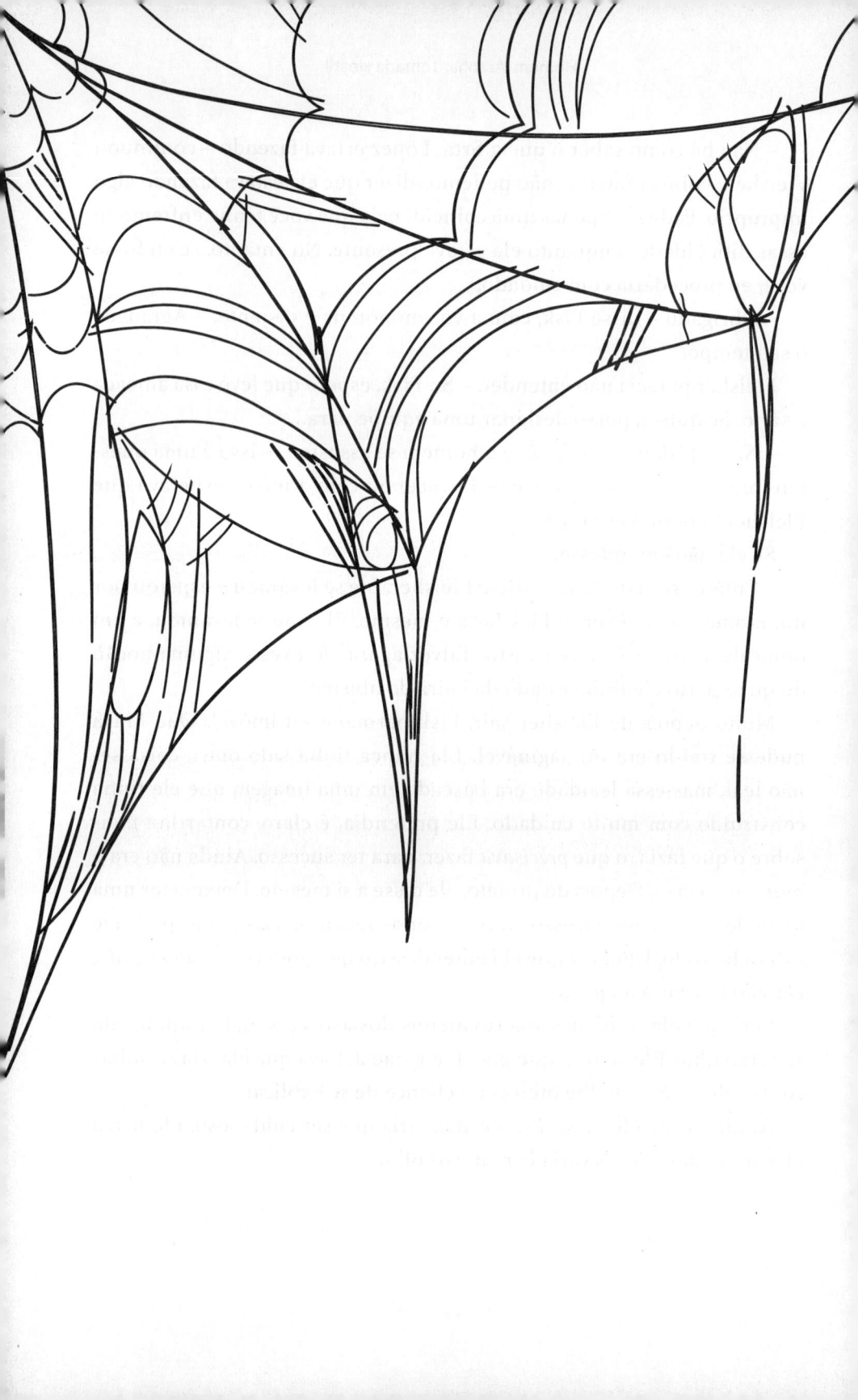

TRINTA

PETER estava entrando no laboratório quando MJ ligou.

— Achei que você gostaria de saber disso — ela disse.

Algumas semanas haviam se passado desde o assassinato do promotor assistente. Não houve incidentes importantes com o falso Homem-Aranha desde então, mas a vida não estava mais fácil. A mídia ainda debatia acaloradamente se o Homem-Aranha original tinha se tornado mau, ou se havia um impostor. Os programas matutinos estavam cheios de discussões sobre por quê, se o verdadeiro herói estava lá fora, ele não se pronunciava. Peter sentia como se estivesse envelhecendo um ano a cada semana que isso continuava.

Enquanto isso, Jameson martelava a ideia de que o Homem-Aranha sempre foi mau.

— O pior — ele gritava nos programas — é que ele tem ajuda de dentro. Eu tenho uma fonte, uma testemunha ocular, que me disse que o Homem-Aranha se encontra regularmente com um detetive corrupto dentro do departamento de polícia. Há alguém trabalhando para encobrir as evidências, para garantir que a ameaça que rasteja pelas paredes nunca seja levada à justiça. Estou aqui para dizer que o povo de Nova York não tolerará isso.

Watanabe não havia exatamente abandonado sua parceria com ele, mas eles foram obrigados a ser mais cuidadosos. Bastaria um incidente, ela disse, uma dica de exposição, para que tudo desmoronasse. Eles se encontravam com menos frequência e em lugares mais isolados, sempre cuidadosos para ficar longe de olhos curiosos. Peter continuou a realizar missões para ela, mas mais do que nunca parecia que jamais conseguiriam pegar Fisk.

– Você ainda está aí, campeão? – MJ disse.

– Estou aqui – ele respondeu.

– Bem, da última vez que fui à Torre Fisk...

– Com que frequência você vai lá? – ele perguntou.

– Foco, Peter – ela disse. – A questão é que eu continuo vendo caras de Wall Street lá, e alguns outros que pareciam ser do gabinete do prefeito. Com certeza são lacaios, mas eles estiveram lá com frequência suficiente para não ser uma coincidência.

– Isso pode não ser tão importante – respondeu Peter. – Os caras de Wall Street sempre foram próximos do Rei do Crime, e Norman provavelmente está procurando tirar vantagem política da nova imagem filantrópica de Fisk.

– Não sei – ela disse. – Parece que é algo a mais. É difícil dizer exatamente o que, mas sinto que Fisk quer alguma coisa do prefeito. Ou talvez o prefeito queira algo dele. Talvez seja uma relação de mão dupla, e alguém no setor financeiro está prestes a ganhar muito dinheiro.

– Isso não me surpreenderia – ele disse. – Sempre pareceu que Norman trabalharia com qualquer um se isso significasse avançar em direção a seus próprios propósitos.

– Isso é bem provável – concordou MJ. – Olha, tenho que ser a sombra de Fisk na próxima semana em um evento beneficente. É para a Fundação Fisk, que venho cobrindo. É difícil determinar o montante que vai para caridade. Filantropos tendem a não querer doar dinheiro para um cara que foi acusado de ser o maior chefe do crime da história, então a maior parte vem de fontes estrangeiras com conexões em lugares como Rússia, Ucrânia e China.

– Você vai a esse evento com ele?

– Novamente, você não está focando os fatos certos. – Peter tinha certeza de que seu foco estava onde deveria estar. Parecia que MJ achava perfeitamente normal estar perto de Fisk. Isso não era normal. A violência o seguia como uma nuvem de tempestade. Se ela estivesse investigando as trapaças financeiras de sua falsa instituição de caridade, seria como se estivesse com um alvo nas costas.

— O que seu editor acha de você investigar a Fundação Fisk?

— Eu não contei para ela — respondeu MJ. — Claro. Preciso encontrar a história primeiro e depois apresentá-la.

— MJ, eu sei que você não quer ouvir isso, mas acho que você deveria recuar. Até mesmo ir a esse evento é uma má ideia. Coisas acontecem com pessoas perto de Fisk, e *definitivamente* acontecem com pessoas que estão tentando descobrir seus segredos.

— Estamos tendo essa conversa novamente?

— Não se você fizer o que estou dizendo. — Ele pausou por um segundo. — O.k., isso soou errado. Quis dizer algo como *"não se você seguir meu conselho sensato"*. Não estou te dando ordens, MJ. Estou preocupado com você.

— Eu sei que está — ela disse, embora houvesse uma certa tensão em sua voz. — Mas sua preocupação é sufocante, Peter.

Ele lutou para pensar em algo para dizer. Ele a entendia totalmente, mas não achava que ela entendesse de onde ele vinha. Ele havia enfrentado homens maiores e mais poderosos do que ele, mas tinha vantagens em velocidade, habilidade e tecnologia. Se Fisk fosse atrás de MJ, o que ela poderia fazer?

— MJ, por favor, apenas fale com seu editor. Fale com o Robbie. Eles sabem o que estão fazendo e vão te dar conselhos sensatos. Vão te manter segura.

— Se eu fizer isso, vão me mandar ficar de fora — ela argumentou. — Eu tenho que correr riscos se quiser ter sucesso. Eu esperava que você entendesse isso.

Peter entendia, mas não gostava. Não havia mais nada que ele pudesse dizer sem começar outra briga, então ele disse que precisava desligar.

TUDO o que ele podia fazer era tentar se concentrar em seu trabalho. No laboratório, o chefe estava desenvolvendo algumas novas teorias sobre como acelerar a codificação das respostas eletroquímicas dos neurônios sintéticos, e estava despejando dados em Peter mais rápido do que os modelos poderiam ser executados. Quase todos os testes resultaram em fracasso, mas isso não parecia incomodar o chefe nem um pouco.

– *Experimentação inclui* fracasso – ele gostava de dizer. – *Você aprende tanto com o que não funciona quanto com o que funciona.*

Peter duvidava que ele pudesse ficar mais animado se não fosse pela pequena porcentagem de testes que tiveram sucesso. Esses renderam uma quantidade incrível de dados importantes, e eles estavam progredindo mais rapidamente do que nunca. Se o que seu chefe dizia fosse verdade, eles estavam a apenas alguns meses de criar um protótipo funcional – um membro artificial com a mesma funcionalidade que o equivalente orgânico.

ELES estavam trabalhando há mais de doze horas, mas houve uma pausa no trabalho. Eles tinham uma televisão no laboratório e, embora estivesse muda, o rosto de Norman Osborn ocupava a tela. Peyton notou isso e sua expressão escureceu consideravelmente.

– Você não gosta do Osborn? – Peter perguntou. – Ele me disse que você costumava trabalhar para ele.

– *Você* conhece Norman Osborn? – perguntou Peyton. Ele falou como se um cachorro tivesse acabado de se declarar imperador.

– O filho dele é meu melhor amigo – explicou Peter.

– Ouvi dizer que ele tem dificuldades com o filho.

– Isso é um eufemismo. É uma relação bem fria. – Ele achou que era uma boa ideia enfatizar a distância. Se Peyton fosse falar sobre Osborn, provavelmente gostaria de saber que Peter não repetiria tudo o que ouvisse.

Peyton parecia sombrio. – Digamos apenas que eu não gosto do jeito que ele conduz os negócios. – Era como se ele tivesse um gosto ruim na boca. – No entanto, como você é amigo do filho, não direi mais nada.

Peter riu. – Acredite em mim, se o Harry estivesse aqui, ele estaria louco para ouvir todos os podres que você tem sobre Norman.

– Bem, você não pode estar perto de alguém assim e não ver como essa pessoa opera – disse Peyton. – Osborn tem uma mente brilhante, não nego isso nem por um segundo, mas é como ele a utiliza que me incomoda. Ele é sem escrúpulos, e eu me preocupo como isso se aplica a ele como prefeito.

– Sem escrúpulos de que forma?

– Muito disso é rumor e insinuação – admitiu Peyton. – Mas já ouvi essas coisas muitas vezes para não pensar que há alguma verdade nelas. Osborn trabalhará com qualquer pessoa que possa servir a seus propósitos, e se alguém tiver vantagem sobre ele, ele não poupará esforços para reverter o equilíbrio de poder. Ele também tem um histórico de montar armadilhas, atraindo alguém com uma oferta irresistível, mas a armadilha se revelará sempre uma pílula venenosa.

Isso pareceu uma boa abertura.

– Eu o vejo frequentemente nas notícias com Wilson Fisk – provocou Peter. – Você acha que ele se associaria a alguém assim?

Peyton riu. – Ele não hesitaria. Se ele acredita que isso lhe trará mais poder, influência ou lucro, ele fará acordos com qualquer um, inclusive Wilson Fisk. Mas estar envolvido com alguém assim não é como eliminar concorrentes na indústria de tecnologia, e provavelmente Osborn sabe disso.

– O que você quer dizer com isso?

– Ele nunca faz apenas negócios – Peyton balançou a cabeça, como se estivesse se lembrando de algo. – Norman Osborn tem uma mania de dar a volta por cima. Ele não faria um acordo com Wilson Fisk, a menos que estivesse certo de que poderia, se necessário, eliminá-lo como rival, enquanto mantém sua própria reputação limpa. Se Osborn está lidando com alguém que tem histórico de devorar seus concorrentes, então ele vai se certificar de que tem uma maneira de ser mais esperto do que o outro.

Peter pensou sobre isso. Ele sempre soube que Osborn poderia ser impiedoso em sua busca pelo poder. No entanto, nunca pensou sobre o que isso significaria para Osborn e Fisk – dois mestres manipuladores – se tentassem usar um ao outro. Norman certamente estaria em uma posição para dar algo a Fisk, favores políticos ou algo assim, mas ele poderia de alguma forma tornar o Rei do Crime "grande demais para falhar"?

Ele considerou tudo o que eles descobriram nas últimas semanas – a extorsão, os agentes militares, o programa de rádio, os sósias, as conexões com Wall Street. Eles não conseguiam identificar o objetivo, mas algo que se destacou foi o elemento financeiro, exatamente como MJ havia dito. Talvez, ele pensou, essa fosse a chave.

Quando ele olhou para cima, percebeu que Peyton estava olhando para ele.

– Desculpe... O quê?

– Eu disse que a pausa acabou – disse o administrador do laboratório, com acidez. – De volta ao trabalho, rápido.

– Sim – respondeu Peter. – Só me dê um minuto, o.k.? Preciso fazer uma ligação rápida.

Antes que Peyton pudesse responder, ele correu para fora e pegou seu celular. Ele estava com medo de que ela não atendesse.

– Aqui é a Watanabe.

– O que sabemos sobre as conexões de Fisk com Wall Street?

Ela deu uma risadinha. – Quais delas? Não se pode trabalhar no mercado imobiliário de Nova York sem ter laços sérios com várias empresas bancárias. Ele está completamente envolvido com muitas dessas pessoas.

– Há algo incomum? – disse Peter. – Alguma pista de que ele possa estar tentando exercer pressão sobre o governo da cidade?

– Espere um momento – ela respondeu. – Vou ver se alguém no setor de crimes financeiros ouviu algo. Pode me dar um minuto?

Peter olhou para o prédio. Não queria fazer o trabalho esperar muito, mas isso parecia importante.

– Sim, posso esperar, desde que não seja muito demorado. – Watanabe o colocou em espera.

ELA voltou após cinco minutos, embora tivesse parecido muito mais tempo.

– Então, há algo – disse ela. – O comissário de finanças de Nova York está se afastando. Dizem que é por problemas de saúde. Foi muito repentino, e ele não parece doente.

– Talvez ele esteja se afastando para não desenvolver problemas de saúde?

– Essa possibilidade foi sugerida – ela admitiu. – Enfim, Fisk está no conselho que nomeará o seu sucessor. Osborn tem dado pistas de que o próximo comissário deve ser alguém com experiência no mundo real, não apenas outro burocrata do governo. Ele está planejando anunciar a nomeação em um baile em homenagem a Fisk por seu trabalho filantrópico.

– E se ele simplesmente anunciar que o escolhido é o Fisk? – disse Peter. – Que melhor maneira de distanciar Fisk de seu passado sórdido do que fazer o anúncio enquanto celebram sua generosidade avassaladora?

– O que Osborn ganharia com isso?

– Não tenho nenhuma pista – disse Peter. – Mas vamos esquecer isso por um momento. Ele tem seus próprios motivos, disso podemos ter certeza, mas estamos mirando em Fisk. O que ele seria capaz de fazer, que vantagem ele teria, se fosse nomeado para esse cargo?

– Eu nem quero pensar nisso – ela disse. – Ele teria acesso a informações sobre as finanças de todos os funcionários da cidade, de todos os órgãos da cidade, incluindo o departamento de polícia. E ele estaria em posição de se beneficiar dos investimentos da cidade. Isso poderia ser um enorme conflito de interesses.

– Desde que as pessoas que investigam esse tipo de coisa não sejam ameaçadas por ele – ele retrucou. – Extorsão é o seu forte, e com a ferramenta certa, ele poderia operar sem qualquer supervisão real.

– Com certeza – ela disse.

– E embora ele possa se beneficiar das finanças da cidade, ele também poderia prejudicá-las, certo? – Ele reprimiu um arrepio enquanto as implicações chegavam a sua mente. – Quer dizer, ele poderia sabotar os investimentos da cidade, causando o caos se quisesse?

– Suponho que sim – ela disse. – Nunca aconteceu antes. O comissário de finanças geralmente não é alguém que gostaria de prejudicar a cidade, mas se for o Fisk, então estaremos em águas desconhecidas.

– Mais como águas infestadas de tubarões – disse Peter. – Então, se ele for nomeado para o cargo, isso pode torná-lo grande demais para falhar, não é? É o que dizem sobre instituições bancárias, não porque são superpoderosas, mas porque o governo não pode deixá-las quebrar, pois sua falência destruiria a economia. Se o Fisk se tornasse comissário de finanças e falhasse, ele poderia levar a cidade junto.

— Pode ser isso — sussurrou Watanabe. — Ele estaria tão bem protegido como um criminoso desejaria estar. Policiais e promotores teriam medo de tocá-lo. Até mesmo jornalistas hesitariam em derrubar a estrutura financeira da cidade. Ninguém gostaria de ser responsável por esse nível de destruição.

— Tem que ser isso — disse Peter. — Então, como o paramos?

— Essa é uma pergunta séria? — perguntou Watanabe. — Podemos não gostar disso, mas, por lei, o prefeito tem o direito de exercer as funções do seu cargo.

— O.k., essa foi a forma errada de colocar o assunto — disse ele. — Mas *temos* que detê-lo, ou encontrar uma maneira de expor isso antes que Osborn possa agir. Temos que garantir que Fisk não consiga o cargo.

Watanabe suspirou. — Normalmente, eu lhe diria para se acalmar e levar as coisas devagar, mas neste caso acho que você está certo — disse ela. — Mas não podemos ser descuidados. Deixe-me revisar minhas anotações e ver se posso elaborar um plano. Ainda temos algumas semanas, então não vamos enlouquecer.

— Você me conhece...

— Já me sinto melhor. — Ela encerrou a chamada.

Peter guardou o celular e voltou para o laboratório, onde Peyton se virou de um computador para olhar com raiva para ele.

— Eu fiquei muito tempo fora? — Peter perguntou.

— Este trabalho não é um hobby — disse Peyton. Seu rosto redondo parecia incomumente contraído. — A pausa acabou e temos coisas importantes para fazer. O diretor, por algum motivo, está contando com você e, mais uma vez, você está atrasando nosso progresso.

— Eu sei, desculpe — disse Peter. — Foi algo importante. Desculpe. Vamos começar.

Peyton franziu a testa e começou a abrir programas. Felizmente para Peter, ele foi facilmente distraído por sua pesquisa. Ele estava certo em estar com raiva, e Peter não sabia quanto tempo mais conseguiria continuar se safando.

TRINTA E UM

— **EU** preciso ver você o mais rápido possível — disse Watanabe. — Código vermelho. — Peter grunhiu interiormente. Era a primeira vez que ela o contatava em dias, apesar de várias mensagens frustradas que ele havia deixado em seu celular.

Ele acabara de entrar em seu apartamento depois de um turno de doze horas no laboratório. No final do dia, o diretor do laboratório havia feito uma descoberta e criado uma nova teoria sobre como aumentar a integridade sináptica simulada nos relés protéticos. Mas a mente de Peter estava virando mingau, e ele foi mandado para casa — disseram para ele comer alguma coisa, tomar banho e voltar em duas horas.

— O que está acontecendo? — ele perguntou a Watanabe.

— Apenas venha aqui. É importante. — Ela deu a ele a localização, e Peter imediatamente começou a se preparar.

ELE apareceu vinte minutos depois, o que era quase um recorde pessoal. Do ponto de vista do telhado, ele podia ver Manhattan espalhada ao redor. A Torre dos Vingadores iluminava a noite a distância. Buzinas de carros soavam, pessoas riam, gritavam e choravam, e tudo ecoava pelos cânions dos prédios. Ele sentia que deveria cuidar de tudo, e era demais.

Watanabe estava esperando por ele.

– Haverá um evento para angariar fundos no Museu de Arte Contemporânea de Manhattan hoje à noite – disse ela.

– Sim, eu sei – disse o Homem-Aranha. – Fisk estará lá.

As sobrancelhas dela se ergueram. Talvez ela estivesse impressionada que ele soubesse a agenda do alvo deles. Ele não contaria a ela que sabia porque sua namorada estava seguindo o tal alvo. Ele havia se preocupado com isso o dia todo e planejava fazer uma ronda esta noite para se distrair.

– Bem, recebemos uma dica de que será atacado por Lápide – ela disse. – Aparentemente, Fisk tem tirado muito do negócio dele ultimamente, e ele quer se vingar. Minha fonte me disse que ele não se importa se civis ficarem no fogo cruzado. Na verdade, ele espera por isso.

Lápide era problema sério. Lonnie Lincoln era um chefe do crime no centro da cidade cujo território estava diminuindo desde que Fisk voltara. Com sua aparência pálida, força sobre-humana e dentes afiados, ele era um cara bem assustador. Brigar com Fisk em um ambiente público só poderia resultar em um grande número de mortos.

– Que tipo de presença policial haverá? – perguntou ele.

– É aí que está o problema – disse ela, com uma expressão amarga no rosto. – Não haverá nada além da segurança habitual. Tentei levar isso para a cadeia de comando, mas meu chefe disse que não há evidências suficientes para despachar reforços. Suas fontes lhe disseram que Lápide está se escondendo, tentando evitar um confronto aberto com Fisk. Eu o pressionei até que ele concordou em alertar o pessoal, mas isso não importará se Lápide enviar um exército para atacar o local.

– Por que seu chefe está ignorando isso? – ele perguntou. – Será que ele está nas mãos de Fisk?

– Não tenho ideia – ela disse. – Talvez ele esteja certo, e talvez a ameaça não seja realmente verdadeira. É possível que Fisk prefira que seu próprio pessoal lide com isso. Mas a última coisa que quero ver é um tiroteio com um monte de civis no caminho.

– Quer que eu impeça isso?

– Não é minha primeira opção – ela disse, franzindo o rosto. – Muitos policiais ainda acham que você matou Abe Remzi. Dar as caras, como se diz, não seria ideal, mas talvez você seja a única opção se quisermos evitar que isso aconteça. Se você for até lá e vir algo acontecendo, me avise imediatamente. Se armas forem sacadas, talvez você possa evitar que alguém se machuque até que eu possa chegar com mais unidades. Depois você se manda.

O Homem-Aranha assentiu. – Combinado.

Evitar a morte de um monte de pessoas inocentes já seria motivação suficiente, mas saber que MJ estaria lá significava que ele não tinha tempo a perder. Ativando o telefone em sua máscara, ele ligou para ela.

– Mary Jane, você tem que reconsiderar esse evento beneficente – ele disse. – Vai ter problemas.

– Que tipo de problemas? – Ela parecia ofegante, como se estivesse se apressando para se arrumar.

Ele deu a ela a versão curta, mas MJ não pareceu se preocupar. Na verdade, foi exatamente o oposto.

– Vou ficar de olho, mas se algo assim acontecer, tenho que estar lá para reportar – ela soava empolgada com a perspectiva.

– Você está mesmo se ouvindo? – ele perguntou. – Você pode ser morta.

– Olha, eu vou ter cuidado – ela disse. – E obrigada pelo aviso. – Antes que ele pudesse responder, ela encerrou a chamada.

O Homem-Aranha soltou um gemido de frustração, mas não era como se pudesse encontrar MJ e prendê-la com teias até depois do evento. O.k., ele provavelmente poderia fazer isso, mas não parecia ser a melhor abordagem. A melhor jogada seria ficar de olho no evento e, se tiros começassem a ser disparados, garantir que ela estivesse em segurança.

Ele chegou ao museu e encontrou um caminho para dentro através de uma janela superior. Os eventos estavam programados para o salão principal, perto da entrada, e havia muitos vestíbulos sombreados onde ele poderia se esconder. Música suave ecoava, tocada por um quarteto de cordas. De sua posição segura, ele podia observar os homens em seus ternos, as mulheres em seus vestidos, os garçons carregando bandejas de coisas que pareciam realmente deliciosas para alguém que não teve a chance de jantar.

Nada perigoso estava acontecendo. Depois de alguns minutos, Fisk entrou, seguido por MJ. Ela manteve uma distância respeitosa enquanto escutava suas bobagens. Cada vez que ele terminava uma conversa, ela conversava brevemente com quem Fisk havia falado e, em seguida, corria para escutar a próxima troca de palavras. Ele nem sabia por que ela se incomodava. Certamente seria um monte de *blá, blá, blá*. Ela poderia simplesmente escrever isso, não poderia?

Não, provavelmente não poderia.

CONFORME a noite se arrastava, ele entrou em contato com Watanabe, informando-a de que não estava acontecendo nada. Então ele voltou sua atenção para a cena envolvente de pessoas em pequenas conversas. Fascinante. E elas estavam comendo aqueles pedacinhos deliciosos de comida como se não fosse nada demais. Esse era o privilégio de ser rico, ele supôs. Você podia encher a boca com petiscos caros enquanto pessoas comuns se agarravam às escuras no teto.

Um movimento inesperado ou um estranho flash chamou sua atenção. Ao mesmo tempo, seu sentido aranha entrou em alerta. Do lado, havia três homens de sobretudos. Eles estavam segurando armas. A experiência de Peter sugeriu que pessoas vestidas dessa maneira poderiam ter atividades duvidosas em mente.

As armas o surpreenderam, porém. Ele esperava fuzis, mas eles tinham apenas pistolas – armas discretas que pareciam mais com um revólver de serviço de um policial do que outra coisa.

O Homem-Aranha olhou novamente ao redor do local. A fonte de Watanabe disse que um pequeno exército estava vindo para atacar Fisk, mas não havia sinais de ninguém além desses homens. Teoricamente, três homens poderiam derrubar Fisk, e talvez fizessem isso com menos danos colaterais. Embora as pistolas não fossem exatamente de alta precisão, as chances de um inocente ser ferido eram inaceitavelmente altas. Ele teria que intervir.

Melhor eu receber um agradecimento de Fisk – pensou ele. – *Pelo menos uma cesta de frutas.*

Ele ligou para Watanabe para atualizar a situação. – Talvez você deva ficar para trás, a menos que eles façam um movimento – sugeriu ela.

Isso não era uma opção. MJ estava lá embaixo.

– Ficar esperando vai levar muito tempo – disse ele – e envolverá pedaços de chumbo se movendo em alta velocidade.

– O.k., estou chamando reforços – respondeu ela. – Espere o máximo que puder sem correr o risco de alguém se machucar. O reforço estará lá em breve, e se você conseguir sair sem ser visto, facilitará a vida de todos.

Assim que encerrou a ligação, viu que os três homens estavam saindo das sombras e se aproximando da multidão. Ninguém os notara ainda.

Ele disparou uma teia para balançar para baixo, mas assim que saltou de seu poleiro, viu mais três homens de sobretudo emergindo do outro lado da sala. Isso significava que ele não podia enfrentar todos os invasores de uma só vez. Pior ainda, uma vez que a confusão começasse, as pessoas entrariam em pânico. Na confusão, os atiradores teriam mais dificuldade em encontrar seu alvo, mas o risco para os inocentes seria muito maior.

Ele se voltou para o trio original, e percebeu que cometera um grande erro.

NO INSTANTE em que ele se distraiu, os homens haviam tirado seus sobretudos, que estavam no chão atrás deles. Por baixo, os atiradores estavam vestidos como policiais.

– Policial sob ataque! – gritou um deles, sacando sua arma.

O Homem-Aranha girou no ar, convulsivamente se desviando das balas. Ele podia sentir as balas passando por ele, a poucos centímetros de distância. Os outros três homens também se livraram de seus sobretudos e correram para a frente, com armas em punho. Para piorar, havia policiais reais na sala, e eles pensaram que seus colegas estavam em perigo. Isso os tornaria muito mais propensos a atirar primeiro e perguntar depois.

Tudo aconteceu como se tivesse sido coreografado. As pessoas gritavam e corriam. À medida que os policiais verdadeiros avançavam, os impostores se fundiam novamente na multidão. Eles pegaram seus sobretudos, que usariam para escapar. Enquanto isso, os policiais reais sacaram suas armas, apontando-as para o lunático desequilibrado vestido de herói que estava – pelo que podiam ver – atacando o evento.

Alguém ia se machucar, provavelmente ele.

Ele se lançou nas sombras para sair da forma como tinha entrado. Alguém disparou a arma, e o gesso do teto se estilhaçou em pó. Seu sentido aranha explodiu, e ele se balançou pela sala, mal percebendo que estava mudando de direção. Outra rajada de tiros, e ele mudou de direção novamente.

Assim que um policial começou a atirar, os outros seguiram o exemplo, e ele estava vagamente ciente de um estalo discordante enquanto se esquivava para a frente e para trás, lançava teias para cima e para baixo para evitar os tiros. Havia uma nuvem de poeira no ar. Mais gritos. Foi uma bagunça.

Ele viu sua chance de alcançar a claraboia e lançou uma teia, arremessando-se para a frente. Arriscando um rápido olhar sobre o ombro, viu MJ olhando para ele como se ele a tivesse decepcionado totalmente.

ENQUANTO esperava no telhado, Peyton ligou do laboratório para saber onde ele estava.

– Peço mil desculpas – disse ele. – Fiquei envolvido em alguns assuntos pessoais.

– Assuntos pessoais? – repetiu Peyton.

– Sim, eu sei que parece uma desculpa esfarrapada, mas...

– Tínhamos um experimento importante para realizar – disse Peyton. – A integridade da atividade sináptica é fundamental para o sucesso do projeto, e eu precisava de você aqui. Como resultado, tive que lidar com as operações sozinho. Você tem ideia do quanto isso foi difícil?

– Eu sei – respondeu ele. – Sinto muito. – Ele queria dizer que não aconteceria de novo, mas não podia dizer algo que era claramente uma mentira.

– Sua mente não é medíocre – disse Peyton –, mas receio ter chegado à conclusão de que estaríamos melhor com alguém um pouco menos inteligente e um pouco mais confiável.

Houve uma longa pausa.

– Estou dizendo que você está demitido, Peter.

Peter sentiu sua boca aberta. Ele trabalhava no laboratório desde a faculdade. Adorava trabalhar lá. Não *podia* ser demitido, mas enquanto tentava descobrir como dizer tudo isso, Peyton desligou o telefone.

TUDO estava desmoronando. Ele já se sentia horrível, então decidiu arriscar tudo. Sintonizou o receptor de seu traje na estação de rádio de Jameson, onde havia uma transmissão especial após o incidente no museu.

– Até seus defensores – disse Jameson –, os quais há muitos nesta cidade, se perguntam esta noite por que o Homem-Aranha atacaria policiais cumprindo seu dever. Ninguém sabe. Bem, eu sei. Tenho notícias de última hora e vocês serão os primeiros a ouvir. Há agentes corruptos operando dentro de nossa força policial, agindo em nome dessa ameaça enredada. Se ele está manipulando as cordas ou se há alguém acima dele, não há como saber. A maioria dos policiais é composta por pessoas boas, homens e mulheres trabalhadores que arriscam a própria vida todos os dias. Mas sempre há algumas maçãs podres. Todos nós sabemos disso, e estou aqui para dizer a vocês que essas maçãs podres estão trabalhando com esse terrorista balançador de teias. O que esses policiais corruptos esperam ganhar ainda é um palpite, mas vamos explorar essa questão nos próximos dias e semanas.

Ele cortou o sinal e se encolheu enquanto esperava.

QUANDO Watanabe chegou, ela parecia abatida.

– Tudo foi minha culpa – ela disse ofegante ao entrar pela porta. Era como se ela tivesse acabado de subir correndo as escadas. – Parecia uma boa pista, mas Fisk deve ter ludibriado meu informante. Foi uma armadilha.

– Só para me fazer parecer mau?

– Alguém descobriu que você estava trabalhando com um policial, e ele queria que isso parasse. Infelizmente, isso é uma vitória para Fisk, porque teremos que dar uma pausa por um tempo.

– Você não pode estar falando sério.

– A pressão está alta – ela disse. – Estamos todos sendo observados, e meu trabalho será examinado ainda mais de perto. Tenho que ter certeza de que nada do que estou fazendo possa ser ligado a você, pelo menos por enquanto.

Algo apertou em seu estômago. – Mas estamos ficando sem tempo. Se Fisk conseguir o cargo, nunca mais poderemos detê-lo.

– Eu sei – ela disse – e vou fazer tudo o que puder para evitar que isso aconteça, mas vou ter que fazer isso sozinha. Pelo menos por enquanto. Isso significa que você também precisa ficar longe do Fisk. Se parecer que você ainda está trabalhando com o departamento de polícia, isso vai tornar minha vida muito mais difícil.

– Não posso simplesmente ignorar tudo isso – ele disse.

– Olha, isso é um revés – ela admitiu. – Fomos enganados e perdemos. Agora há consequências. Talvez você possa trabalhar para expor o impostor, mas fique longe de Fisk e de suas propriedades. Estou lhe pedindo isso como um favor pessoal e como profissional. Se não o fizer, só estará colaborando com ele. Agora, você é tóxico.

Ele balançou a cabeça, mas no final concordou. Não havia mais nada que pudesse fazer.

– **O QUE** você está fazendo aqui? – MJ perguntou quando ele entrou rastejando pela janela de seu apartamento. O apartamento dela estava bagunçado, assim como o dele, com revistas, livros, roupas e potes de comida espalhados por toda parte. Era melhor iluminado, no entanto, o que, ele supôs, tornava-o menos deprimente.

– Só precisava falar com você.

Ela cruzou os braços e balançou a cabeça. – Você é a última pessoa com quem quero falar agora. Não posso acreditar no que aconteceu esta noite. Você realmente atacou aqueles policiais?

– Não, claro que não – ele disse. – Como você pode sequer me perguntar isso? Foi uma armadilha. Fomos enganados. Não deveria ter agido tão precipitadamente. Eu cometi um erro. – Parecia a coisa certa a dizer, mas Peter não estava realmente certo. Pessoas que pareciam planejar algo ruim sacaram armas. Ele não podia apenas esperar para ver o que aconteceria a seguir, na remota possibilidade de que eles não pretendessem realmente machucar ninguém. No entanto, ele não tinha forças para explicar tudo isso.

Parecia mais fácil admitir culpa.

– Deixa eu te perguntar uma coisa – MJ disse. – Se eu não estivesse lá, você teria cometido o mesmo erro? – Peter suspirou. Ele não sabia a resposta. Talvez ele tivesse sido um pouco mais cauteloso, mas como ele poderia ter certeza? Ele fez o que achou que precisava fazer para manter as pessoas seguras. Ela interpretou o silêncio dele como uma resposta. – Foi o que eu pensei.

– Você está dizendo que eu não devo agir se achar que você está em perigo?

– Não é isso – ela insistiu –, mas às vezes você enxerga perigo onde não há. Você está tão determinado a me manter segura que para de pensar e começa a agir. Você poderia ter sido morto. Você poderia ter colocado outras pessoas em perigo.

– Eu sei – ele disse –, mas a alternativa era não fazer nada, e você sabe que isso não é uma opção para mim.

Ela respirou fundo. – Peter, eu te amo, mas não posso continuar vivendo assim. Você está me sufocando. Tenho medo de te contar o que estou fazendo, medo de que *quando* eu contar, você apareça. Você não me deixa viver minha vida.

– Eu sei que você se sente assim, mas...

– Mas você tem que ser quem você é – ela disse. – Eu entendo isso, mas talvez seja hora de você ser quem você é com um pouco de distância de mim. – Ela deu um passo em direção a ele, mas depois retrocedeu.

O silêncio durou apenas um ou dois segundos, mas parecia interminável. Parecia que a gravidade tinha aumentado. O corpo de Peter parecia mais pesado. O ar estava espesso em seus pulmões.

– Você está terminando comigo?

– Apenas acho que é melhor – ela disse. – Por enquanto. Nós ficarmos separados...

Ele não queria mais ouvir. Não podia. Ele estava fora da janela e seguindo pela noite antes mesmo de perceber – seguindo pelo escuro, sem saber em que direção estava indo. Ele não ouvia nem via nada ou ninguém. O barulho e a vista da cidade eram um borrão, uma névoa, nada mais inteligível do que estática.

ELE não tinha certeza de quanto tempo havia se passado, mas sabia que devia ter dado voltas em círculos. Parou sem pensar, pousando em um telhado. A extensão das luzes da cidade se avultava atrás dele.

Tudo tinha sido arruinado. Ele havia perdido o emprego. Yuri não queria mais a sua ajuda. Ela nem queria que ele fosse atrás de Fisk. Seu melhor amigo se fora, e não era provável que voltasse tão cedo, e agora sua namorada tinha terminado com ele porque ele havia arruinado tudo.

Ele queria listar todas as razões pelas quais ela estava errada, mas sabia que ela não estava. Ele sabia que tinha estragado tudo. Ser o Homem-Aranha tinha transformado sua vida em uma bagunça, e ele não via nenhuma maneira de isso melhorar. Ele havia destruído quase todos os seus relacionamentos e estava completamente sozinho.

TRINTA E DOIS

BINGHAM não tinha como saber quanto tempo havia passado no laboratório. Não havia jornais ou transmissões de televisão. A TV não funcionava como a da outra sala, onde ele poderia ligá-la e assistir a programas. Ali não tinha nada passando, a menos que ele escolhesse algo.

No começo, ele estava contente por não ter que discutir com ninguém sobre o que assistir. Ele podia ficar em seu quarto e assistir ao que quisesse pelo tempo que quisesse, ou até assistir à mesma coisa repetidamente. No entanto, depois que a diversão passou, ele começou a se sentir solitário. Os médicos, técnicos e guardas não conversavam com ele. Quando ele perguntou se podia voltar para o seu antigo quarto, disseram que não havia mais ninguém lá.

Todos tinham partido.

Isso significava que eles haviam morrido. Ele sabia disso, mas não queria dizer em voz alta. Parecia ruim, e tirava a atenção do que era realmente bom. Eles haviam morrido, sim, mas Bingham havia sobrevivido. Ele podia fazer o que nenhum dos outros conseguia fazer. Ele podia viver.

Sua mente estava funcionando de forma diferente. Ele sabia disso. Eles o submetiam a testes onde ele tinha que responder a perguntas, escrever coisas, escolher formas ou falar sobre imagens. Nem sempre ele entendia os testes, mas podia perceber que impressionava os examinadores. Ele nunca se saíra bem em testes antes, e ele gostava daquela sensação.

Seu corpo também estava mudando. Ele ficou magro e musculoso, mesmo sem se esforçar muito para isso. Não havia mudado sua alimentação e nunca levantava pesos, exceto quando os técnicos do laboratório pediam. Isso acontecia por causa dos remédios.

Ele podia pular agora – distâncias absurdas que não faziam sentido. E podia escalar paredes, até mesmo as lisas. Às vezes eles o faziam lutar contra os guardas, e no começo ele odiava isso. Bingham sempre odiou lutar, porque acabava se machucando. Agora ele não estava mais se machucando, e descobriu que gostava de ser bom em lutar. Os caras vinham com as camisas levantadas, tentando parecer durões com seus músculos grandes, mas Bingham era mais forte. Ele era mais rápido. Ele, de alguma forma, sabia o que eles iriam fazer antes de se moverem. Seu corpo reagia sem que ele precisasse dizer o que fazer.

– Quando posso lutar novamente? – ele perguntava ao diretor, e o diretor sorria como se tivesse um segredo. Uma vez ele atacou o diretor. Ele não se lembrava bem – era como se houvesse uma névoa em sua mente. Os guardas devem tê-lo impedido, porque o diretor continuava voltando. Toda vez ele entrava com guardas já apontando suas armas.

Bingham entendia o que as pessoas diziam, mas também entendia o que elas queriam dizer quando não falavam nada. Isso era novo também. Ele estava mais inteligente agora. Era como se o remédio tivesse limpado a névoa. Ele podia enxergar as coisas de uma forma que nunca tinha visto antes – ele fazia conexões. Eles lhe serviam um hambúrguer, e em vez de simplesmente comê-lo, ele entendia coisas sobre hambúrgueres, de onde eles vinham e como eram preparados. Ele de repente percebia que todos os hambúrgueres que ele já havia comido faziam parte dele. Que ele era um pouco hambúrguer. Não ele inteiro, mas uma parte. Ele não conseguia entrar em contato com alguma coisa sem que ela o mudasse, e sem que ele a mudasse. Entender isso lhe dava um tipo de poder, mas ele não queria usar esse poder ainda.

Ainda não. Ele estava esperando o momento certo.

Um dia o diretor entrou em seu quarto. Havia quatro guardas com ele, e todos estavam apontando armas para Bingham. Ele não se importava com os guardas e as armas. Eles não atirariam nele a menos que ele fizesse algo, embora agora ele olhasse para eles e se perguntasse se conseguiria pegar as armas deles sem ser ferido. Em sua mente, ele viu como poderia fazer isso. Eles não seriam capazes de impedi-lo, mas Bingham não fez isso porque tinha medo de que o diretor pudesse ficar bravo com ele. E se eles parassem de dar o remédio para ele? Isso o assustava mais do que tudo.

– O chefe está muito desapontado com você – disse o diretor.

Isso perturbou Bingham. Ele sentiu pânico e não conseguia entender o que havia feito de errado. Talvez ele *devesse* tirar as armas dos guardas antes que eles fizessem algo contra ele. Mas Bingham decidiu que ouviria um pouco mais do que o diretor estava dizendo. Era o tipo de coisa que ele poderia entender agora, mas que antes ele jamais teria compreendido.

– O que eu fiz? – perguntou ele.

– Não é culpa sua, Michael – disse o diretor –, mas o medicamento não age em você como o chefe gostaria. Ele esperava que curasse uma doença.

– Eu tenho uma doença? – essa notícia foi alarmante. Bingham nunca se sentira tão saudável.

– Não, você não tem, mas pelo modo como seu corpo responde ao medicamento, podemos saber se ele curaria essa doença. O chefe esperava que seu corpo reagisse de um jeito, mas reagiu de outra forma – explicou o diretor.

– Ele me tornou capaz de fazer coisas – disse Bingham.

– Sim, tornou – concordou o diretor. – Deixe-me fazer uma pergunta, Michael. Você sabe quem é o Homem-Aranha?

Bingham pensou naquela noite na rua. Ele precisava de ajuda, mas o Homem-Aranha o ignorou. Ele havia se perguntado sobre isso por muito tempo e tinha decidido que o Homem-Aranha não era real. Ele era como uma daquelas histórias sobre deuses e heróis antigos – mas agora Bingham podia fazer tantas coisas que o Homem-Aranha supostamente podia fazer. Havia realmente apenas uma conclusão que ele podia tirar.

Ele não tinha visto uma pessoa real naquela noite. Ele tinha visto o próprio futuro.

– Eu sou o Homem-Aranha – disse Bingham.

O diretor não disse nada por um longo tempo. Ele olhou para Bingham e piscou várias vezes, um sinal de que estava tentando entender algo.

Bingham notava esse tipo de coisa agora.

– Acho que o chefe ficará feliz em saber disso – disse finalmente o diretor.

Depois disso, eles começaram a dar a ele muito mais do medicamento, e começaram a treiná-lo de uma maneira muito diferente.

TRINTA E TRÊS

NO NOTICIÁRIO, falaram sobre Fisk, e Peter pegou o controle remoto para desligá-lo, mas não conseguiu fazer seu dedo se mover.

Todo dia parecia com o anterior. As semanas desde os acontecimentos no museu — desde que Watanabe havia terminado a parceria com ele, desde que MJ havia terminado com ele — tinham passado em um nevoeiro. Peter ainda saía como o Homem-Aranha. Ele até enfrentou o Escorpião e o Electro novamente, enviando-os para a prisão. A cidade ainda precisava de proteção, afinal de contas, mesmo que muitas das pessoas que ele salvou tivessem medo dele. Ele se afastou de Fisk porque Watanabe pediu. Isso só pioraria as coisas, ela disse, mas ele não sabia como poderiam piorar.

Apesar de tudo, ele se lembrava de Anika. A raiva surgia, mas agora estava misturada com desespero e uma sensação de impotência. A morte dela continuaria sem sentido. Nada poderia mudar isso.

Ele assistiu a um repórter na frente da Torre Fisk.

— O prefeito Osborn anunciará o novo comissário de finanças no baile — disse o repórter — e houve muita especulação de que sua escolha será Wilson Fisk. Antes uma figura controversa, o gigante do mercado imobiliário se reinventou como um novo tipo de empresário, amado tanto pelos ricos quanto pelos cidadãos comuns. Um recente aumento nos títulos municipais sugere que Wall Street é favorável à nomeação.

Enquanto o repórter falava, Fisk apareceu atrás dele, seguido por Maya Lopez. Os repórteres se aproximaram e gritaram perguntas enquanto os dois seguiam em direção a uma limusine.

– Não estou buscando ser comissário de finanças – disse Fisk – e não espero que o prefeito Osborn me peça isso. No entanto, estou pronto para servir a esta cidade que eu amo, se e quando for chamado.

A matéria terminou, e Peter conseguiu desligar a TV. Houve uma batida na porta, que ele presumiu ser sua pizza, mas quando ele abriu, encontrou MJ parada ali. Ela usava jeans desbotados e uma camiseta branca sob sua jaqueta de couro marrom. Seu cabelo estava um pouco desarrumado pelo vento.

Ela estava linda.

Peter não disse nada porque não sabia o que dizer. Tinham se passado semanas desde que ele a tinha visto. Ele pensava nela todos os dias, pensava em visitá-la toda vez que voltava de uma patrulha. Ela era a única pessoa com quem ele poderia discutir sua vida dupla, mas ele não queria impor-se a ela. Ela tinha pedido espaço, e ele estava disposto a dar isso a ela.

– Olá – disse MJ. – Acho que esse é o cumprimento tradicional.

– Ah, desculpe – ele disse, afastando-se para deixá-la entrar. – Olá. Eu estava esperando uma pizza.

– Recebo muito essa reação. – Ela se esgueirou por ele e examinou seu apartamento, que parecia que as autoridades tinham invadido e revirado sua bagunça habitual. – Você nunca foi muito bom em manter a casa arrumada, mas esse é um novo nível.

– O sábado foi um novo recorde – disse ele. – Eu arrumei as coisas desde então. Está em outro patamar. – Ela olhou para cima, e eles trocaram olhares. – MJ, o que você está fazendo aqui?

– Eu vim te ver porque você está deprimido. – Ela ergueu uma pilha de pratos sujos de uma cadeira e os colocou suavemente no chão. Ela examinou o assento e então se sentou.

– Como você sabe disso?

– Porque eu te conheço – ela disse. – Peter, nós somos amigos há muito mais tempo do que fomos um casal, e eu sou a única pessoa com quem você pode falar sobre as diferentes partes da sua vida. Só porque não estamos mais juntos não significa que não podemos conversar.

Ele cruzou os braços. – Você disse que queria espaço.

– Tenho quase certeza de que nunca disse...

Houve outra batida na porta. MJ chegou primeiro. Ela pagou pela pizza e depois procurou um lugar para colocá-la. Finalmente, ela achou um pouco de espaço na bancada da cozinha.

– Olha, se você não quer falar comigo, eu vou embora – ela disse. – Assim que terminar minha parte da pizza. Tem pratos limpos?

– Tenho alguns guardanapos de papel.

– Acho que isso serve.

Não havia sentido em lutar contra isso. Além disso, ele ficou feliz em vê-la. MJ realmente o entendia melhor do que qualquer outra pessoa, e ela estava certa de que ele precisava de alguém com quem pudesse conversar. Depois de ambos pegarem os guardanapos e a pizza, Peter rapidamente comeu uma fatia, o que lhe deu energia para iniciar uma conversa.

– Como estão as coisas no laboratório? – perguntou MJ.

– Não faço ideia – disse Peter. – Fui demitido.

– Oh, Peter... – ela começou.

Ele percebeu que estava sendo injusto, buscando simpatia. – Você sabe que nunca me dei bem com o Peyton. Vou falar com nosso chefe para tentar recuperar o emprego, mas não tenho energia para isso agora.

– Isso porque você está ocupado sentado em um apartamento bagunçado?

Ele balançou a cabeça. – Eu simplesmente não sei o que fazer. Talvez eu não tenha opções e precise aceitar não fazer nada. Se Osborn oferecer a Fisk aquela posição, ele realmente será impossível de deter. Ele terá poder, influência e acesso, e a polícia não poderá se aproximar dele. Parece não haver nenhuma maneira de impedir que isso aconteça – ele continuou. – Eu poderia ir ao baile e criar algum caos, mas todos nós vimos como isso funcionou bem no museu. Na melhor das hipóteses, eu poderia impedir que o anúncio fosse feito naquela noite. A longo prazo, isso realmente não faria diferença.

— Então você está desistindo?

— Você tem uma ideia melhor?

— Eu não tenho nenhuma ideia — ela disse —, mas essa festa de autopiedade que você está fazendo não está ajudando ninguém.

— Por que eu não deveria me sentir mal? — ele protestou. — Eu venho tentando deter o Fisk há anos. Ele mata pessoas. Ele matou alguém que eu *conhecia*, e não só falhei, mas fiquei nas mãos dele. Agora, estou sem opções. Não posso resolver esse problema com minhas teias.

— Você não está sem opções — disse ela, dando uma mordida. — Apenas sem ideias, então arranje novas. O Peter Parker que eu conheço não desistiria. Se não pode resolver isso com teias, resolva com a inteligência. Use sua compaixão. Peter, às vezes você se importa demais com os outros. Isso pode ser um problema. Foi um problema para nós, mas também é uma das coisas que o torna incrível. Em algum lugar por aí, existe uma resposta que levará você a um novo caminho. Talvez seja uma pessoa, talvez não. Você só precisa descobrir e seguir seu coração.

— Isso é fácil para você dizer — ele retrucou.

MJ limpou os dedos no guardanapo e o colocou sobre a caixa de pizza.

— É verdade — disse ela calmamente. — É fácil para mim apenas dizer, e é difícil para você fazer, então talvez seja hora de começar. — Ela se levantou. — Agora você está ocupado se convencendo de que não pode detê-lo. Quando decidir mudar isso, me avise. — Ela saiu sem esperar por uma resposta.

Peter ficou ali com uma fatia de pizza pendurada em sua mão. Ele pensou em chutar alguns móveis, mas decidiu que isso seria inadequado. Em vez disso, pensou que talvez devesse limpar seu apartamento e começou movendo algumas louças sujas para a pia. Lavar a louça de fato era um projeto para outro dia. Então ele se jogou no sofá e percebeu que estava com raiva.

Estar com raiva não era prova de que ela estava errada, e isso o irritava profundamente. Sua irritação talvez fosse uma prova de que ela estava certa. Ele *estava* desistindo. Mas ele não via como sua compaixão poderia deter um monstro como Fisk. Foi uma conversa motivadora, mas ela estava certa. Ele não podia deixar Fisk vencer.

Ele tinha que tentar, *realmente* tentar. Ele precisava de uma maneira de chegar até Fisk – de detê-lo – que não envolvesse um confronto direto. Isso poderia significar passar por outra pessoa, mas quem? Watanabe estava fora...

Caramba, ela está certa, pensou. Pela primeira vez em semanas, ele sentiu um sorriso se formando em seus lábios. MJ acabara de vencê-lo na inteligência, e quando Mary Jane fazia o que fazia, era um deleite de se ver. Ele também estava sorrindo porque teve um lampejo de ideia.

NA MANHÃ seguinte, ele apareceu sem avisar no *Clarim Diário*. Para compensar a intrusão e por ter sido um idiota na noite anterior, ele trouxe um café e um muffin, que colocou sobre a mesa dela.

– Maya Lopez... – Ele puxou uma cadeira. MJ sorriu.

– Continue.

– Ela me odeia. Ela ama Fisk, mas ele deve estar mentindo para ela. Ela pensa que eu matei o pai dela. Se eu conseguir convencê-la de que ela está errada, talvez eu consiga que ela me ajude.

– Vou pegar meu arquivo – MJ disse.

QUANDO viu, Maya pensou que seu coração pudesse simplesmente parar.

Ela saiu do banheiro depois de tomar um banho e encontrou o bilhete preso à parede. Melhor, preso à teia em sua parede.

Nós temos assuntos pendentes. Encontre-me no telhado. Venha com a mente aberta, mas pode deixar sua lança em casa. Por favor.

O Homem-Aranha. Por que ele estava fazendo isso? Será que ele queria lutar com ela? Ele temia o que ela sabia? Ele achava que ela era uma ameaça a ele, que ela poderia atacá-lo novamente quando ele não estivesse preparado? Talvez ele quisesse confrontá-la no tempo e lugar de sua escolha.

Não, isso não fazia sentido. O Homem-Aranha era um covarde, um valentão que se escondia atrás de uma máscara e fingia ser um herói. Se ele quisesse impedi-la, ele atacaria sem aviso prévio. Ele a derrubaria do mesmo jeito que derrubou o pai dela.

Aquilo tinha que ser uma armadilha de alguma forma. Ela deveria ignorar o bilhete. Não havia motivo para ela jogar de acordo com as regras dele. Ela deveria simplesmente sair e seguir com sua vida. Que ele esperasse por ela e entendesse que ela não era uma marionete para ele manipular.

Mas ela não conseguia deixar para lá. Ela não conseguia ignorá-lo.

Ele a desafiou, e ela precisava responder.

Maya alcançou sua maquiagem.

ECO saiu para o telhado, preparada para vê-lo balançar e tentar capturá-la em suas teias. Ela estava preparada para ele estar escondido, armando uma emboscada de algum lugar cuidadosamente escolhido. Ela até estava preparada para ele não estar lá. Poderia ser um jogo mental, e quando ela saísse para o telhado, talvez encontrasse nada além do vento e sua própria raiva.

Ela não tinha deixado sua lança em casa.

Maya sempre imaginou que seu confronto final com ele aconteceria em algum lugar escuro, talvez com neblina, certamente com uma iluminação incerta e instável. No entanto, lá estava ele, sob a luz brilhante de uma manhã sem nuvens. Enquanto ela se aproximava com sua maquiagem, segurando sua lança, ela o viu do outro lado do telhado, sentado de pernas cruzadas, folheando um arquivo.

– Você ousa zombar de mim? – ela perguntou. – Está se divertindo com a minha raiva? – Ela esperava que estivesse soando tão imponente para ele quanto soava em sua cabeça.

Ele olhou para cima e levantou a parte inferior de sua máscara, revelando seus lábios.

Ele sabe...

— Isto não é zombaria. Estou tentando parecer inofensivo. Juro, Maya.

— Prefiro que me chame de Eco — ela disse.

Ele sabia que ela era surda, e tinha exposto parte de seu rosto. Isso não significava nada. Mesmo com sua memória perfeita, ela duvidava que pudesse identificá-lo apenas por uma boca, mas esse não era o ponto. Máscaras e trajes eram uma forma de armadura. Ele estava se expondo, tornando-se vulnerável. Seu traje era parte de seu poder, tanto quanto suas teias e suas habilidades. Se ele quisesse se mostrar fraco, ela lhe mostraria força.

Ela avançou.

Parecendo estar tomando seu tempo, como se não tivesse medo, ele se levantou lentamente. Colocou o arquivo no chão e lançou um pequeno fio de teia para mantê-lo no lugar. Em seguida, virou-se para encará-la.

— Eu não quero lutar com você — ele disse. — Eu quero conversar.

Maya empurrou sua lança contra ele, mas ele desviou facilmente. Começou a sentir uma corrente de dúvida percorrendo-a. Ela sabia como lutar contra ele quando ele se comportava normalmente, quando estava revidando, mas ele estava agindo de forma estranha. Eco não sabia como lidar com isso.

Ainda assim, ela precisava tentar. Correu em sua direção e tentou novamente. Desta vez, antecipou seu desvio. Ela já tinha visto aquilo uma vez e sabia o que estava por vir. Maya ergueu a lança, e as pernas dele colidiram com o cabo, desequilibrando-o.

O Homem-Aranha tombou e pousou no telhado, mas se recuperou rapidamente e a enfrentou. Ela se preparou, mas ele não avançou. Ele não lançou suas teias. A cerca de seis metros de distância, ele ficou de mãos erguidas.

— É nessa parte que conversamos — disse ele.

— Você matou meu pai — ela disse. — Pare de brincar e lute comigo.

— Não estou brincando — ele disse. — Por favor, apenas ouça.

Deve ser uma artimanha. Uma armadilha. Se ela soubesse o que ele pretendia, poderia vencê-lo. Em sua mente, ela revisou tudo desde que pisou no telhado. Onde ele começou? Para onde ele se moveu? Ele estava tentando levá-la para uma posição específica? Nada fazia sentido. Ele estava agindo como... como se realmente quisesse conversar com ela. Mas se era isso que ele queria, era a última coisa que ele conseguiria.

Ela avançou novamente, como se planejasse atacá-lo, mas desta vez arremessou a lança, um projétil em direção ao seu peito.

Sua boca se abriu em surpresa. Ele caiu para trás quando a lança passou por cima de sua cabeça e então disparou uma teia, prendendo-a antes que pudesse cair do lado do telhado. Enquanto ele se levantava, afastando-se dela, ele puxou a lança de volta para si. Ele a segurou pelo cabo, a colocou gentilmente no chão e se afastou dela.

– Você a terá de volta – ele disse –, se prometer agir de forma civilizada.

Ele deu alguns passos para trás.

– Você pensa que pode me diminuir – ela rosnou. Ela ficou furiosa com o fato de ele brincar com ela dessa maneira. Ainda assim, ele ficou com as mãos erguidas, palmas para a frente. Ele se movimentou um pouco, permitindo que ela lesse seus lábios.

– Eu não estou menosprezando você, nem brincando. Estou tentando conversar com você. Eu entendo sua raiva. Eu sei o que é perder pessoas, mas eu não matei seu pai, Maya. Disseram a você que eu fiz isso, mas não é verdade.

– Você é um mentiroso – ela disse, e avançou em sua direção, mas ele já tinha ido embora, já estava no ar. Ele pousou e a encarou novamente.

– Não estou mentindo. Eu não o matei, mas eu sei quem o matou. Eu tenho provas, no arquivo.

– Você está tentando me enganar. – Ela pegou a lança e avançou em sua direção. – Está tentando me pegar desprevenida.

– Por que eu faria isso?

Por que ele *faria* isso? Essa era uma boa pergunta. O que ele ganharia mentindo? Ela queria poder ver seus olhos. Muitas vezes conseguia perceber mentiras pelo olhar das pessoas, mas ele usava aquela máscara. Ver sua boca não era suficiente. Ela atacou novamente com a lança.

– Se eu quisesse te machucar – ele disse, saindo do caminho –, por que eu viria até aqui para falar com você? Eu sei onde você mora. Posso seguir praticamente qualquer pessoa, sem dificuldade. Armar uma emboscada para alguém é fácil. Tentar falar com alguém enquanto essa pessoa tenta me empalar é um pouco mais difícil.

Ela deu um passo para trás e se preparou, erguendo a lança como se fosse se defender de um ataque. Mas ele não veio.

– Você já olhou o arquivo da polícia? – Ele deu um passo para trás. Seus ombros pareciam relaxados, como se soubesse que ela estava cedendo. – Você já olhou as evidências?

– Claro que sim. – Ela atacou novamente; sem efeito. Ele estava fazendo-a de boba, e ela estava deixando ele controlar seus movimentos. Então ela parou e colocou a ponta da lança no chão, observando-o, pronta para atacar.

– Se você tivesse revisado o arquivo, então saberia que eu não poderia tê-lo matado.

– O arquivo diz que ninguém mais poderia tê-lo matado. – A boca dele contorceu.

– Fisk te deu o arquivo, suponho.

Ela não disse nada.

– Você deve ter visto um arquivo falso – ele disse. – Eu tenho uma cópia do arquivo verdadeiro da polícia, aqui mesmo. – Ele apontou para o arquivo no chão. – Olhe. Eu li, e sabe o que parece? Que quem te deu essa lança é a pessoa que assassinou seu pai.

Ela deu um passo para trás. – Você está tentando me distrair. – Ele deu um passo à frente, mãos erguidas, como se estivesse se rendendo. Ela virou a lança na direção dele.

– Eu quero que você saiba a verdade – ele disse. – Estou aqui vulnerável porque quero que você veja o quão sério estou falando. Apenas olhe o arquivo.

– Quem entrega seu poder é um tolo – ela lhe disse.

– Talvez sim – ele respondeu –, mas eu preferiria ser um tolo fraco a ser um senhor do crime malvado. Um senhor do crime malvado realmente gordo. Com mãos gigantes. Elas são tipo... – ele abaixou as mãos e as segurou na frente dele, fazendo uma forma de bola. – Elas são tipo... enormes. Como ele desembrulha um chiclete com aquelas coisas? Elas são como bolas de boliche feitas de presunto.

Algo estranho aconteceu. Algo que Maya não esperava.

Ela riu.

O Homem-Aranha a fez rir, e ela não sabia o que fazer com esse fato – porque ela podia ver que ele não era um monstro.

Só porque uma pessoa é encantadora não significa que ela não pode ser má, ela disse a si mesma, mas mesmo enquanto pensava isso, sabia que estava errada. Não era que o Homem-Aranha fosse encantador. Ele era sincero. No entanto, se o que ele tinha a dizer fosse verdade...

Ela nem conseguia pensar o que isso significava. A lança caiu de sua mão. As palavras não pareciam vir dela mesma, mas ela sabia que eram suas.

– Deixe-me ver o arquivo.

– **COMO** eu sei que é verdadeiro? – Ela fechou o arquivo.

– Você é filha da vítima – disse o Homem-Aranha. – Pode ir à polícia e solicitar uma cópia para si mesma. Você encontrará o que está aqui, não o que Fisk lhe mostrou.

Ela piscou rapidamente várias vezes.

– Eu tenho vivido com o homem que matou meu pai. Ele mentiu para mim sobre tudo.

– Sim.

– As outras coisas que dizem sobre ele – disse Maya. – O Rei do Crime. Isso é verdade?

Ela realmente não sabia. Ele achava incrível o fato de ela trabalhar com ele, viver com ele e não ter ideia. Talvez ela precisasse esconder tudo isso de si mesma.

– Sim – ele disse. – Eu vi com meus próprios olhos. Posso conseguir para você os arquivos da polícia também, se você precisar ser convencida. Mas ele é um cara mau, Maya. Ele enganou muitas pessoas. E acho que ele te enganou.

Ele pensou que ela ia chorar. Seu rosto parecia suavizar, mas, de repente, ficou marcado por linhas duras.

– Precisamos detê-lo – ela disse. – Ele precisa pagar pelo que fez.

Peter teve que se esforçar para não sorrir.

– Eu estava esperando que você dissesse isso.

TRINTA E QUATRO

— **A FERRAMENTA** dele é a extorsão — ela disse. — Ele tem algo contra qualquer um que possa ajudá-lo ou prejudicá-lo. Ele tem algo contra o prefeito Osborn, embora eu não saiba o que seja. Ele mantém esses arquivos em pendrives, um em cada um de seus cofres.

Eles haviam ido para o apartamento dela na Torre Fisk. Maya desceu para o escritório, abriu a janela e esperou que o Homem-Aranha entrasse. Ele a viu observando-o, como se oito anos de ódio estivessem em guerra com uma nova compreensão de como o universo funcionava. Ela queria recebê-lo, mas também queria golpeá-lo na cabeça com o primeiro objeto pesado que pudesse pegar.

Ele também teria que ficar de olho nela.

Sentaram-se à mesa de jantar. Ela ainda estava usando suas roupas de Eco, e ele novamente enrolou a parte inferior de sua máscara. Essa era uma das reuniões mais estranhas que ele já teve, embora provavelmente não fosse a mais estranha. Sua mente pensou na conversa que ele teve com o Escorpião e Herman Schultz no Bar Sem Nome.

Sim, definitivamente não era a mais estranha. Ainda assim, duas pessoas fantasiadas apenas conversando.

— Quantas cópias ele tem dos arquivos de extorsão?

— Pelo menos meia dúzia. — Ela levou a mão ao rosto como se fosse esfregá-lo, mas parou quando se lembrou de sua maquiagem. Ela parecia cansada, esgotada, perdida e assustada. Seu mundo inteiro tinha sido virado de cabeça para baixo, mas ela estava tentando seguir em frente.

— Talvez você precise de um pouco de tempo para lidar com tudo isso — sugeriu ele. — Podemos nos encontrar novamente...

— Não — ela o interrompeu. — O que eu vou fazer até lá? Continuar fingindo? Esqueça. Você me mostrou a mentira, e agora você tem que lidar com isso; comigo, agora mesmo, porque eu não posso voltar atrás.

O Homem-Aranha assentiu. — Só queria ter certeza de que você não precisava de espaço.

— Não preciso — ela disse. — Não preciso de espaço, distância, tempo ou qualquer outra coisa para me distrair do que precisa ser feito. O problema existe, então ele deve ser confrontado. Agora, sem hesitação ou arrependimento.

Isso era impressionante. Ele não conseguia escolher uma marca de cereal sem hesitar ou se arrepender. Ele admirava a confiança de Eco. Por outro lado, não tinha certeza se a situação era tão direta quanto ela gostaria que fosse, mas entendia a necessidade de fazer algo, de resolver um problema em vez de deixá-lo de lado.

— Então vamos pensar juntos.

— Ótimo — ela disse. — Pode haver mais cópias do arquivo que eu não saiba. Temos a melhor segurança que você pode imaginar, mas ele pertence a uma geração mais antiga que não confia na nuvem, então ele busca redundância.

— Então, destruir fisicamente todos os dados provavelmente não é uma opção — disse o Homem-Aranha —, mas podemos colocar as mãos em uma dessas unidades? Se soubermos com o que estamos lidando, talvez possamos descobrir os próximos passos.

— Tenho acesso a alguns dos cofres. Já estive a poucos centímetros desses pendrives, mais vezes do que consigo contar, e nunca nem sequer me passou pela cabeça dar uma espiada. — Ela sorriu de forma sarcástica. — O.k., passou pela minha cabeça. Eu até teria feito isso, se achasse que poderia sair impune.

— E agora? — provocou Peter.

– Eu posso fazer isso, mas será fim de jogo. Ele saberá imediatamente que foi roubado. Isso significa que não haverá volta para mim, não posso mais fingir ser leal. Serei cortada.

– Você deixou claro que fingir não é uma opção – disse o Homem-Aranha.

– Eu sei – ela disse, fechando os olhos enquanto pensava em algo. – Ainda assim, seria uma vantagem, e eu odeio abrir mão de *qualquer* vantagem, mas eu não voltarei atrás. Então, sim, posso conseguir um, mas ele terá o restante, e saberá que foi comprometido.

Ela nem conseguia dizer o nome de Fisk, o Homem-Aranha notou.

– É fácil acreditar que Osborn tenha segredos – ele disse. – Ninguém, não importa o quão limpo seja, poderia administrar uma empresa como a Oscorp e ser prefeito de uma grande cidade sem acumular algumas coisas que preferiria manter escondidas; e Osborn é um tipo de líder que não aceita se tornar um prisioneiro. Certamente ele terá esqueletos no armário. Mas isso não significa que ele simplesmente se renderia. Ele deve ter algo planejado.

– Tive o mesmo pensamento – ela disse. – Ele parecia cooperar demais, mas eu deduzi que isso significava que o material de chantagem era tão condenatório que o havia enfraquecido completamente. No entanto, isso não importa. Se não tivermos o controle exclusivo da informação, saber dela não nos serve de nada.

– Não tenho tanta certeza – respondeu o Homem-Aranha. – Quero dizer, se o que Osborn está escondendo for tão grave, talvez o público *deva* saber. E se o público souber, então Fisk não poderá usá-lo para conseguir o que quer.

– Você está falando em expor Osborn.

O Homem-Aranha assentiu. – Fisk não poderá manipular o prefeito se todos já souberem do segredo.

– Mas e se o prefeito estiver escondendo algo que não é da conta do público? – perguntou Maya. – Um relacionamento embaraçoso, ou um problema de saúde, ou algo assim? Nós podemos expor um segredo se não for ilegal ou corrupto?

Ele deu de ombros. – Eu gostaria de ter feito a matéria de Ética da Chantagem na faculdade. Não acho que possamos dizer o que é certo até sabermos o que Fisk tem, então acho que teremos que enfrentar essa questão quando chegarmos lá. Além disso, talvez não seja preciso divulgar o que encontramos. Pode ser suficiente deixar o prefeito saber que alguém além de Fisk, alguém que está trabalhando *contra* Fisk, também tem o controle do arquivo. Para que serve ceder se alguém mais pode te expor? Fisk perderá o controle assim que Osborn souber que temos os dados.

— Tudo isso é teórico — ela disse. — Para ser algo mais, precisamos conseguir um desses pendrives. Faltam dois dias para o evento, então qual é o seu plano?

— Você é uma funcionária de confiança — ele disse. — Eu estava esperando que você tivesse um.

Maya ficou em silêncio e franziu o rosto. Parecia que ela estava pensando muito. Ela também parecia totalmente infeliz.

— Sinto muito por ter te envolvido nisso — disse o Homem-Aranha. — Você estava vivendo uma mentira, mas acreditava nela. Eu acabei com tudo o que você achava que era verdade.

Ela o estudou, como se ele fosse uma espécie estranha em um vidro. — Você sempre se desculpa por fazer o que precisa ser feito?

— Nem sempre. Digamos que cerca de metade das vezes. — Então ele se inclinou para a frente e ficou extremamente sério. — Um novo assunto: você precisa me contar tudo o que sabe sobre o impostor do Homem-Aranha.

DEPOIS de todas aquelas semanas apenas esperando, finalmente ele estava agindo — e essa ação envolvia invadir um dos prédios de Fisk. E depois, invadir um de seus cofres.

O único cofre do qual Maya sabia a combinação ficava nos escritórios da Upper East Side. Ela queria fazer isso sozinha, mas o Homem-Aranha insistiu em acompanhá-la. Ele queria estar por perto caso ela tivesse problemas, e ele queria mantê-la sob observação. A decisão de se virar contra Fisk parecia real o suficiente, mas ele tinha que ter certeza.

Infelizmente, eles tiveram que esperar até a noite anterior ao evento. Fisk estaria naquele mesmo prédio, sediando uma conferência imobiliária, e a segurança estaria especialmente reforçada. Era mais seguro esperar até que ele voltasse para a Torre Fisk.

Era tarde quando a oportunidade se apresentou. Maya pôde se vestir com um conjunto de saia e casaco e atravessar a porta da frente. O Homem-Aranha encontrou uma maneira de entrar pelo telhado e fez seu caminho até o escritório, escalando, rastejando e evitando as câmeras de segurança. Quando ele entrou sorrateiramente, Maya já estava lá.

Ela estava com seu laptop e um cabo conectado entre ele e uma porta do cofre. O sol já havia se posto, e o prédio estava silencioso. Eles usavam apenas uma iluminação fraca, para não chamar atenção.

– O cofre possui um registro interno de sensores – explicou ela, enquanto trabalhava no teclado do laptop. – Toda atividade é registrada, e qualquer coisa suspeita é sinalizada. Isso inclui qualquer momento em que o cofre seja aberto, especialmente quando Fisk não está no prédio. Estou carregando um programa que deve mascarar a atividade.

– Por que se preocupar? – perguntou o Homem-Aranha. – Ele vai perceber que foi roubado logo.

– Isso deve acontecer depois que sairmos do prédio – disse ela. – É melhor sair sem guardas de segurança atirando em nossa direção.

– Não posso discordar disso – ele disse. – Espero que possamos ficar um ou dois passos à frente dele.

– As pessoas dizem isso – resmungou Maya enquanto seus dedos dançavam sobre o teclado –, mas poucas realmente conseguem. Ele vê o mundo como um jogo de xadrez e sempre gosta de dizer que não há contra-ataque para um xeque-mate. Agora pare de falar comigo. Não consigo ler seus lábios e rodar este programa ao mesmo tempo.

Ele levantou a mão em pedido de desculpas e a deixou fazer o que precisava, mantendo-se alerta para qualquer sinal indicando que foram detectados. Tudo parecia tranquilo no prédio. Seu sentido aranha não deu sinal. Após alguns momentos, o laptop de Maya emitiu um pequeno som, e ela olhou para cima, sorrindo.

— Pronto! Podemos abrir o cofre agora, e ele não vai perceber até a próxima vez em que vir aqui e ver que o pendrive sumiu. — Ela o encarou. — Você sabe a combinação, certo?

— Você está *brincando* comigo?

Ela sorriu. — Sim, estou brincando com você. Estou acostumada a lidar com Fisk e seus associados o dia todo. Você tem ideia de quanto tempo faz desde que tive a oportunidade de fazer uma piada? Parece que você tem senso de humor.

— Não acredito que vou dizer isso — ele rosnou —, mas às vezes o humor não é apropriado.

Maya apontou sua lanterna para a complicada sequência de mostradores. Abrir o cofre exigia muito mais esforço do que o antigo armário da escola de Peter, mas Maya passou pelos movimentos como se fosse algo natural.

Houve um clique e um som de liberação magnética. A porta do cofre se abriu gentilmente. Maya a puxou e abriu completamente. Ela apontou a lanterna para dentro, revelando o vazio.

Ela passou a mão pelo interior do cofre, como se não acreditasse no que via, como se o pendrive pudesse ter se tornado invisível.

— Estava aqui dentro — disse ela ofegante. — O pendrive, os arquivos, os contratos, até as joias e obras de arte. Tudo sumiu.

— Ele poderia ter transferido o conteúdo para outro lugar? — sugeriu o Homem-Aranha. — Talvez durante a conferência?

— Você não retira coisas de um cofre para mantê-las seguras — rebateu Maya. — É por isso que se chama cofre.

— Não posso discordar disso. — O Homem-Aranha levantou as mãos em rendição. — O que isso significa, então? — E foi quando seu sentido aranha disparou. Sem pausar para pensar, ele abaixou sua máscara enquanto saltava no ar, girava e se agarrava ao teto.

Fisk estava parado na entrada do escritório.

TRINTA E CINCO

SEU rosto estava marcado por linhas e ângulos de raiva. Ele os havia descoberto, o que significava que não teriam outra chance de roubar os arquivos. Eles haviam desperdiçado a única oportunidade de impedir que Osborn o tornasse intocável.

Se ele tentasse impedi-los de sair – e isso parecia uma certeza –, o Homem-Aranha poderia derrotá-lo... Ele esperava. Ele e o Rei do Crime já haviam se enfrentado antes, e era um erro subestimar esse grandalhão. Ele era forte, sim, mas surpreendentemente rápido e devastadoramente poderoso. Poucos oponentes no mundo, mesmo pessoas com habilidades aprimoradas, conseguiam permanecer de pé após um dos seus melhores socos.

Ainda assim, o tamanho menor e a maior velocidade do Homem-Aranha lhe davam vantagens. Se o objetivo era escapar, então o lançador de teias tinha a vantagem. Ainda assim, apenas um erro exigiria um preço alto.

O Homem-Aranha pensou que Maya também era rápida e esquiva. Ela poderia escapar, mas ele estava preocupado que ela não tentasse. Ela era muito inteligente, não havia dúvida sobre isso, mas também era impulsionada pela raiva – o fato recém-descoberto de que o homem que fingia se importar com ela havia matado seu pai. Ele esperava que o lado estratégico dela estivesse no controle aqui. Se assim fosse, não havia razão para os dois não conseguirem sair, se recuperar e viver para lutar outro dia.

Nenhuma razão, exceto o impostor.

O sósia entrou pelo corredor, extremamente rápido, e pulou até o teto. Embora fosse impossível ver sua expressão sob a máscara, o Homem-Aranha tinha certeza de que ele estava debochando deles. Mais uma vez, aquele fogo começou a queimar em seu interior.

O tempo desacelerou. As emoções do Homem-Aranha ficaram calmas. Esse homem, Bingham, havia se vestido como ele e matado pessoas inocentes. Ele havia matado Anika e Remzi. E ali, ao lado dele, como se estivesse segurando sua coleira, estava Fisk. Essas pessoas eram pura maldade, e ele as impediria.

Ele as faria pagar. Em sua mente, ele conseguia sentir como seria acertar aquele louco, derrubá-lo, fazê-lo sofrer do jeito que ele fez outros sofrerem. Ele não ia apenas prendê-lo com suas teias e deixar a polícia chegar, apenas para que ele fosse solto depois. Ele ia...

Ele não sabia o que ia fazer. Mas iria doer. Isso ele sabia.

– Então é verdade... – disse Fisk a Maya, sua voz ressoando com tristeza. – Quando me disseram que você me traiu por causa desse... desse incômodo, eu não acreditei. No entanto, aqui estamos nós.

– Isso é menos do que você merece? – retrucou Maya. – Você matou meu pai. Você me criou acreditando numa mentira. – Ela assumiu uma posição defensiva.

– Depois de tudo que fiz por você – disse Fisk –, você acredita nas mentiras dele. Pense, Maya. Pense em como sua vida teria sido sem mim. Pense antes de decidir em quem confiar.

– Sem você, meu pai ainda estaria vivo.

– Sem mim – ele retrucou –, ele teria sido morto muito antes de deixar Montana. Isso nunca passou pela sua mente? Uma vez que eu salvei a vida dele, ela passou a ser minha, e eu podia fazer o que quisesse com ela.

O Homem-Aranha tinha uma vaga consciência dessa conversa, como se estivesse acontecendo no fim distante de um túnel sinuoso, mas então ele voltou ao momento presente. Ele *teria* justiça. Ele teria, mas precisava ser inteligente. Ele tinha que manter a cabeça no jogo. Eles não conseguiriam resolver nada nos próximos minutos. Nenhuma quantidade de socos ou teias iria encerrar esse assunto, porque acontecesse o que acontecesse, Fisk ainda teria seu controle sobre Osborn.

Eu estava preocupado com a possibilidade de Maya estar emotiva, ele disse a si mesmo. *Eu também preciso me preocupar comigo mesmo. Preciso jogar o jogo de forma inteligente.*

– Então, isso soa como uma confissão – disse o Homem-Aranha, embora ele percebesse que Maya não ouviria nada do que ele dizia.

– Sabe de uma coisa? – disse o sósia. – Estou entediado. Vamos para a parte em que os matamos. – De repente, ele colocou as mãos nas bochechas. – Oh, não! A garota surda não sabe o que estou falando. – Ele começou a agitar as mãos como uma imitação de linguagem de sinais. – *Nós-vamos-matá-los* – disse ele em tom cantante. – *Você-e-o-falso-Homem-Aranha.*

– Espera. *Eu* sou o falso? – disse o lançador de teias. – Isso é realmente o que você acha? Você também é Alexandre, o Grande?

– Você é o falso! – o impostor retrucou. – Eu sou o original. Eles me criaram. Eu não sou o Homem-Aranha falso, com medo de agir, com medo de fazer o que é necessário. Minhas mãos estão cobertas de sangue, e eu sou o Aranha de Sangue. Sim, esse é o meu verdadeiro nome! Aranha de Sangue!

– Um nome superlegal – respondeu o Homem-Aranha. – Você é um bom garoto, com certeza. – Ele pausou. – Então, onde está o pendrive?

– Em segurança – disse o impostor. – Está seguro, mas não no cofre.

– Chega – gritou Fisk. – Mate-o! – Ele fez um gesto em direção ao Homem-Aranha. – Mas cuidado, eu quero a Maya ilesa.

– Você não vai me pegar de jeito nenhum – ela disse. Maya correu em direção a Fisk, pegando seu laptop e lançando-o como uma estrela ninja em sua direção. Ele girou no ar e parecia tão mortal quanto qualquer arma enquanto voava em direção ao alvo. Fisk mal conseguiu desviar antes que ela saltasse no ar e batesse os calcanhares em seu peito.

Não devíamos estar lutando, pensou o Homem-Aranha. *Devíamos estar saindo daqui;* mas não havia como dizer isso a Maya sem tirar sua máscara. E embora lutar fosse a escolha errada, o Homem-Aranha adoraria ver Willy sendo espancado por alguém com um décimo do seu peso.

Infelizmente, ele tinha seus próprios problemas. O impostor – o Aranha de Sangue, como ele se chamava – estava vindo em sua direção. Ele estava atirando suas teias de forma aleatória, então o Homem-Aranha não tinha escolha senão se defender.

– De onde você tirou essas teias? – ele perguntou enquanto se esquivava.

– Eles as fizeram para mim – gritou o Aranha de Sangue – porque eu sou o Homem-Aranha!

O lançador de teias havia aprendido algumas coisas com Eco sobre como lutar contra alguém que imitava seu estilo, mas isso era diferente. Ela se movia como o Homem-Aranha, mas o Aranha de Sangue tinha um estilo próprio.

O Homem-Aranha gostava de pensar em seu estilo de luta como empregando precisão cirúrgica. Ele lutava contra inimigos maiores, mais fortes e mais difíceis, mas vencia – ou, pelo menos, não era derrotado – sendo cuidadoso e deliberado. Seus movimentos podiam parecer espontâneos (e muitas vezes eram quando estava na defensiva), mas ele escolhia cuidadosamente os momentos para atacar. Um cara que era menor e, sim, às vezes mais fraco do que as pessoas que enfrentava, precisava escolher o momento de atacar.

Se ele era como um bisturi, o Aranha de Sangue era como um martelo. Não havia sutileza em seu ataque. Ele preenchia o espaço com teias. Ele preparava seus golpes e tentava acertar poderosos socos.

Ele não teria chance contra mim na cidade aberta, pensou o Homem-Aranha; mas nos limites apertados do escritório do Fisk, seria fácil ficar preso. Ele não tinha espaço para montar ataques e defesas. Tudo o que podia fazer era evitar ser atingido e tentar revidar. Isso se transformaria em uma luta, e isso significava que eles estariam jogando pelas regras do Aranha de Sangue.

Ele precisava da atenção de Maya, mas ela estava envolvida em uma luta mortal com Fisk, que tinha a vantagem. Ele tinha conseguido envolver uma de suas enormes mãos em volta do pescoço dela e estava batendo-a contra a parede.

– Você não sabe nada sobre gratidão – ele disse com uma voz perturbadoramente calma.

Para um sermão sobre gratidão, pancadas na cabeça pareciam ser a ferramenta pedagógica errada. O Homem-Aranha virou-se para ajudar Maya. Naquele momento de distração, o Aranha de Sangue disparou uma teia que prendeu o pulso direito dele na parede. Ele então soltou outra teia que acertou seu braço esquerdo perto do cotovelo.

O lançador de teias puxou com força. As teias do Aranha de Sangue eram impressionantes, mas – ele notou com alguma satisfação – eram um produto inferior. Elas não eram tão fortes. Ele duvidava que uma pessoa comum pudesse se libertar, mas ele podia. Ele estava solto e se esquivando enquanto o Aranha de Sangue tentava acertar um soco rápido em sua cabeça. O Homem-Aranha revidou com força, acertando-o no estômago, nas costelas e, quando ele se virou um pouco, nos rins.

O Aranha de Sangue ficou momentaneamente atordoado. O Homem-Aranha liberou sua própria onda de teias, prendendo seu oponente ao chão. Então ele girou e enviou uma teia em volta dos tornozelos de Fisk. Ele puxou com força, usando toda a sua força, e derrubou o enorme homem. Lançou outra teia para mantê-lo preso ao chão, pelo menos por um tempo. Esperançosamente, pelo tempo que ele precisasse.

Ele correu para Maya, levantando a parte inferior de sua máscara enquanto o fazia.

– Você está machucada?

Ela balançou a cabeça. – Nada sério.

– É hora do plano de fuga – ele disse.

– Mas o pendrive...

– Não está aqui – ele respondeu. – E sermos mortos não vai nos ajudar.

Ela assentiu, tirou o dispositivo – um chaveiro de carro modificado – e apertou o botão vermelho. A janela explodiu. Peter a agarrou, encontrou um alvo para suas teias e saltou no ar.

Foi preciso muita confiança para ela se colocar em suas mãos dessa forma, ele pensou. Ela não parecia assustada, no entanto, e não se soltou de suas garras. Enquanto voavam para a noite em uma velocidade que assustaria qualquer pessoa racional, ela nem sequer fechou os olhos.

BINGHAM libertou-se das teias do Homem-Aranha falso. Ele tinha que admitir que as teias eram mais fortes do que as suas, mas não estavam além de sua capacidade. Fisk estava com dificuldade, o que era engraçado. Ele pegou um dispositivo projetado para dissolver suas próprias teias. Isso não afetou as teias do impostor, mas ajudou a limpar um pouco o ambiente.

Ele se aproximou de Fisk para ajudá-lo a se libertar. Uma vez livre, o homem grande se levantou como um monstro em um antigo filme de terror, agitando os braços e tropeçando para a frente. Seus punhos se abriam e fechavam em um ritmo repetitivo e quase reconfortante.

– E é aqui – observou Bingham – que o grandalhão tem seu ataque de raiva.

– DROGA! – Fisk gritou. Ele socou uma mesa, que rachou em, pelo menos, três lugares e desmoronou.

– Eu falei... – Bingham disse. Fisk se dirigiu ao cofre e espiou dentro.

– Está vazio! – ele gritou. – Levaram tudo. Levaram o pendrive! Você sabe o que isso significa? Toda a operação está comprometida! – Fisk socou a parede, enviando lascas de madeira voando como estilhaços.

Bingham saltou para cima de uma das mesas restantes. Ele fingiu examinar as unhas, o que era bobagem, pois usava luvas. Mas ele gostava do efeito. Gostava de mostrar a Fisk que sentia apenas desprezo pelo homem gordo.

– Esta é uma daquelas situações de uma boa notícia e uma má notícia – disse ele. – A boa notícia é que eles não pegaram o pendrive.

Fisk virou-se lentamente para ele. Havia um brilho em seus olhos, enquanto sua raiva se concentrava em um novo alvo.

– O que você fez?

— A má notícia — continuou Bingham — é que seu cofre é da First Line. Sim, eles ganharam uma boa reputação como fabricantes de alguns dos cofres mais seguros do planeta. A questão é que essa é uma empresa de capital fechado, por isso eles não fizeram alarde quando foram comprados pela Oscorp no mês passado.

Fisk deu um passo em sua direção. Seu rosto era uma máscara de raiva.

— Então este cofre, os outros cofres, aqueles em todos os seus prédios, todos os seus esconderijos... — Bingham acenou com os braços teatralmente. — Não são tão seguros, esses cofres. Pensávamos que sabíamos de todos eles, mas é aí que ser dono da empresa foi útil. Havia alguns que tínhamos perdido, mas assim que tivemos acesso aos registros da empresa, conseguimos encontrá-los. Quer dizer, se você tiver algum cofre de outra empresa, então o plano foi por água abaixo, mas se não... — Ele deu de ombros. — Então eu ganhei!

— Osborn — Fisk rosnou. — Ele induziu você a fazer isso.

— Não vou dizer que não poderia ter feito isso sem ele — respondeu Bingham. — Todos nós temos nossas habilidades. Enganar pessoas gordas é uma das habilidades dele, mas há coisas que Norm não sabe, que ele não controla. Ele pensa que serei eternamente grato a ele por me ajudar a encontrar meu verdadeiro eu, por me permitir deixar de ser o Homem-Aranha em minha mente para ser o Homem-Aranha no mundo. E eu sou, mas isso não significa que me tornei seu fantoche. Eu não sou o fantoche de ninguém.

Fisk apertou os dentes e encarou Bingham. Suas narinas se dilataram, e sua respiração saía em baforadas curtas e pesadas. Ele plantou um pé com força no chão, como se estivesse pronto para avançar, mas não se moveu. A raiva podia correr em suas veias, mas ele ainda não estava pronto para abandonar o pensamento racional.

— O que você quer? — ele exigiu. — Onde estão todos os pendrives?

— Não há *todos*, Gordo — disse Bingham. — Só há um. Eu destruí todos os outros. Osborn disse para entregá-lo a ele, mas eu não vou fazer isso. E sabe por quê? Quer saber? Eu te digo. É porque este aqui é *meu*.

— O que você quer por ele? — perguntou Fisk. — Eu posso te deixar rico. Posso te dar poder. Em breve, estarei em uma posição para manipular esta cidade.

– Não se eu entregar o pendrive para Osborn – corrigiu Bingham. – Então, não é uma questão do que você pode fazer por mim, mas do que eu posso fazer por você. Veja bem, houve uma mudança no organograma. Você ainda controla Osborn, mas eu controlo você. Isso significa que eu não sou apenas o Homem-Aranha. Agora eu sou também o Rei do Crime. Sou o Rei do Sangue. – Fisk avançou, punhos erguidos, cabeça baixa.

Sua vontade de pensar, planejar e fazer estratégias havia desaparecido. Ele só queria esmagar o inimigo. Bingham estava esperando por isso, mas não esperava a velocidade que o homem grande poderia reunir. Fisk acertou um soco massivo na cabeça de Bingham antes que ele pudesse se esquivar.

O mundo ficou escuro e estranho. Um zumbido encheu seus ouvidos e luzes dançavam na periferia de sua visão. Ele estava deslizando pelo chão. Ele teria sido derrotado se fosse um homem comum, mas ele não era comum há muito tempo. Ele não era comum desde os experimentos no laboratório de Osborn.

Osborn não encontrou a cura que estava procurando, mas encontrou algo mais. Uma maneira de criar um Homem-Aranha. Isso matou todos os outros com quem eles tentaram, o que provou que só poderia haver um Homem-Aranha no mundo. É por isso que o impostor tinha que morrer. A cada momento em que ele respirava, ele enfraquecia Bingham. Qualquer um poderia ver isso.

Bingham tinha outros problemas no momento, como o gigante que se aproximava dele novamente. Dessa vez, ele estava preparado. Ele sabia o que Fisk podia fazer, o quão rápido ele podia se mover, e isso tornava tudo mais fácil. Ele pulou e passou por cima, aterrissando atrás do seu agressor. Ele puxou as calças de Fisk, esperando despi-lo. Nada abalaria um cara como Fisk mais do que uma boa humilhação. No entanto, aquelas calças pareciam estar coladas, e Bingham pulou para fora do alcance de Fisk.

– Eu vou te matar – rosnou Fisk.

– Você precisa aceitar a nova ordem – disse Bingham, saltando para o teto. – Você pensou que era dono de Osborn. Agora eu sou. Eu ainda posso fazer com que ele faça o que você quer, desde que você entenda que trabalha para mim.

Ele deixou as teias voarem – quatro, cinco, seis, sete explosões em seu rosto. Sete era um número de sorte, mas não para Fisk, que não conseguia respirar. Bingham sabia que não era uma boa ideia socá-lo no estômago. O punho dele se perderia lá dentro. O rosto seria satisfatório, mas poderia deslocar algumas dessas teias. Então ele mirou nos joelhos para derrubá-lo e depois chutou as costelas. Fisk grunhiu e se contorceu. A dor, a sufocação, a humilhação. Deve ter sido terrível para um homem que se achava tão poderoso. Agora ele era apenas mais um garoto estúpido em uma cidade estúpida cuja mãe o ignorava e que era ridicularizado por todos.

Bingham pensou em outro momento com uma outra pessoa gorda, outra sufocação. A dor. O terror. O terror absoluto e abjeto. Quando você faz algo, aquela coisa deixa de poder ser feita com você. Bingham percebeu isso com uma clareza surpreendente. Ele estava se libertando, libertando-se do seu passado. Ele estava dando os passos finais para se tornar o Aranha de Sangue, o único e verdadeiro Homem-Aranha.

Ele ativou o dispositivo e dissolveu as teias. Fisk ofegou enquanto seus pulmões se enchiam de ar.

– Então vai ser assim... – disse Bingham. – Você pode ser meu amigo ou pode ser minha vítima. Qual você escolhe?

Fisk ficou ali, abrindo e fechando os punhos, respirando profundamente até se acalmar. Então ele olhou para Bingham, e seu rosto se tornou impenetrável.

– Amigo – ele disse.

– Bom – disse Bingham. – Você vai gostar de ser meu amigo.

Ele não confiava em Fisk, é claro. O homem o trairia na primeira chance que tivesse. E Osborn – quando descobrisse que tinha sido enganado, isso seria um golpe e tanto. Mas eles aprenderiam. Todos aprenderiam. O Aranha de Sangue não poderia ser enganado. Uma vez, uma pessoa chamada Michael Bingham havia sido usada, enganada e descartada.

Esses dias acabaram.

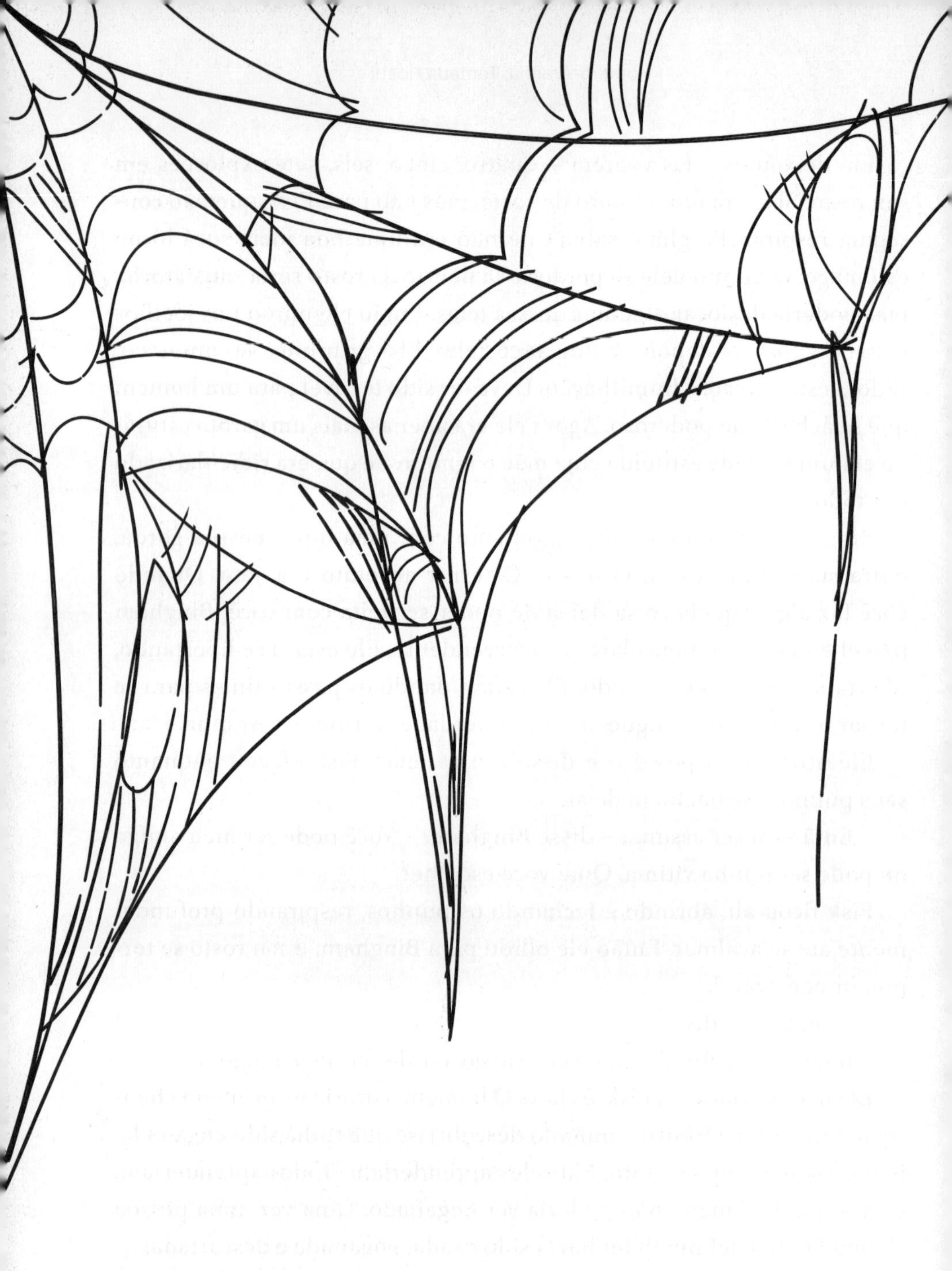

TRINTA E SEIS

ELE gostaria de ter tempo para montar um plano inteligente. Infelizmente, só havia tempo para um plano estúpido, então o Homem-Aranha achou melhor ir até o fim e torná-lo *realmente* estúpido.

Tudo estava contra eles. O evento aconteceria em um hotel do Fisk. Havia seguranças da Roxxon Blackridge por toda parte. Norman Osborn estava presente, o que significava uma forte presença policial. Como se isso já não fosse ruim o suficiente, a multidão estava cheia de pessoas com as quais o Homem-Aranha se importava.

Espionando de seu esconderijo em uma estação de limpeza — cuja ventilação dava vista para o salão do baile —, eles viram MJ tentando entrevistar as pessoas mais proeminentes e ricas presentes, aparentemente para um artigo na seção de moda do *Clarim Diário*. Tia May estava lá, acompanhada por seu chefe, Martin Li. Yuri Watanabe estava presente como parte da equipe policial, e J. Jonah Jameson. Embora houvesse momentos em que o Homem-Aranha teria ficado feliz em enviar JJJ para uma missão tripulada para Urano, ele não desejaria realmente mal ao seu antigo chefe.

Talvez apenas uma pequena humilhação pública.

Se a situação se transformasse em uma luta, as pessoas que ele mais amava no mundo estariam em perigo. Isso era um problema, porque o plano previa que a situação se tornasse uma luta.

O salão do baile, pelo menos, era enorme, com teto alto e varandas que davam vista para os móveis extravagantes e o carpete vermelho berrante. Por outro lado, havia lustres brilhantes que poderiam cair, então não era o local ideal para um confronto público. Mas, ainda assim, espaçoso.

O Homem-Aranha estava dependendo de Maya, porque ela tinha muito mais experiência com aquele maluco, o Bingham.

– Ele é insano – ela explicou –, mas previsivelmente insano. Ele demonstrou alguns dos mesmos comportamentos em cada um dos meus encontros com ele. Ele é fanfarrão e parece pensar que é o *verdadeiro* Homem-Aranha. É agressivo e cruel. O que nos dá esperança é que ele tem tendências acumuladoras. Ele guarda coisas, e as coisas que são mais importantes para ele, ele as mantém por perto.

– Então você acha que ele está com o pendrive? – ele perguntou.

– Eu sei que sim. Você me disse o que ele disse. "Está seguro, mas não no cofre." Ele o tem, e o levará com ele; tenho certeza – ela disse. – Ou, pelo menos, tenho razoavelmente certeza, tipo, 90% de certeza.

– E os 10%?

– Então teremos arriscado tudo – disse Maya – para não conseguir absolutamente nada.

– Por outro lado, não temos alternativa.

– Então você entende a realidade da nossa situação.

Se eles fossem ter sucesso, teriam que contar com a consistência da loucura de Bingham. Para o Homem-Aranha, isso parecia uma espécie de loucura em si. Por outro lado, eles não tinham escolha a não ser tentar.

– Não é como se um rei estivesse concedendo um título a Fisk – ele disse. – Osborn pode *dizer* que Fisk será o novo comissário de finanças, mas se amanhã encontrarmos o pendrive e informarmos Osborn, aí tudo será cancelado. Será uma vergonha para o gabinete do prefeito, mas ele lidará com isso.

— Concordo, mas depois desta noite não há garantia de que conseguiremos pegar o pendrive amanhã ou em qualquer outro momento. Pelo menos esta noite, sabemos que o lunático estará por perto. Sabemos que ele terá o pendrive com ele. Ele não vai resistir a provar que é o verdadeiro Homem-Aranha. Mas Bingham é poderoso, não inteligente.

— Não, se vamos ter sucesso, tem que ser hoje à noite — ela concluiu. — Amanhã Fisk pode ter encontrado uma maneira de tirar o pendrive dele, e então nunca seremos capazes de detê-lo.

ELE não pôde deixar de pensar no que Watanabe havia dito a ele. Um ataque público a Fisk tornaria mais difícil para ela avançar em suas próprias investigações. Mesmo que eles impedissem Fisk de se tornar comissário, eles poderiam estar tornando mais difícil, até impossível, para a tenente prendê-lo legalmente.

Ele poderia se questionar para sempre, mas isso não era uma opção. Se Osborn colocasse Fisk nessa posição, coisas ruins aconteceriam. Ele não podia permitir que isso acontecesse. Ele tinha que lidar com a crise diante dele. Lidaria com as consequências depois.

É por isso que o Homem-Aranha parou de discutir com Maya. Ele nunca iria convencer a si mesmo de que esse era um ótimo plano, mas sabia que tinha que prosseguir com ele.

Ela estava vestida como Eco, talvez para esconder sua identidade, talvez porque se sentisse mais livre para lutar assim. Ele suspeitava de algo mais também. Fisk havia desempenhado um papel em moldar Maya ao longo dos últimos oito anos. Eco era um papel que ela havia criado para si mesma. Mesmo antes de saber sobre a traição de Fisk, Eco tinha sido um ato de rebeldia. Ele entendia o que era vestir uma fantasia e se sentir liberto de sua vida comum. Ela provavelmente precisava disso ainda mais do que ele.

A festa já estava acontecendo há mais de uma hora quando Eco tocou seu ombro.

— O que você está esperando? — ela perguntou.

— Eu não sei — ele disse. — Algum tipo de sinal de que é a hora certa. Uma indicação de que Bingham está aqui. Se eu sair lá fora e ele nem estiver observando, será um desastre.

— Ele está aqui — ela disse. — Tenho certeza. Ele adora espionar as pessoas e não vai resistir a ver como as coisas vão acontecer. Mas mesmo que ele não esteja, sua aparição será noticiada, então você terá que esperar por ele.

— Basicamente, evitar ser baleado pela polícia por pelo menos... vinte, trinta minutos até ele chegar?

— Se ele estiver perto — ela disse. — É melhor torcer para que ele não esteja em algum lugar no Brooklyn.

— Sabe, acho que você era mais fácil de lidar antes de descobrir seu senso de humor.

— Estou dizendo que ele vai aparecer — ela disse. — É uma aposta. Estamos apostando nisso, mas uma aposta nunca é garantida. Temos que arriscar tudo e esperar pelo melhor.

Essa foi provavelmente a melhor conversa motivacional que ele conseguiria obter. Então ele abaixou a parte inferior de sua máscara, mas depois voltou-se para ela e a levantou novamente para expor sua boca.

— O que foi? — ela perguntou.

— Antes de começarmos — ele disse —, é melhor eu ir fazer xixi.

— **SENHORAS** e senhores, posso ter a atenção de todos por um momento?

A sala ficou em silêncio, todas as conversas pararam. O quarteto de cordas parou de tocar. Ele fez uma careta ao ouvir MJ dar um tapa na testa. Ela devia pensar que essa era a manobra mais idiota de sua carreira, e ele não estava totalmente certo de que ela estava errada. Definitivamente, estaria no top dez das idiotices que já fez.

Alguém realmente deveria fazer um compilado.

– Só quero dizer algumas palavras sobre meu amigo, Wilson Fisk – disse o Homem-Aranha em voz alta, enquanto ficava com os pés no teto. – Empresário, filantropo, chefão, cara supergigante. Vocês todos o conhecem. Todos o odeiam, mas têm que fingir que gostam dele porque não querem acordar com a cabeça de um cavalo entre os lençóis.

– É o Cabeça de Teia! – Jameson gritou para um grupo de policiais. – Atirem nele.

Os policiais pareciam incertos, confusos. Watanabe estava conversando com alguns deles, tentando impedi-los de sacar suas armas. Ela não tinha ideia do que estava acontecendo e devia estar pensando que ele tinha enlouquecido. Ele teria dado um aviso, mas ela tentaria dissuadi-lo disso, e até mesmo poderia ter tomado medidas para impedi-lo de prosseguir.

– Eu entendo que o prefeito (Oi, Norman!) está pensando em nomear Fisk como comissário de finanças. Essa pode não ser a ideia mais inteligente. – Ele procurou por Bingham na sala, mas ainda não o tinha visto. – Isso é realmente tudo o que eu queria dizer, então vou parar de perturbar a noite de vocês... Vou apenas pedir que qualquer um aqui que possa ser o imitador do Homem-Aranha se apresente. Se você é aquele que está por aí tentando manchar meu nome machucando pessoas, cometendo assassinatos e sendo um idiota, venha! Mostre-se! Não seja tímido.

– Você é o impostor!

E lá estava ele, surgindo de uma sacada superior, girando para aterrissar em uma saliência.

– Eu sou o verdadeiro Homem-Aranha! – Bingham gritou enquanto batia em seu peito. – O Homem-Aranha cujas mãos estão mergulhadas em sangue!

– Um de nós passou os últimos oito anos tentando ajudar esta cidade! – anunciou o Homem-Aranha. – O outro está mergulhado em sangue. Então vamos pensar... Qual de nós é o impostor?

– Eu disse que aquele idiota era falso – ouviu um policial dizer.

– *Não* é um impostor – Jameson gritou de volta. – Existem mais de um deles. Eles estão se multiplicando!

Enquanto as pessoas começavam a falar e o volume aumentava, o Homem-Aranha teve que ignorá-las. Ali estava o homem que havia matado todas aquelas pessoas inocentes, havia matado sua amiga. Anika estava morta por causa dele. A dor havia diminuído com o passar do tempo, mas a raiva não tinha desaparecido completamente. E isso era uma coisa boa.

Bingham era insano, sim, perigosamente insano; e caberia a um tribunal decidir qual seria uma punição adequada. Caberia ao Homem-Aranha entregá-lo às autoridades, e isso não seria fácil. Ele precisava manter a cabeça fria.

Bingham fez um movimento, balançando em direção ao seu poleiro no teto. Conforme ele fazia isso, as pessoas começaram a entrar em pânico, e houve uma correria em direção às portas. Isso tornou mais difícil para os policiais reagirem.

O impulso do Homem-Aranha era se esquivar, mas ele não podia fazer isso. Ele precisava se aproximar e – por mais desagradável que parecesse – procurar o pendrive. Ele ia se machucar, e não havia como evitar isso. Ele teria que lidar com a dor.

Felizmente, ele tinha muita experiência.

EM pé ao lado de Fisk, Norman Osborn permitiu-se um sorriso.

– Pensando bem, Wilson, acho que não vou oferecer a você essa posição.

– Você esteve por trás disso o tempo todo, não é? – Fisk tentou controlar sua expressão. – Você o enviou para mim como um espião.

– Eu só o coloquei em seu caminho, e você o pegou – respondeu o prefeito. – Mas eu sabia com o que você estaria lidando. Eu sabia que ele era instável. Foi um movimento calculado. Ou ele faria o que eu havia lhe dito para fazer, ou, caso contrário, ele o destruiria por dentro. Eu não sei como isso vai terminar, mas seu controle sobre mim acabou.

– Ele ainda tem uma cópia dos arquivos – disse Fisk. – É melhor você rezar para eu não recuperá-la.

– Eu não rezo – disse Osborn. – Rezar é para pessoas que deixam as coisas ao acaso.

Ele olhou ao redor do salão, observando o caos. As pessoas corriam para se proteger. Elas se empurravam enquanto tentavam forçar a saída. Policiais sacavam suas armas, mas não sabiam o que fazer em seguida. Jameson gritava para todos que conseguissem ouvir. Câmeras disparavam enquanto repórteres tiravam fotos. Repórteres de televisão ficavam na frente de seus cinegrafistas e tentavam se manter imóveis enquanto eram empurrados para fora do enquadramento.

– Você se imagina sendo alguém que vê cada movimento com antecedência – disse Osborn –, mas receio que tenha sido superado. Se você quisesse fazer negócios, Fisk, poderíamos ter feito negócios, mas você tinha que tentar forçar minha mão. Foi um erro.

– Não importa o que você pense – disse Fisk. – Não acabamos. Você cruzou uma linha da qual não haverá retorno.

Osborn olhou para o pandemônio ao seu redor e permaneceu tão tranquilo como se estivesse olhando para esculturas em um museu.

– Belíssima festa – acrescentou.

ELES se encontraram no ar, e o Homem-Aranha estava preparado. Pelo menos ele *achava* que estava preparado.

Ele tinha algumas ideias gerais, e tudo parecia ótimo em sua cabeça, mas, para ser honesto consigo mesmo, ele não fazia ideia do que estava fazendo. A primeira dica que teve foi quando – enquanto voavam em direção um ao outro – o Aranha de Sangue o socou no rosto.

O Homem-Aranha rolou com o impacto, minimizando o golpe, mas ainda assim – qual era a palavra? *Doeu*. Sim, era isso. Doeu. Muito.

Este ainda é o melhor plano que temos, lembrou-se, enquanto a dor explodia em sua cabeça.

Ele aprendeu muito lutando contra Eco. Aprendeu sobre seu próprio estilo, como confiava em movimentos e padrões que nem sabia que estavam em seu repertório. Então ele aprendeu como se forçar a pensar de forma diferente, não como ele mesmo. Era um tipo de boxe às sombras, então ele teve que encontrar uma maneira de enganar sua própria sombra.

Mas Bingham não era Eco. Ele podia fazer o que o Homem-Aranha fazia, mas nunca havia estudado os seus movimentos. Ele queria ser o Homem-Aranha, mas não havia dedicado tempo para aprender a *ser* o Homem-Aranha.

Era hora de uma lição.

Enquanto eles caíam em direção ao chão do salão do baile, Bingham ajustou os ombros e preparou os punhos. Ele queria não apenas lutar, mas *brigar*. Queria socar o inimigo na cabeça, no torso. Ele queria que os dois se enfrentassem.

O Homem-Aranha decidiu dar a ele o que queria. Eles pousaram em pé, um de frente para o outro. A mandíbula do lançador de teias já estava inchada, mas ele ignorou a dor. Ele ergueu os punhos, como um boxeador.

A cabeça do Aranha de Sangue se virou, totalmente alerta, talvez pela primeira vez. Suas teias dispararam e se prenderam nos ombros do verdadeiro Homem-Aranha. Um rápido puxão o fez avançar, perdendo o equilíbrio. O Aranha de Sangue mirou outra teia no teto e disparou para cima, levando seu inimigo – o homem cuja existência era um insulto – consigo.

O Homem-Aranha sentiu um solavanco no estômago, a súbita sensação de estar fora de controle, e acalmou sua mente para procurar uma âncora. Um instante antes de disparar suas próprias teias, o Aranha de Sangue o soltou. O Homem-Aranha começou a cair rapidamente. Novamente, ele mirou, mas antes que pudesse disparar, o Aranha de Sangue o atingiu, impulsionando seu ombro no estômago de seu oponente.

O ar saiu de seus pulmões e então ele bateu no chão, com força. Seus pulmões já estavam no máximo, e o Homem-Aranha se viu lutando para respirar. Ele tossiu e quase vomitou dentro de sua máscara – nunca uma boa ideia – enquanto tentava respirar novamente.

Ao redor, as pessoas se surpreenderam. Algumas fugiram, outras se aproximaram. Câmeras disparavam enquanto equipes de TV ligavam os holofotes nos dois homens mascarados.

– Vão adorar ver você sendo destruído! – gritou o Aranha de Sangue enquanto acertava o Homem-Aranha no rosto com um punho cerrado. E então novamente, e uma terceira vez.

– Você fala e brinca e finge ser um herói – Bingham vociferou –, mas não tem coragem de seguir adiante. Você derruba seus inimigos, e eles se levantam de novo. Você quer que o mundo siga suas regras, mas não *existem* regras. Quando o Aranha de Sangue te derrubar, você ficará caído.

O Homem-Aranha conseguiu puxar o ar para seus pulmões, mas então a dor passou a cegá-lo à medida que era atingido, golpe após golpe. Ele estendeu a mão para o chão, tentando se levantar, mas levou outro soco – desta vez em sua têmpora – e estrelas explodiram em sua visão.

Ele sentiu seus braços começarem a ficar frouxos.

Não!

Esse cara tinha roubado seu nome, mas muito mais importante, ele matou pessoas, matou Anika, e agora o Aranha de Sangue estava prestes a espancá-lo até a morte – em público. Na frente de MJ. Na frente de sua tia. Eles tirariam a máscara de seu corpo, e a Tia May descobriria seu segredo.

O plano – seu plano ridículo e impossível – foi quase esquecido enquanto ele lutava para permanecer consciente. Enquanto ele lutava para revidar com mais força.

Sim!

Ele mal tinha percebido, mas estava de pé novamente. Ele bateu de volta, e com força também. Sua mente tinha divagado, mas seu corpo assumiu o controle, e isso foi o suficiente para desferir um golpe. E então outro. Então pareceu que alguém tinha acendido as luzes. O Homem-Aranha atingiu Bingham novamente, e depois novamente, e Bingham estava cambaleando para trás.

Ele soltou duas teias no rosto do Aranha de Sangue e depois puxou, com força, batendo a cabeça do homem no chão. Bingham lutou. O Homem-Aranha soltou a tensão e bateu novamente.

Por Anika.

Por todas as vítimas.

Ele soltou uma terceira vez e então viu MJ, do outro lado do salão, olhando com a boca aberta. Será que ela estava preocupada que ele estivesse machucado ou que ele fosse matar Bingham?

O rosto dela, o que ela viu nele, foi o suficiente para fazê-lo parar. Ele não estava lá para matar Bingham.

Não, o Homem-Aranha tinha um plano – um plano para salvar pessoas, proteger a cidade e fazer as coisas do jeito *certo*. Ele lutaria contra seus inimigos se fosse necessário, mas os derrotaria com sua *mente* sempre que pudesse. E ele usaria seus poderes de forma responsável, sempre para salvar vidas, nunca para tirá-las. *Essa* era a diferença entre os dois.

Isso era o que significava ser o Homem-Aranha.

Ele soltou suas teias e deixou Bingham se levantar.

– Pronto para desistir? – ele perguntou.

– Oh, estamos apenas começando – retrucou o Aranha de Sangue.

– Não, estamos terminando – disse o Homem-Aranha. – Você me pegou de surpresa antes, mas essa é a única maneira de esperar me derrotar. Uma luta justa? Você será derrotado toda vez.

– Não – Bingham sibilou. – Eu sou o Aranha de Sangue.

– Deveria se chamar Aranha Nariz Sangrento, neste momento, eu suponho.

Com um rugido de raiva, Bingham avançou em sua direção, mas o Homem-Aranha saltou facilmente para fora do caminho. Era hora de fechar o acordo. O cara queria uma luta. O Homem-Aranha lhe daria isso. Mas não do jeito que ele queria. Ele manteve sua distância, movendo-se em sentido horário, cuidadoso para manter Bingham envolvido.

– Se você acha que pode me vencer justamente – disse o lançador de teias –, então vamos lá. Um contra um, sem truques. Podemos decidir, de uma vez por todas, quem é o verdadeiro Homem-Aranha.

– Sim – disse Bingham, sua voz aumentando. – Sim, vamos ver quem é mais forte. Vamos ver qual de nós é *real*.

– Mas é chamado de disputa por um motivo – disse o Homem-Aranha enquanto circulava seu oponente. – Tem que haver um prêmio, certo?

– O que você quer? – respondeu Bingham. Ele parecia confuso. – O que eu poderia te dar, além de um fim para sua miserável vida?

— Tentador, mas acho que precisamos de algo um pouco mais interessante – disse o Homem-Aranha. – Ah, já sei... O pendrive. Se você o tem com você, poderíamos lutar por ele. Parece um prêmio bem interessante. O que acha?

Bingham colocou uma mão no quadril. Provavelmente tinha um bolso interno ali, mas ainda era meio constrangedor. Um segundo depois, ele tirou o pendrive e o segurou em seu punho.

— Estou feliz por não ter que tocar nisso sem luvas – disse o Homem-Aranha.

— Nós lutaremos – anunciou o Aranha de Sangue. – O vencedor leva. O *vencedor*, o que significa que você nunca o terá. *Nunca*. Você não pode me vencer.

— Cara, eu já te venci. Eu acabei de vencer. Esse não é seu pendrive. Eu troquei enquanto estávamos lutando.

O Aranha de Sangue parou e olhou para a coisa em sua mão. Em algum lugar sob a máscara, o Homem-Aranha tinha certeza de que Bingham deveria estar franzindo os olhos, tentando decidir se ele se lembrava de como era o pendrive e tentando saber se parecia exatamente com aquele.

Ele poderia ter certeza?

Então, o pendrive desapareceu.

Eco pulou de uma das varandas. Ela arrancou o pendrive da mão de Bingham, aterrissou, rolou e voltou a se levantar. Bingham virou-se para ver, paralisado no lugar.

— Ela esqueceu de dizer "*Uhull*" – observou o Homem-Aranha. – Posso dizer "Uhull"? Adoro um bom momento para dizer "Uhull".

O Aranha de Sangue girou e avançou contra ele.

HÁ *câmeras na sala*, disse Eco a si mesma. *As pessoas estão assistindo. Essas imagens estarão em todos os noticiários, então não sorria como uma idiota.* Ela era uma heroína agora, uma aliada do Homem-Aranha. Isso era algo para ser levado a sério. Mas ela não conseguia se conter. Ela não queria.

Ela sorriu.

Eco deu um passo à frente e ficou cara a cara com Fisk.

Seus olhos estavam vermelhos, escuros e sombrios. Ele nem parecia ver o pendrive em sua mão. Ele só via sua traição. A primeira reação dela foi de vergonha, mas foi rapidamente seguida por indignação e depois raiva. Aquele era o homem que havia matado seu pai. Que a fizera construir toda a sua vida em torno de uma mentira.

Eco era rápida, mas não rápida o suficiente para desviar de um ataque que não podia ver chegando. O punho dele avançou com uma ferocidade impossível. Ele estava imóvel e, em seguida, estava acertando-a no rosto.

Ela não conseguiu evitar, então se inclinou para trás e para longe, evitando o pior. Isso não impediu a dor. Ser atingida levemente por um caminhão em alta velocidade era melhor do que ser atingida com força total, mas ainda doía. Ela cambaleou para trás e o pendrive caiu de sua mão.

Isso pareceu chocar Fisk de sua fúria.

Ele olhou para Eco. Ele olhou para o pendrive.

A dor disparou de seu rosto em faíscas elétricas, mas ela a colocou de lado, compartimentando-a. Era apenas dor. Talvez um maxilar quebrado, mas principalmente dor. Agora ela tinha um segundo para reagir. As pessoas estavam assistindo. Provavelmente gritavam coisas, mas ela não podia tirar os olhos de Fisk. Se ele pegasse o pendrive, ele estaria no controle novamente.

Ele nunca se permitiria ficar vulnerável novamente.

Eco não podia deixá-lo ter o pendrive, mas, para pegá-lo, ela teria que desviar o olhar de seu inimigo, e Fisk sabia disso. Ela ficaria vulnerável, e se havia algum homem vivo que sabia como explorar uma vulnerabilidade era Wilson Fisk. Se ela tentasse pegar o pendrive, ela o perderia. Ela sabia disso com absoluta certeza.

O olhar de Fisk dizia que ele sabia disso também.

– Xeque-mate – ele disse. – Você me traiu e perdeu.

Informação é poder. Ela sabia que o Homem-Aranha queria desesperadamente saber o que Fisk tinha contra Osborn. O que quer que estivesse naquele pendrive era tão explosivo que Osborn estava disposto a arriscar o controle da cidade a deixá-lo vazar. O Homem-Aranha tentaria encontrar outra maneira.

Mas ela não era o Homem-Aranha.

Avançando, ela atacou o pendrive com o calcanhar. Pôde sentir o plástico rachando sob seu sapato. *Melhor que se perca*, pensou, *do que nas mãos de Fisk.*

– Jogo virado! – disse com um sorriso. Isso enviou uma nova onda de agonia percorrendo sua mandíbula, mas valeu a pena. – Esse é o contra-ataque para um xeque-mate. – Ele avançou novamente para ela, mas desta vez a polícia estava lá, segurando-o. Pelo menos meia dúzia ou mais. Ele tentou se livrar deles, como se fossem crianças pequenas, mas eram muitos. Suficientes para também se voltarem para ela.

Eco girou, viu uma saliência e pulou.

O HOMEM-ARANHA circulava Bingham, com os punhos erguidos.

Bingham deu um soco aleatório. E depois outro.

– Não terminamos – disse entre os socos. – Precisamos lutar para ver quem é mais forte. Não me importo com o pendrive. Só me importo em te derrotar, em mostrar ao mundo quem é melhor.

– Sim, mas esse é o *seu* problema – disse o Homem-Aranha. – Eu não saio por aí tentando provar que sou melhor do que qualquer pessoa. A única pessoa a quem preciso convencer sou eu mesmo.

Ele se movia para a esquerda e depois para a direita, mantendo-se longe dos poderosos socos de Bingham. Ele precisava acabar com isso. Algumas teias cuidadosamente colocadas poderiam deter esse cara, mas Bingham era rápido. Havia uma boa chance de que eles errassem e atingissem um espectador.

O Homem-Aranha disparou algumas teias em direção aos pés de seu adversário, mas, como temia, o Aranha de Sangue era ágil demais.

– Você acha que somos iguais – o Aranha de Sangue retrucou.

– É como se você lesse minha mente – disse o Homem-Aranha, pensando que *não*. – Faz mais uma. – Mantenha o cara falando.

– *Não* somos iguais. Você não é como eu – Bingham cuspiu de volta, mal parecendo ouvir as palavras de seu oponente. – Você não pode me vencer em uma luta, não é rápido o suficiente para usar suas teias, não é inteligente o suficiente para descobrir o que vou fazer a seguir. Sendo assim, qual é o seu plano, hein? Fugir? Chamar isso de empate? E então, na próxima vez que eu voltar e colocar algumas pessoas no chão, você vai encolher os ombros e dizer que fez o que pôde.

O Homem-Aranha se agachou e impulsionou-se para o ar, mirando um chute devastador no peito de Bingham, mas o homem já havia se movido. Bingham estendeu a mão e tentou agarrar o Homem-Aranha pelo tornozelo, mas, graças ao seu sentido aranha, o Homem-Aranha já estava se esquivando.

– Talvez eu exploda outro restaurante – Bingham disse –, apenas por diversão.

Ele está tentando mexer com minha cabeça, pensou o Homem-Aranha, *me fazer perder o foco.* E estava funcionando. Ele sentia a fúria correndo por dentro, misturada com uma grande dose de frustração. Esse cara era cruel, violento e arbitrário. Ele machucava as pessoas porque isso o fazia sentir-se poderoso – e isso precisava parar.

Mais fácil dizer do que fazer. Bingham era rápido, era forte e era ágil. Todas as coisas de que ele se gabava eram verdadeiras. Exceto a parte sobre ser mais inteligente. Isso definitivamente *não era* verdade.

E era assim que ele iria acabar com isso.

O Homem-Aranha avançou para outro soco, fingindo ir para a esquerda e atacando à direita. Bingham desviou, exatamente como ele previra. Em vez de colocar sua energia e foco no soco, o Homem-Aranha concentrou-se no chute varredor que veio de trás, derrubando o Aranha de Sangue de joelhos.

É assim que se faz, pensou o Homem-Aranha. Ele disparou outra série de teias, tentando manter Bingham no chão, mas, mesmo desequilibrado, o Aranha de Sangue era rápido demais. Ele recuou e se esquivou para os lados, escapando das teias uma após a outra. Em seguida, ele se levantou e partiu para o ataque.

Bingham estava furioso. O Homem-Aranha poderia estar lutando para controlar suas emoções, mas Bingham nem se preocupou em tentar. Ele estava cheio de raiva, e se movia como um trem de carga.

O Homem-Aranha manteve-se firme e, no último momento, desviou-se em espiral. Enquanto fazia isso, lançou outra saraivada de teias nos pés de Bingham. Uma delas prendeu o homem pelo tornozelo, e Bingham caiu com força, batendo o rosto no chão. Uma voz no fundo da mente do Homem-Aranha desejou que alguém tivesse capturado o momento em vídeo para que ele visse depois.

Mas isso era só se ele sobrevivesse – porque não havia garantia disso. Bingham se ergueu como um acrobata e se libertou das teias.

– Todas essas pessoas estão mortas por sua causa! – ele gritou.

Ele só está falando besteira, disse o Homem-Aranha para si mesmo. *Não há lógica nisso. Ele só está tentando me provocar.*

Bingham balançou e errou. O lançador de teias viu uma oportunidade, mas não a aproveitou. Provavelmente erraria novamente se tentasse se conectar. Ele não iria jogar pelas regras de Bingham. Ele iria criar as regras para os dois – e então o Homem-Aranha encontraria o momento certo.

– Elas riram de mim por sua causa – o Aranha de Sangue retrucou. Ele atacou novamente com força. O Homem-Aranha se esquivou por pouco, o que foi uma sorte. O golpe era forte o suficiente para arrancar sua cabeça do pescoço. – Minha mãe me ignorou por sua causa – Bingham gritou.

– Isso é verdade – respondeu o Homem-Aranha, dançando para trás. – Ela não tinha tanto tempo para você depois que começou a vir para minha casa e fazer cookies para mim. – Não foi a coisa mais digna que ele já havia dito, mas ele tinha que usar o que estava disponível. O Aranha de Sangue era louco, então ele o atingiu onde parecia que doeria.

Deve ter funcionado. Bingham gritou e veio para cima novamente, mas desta vez de forma mais desajeitada. Ele era pura fúria agora. O Homem-Aranha se esquivou do golpe e então avançou com força, acertando um soco devastador no queixo de Bingham.

O Aranha de Sangue cambaleou para trás, mas parecia estar se equilibrando. O Homem-Aranha se aproximou novamente e o atingiu no maxilar. Bingham ficou em pé. Ele cerrava os punhos, se preparando para contra-atacar, então o Homem-Aranha o atingiu novamente. Desta vez, ele não esperou.

Ele atingiu novamente e depois novamente, e então... ele parou.

Aquele homem havia matado Anika, Remzi, Andy e tantos outros, mas ele não era um monstro – não como Fisk, que tramava seus esquemas e não se importava mais com os mortos do que com peças caídas em um tabuleiro de xadrez. Bingham estava quebrado. Qualquer pessoa podia ver isso. Ele precisava ser trancado, não espancado até ficar inconsciente.

Agora era a hora das teias. Uma saraivada direcionada para as panturrilhas de Bingham o deixou desequilibrado. Enquanto ele vacilava no lugar, o Homem-Aranha o cercou, envolvendo-o em um casulo que nem mesmo sua força avançada poderia romper.

Bingham continuava a cambalear, meio consciente. Seus olhos giravam em sua cabeça.

– Você está certo – disse o Homem-Aranha entre respirações ofegantes. – Nós não somos iguais. Somos completamente diferentes.

Bingham começou a cair. A atitude mais gentil seria intervir e suavizar sua queda. Esqueça isso. O Homem-Aranha não era como Bingham, mas ele nunca se considerou um santo.

O Aranha de Sangue atingiu o chão.

O lançador de teias ficou lá parado, tentando descobrir o que sentir. Havia tantas pessoas ao seu redor. Ele estava vagamente ciente antes, mas agora sentia todos aqueles olhares. Ele sentia as luzes das câmeras de TV. Era hora de correr, mas não ainda.

Precisava ficar parado, só por um momento.

Ele havia capturado o assassino de Anika. Ele não o matou, destruiu ou o fez implorar por misericórdia. Ele o capturou. Ele assumiu essa responsabilidade e a cumpriu. Respirando com dificuldade, olhou para cima para enfrentar todos aqueles olhos. Então, sentiu a dor da surra que tinha levado.

Melhor não dizer "ai", pensou. *Poderia manchar sua imagem*. Muitos dos convidados haviam fugido, mas ainda havia muitos por perto, pressionados nas laterais do salão, observando a agitação. Repórteres estavam lá, incluindo MJ – que sorria para ele. Até a Tia May parecia satisfeita. Era bom que, ao longo dos anos, ela tivesse se tornado defensora do Homem-Aranha.

Repórteres tiravam fotos. Câmeras de vídeo seguiam cada movimento dele. Ele observou enquanto Yuri Watanabe acalmava alguns policiais que ainda queriam prender o Homem-Aranha.

– Aqui está o Homem-Aranha falso – ela disse a eles. – Este é o responsável pela explosão do restaurante. Ele deve ter algumas histórias interessantes para contar a vocês.

– Prendam ele! – Jameson gritou, apontando para o Homem-Aranha. Em seguida, apontou para onde o lançador de teias havia estado.

O Homem-Aranha tinha desaparecido.

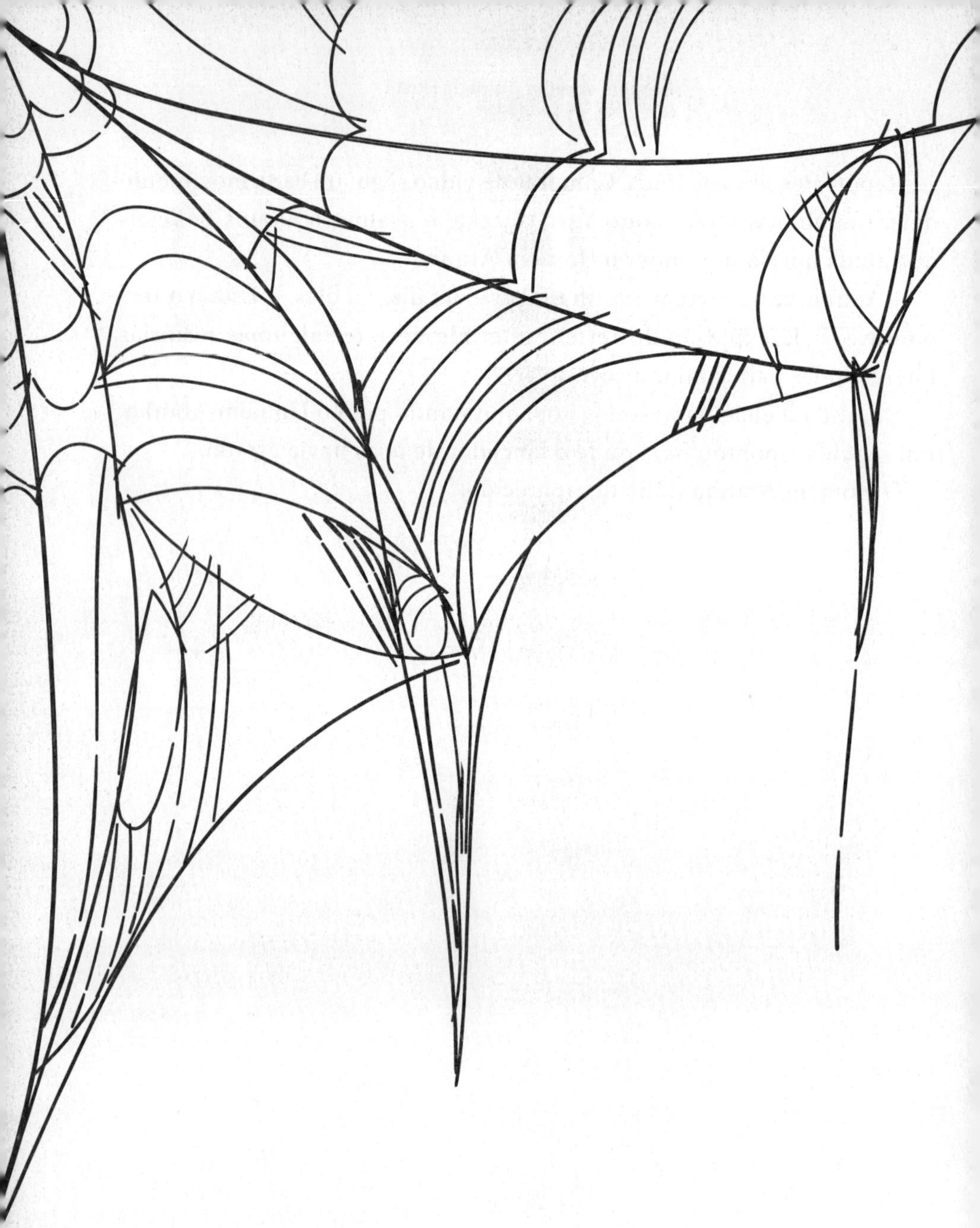

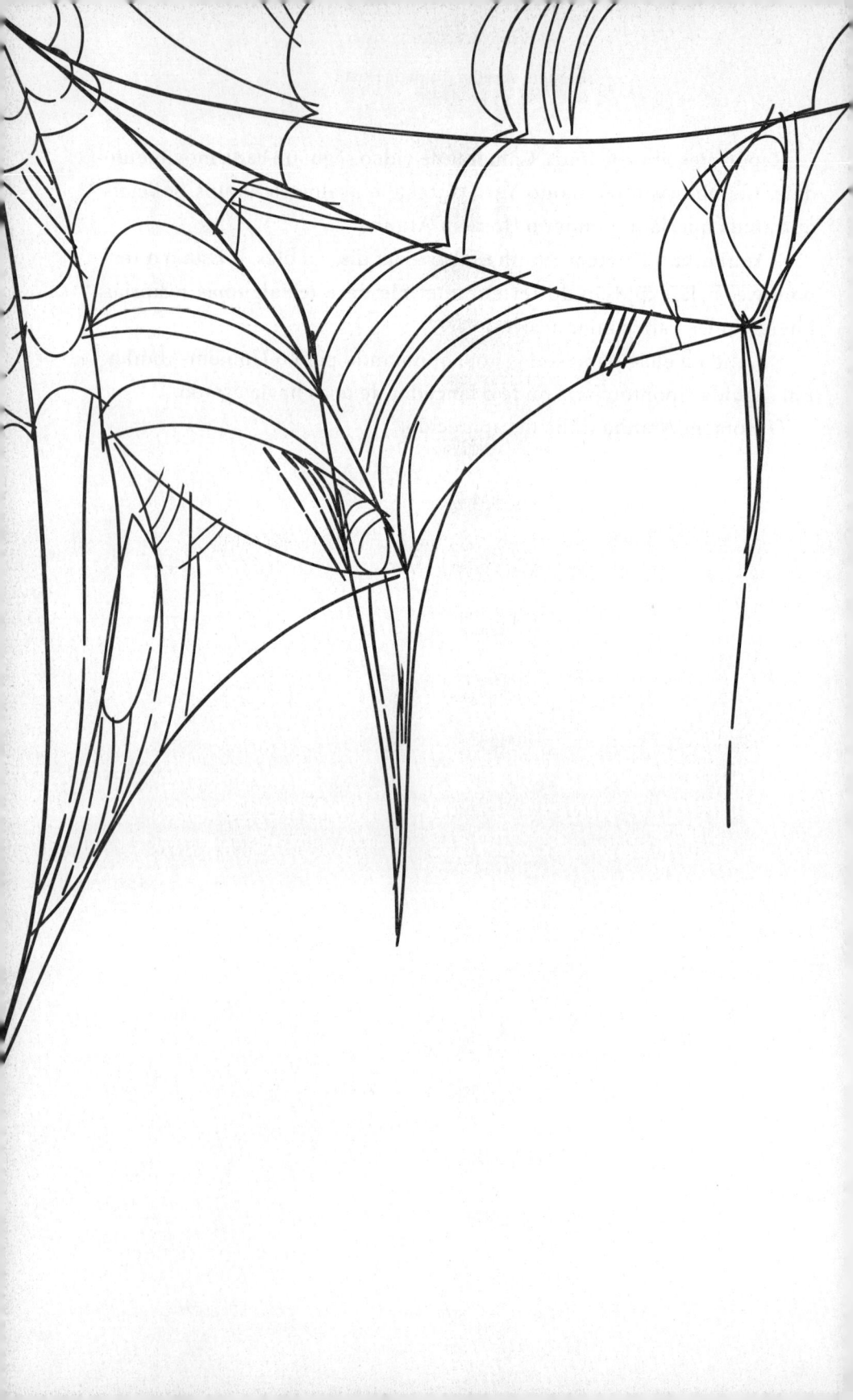

TRINTA E SETE

AINDA vestido como Homem-Aranha, ele usou seu celular para assistir às imagens da polícia levando Wilson Fisk para fora do salão de baile. Ele não seria acusado de nada, é claro, mas todos viram quando ele socou Maya. Certamente haveria perguntas, e a mídia certamente descobriria que Maya era sua filha adotiva.

No entanto, ela estava vestida com uma fantasia, e seria fácil para Fisk argumentar que não a reconheceu, que se sentiu ameaçado por alguém que poderia ser tão perigoso quanto um dos Homens-Aranha ou qualquer outro criminoso poderoso. Era uma aposta certa que o advogado de Fisk o libertaria em uma hora.

O que quer que o Rei do Crime tivesse contra Norman Osborn estava perdido para sempre. O Homem-Aranha não sabia como se sentir em relação a isso. É claro que ninguém deveria ser capaz de chantagear o prefeito de Nova York. Por outro lado, seria melhor se o prefeito não estivesse fazendo coisas que o tornassem suscetível à chantagem. O mundo, no entanto, era um lugar complicado, e ele teria que esperar que Norman Osborn buscasse o poder sendo um líder eficaz, em vez de abusar de sua autoridade.

Wilson Fisk nunca seria comissário de finanças, no entanto, e isso era uma grande vitória. Não

Não era uma vitória como ver Fisk julgado por assassinato, mas daria ao Homem-Aranha tempo para investigar mais a fundo. Daria a ele espaço para respirar. E Bingham, o falso Homem-Aranha, estava sob custódia. Nas notícias, disseram que ele estava sendo encaminhado para avaliação psiquiátrica. Era provável que acabasse em Ravencroft, em vez de uma prisão. E tudo bem, pelo que o Homem-Aranha acreditava. Claramente, o cara era louco. Desde que ele ficasse fora das ruas para sempre, não importava muito qual seria a forma de confinamento.

– Não espere que Bingham fale – disse Eco quando se encontraram novamente no depósito de materiais de limpeza. – Caras assim nunca falam, então há pouca chance de ele trair Fisk. Além disso, está bem claro que ele é insano, o que significa que qualquer coisa que ele disser precisará de provas concretas. Isso não será o suficiente para destruir Fisk.

– O objetivo não é destruí-lo – disse o Homem-Aranha. – É fazer com que ele vá para a prisão.

– Essa é uma opinião – respondeu ela.

– Olha – ele começou –, eu sei que você foi criada para não acreditar em sutileza, mas temos que deixar a polícia lidar com isso. Melhor ainda, temos que *ajudar* a polícia a lidar com isso.

– Você tem ideia de quantas pessoas Fisk controla dentro do departamento de polícia?

– Então você quer fazer justiça com as próprias mãos? – perguntou ele. – Isso nunca acaba bem.

– Eu não sei o que quero fazer – ela admitiu. – Preciso de tempo. Antes de Fisk descobrir que eu o havia traído, eu invadi alguns arquivos e descobri que ainda tenho primos em Montana. A primeira coisa que farei é ir até lá, falar com eles; talvez eles possam me ajudar a descobrir mais sobre quem meu pai realmente era. Talvez eu fique por lá.

– Eco, eu sempre poderei usar sua ajuda aqui – disse o Homem-Aranha. – Podemos fazer as coisas da maneira certa e fazer uma grande diferença.

– Talvez – ela disse –, mas você tem instintos muito bons. Eu tenho a sensação de que você vai descobrir o que precisa ser feito, e quando isso acontecer, você seguirá em frente.

O Homem-Aranha assentiu. – Família é algo importante, então eu entendo, mas se algum dia você decidir que quer voltar, ficarei feliz em ter sua ajuda.
– Pode ser divertido – ela sorriu. – Enquanto isso, tenho algo para você. – Ela estendeu um arquivo grosso preso com elásticos esticados. – Pense nisso como um presente de despedida.

ELE virou-se quando ouviu a porta da escadaria abrir. Yuri Watanabe chegou ao telhado e, para a surpresa de Peter, ela parecia feliz.
– Só tenho alguns minutos – disse ela. – As pessoas vão começar a se perguntar onde estou.
– Olha, Tenente, eu sinto muito – começou ele. – Eu sei que você me disse para ficar longe, mas a situação era crítica. Eu tive que agir.
– Sim, você teve – disse ela. – E eu não estou com raiva. Você não trabalha para mim e fez o que foi preciso. Eu só ficaria com raiva se não tivesse funcionado, mas você parou um cara ruim. E quando se trata do Fisk, você nos deu algum tempo. Isso é o que importa.
– Então, eu não estraguei a investigação?
Ela riu. – As pessoas não estão preocupadas que o Homem-Aranha seja um criminoso, policiais no departamento estavam desperdiçando muito tempo te procurando. Isso tira muita pressão de qualquer um que possa ser visto falando com você também. Isso não significa que podemos almoçar juntos, mas significa que talvez possamos voltar a trabalhar.
– Isso é bom – ele disse – porque eu tenho um presente para você. – Ele entregou a ela o arquivo que Maya lhe tinha dado. – É de um informante. Muitos detalhes sobre a operação de Fisk. Pode fazer diferença.
Watanabe pegou seu celular e usou sua luz para passar pelos documentos.
– Vou precisar de tempo para analisar isso, mas parece enorme. – Ela deu um assobio baixo. – Realmente enorme. Há muitas pistas para seguir. Pode levar meses para verificar tudo, mas se pelo menos parte do que está aqui for verdadeiro, pode fazer a diferença.

Ela se virou e voltou para o prédio, ainda lendo. Ele sentou-se na beira do telhado, deixando suas pernas penduradas. Fazia muito tempo – muito tempo – desde que tinha conseguido alguma vitória. Provavelmente Fisk continuaria livre, mas ele estava manchado agora. Os dias em que ele poderia se apresentar como o salvador de Nova York acabaram. O assassino de Anika estava sob custódia policial. Havia justiça para todas as vítimas do atentado ao restaurante. Para Abe Remzi.

Ele tinha passado tanto tempo se perguntando se realmente poderia fazer a diferença. Agora ele estava começando a pensar que talvez o mundo estivesse melhor com o Homem-Aranha, no final das contas.

Pelo menos por enquanto.

EPÍLOGO

FOI a transmissão policial que o acordou.

Todas as unidades: mobilização de nível quatro. Localização: Torre Fisk.

Peter sentou-se abruptamente na cama.

Já tinham-se passado meses desde a luta no hotel e ele estava sonhando com MJ, mas ele não falava com ela já há muito tempo. Ele queria dar espaço a ela – isso definitivamente fazia parte –, mas também estava preocupado de nunca poder ser o namorado que ela precisava. Ele não conseguia parar de se preocupar, e ele se importava o suficiente para dar a ela a liberdade que ela queria, em vez de atrapalhar sua carreira.

Como ele previra, Fisk saiu do incidente sem acusações, mas isso não significava que ele não estava manchado. Imagens dele dando um soco em Maya Lopez – uma mulher que havia sido sua pupila – estavam em todos os noticiários nacionais. Um homem que foi absolvido de acusações criminais pode se reinventar como um vilão, mas um homem que deu um soco em sua filha adotiva em rede nacional estava fadado a ter *muita* publicidade negativa.

Isso lhe custou muitos negócios.

Graças a Yuri Watanabe, que havia sido promovida a capitã logo após o incidente, foram vazados para a imprensa links que conectavam

Fisk ao assassinato do pai de Maya. Vários repórteres, como Ben Urich, escreveram matérias severas que deram a entender que provas haviam sido encobertas por policiais corruptos na época. O promotor público estava falando em reabrir o caso. Até J. Jonah Jameson se interessou. Ele transformou seu programa em um podcast, rompendo seus laços com Fisk, e parecia ter mais ouvintes do que nunca.

Fisk continuava livre, mas tinha sido ferido. Eles não o detiveram naquela noite como esperavam, mas causaram danos, e isso era bastante satisfatório.

Agora, Peter estava lutando para vestir seu traje de Homem-Aranha.

A SWAT está a caminho da Torre Fisk, a transmissão policial anunciou. *Todas as unidades fiquem alertas. O mandado está a caminho.*

Um mandado! Será que era isso mesmo? Todo o trabalho que eles haviam feito e os arquivos fornecidos por Maya Lopez estavam fazendo a diferença. Watanabe continuava dizendo isso. Seria possível que algo importante tivesse mudado e que eles realmente estivessem prestes a derrubar Fisk?

Seu coração disparou enquanto ele saltava pela janela. Mais importante, como Watanabe não o avisou? Agora que ela era capitã, teria se esquecido das pessoas mais simples? Enquanto seguia em direção ao Hell's Kitchen, o Homem-Aranha usou seu novo telefone embutido no traje para ligar para ela.

– Eu pensei que você ia me contar antes de pegar o grandão – ele disse assim que ela atendeu.

Ela não precisou perguntar quem estava ligando.

– Achamos que ele ficou sabendo disso algumas horas atrás – explicou ela –, então estamos agindo rápido. Ainda estamos esperando o mandado. Só precisamos garantir uma última prova.

– O que posso fazer para ajudar?

– Nada – ela disse. – Isso precisa ser feito conforme as regras. Você sabe como são os advogados dele.

Isso não o desacelerou. De jeito nenhum ela ia impedi-lo de participar. Não agora. Ela sabia disso também. Ele achava que ela estava apenas resistindo para seguir o protocolo.

— Fala sério, Yuri — disse o Homem-Aranha. — Eu venho trabalhando nos últimos oito anos nisso. Derrubar o Fisk é uma grande vitória para mim.

— Espera um pouco — ela disse. Parecia que ela estava lidando com uma multidão de pessoas lá. Lançar um ataque contra uma figura importante como Fisk devia ser um pesadelo logístico, especialmente porque ele provavelmente não se renderia facilmente. — O.k. — ela disse quando voltou ao telefone. — Essa é a sua chance. Vá para a Times Square. Os homens do Fisk estão tentando impedir que meus agentes cheguem ao local.

— Entendido. — ele respondeu rapidamente, antes que ela mudasse de ideia. — Obrigado, Yuri.

Sim! Ele faria parte disso.

Em algum lugar de sua mente, ele não podia evitar pensar que já deveria estar no laboratório. Acontece que Peyton não tinha permissão para demitir Peter, então o chefe o recontratou e demitiu Peyton em vez disso. Por um tempo, Peter estava até sendo pontual e estava onde deveria estar.

Ele odiava voltar aos velhos hábitos, mas aquele era o Fisk, e algumas coisas não podiam esperar. O chefe ficaria furioso com ele, mas ele poderia lidar com isso. Para pegar Fisk, ele poderia lidar com quase qualquer coisa.

Chegou uma ligação do laboratório. Ele odiava ter essas conversas. Odiava decepcionar alguém. Ser o Homem-Aranha poderia ser um fardo. Havia muitos dias em que ele queria deixar esse fardo de lado.

Mas esse não era um deles. Ele ia ver Fisk atrás das grades e depois disso... Bem, ele lidaria com isso quando chegasse a hora.

Ele deixou a ligação ir para a caixa postal. O Homem-Aranha sacudiu o pulso e disparou uma teia, amando a sensação de se lançar, não para longe de algo, mas em *direção* a algo — em direção a algo importante.

Ele se sentia vivo e elétrico, cheio da alegria do movimento e da ação. Ele queria agir, *precisava* agir, ser parte de tornar a cidade um lugar melhor e mais justo.

Em breve, ele pensou, quando Fisk finalmente estiver atrás das grades, sua vida finalmente se acalmará. Não pode ficar mais louco do que isso, certo?

SOBRE O AUTOR

DAVID LISS é autor de onze romances, incluindo *A Conspiracy of Paper* e *The Whiskey Rebels*, ambos atualmente sendo adaptados para a televisão. Ele também é autor da trilogia de ópera espacial *Randoms*, bem como de várias histórias em quadrinhos, incluindo *Black Panther: The Man Without Fear*, *Mystery Men*, e *Angelica Tomorrow*.

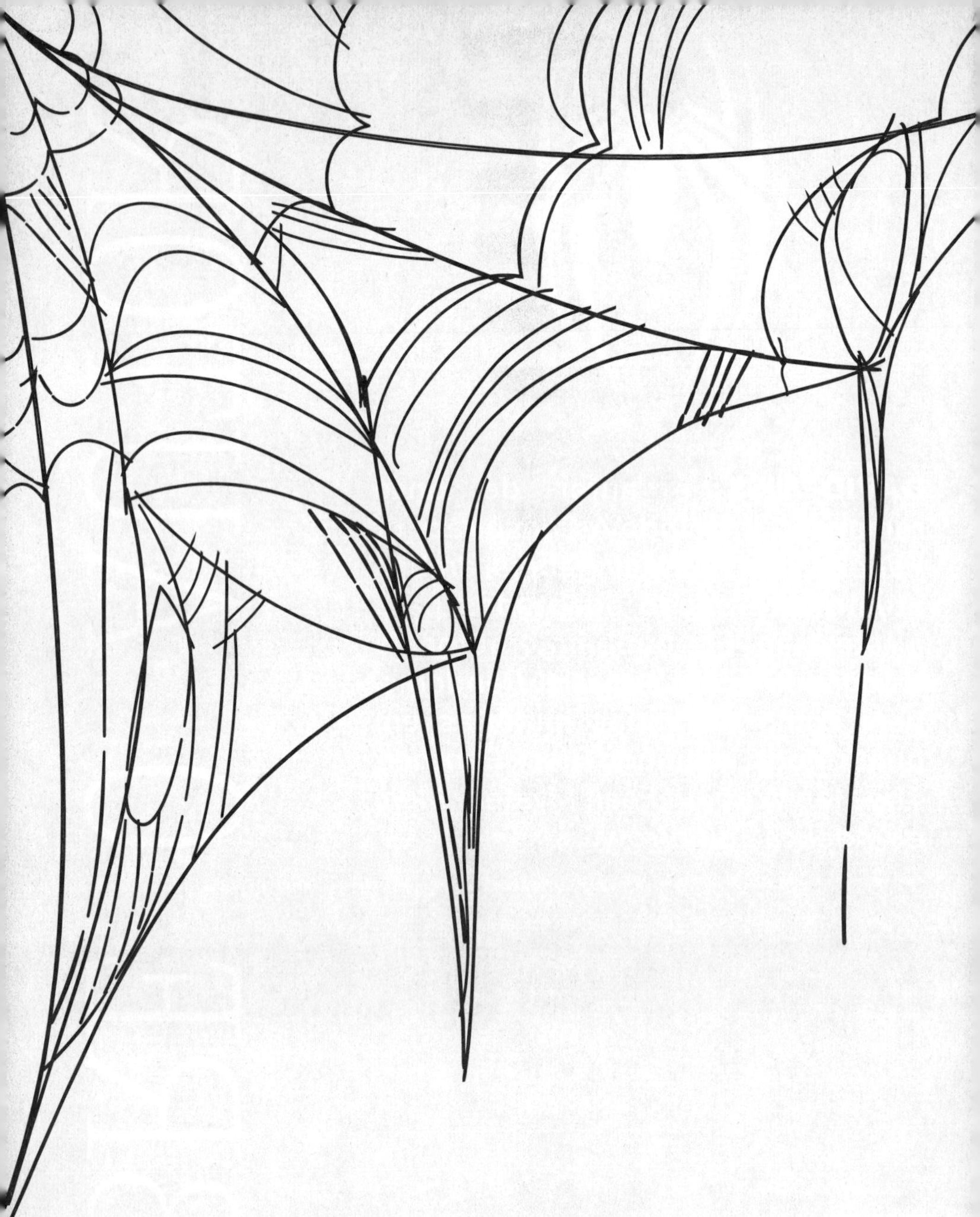

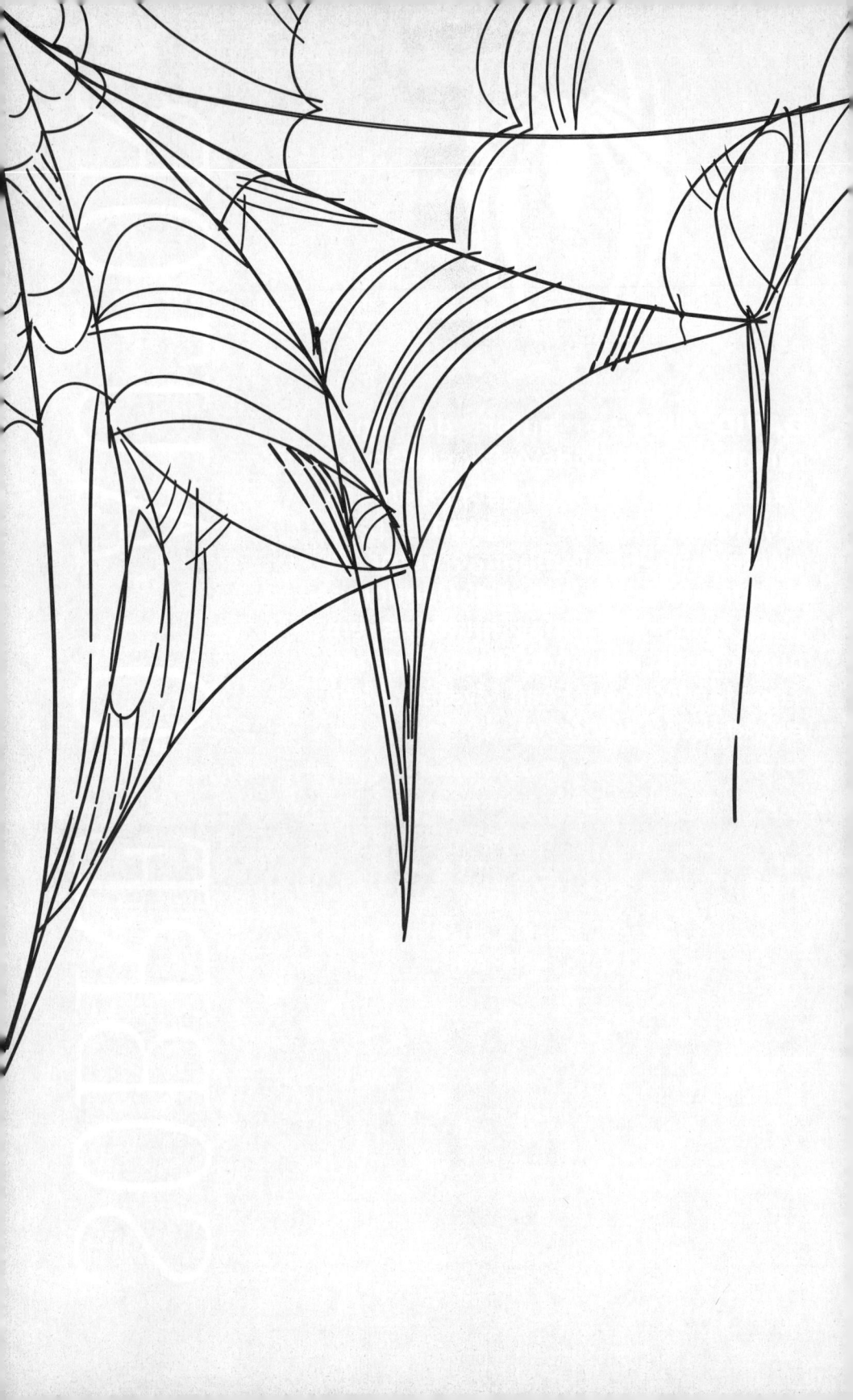

AGRADECIMENTOS

MUITO obrigado a todos que ajudaram a tornar possível o livro *Homem-Aranha – Tomada hostil*. Eu não teria conseguido escrever este livro sem o trabalho árduo dos meus parceiros da Marvel: Becka McIntosh, Eric Monacelli, Caitlin O'Connell, Jeff Reingold, Jeff Youngquist e especialmente Bill Rosemann. Agradeço a Christos Gage e a Bryan Intihar e Jon Paquette da Insomniac. Sou também profundamente grato pela orientação e conselhos fornecidos pelo meu excelente editor, Steve Saffel. Meu agente, Howard Morhaim, me ajudou a me manter na linha. E sou grato, como sempre, à minha família.

grupo novo século

Compartilhando propósitos e conectando pessoas
Visite nosso site e fique por dentro dos nossos lançamentos:
www.gruponovoseculo.com.br

:ns

facebook/novoseculoeditora
@novoseculoeditora
@NovoSeculo
novo século editora

gruponovoseculo.com.br

Edição: 1ª
Fonte: Lora